V.C. ANDREWS®
Die Flucht der Waisen

Buch

Schon lange planen die Waisenmädchen Brooke, Crystal, Raven und Butterfly von ihrem brutalen Pflegevater Gordon Tooey davonzulaufen. Eines Nachts ist es endlich soweit: Die Mädchen stehlen Gordons Kreditkarte und machen sich auf den Weg Richtung Westen. Jede von ihnen hofft auf ein besseres, glücklicheres Leben. Doch Gordon ist ihnen unerbittlich auf den Fersen ...

Autorin

Mit ihrem ersten Roman »Blumen der Nacht« wurde V. C. Andrews weltweit zur Bestsellerautorin. Es folgten zahlreiche weitere spektakuläre Erfolge, unter anderem »Wie Blüten im Wind«, »Dornen des Glücks« oder »Schatten der Vergangenheit«. Nach ihrem Tod brachte ihre Familie zusammen mit einem sorgfältig ausgewählten Autor eine neue V. C. Andrews-Serie auf den Markt, die mit dem Titel »Zerbrechliche Träume« begann und international ein begeistertes Echo hervorrief. Inzwischen gibt es bereits mehrere packende Familiensagas. V. C. Andrews-Romane werden in zahllose Sprachen übersetzt und faszinieren Millionen von Lesern in aller Welt.

Von V. C. Andrews® bereits erschienen:

DIE LANDRY-SAGA:

Ruby (44291) · Dunkle Verheißung (35164) · Fesseln der Erinnerung (35208) · Tödlicher Zauber (35303) · Karussell der Nacht (35396)

DIE LOGAN-SAGA:

Melody (35573) · Im Netz der Lügen (35614) · Das Lied der Nacht (35783) · Stärker als der Sturm (35893)

DIE ORPHAN-SAGA:

Dunkler Schmetterling (36172) · Die Flucht der Waisen (35456)

DIE WILDFLOWER-SAGA:

Das Haus im Nebel (35461) · Garten der Versuchung (35460)

DIE HUDSON-SAGA:

Haus der Schatten (35736) · In dunkler Nacht (35737) · Dunkle Träume (35738)

V. C. Andrews®

Die Flucht der Waisen

Roman

Deutsch von
Susanne Althoetmar-Smarczyk

blanvalet

Die amerikanische Originalausgabe erschien unter dem Titel
»Runaways« bei Pocket Books, New York.

Umwelthinweis:
Alle bedruckten Materialien dieses Taschenbuches
sind chlorfrei und umweltschonend.

Einmalige Sonderausgabe Juni 2006
bei Blanvalet, einem Unternehmen der Verlagsgruppe
Random House GmbH, München.

This edition published by arrangement with the original
publisher, Pocket Books, New York.

Following the death of Virginia C. Andrews, the Andrews
family worked with a carefully selected writer to organize
and complete Virginia Andrews' stories and to create novels,
of which this is one, inspired by her storytelling genius.
Umschlaggestaltung: Design Team München
Umschlagfoto: Mauritius Images/age fotostock
ES · Herstellung: LW
Druck und Einband: GGP Media GmbH, Pößneck
Printed in Germany
ISBN-10: 3-442-36547-3
ISBN-13: 978-3-442-36547-0

www.blanvalet-verlag.de

Prolog

Ich öffnete die Augen, als ich durch die Wand ein gedämpftes Wimmern hörte. Diese Zimmer schrumpften zu Wandschränken zusammen, wenn man zwei Schreibtische und Stühle, eine Frisierkommode und zwei Betten mit einem Nachttisch dazwischen hineinquetschte. Um den Platz auszunutzen, standen die Betten dicht an der Wand. Wenn ich schlief, stieß ich mit dem Ohr an die Tapete.

Im Nebenzimmer waren zwei Neue, die wir die Ungeborenen nannten. Sie hörten sich an wie winselnde junge Hunde. Wir hatten ihnen den Spitznamen »Die Ungeborenen« gegeben, weil das Leben bei Pflegeeltern wie eine neue Geburt war und man bis dahin völlig im Ungewissen lebte. Sie waren gestern hierhergebracht worden und hatten ihre erste Nacht in *Lakewood House* verbracht, diesem Heim, das Crystal, Butterfly, meine Zimmergenossin Raven und ich »Höllenloch« getauft hatten.

Informationen über Neuankömmlinge breiteten sich hier schneller als ein Lauffeuer aus. Wenn man etwas über einen der Ungeborenen erfahren konnte, waren alle ganz Ohr, und wenn man zufällig etwas mitbekam, fühlte man sich beinahe verpflichtet, es weiterzutratschen.

Laut Potsy Philips, einer der Waisen, die es sich zur Gewohnheit gemacht hatte, auf jedem neuen Kind herumzuhacken, das in unser Heim kam, hatten diese Ungeborenen keinen Vater. Tagelang waren sie mit ihrer toten Mutter allein gewesen, bis jemand es bemerkt hatte.

Was war denn daran so neu?, fragte ich mich. Wir waren

schon seit Jahren hier, und niemand merkte etwas – oder kümmerte sich darum. Das stimmt nicht ganz. Wir kümmern uns umeinander. Nicht alle Kids kommen miteinander klar, aber ich habe das Glück, echte Freundinnen hier gefunden zu haben, meine Schwestern Raven, Crystal und Janet, die wir alle Butterfly nennen, weil sie so zerbrechlich ist. Wir kamen innerhalb von wenigen Wochen in dieses Heim und wurden schnell Freundinnen. Wenn uns nach Heulen zu Mute ist, wenn wir so mutlos sind, dass wir uns nicht vorstellen können, jemals wieder Hoffnung zu schöpfen, oder wenn wir gute Neuigkeiten haben, wissen wir, dass wir aufeinander zählen können.

Ich lag im Bett und fragte mich, ob die neuen Waisen auch so viel Glück haben würden, dann merkte ich, dass es Zeit war aufzustehen. Louise Tooey, unsere Pflegemutter, deren Lächeln mir Übelkeit verursachte und das mich an den Joker in *Batman* erinnerte, würde in zehn Minuten an die Tür klopfen. Und wenn wir nicht rechtzeitig aufstanden und uns anzogen, kam ihr Mann Gordon, dessen schwere Stiefel wie Vorschlaghämmer auf die Treppe und den Holzboden knallten, wenn er sich den Zimmern näherte. Lagen wir dann noch im Bett, riss er uns die Decke weg und starrte wie ein riesiger Geier auf uns nieder, die Augen weit aufgerissen, die wulstigen Lippen verzerrt, die Zähne gebleckt.

»Was glaubt ihr, was das hier ist, ein Hotel? Wartet ihr auf das Frühstück im Bett? Muss ich meine Arbeit unterbrechen, um hier heraufzukommen? Das sind zehn Minuspunkte!«, schnauzte er. Sein gebräuntes Gesicht lief dunkelrot an, die Muskelstränge und Adern an seinem Hals traten hervor wie zum Zerreißen gespannte Gummibänder.

Unser Name würde am schwarzen Brett erscheinen, einer riesigen Korkpinnwand im Essraum. Wenn man mehr als zwanzig Minuspunkte hatte, bekam man Stubenarrest, einen Tag für jeweils fünf Punkte über zwanzig.

Ein Blick in die Zimmer genügte, dann war klar, warum es eine Strafe war, dort eingesperrt zu sein. Wir durften nichts an unsere Wände hängen – weder Poster noch Bilder. Angeblich diente das dem Schutz der Tapeten. Die sahen aber sowieso aus, als seien sie auf dem besten Wege, sich allein von den Wänden zu rollen und im Mülleimer zu verschwinden. Radios und CD-Player waren ebenfalls nicht gestattet, weil die Wände dünn wie Papier waren und man die Musik gar nicht so leise stellen konnte, dass es niemanden störte – besonders Gordon und Louise. Wer das Glück hatte, mit einem Kassettenrecorder oder einem Radio hierhergebracht zu werden, musste es im Hausarbeitsraum aufbewahren und durfte es nur während der Freizeit benutzen. Man musste sogar quittieren, dass man seine eigenen Sachen entlieh!

Alle Zimmer hatten zwei Fenster. Die älteren Bewohner, so wie wir vier, hatten Zimmer mit Blick auf den See. Wir hatten keine Vorhänge, nur verblichene Rollos, von denen die meisten defekt waren; deshalb musste man einen Bleistift in den Rollstab stecken, damit die Rollos unten blieben. Louise hatte uns erzählt, dass sie einmal dottergelb gewesen waren; die Tapeten hatten einst die Farbe frischer Milch mit blauen Kreisen, lebenssprühend wie frisch erblühte Veilchen. Jetzt hatten die Wände das abgestoßene Grau zwei Wochen alter hart gekochter Eier. Und die Kreise wirkten eher wie verwelkte Veilchen, die getrocknet und verblasst in einem Poesiealbum steckten.

Damit wir auch zu schätzen wussten, welches Glück wir hatten, dort zu sein, beschrieb uns Louise das *Lakewood House* von früher, als ihre Eltern und Großeltern es als Fremdenpension geführt hatten. Zwischendurch hielt sie inne, warf jedem im Aufenthaltsraum einen prüfenden Blick zu, schaute sich dann um und seufzte. Tränen standen ihr in den Augen, wenn sie die abgetretenen Eichenholzböden, die verblichenen Wände und die abblätternde Farbe an der Decke in sich aufnahm.

»Zu seiner Zeit, Kinder, war dies die begehrteste Ferienpension in der nördlichen Provinz New York, eingebettet zwischen zwei Bergen mit einem See, der von Quellwasser gespeist wird, das einst kristallklar war.«

Einige der jüngeren Kinder lächelten dann. Es hörte sich schön an. Mittlerweile war der See jedoch brackig, voller Tang, ölig am Grund und deshalb für uns alle streng verboten. Auch Angeln war untersagt. Der alte Bootssteg war brüchig und verfault, zwei beschädigte Ruderboote, die fast ganz voll Wasser gelaufen waren, lagen daneben. Wer von Gordon in der Nähe des Sees erwischt wurde, bekam sofort fünfundzwanzig Minuspunkte und einen Tag Stubenarrest. Niemand wusste, welche Strafe darauf stand, ein zweites Mal erwischt zu werden Das überließ Gordon unserer Fantasie. Vielleicht steckte er einen in ein Fass.

Es ging das Gerücht, dass Gordon und Louise hinter dem Haus alte Gurkenfässer aufbewahrten, in die man eingesperrt wurde, wenn man sehr böse war. Nur oben im Deckel des Fasses waren kleine Luftlöcher. Dort musste man tagelang zusammengekauert hocken und Pipi und die größeren Geschäfte in die Unterhose machen. Wenn die Strafe vorüber war, wurde das Fass auf die Seite gekippt und Hunderte Meter weit gerollt, bis man ganz benommen und schwindelig herauskriechen durfte. Die meisten jungen Ungeborenen machten sich fast in die Hose, wenn sie nur davon hörten. Wenn sie dann sahen, wie Gordon mit schweren Schritten den Flur entlangstapfte, seine Blicke über die Kinder schweifen ließ und nach Anzeichen für schlechtes Benehmen fahndete, hielten sie zitternd die Luft an.

Gordon konnte jedem Kind Albträume fürs Leben verursachen. Die Tatsache, dass er und Louise sich als Heimeltern qualifiziert hatten, bewies nach Crystals Meinung nur, dass

Waisen die unterste Stufe auf der sozialen Leiter einnahmen. So redet Crystal nun einmal. Man könnte denken, sie sei bereits Professorin an einem College oder so was.

Ich rieb mir den Schlaf aus den Augen, fuhr mit den Fingern durch die Haare und setzte mich auf. Raven schlief noch fest, das rechte Bein auf der Decke, das lange dunkle Haar wie ein Fächer über das Kissen ausgebreitet.

Raven ist mit Abstand die Hübscheste von uns vieren. Ihr Gesicht ist so schön wie das eines Models. Jeder ist neidisch auf ihr schulterlanges ebenholzschwarzes Haar. Sie braucht nur unter die Dusche treten und sich einshampoonieren, danach glänzt ihr Haar, als hätte eine gute Fee es mit einem Zauberstab berührt.

»Hey, Dornröschen«, rief ich. Sie rührte sich nicht. »Raven, es ist Zeit aufzustehen«, sang ich. Nichts, nicht das kleinste Zucken war zu entdecken.

Ich bückte mich, angelte meine Socken aus den Tennisschuhen, rollte sie zu einer Kugel und schleuderte sie durchs Zimmer, dass sie von Ravens hübschem Hinterkopf abprallten. Damit hatte ich ihre Aufmerksamkeit erregt.

»Wa …« Sie drehte sich um, schaute mich an, grinste und sank in ihr Kissen zurück, als bestünde es aus Marshmellows.

»Auf mit dir, Miss San Juan, bevor Du-weißt-schon-wer kommt und Du-weißt-schon-was tut«, ermahnte ich, sprang aus dem Bett und öffnete eine Schublade der Frisierkommode, um mir frische Unterwäsche herauszuholen. Wir mussten uns diese Kommode teilen, ein Ladenhüter aus einem Secondhand-Geschäft, das es hier zu der Zeit gegeben hatte, als die ersten Touristen aus New York eintrafen, damals als man noch mit dem Zug fuhr und *Lakewood House* von einem Reisemagazin empfohlen wurde.

»Meine Großeltern begannen hier mit einer kleinen Farm, konnten damit aber nicht ihren Lebensunterhalt verdienen und fingen an, Gäste aufzunehmen«, hatte Louise gestern zum vierhundertsten Mal erzählt. »Von da an entwickelte sich das Haus zu einer wohl bekannten Ferienpension. Meine Eltern waren sehr erfolgreich, aber die wirtschaftliche Situation veränderte sich. Gordon und ich überlegten uns, warum wir das alles brachliegen lassen sollten? Warum sollten wir nicht etwas Gutes tun und Pflegeeltern werden? Ihr glücklichen Kinder seid die Nutznießer.«

Ihr glücklichen Kinder? Eine gute Tat? Louise und Gordon kümmerten sich um niemand anderen als sich selbst. Crystal, die so intelligent ist, dass sie eines Tages Präsidentin werden könnte, falls Frauen je Präsidenten werden können, erzählte uns, dass Louise und Gordon Geld für jedes Kind bekommen, und zwar umso mehr, je älter das Kind ist. Und außerdem ist dieses Geld steuerfrei!

»Es ist Samstag. Warum können wir samstags denn nicht länger schlafen?«, stöhnte Raven.

»Du solltest das bei der nächsten Konferenz des Verwaltungsrates vorbringen«, spöttelte ich. »Beeil dich, bevor die kleinen Ratten beide Badezimmer okkupieren.«

Auf unserem Flur mussten wir das Badezimmer mit sechs anderen Waisenkindern teilen. Gordon hielt uns dauernd Predigten, dass wir das heiße Wasser nicht zu lange laufen ließen. Wir waren der festen Überzeugung, dass er die zweiminütige eiskalte Dusche erfunden hatte. Das *Lakewood House* besaß eine eigene Quelle. Deshalb drohte er uns mit der entsetzlichen Möglichkeit, dass uns eines Tages das Wasser ausging und wir es in Eimern aus dem See holen mussten.

»Ich hasse das«, brummte Raven. Einen Augenblick starrte ich sie an, als hätte sie etwas Unerwartetes gesagt.

O ja, ich hasste es auch, aber keine von uns hatte irgendwelche zukünftigen Eltern an der Angel. Und so wie die Chancen standen, würde sich das auch nicht ändern. Crystal, die ein Computergenie war, verbrachte die meiste Zeit an dem einen gestifteten Computer des Heims. Oft präsentierte sie uns die erstaunlichen Zahlen, besonders über Pflegekinder. Es gab in den USA nahezu 50 000 Pflegekinder, die nicht mehr bei Vater oder Mutter lebten und vom Gericht zur Adoption freigegeben worden waren. Aber normalerweise verblieben sie in staatlich finanzierter Unterbringung. Ich wünschte ihnen allen viel Glück. Crystal erzählte uns, dass die Anzahl der Pflegekinder 33mal schneller wuchs als die Gesamtbevölkerung. »Vielleicht erobern wir ja die Welt«, scherzte ich. Aber niemand lachte darüber.

Ich schlüpfte in meine Unterhose und griff nach den Jeans, als Crystal mit erhitztem Gesicht ins Zimmer platzte. Sie war noch im Schlafanzug. Das war sehr ungewöhnlich für Crystal, Miss Pünktlichkeit persönlich.

»Was ist?«

»Sie macht es schon wieder! Diesmal ist es noch schlimmer. Sie ist wie … versteinertes Holz!«

Ich warf Raven einen Blick zu, die aus dem Bett sprang, rasch ihren Morgenmantel überzog und Crystal und mir in Crystals und Butterflys Zimmer folgte. Dort lag Butterfly, die Beine angezogen, die Hände zu Fäusten geballt, die Lider so fest geschlossen, dass sie wie zusammengenäht wirkten. Die Lippen waren fest aufeinander gepresst, die Nasenflügel bebten bei den heftigen Atemzügen. Wir schauten einander an. In der letzten Zeit verfiel Butterfly immer häufiger in diese Krampfzustände. Man brauchte kein Wissenschaftler zu sein, um die Ursache dafür zu ergründen. Sie war einsam, zerbrechlich, hatte Angst vor Zurückweisung. Für sie war diese Trance wie ein Rückzug in einen schützenden Kokon. Crystal, unsere hauseigene Kinderpsychologin, meinte, Butterfly versuche in den Mutterschoß zurückzukehren. Raven fand das verrückt, aber ich verstand es. Ich sagte es nie, aber manchmal wünschte ich auch, ich könnte dorthin zurück.

Ich schüttelte Butterfly am Oberarm, da bewegte sich ihr ganzer Körper, als sei sie steif gefroren.

»Butterfly, nun komm schon. Wir sind alle hier. Hör auf damit. Du weißt doch, was sonst passiert. Gordon oder Louise kommt hier herein, sieht dich und ruft den Notarzt. Dann landest du noch in der Irrenanstalt.«

Ich schüttelte sie erneut, jedoch ohne Erfolg.

Crystal trat neben mich.

»Wir müssen uns vereinigen«, sagte sie.

Ich blickte zur Tür.

»Schließ ab, Raven.«

Das tat sie. Darauf traten wir drei neben das Bett, Raven und ich auf der einen Seite, Crystal auf der anderen. Wir schauten einander an, und dann holten wir alle tief Luft, als wollten wir tauchen, und beugten uns vor, dass unsere Köpfe sich berührten. So verbunden, begannen wir unseren Beschwörungsgesang. Dies war unsere geheime Zeremonie.

»Wir sind Schwestern. Wir werden immer Schwestern bleiben. Eine für alle und alle für eine. Wenn eine traurig ist, sind wir alle traurig. Wir müssen alle glücklich sein, damit jede glücklich ist. Wir sind Schwestern. Wir werden immer Schwestern bleiben.«

Butterflys Lider bebten.

»Wir sind Schwestern«, fuhr Crystal fort, und wir stimmten noch einmal ein: »Wir werden immer Schwestern bleiben.«

Butterfly öffnete die Augen, ihr Mund bewegte sich sacht, bis sie ebenfalls in den Beschwörungsgesang einstimmte. Dann hielten wir inne und traten zurück. Butterfly blickte von Raven und mir zu Crystal.

»Was ist passiert?«, fragte sie.

»Alles ist wieder in Ordnung«, beruhigte ich sie. »Wir wollen uns jetzt anziehen und zum Frühstück hinuntergehen. Ich verhungere.«

Es war Crystals Idee gewesen, einander zu berühren und diesen Singsang anzustimmen, und das alles wegen Butterfly. Butterfly hatte uns vier zusammengebracht. Niemand hier war so verletzlich wie sie. Crystal war ihre erste Beschützerin, weil sie das Zimmer mit ihr teilte. Ravens und meine Aufgabe war es zu verhindern, dass die älteren Mädchen die beiden ausnutzten. Crystal machte mit der Schärfe ihres Verstandes und ihrer Zunge alle nieder, die sich über Janet lustig machten, weil sie so klein und schüchtern war. Eine von uns war stets in ihrer Nähe, um sie zu beschützen. Es blieb nicht aus, dass auch wir uns dadurch näher kamen.

Crystal nannte uns »Die vier Waisen« statt der »Vier Musketiere«. Auch wir sagten stets: »Alle für eine und eine für alle.« Jetzt und vielleicht für immer waren wir die einzige Familie, die wir auf der Welt hatten.

Crystal sagte, das Ritual und der Gesang würden unser Gefühl der Isolation und Einsamkeit vertreiben. Sie war wirklich wie eine Lehrerin. »Der Mensch ist ein Herdentier«, dozierte sie. »Religiöse Gruppen und Meditationsgruppen bevorzugen solche Gruppenrezitationen. Die Stimmen der anderen zu hören, die dasselbe sagen, bietet Sicherheit. Eine Berührung ist vertraulich und verpflichtend«, erklärte sie. Ich wusste nicht, was das alles bedeutete, aber ich wusste, dass es einen Sinn hatte, weil es wirklich funktionierte.

Heute Morgen hatte es wieder geklappt, aber ich hatte Angst vor dem Tag, an dem es nicht mehr wirkte.

1
Ein Hoffnungsschimmer

Als ich mich fertig machte, um zum Frühstück nach unten zu gehen, machte ich mir Sorgen um Butterfly und fragte mich, wie es kam, dass mir und meinen anderen Schwestern dieses Schicksal erspart geblieben war. Jede von uns hatte eine tragische Geschichte, aber langsam wurde mir klar, dass einige dieser Schicksale tragischer waren als andere.

Mit dreizehn wurde ich beinahe von Pamela und Peter Thompson adoptiert, einem jungen Paar, das keine eigenen Kinder hatte. Pamela war die schönste Frau, die ich je gesehen hatte, und obwohl ich es seltsam fand, dass ich sie Pamela statt Mami nennen sollte, tat ich, worum sie mich bat. Waisen lernen schon sehr früh, alles, also fast alles zu tun, um ihren zukünftigen Eltern zu gefallen.

Pamela war eine Schönheitskönigin gewesen und hatte mich ausgewählt, weil sie glaubte, ich sähe wie eine jüngere Version von ihr aus. Niemand hatte mir je gesagt, ich sei schön oder hätte das Zeug dazu, zu einer Schönheit heranzuwachsen. Daher war ich völlig verblüfft, als Pamela und Peter mich aus genau diesem Grund aussuchten. Aber ich war glücklich, und zum ersten Mal im Leben glaubte ich, vielleicht doch etwas Besonderes zu sein. Ich war nicht mehr einfach nur ein kleines Mädchen, das niemand haben wollte.

Bald wurde mir allerdings klar, dass Pamela mich nicht für etwas Besonderes hielt wegen dem, was ich wirklich war, sondern wegen dem, was sie aus mir machen wollte. All die hübschen Kleider und Unterrichtsstunden, die mir zuerst das Gefühl gegeben hatten, eine verzauberte Prinzessin zu sein, erstickten mich bald. Mir wurde nicht erlaubt, mich in den Sportarten hervorzutun, in denen ich so gut war, oder auch nur ich selbst zu sein. Innerlich war ich völlig zerrissen: Ich wollte Pamela gefallen, weil sie meine neue Mutter war, aber ich wusste auch, dass ich mich verlieren würde, wenn ich ihr gefiel.

Peter versuchte, uns zu helfen, und erklärte Pamela, dass ich im Sport gut sein und trotzdem eine Schönheitskönigin werden konnte. Aber Pamela wurde immer unerträglicher und gehässiger. Als ich schließlich das Gefühl hatte, sie würde nie interessieren, welche Träume ich tief im Innersten hegte, tat ich das Einzige, das mir einfiel, um ihr die Situation begreiflich zu machen. Ich schnitt meine schönen langen Haare ab, die Haare, die sie so gerne bürstete und wusch, die Haare, die mir helfen sollten, ihre kostbaren Schönheitskonkurrenzen zu gewinnen.

Pamela bekam solch einen Wutanfall, als sie mich sah, dass sie nach Luft zu schnappen begann und keuchend verkündete, sie stehe am Rande des Herzinfarktes. Sie warf mir vor, ich bringe sie in Verlegenheit, sei völlig ungeeignet als Teilnehmerin in einem Schönheitswettbewerb oder auch als Tochter. Peter wusste nicht, wie er mit Pamelas Wutausbruch fertig werden sollte. Daher gab er mich zurück wie ein defektes Spielzeug und überstellte mich wieder dem Jugendamt. Und Jahre später bin ich immer noch hier in diesem Höllenloch.

Butterflys Erfahrungen müssen noch viel schlimmer gewesen sein als meine, da sie kaum darüber redet. Im Laufe der Jahre haben wir jedoch einiges erfahren. Aber meistens, wenn sie versucht darüber zu sprechen, verfällt sie in einen ihrer Krampfzustände. Ihre Pflegemutter, Celine Delorice, eine Frau Anfang Dreißig, hatte einst eine hoffnungsvolle Karriere als Balletttänzerin vor sich. Sie heiratete einen wohlhabenden Geschäftsmann, Sanford Delorice, der ihre

Bemühungen, eine Primaballerina zu werden, unterstützte. Kurz nach ihrer Hochzeit hatte Celine jedoch einen schweren Autounfall, der sie an den Rollstuhl fesselte. Sie überredete Sanford dazu, ein Kind zu adoptieren. Celine wählte Butterfly aus, weil sie so zierlich war und perfekte Füße hatte. Sie glaubte, Butterfly könne die Tänzerin werden, die sie hatte sein wollen. Fast am selben Tag, als sie sie aus dem Waisenhaus nach Hause brachten, begann ihr Training.

Butterfly war eine gute Tänzerin, aber keine großartige. Sie machte nicht so rasch Fortschritte, wie Celine es sich erhofft hatte, und erstarrte unter dem Druck und der Angst zu versagen. Daraufhin erlitt Celine Delorice einen Nervenzusammenbruch. Zumindest hat Butterfly uns das so erzählt. Bald darauf übergab Sanford sie wieder dem Jugendamt und behauptete, die Behinderung seiner Frau mache es ihnen unmöglich, ein Kind angemessen aufzuziehen. Crystal vertrat die Ansicht, dass noch mehr dahinter stecken müsse, aber sie bedrängte Butterfly nie, die zu Stein erstarrte, sobald man sie zwang, über ihre Vergangenheit zu reden.

Obwohl Raven so reserviert wirkte, unterschied sie sich nicht grundlegend von uns anderen. Nachdem ihre Mutter wegen eines Drogenvergehens verhaftet worden war und in eine Rehabilitationsbehandlung gesteckt worden war, hatte sie eine Zeit lang beim Bruder ihrer Mutter gelebt. Wir kannten nicht alle Einzelheiten, aber irgendetwas war passiert, und daraufhin hatte man Raven hierher gebracht. Sie erzählte uns nur, dass ihr Onkel und ihre Tante als Eltern völlig ungeeignet gewesen seien, besonders ihr Onkel. Sie erzählte mir, dass, was auch immer bei ihrem Onkel und ihrer Tante passiert war, mit ihrer Cousine Jennifer zu tun hatte. Ich wollte gerne, dass Raven sich mir ganz anvertraute, aber anscheinend hatte Raven Probleme damit, irgendjemandem zu vertrauen, selbst Crystal, Butterfly und mir.

Ravens Situation war noch viel komplizierter als unsere,

weil Raven irgendwo dort draußen noch einen leiblichen Elternteil hatte. Es war beinahe ausgeschlossen, ein Kind zu adoptieren, solange die geringste Chance bestand, dass dieses Kind dem Elternteil zurückgegeben wurde.

Crystal war die Einzige von uns, die gute Erfahrungen mit Pflegeeltern gemacht hatte. Sie redete nicht viel über sie, aber wenn sie es tat, beschrieb sie Thelmas Leidenschaft für Seifenopern und Karls Leidenschaft, sein gesamtes Leben effizient zu organisieren. Sie erzählte uns, dass er Buchhalter war und sein ganzes Leben als ein Gleichgewicht von Soll und Haben betrachtete. Oft hielt er ihr Vorträge darüber, vernünftig zu handeln. Sie erzählte, ihre Adoptiveltern seien ganz angenehme Menschen gewesen, aber so, wie sie über sie sprach, hielt sie beide wohl für recht wirklichkeitsfremd. Als sie bei einem Autounfall getötet wurden, wollte keiner der Verwandten sie aufnehmen, und so kehrte sie zurück in ein Heim.

Hier waren wir also, vier Waisen, so unterschiedlich und dennoch zueinander hingezogen. In unserer kleinen Gruppe fühlten wir uns sicherer, jede steuerte etwas bei, das wir alle brauchten; jede von uns war bereit, Schmerz und Unglücklichsein auf sich zu nehmen, um die anderen zu schützen. Wenn man uns anschaute, würde niemand glauben, dass uns etwas Besonderes verband.

Ich trug normalerweise eine Latzhose aus grobem Baumwollstoff und ein T-Shirt oder ein altes Sweatshirt. Ich hatte Turnschuhe und ein Paar schicke Schuhe, aber ich bevorzugte meine schweren Stiefel mit dicken Socken. Stets trug ich das rosa Band, das meine Mutter mir ins Haar gebunden hatte, bevor sie mich ins Heim gegeben hatte. Natürlich war es mittlerweile völlig verblichen. Ich band es mir einfach ums Handgelenk. Ich trug fast nie Lippenstift oder Make-up und benutzte lieber einen Deostift als Eau de Cologne. Raven dagegen zog immer einen Rock oder ein Kleid an.

Crystal trug schlichte Kleider und band ihr dunkelbraunes Haar entweder zu einem Knoten oder einem Pferdeschwanz zusammen. Sie trug nur sehr selten Lippenstift und noch weniger Make-up. Es konnte ihr passieren, dass sie den ganzen Tag mit einem Tintenfleck auf dem Kinn herumlief, weil sie kaum je in den Spiegel schaute.

Butterfly hatte noch viel von der Kleidung aus ihrer Zeit bei den Delorices, schicke kleine Kleidchen, mehrfarbige Turnschuhe, eine hübsche pinkfarbene Lederjacke. Es war, als hätte sie aufgehört zu wachsen, weil sie so unglücklich war. Sie war aus kaum etwas herausgewachsen. Ihr goldenes Haar trug sie in herabfallenden Locken, Lippenstift benutzte sie nur, wenn Raven ihr beim Make-up half.

Trotz unserer unterschiedlichen Persönlichkeiten hatten wir etwas Besonderes, etwas, das die anderen Mädchen neidisch machte. Vielleicht war es einfach das Zusammensein. Vielleicht bestand zwischen uns ein geistiges Band. Zumindest besaßen wir etwas, an das wir glauben konnten, nämlich einander.

Trotz des Vorfalls mit Butterfly hatten wir uns rechtzeitig angezogen und waren auf dem Weg nach unten zum Essraum. Von seinen Räumlichkeiten her war *Lakewood House* perfekt geeignet für zwei Dutzend Pflegekinder. Nur sehr wenig war seit den Tagen als Urlaubshotel geändert worden. Es gab immer noch einen großen Aufenthaltsraum, in dem früher Tische für Brettspiele, Domino, Kartenspiele und Mah-Jongg gestanden hatten, einem Spiel, von dem wir noch nie etwas gehört hatten. Louise sagte, es sei damals das beliebteste Spiel der Touristinnen gewesen. Sie zeigte uns die Steine mit asiatischen Schriftzeichen, warnte uns aber, sie zu berühren. Sie und Gordon warteten nur darauf, die Spiele als wertvolle Antiquitäten zu verkaufen.

Das meiste im Haus war antik oder einfach alt. Die Treppe, auf der wir nach unten zum Speisesaal liefen, bebte und knarrte. Die Leitungsrohre ächzten wie arthritische alte Leute. Fenster froren selbst im Sommer in ihren Fugen ein, und oft funktionierten die elektrischen Einrichtungen nicht. Gordon hasste es, irgendetwas zu reparieren, und wartete, bis es sich nicht länger hinauszögern ließ. Beispielsweise ersetzte er eine Treppenstufe, auch wenn sie noch so fürchterlich knarrte und es gefährlich war daraufzutreten, erst, wenn sich jemand vom Jugendamt angekündigt hatte, um das Haus zu inspizieren. Wenn in unseren Zimmern etwas kaputtging oder wenn mit den Wasserleitungen ein Problem auftrat, gab er einem von uns die Schuld und wartete so lange wie möglich mit der Reparatur.

Schon früh merkten wir, dass Louise fast genauso viel Angst vor Gordon hatte wie wir. Wenn sie ihm je in unserer Gegenwart widersprach, starrte er sie nur mit glühenden Augen an, der Kopf wurde hochrot, die Halsmuskulatur spannte sich an, die Arterien traten hervor, und seine beiden riesigen Hände ballten sich. Er war außergewöhnlich stark. Wenn er in der Laune war, uns etwas vorzuführen, durften wir Kinder zuschauen, wie er einen Baum fällte. Er machte das mit der Axt und hielt nicht einmal inne, bis der Baum umkippte. Holzsplitter flogen um ihn wie blassgelbe Motten; der Baum schien aus Papier zu sein. Diese Demonstrationen seiner Kraft prägten sich den Kindern unauslöschlich ein. Wehe denjenigen, gegen die sich Gordons Wut richtete.

Wenn aber Gäste oder Mitarbeiter des Jugendamtes kamen, verwandelte sich Gordon in einen sanften, lächelnden Riesen, der mit einer Siebenjährigen auf den Schultern umhermarschierte, liebevoll, fürsorglich, beschützend. Zu beobachten, wie sich jemand mit so offensichtlichen Körperkräften so sanft benahm, erwärmte das Herz der Besucher. Einmal erwischte er mich dabei, wie ich ihn voller Abscheu anstarrte, als er solch eine oscarreife Leistung hinlegte. Zufällig war sein Blick auf mich gefallen, daraufhin wandte er sich mir zu und starrte mich mit solch einem kalten, Furcht einflößenden Blick an, dass ich rasch flüchtete. Mein Herz hämmerte so stark, dass meine Brust bebte. Ich ging ihm noch tagelang aus dem Weg, bis er den Vorfall vergessen zu haben schien.

Keiner der Zöglinge schien ihn zu interessieren. Er kannte unsere Namen und wusste, welche Kinder besonders geeignet waren, um seine Fürsorglichkeit vor Leuten vom Jugendamt zu demonstrieren. Aber die eigentliche Elternarbeit überließ er Louise. Sie war die eigentliche Verwaltungschefin in *Lakewood House,* er war eher der Vorarbeiter.

Gordon achtete jedoch ständig darauf, dass Louise eine gewisse Distanz zu uns wahrte. Wenn ihr Umgang mit einem der Kinder seiner Meinung nach zu vertraulich wurde, beklagte er sich lauthals vor uns allen darüber.

»Du gibst dich zu sehr mit ihr ab, Louise. Ich habe dich gewarnt.«

Hinterher erklärte sie uns, dass sie und Gordon besonders instruiert worden waren, kein zu enges Band mit einem der Pflegekinder zu knüpfen. Dahinter steckte die Vorstellung, dass wir nur vorübergehend hier lebten und bald zu unseren leiblichen Eltern zurückkehrten oder adoptiert würden. Niemand wollte, dass wir traurig waren, wenn wir dieses Heim verließen, oder dass wir unsere neuen Eltern deswegen ablehnten. Was für ein Witz. Wer würde schon etwas dagegen haben, hier wegzukommen? Ich für meinen Teil war froh, dass Gordon die Distanz wahrte und auch darauf achtete, dass Louise dasselbe tat.

Manchmal schaute sie uns an, als seien wir wirklich ihre Kinder. Da sie kinderlos war, bedauerte sie es, einen von uns zu verlieren. Eine richtige Mutter könnte nicht besitzergreifender sein. Aber warme Zuneigung war nur heimlich möglich. Sie musste sich immer erst umschauen und sich vergewissern, dass Gordon nicht in der Nähe war, bevor sie ein Kind auf die Stirn küsste oder an ihren üppigen Busen drückte.

Louise war nicht die Einzige, die uns das Gefühl vermitteln wollte, eine Familie zu sein. Eine liebe ältere Dame, die darauf bestand, dass wir sie Grandma Kelly nannten, bereitete uns jeden Tag die Mahlzeiten zu und hatte stets ein Lächeln oder ein freundliches Wort für uns. Grandma Kelly wohnte im nahe gelegenen Dorf Mountaindale und hatte tatsächlich schon für Louises Familie gearbeitet, als *Lakewood House* noch eine Fremdenpension war. Sie war nur einen Meter siebenundfünfzig groß, hatte ein rundes Gesicht mit stets hochroten Wangen, besonders wenn sie am heißen Herd arbeitete. Ihre sanften Augen waren so blau wie die Federn eines Eichelhähers. Ihr zinngraues Haar lockte sich noch stärker als das von Butterfly. In der Küche bedeckte sie es jedoch stets mit einer Haube. Sie erzählte uns, dass sie erst mit zwölf nach Amerika gekommen war. Bis zum heutigen Tag sprach sie mit einem irischen Akzent. Crystal fand, Grandma erinnere sie an einen Kobold.

»Toll, wenn Grandma Kelly wirklich ein Kobold wäre und uns zu dem Schatz führen könnte, damit wir endlich hier herauskommen«, meinte ich.

Natürlich glaubte Crystal nicht an Märchen, aber wir stellten uns alle gerne vor, auf uns warte irgendwo ein Goldschatz.

Wir machten Witze darüber, was Grandma Kelly uns zum Frühstück zubereitet hatte, als wir zum Speisesaal hinuntergingen. Während wir anstanden und auf unsere Mahlzeit warteten, erzählte Crystal uns, dass sie vorhabe, den Tag am Computer in der Bibliothek zu verbringen.

Crystal träumte davon, Ärztin zu werden, und sie erzählte uns, dass sie Informationen gesammelt hatte, wie man Stipendien fürs College bekam. Sie behauptete, dass man alles, was man wissen wolle, aus dem Internet erfahren könne.

»Wie sieht's denn aus mit meiner Zukunft?«, fragte ich.

»Wie gesagt, gibt es Statistiken über Pflegekinder. Jedes Jahr werden etwa fünfzehntausend Pflegekinder achtzehn und verlieren damit ihre Pflegestelle, haben aber keine eigene Familie. Etwa vierzig Prozent aller Pflegekinder enden als Sozialfall.«

»Vielen Dank für die Aufmunterung«, murmelte ich.

»Du könntest heiraten«, schlug Raven vor. »Das werde ich tun, sobald ich jemanden finde, der reich genug ist.«

»Warum sollte er dich heiraten?«, fragte ich.

»Weil ich das hübscheste Mädchen bin, das er kennt«, erwiderte sie, schaute kokett über die Schulter und klimperte mit ihren langen schwarzen Wimpern. »Und weil ich die nächste Selena bin, die einen Hit nach dem anderen landet – deshalb.« Butterfly lachte, und Raven umarmte sie. »Zumindest einer liebt mich«, sagte sie. »Und Butterfly wird eine berühmte Tänzerin. Nimm das in deine dämliche Statistik auf, Crystal.«

»Ich will euch nicht gerne enttäuschen oder entmutigen, aber es ist ganz schön schwer, in der Unterhaltungsbranche Erfolg zu haben«, witzelte Crystal. »Und schaut euch doch bloß an, was Selena passiert ist!«

Raven streckte die Zunge heraus, als sie sich umdrehte, um Butterfly bei der Hand zu nehmen. »Komm, Butterfly, wir holen uns unser Essen, dann kann Crystal für sich allein Trübsal blasen. Sie weiß einfach nicht, wie man an etwas glaubt. Man kann alles schaffen, solange man daran glaubt.« Ravens Worte klangen tapfer, aber ich wusste, dass sie hauptsächlich Butterfly galten. Sie war immer noch ganz mitgenommen von dem Vorfall heute Morgen. Während wir in der Essensschlange standen, betrachteten wir eingehend den Speisesaal.

An den Wänden hingen Bilder von *Lakewood House* aus früheren Tagen, Gruppenfotos von Gästen am See oder auf Liegestühlen. Auf den meisten Bildern waren die Menschen sehr korrekt gekleidet; die Männer trugen Jacketts und Krawatten, die Frauen knöchellange Kleider mit hohen Kragen und Rüschenärmeln. Alle hatten blasse Gesichter, und alle wirkten Jahre älter, als sie tatsächlich waren. Es gab viele Fotos von Familien, weil *Lakewood House* besonders Familien etwas bot. Die Pflegekinder, die jetzt hier lebten, betrachteten diese Fotos eingehend, meist mit einem sanften, verträumten Lächeln auf dem Gesicht, wenn sie sich vorstellten, zu einer jener Familien zu gehören, die Mutter zu umarmen, den Vater an der Hand zu halten, neben ihren Brüdern und Schwestern zu stehen, einen Namen zu haben.

Es sah ganz so aus, als sei *Lakewood House* einst sehr hübsch gewesen, ein Ort voller Gelächter und Musik. Laut Grandma Kelly saßen die Gäste früher auf der breiten umlaufenden Veranda und plauderten bis in die frühen Morgenstunden, während die Grillen zirpten und die Eulen neugierig durch die mondhelle Nacht äugten, dem Stimmengemurmel, dem Geräusch der Fliegengittertüren, dem Schrei eines Kindes lauschten. Obwohl ich es nie jemandem anvertrauen würde, nicht einmal einer von den anderen dreien, glaubte ich manchmal, ein gespenstisches Gelächter zu hören und sogar die raschen Schritte glücklicher Kinder, die durch das Haus liefen, durch die Fliegengittertür, die Treppe hinunter, um auf dem gepflegten grünen Rasen zu spielen – sicher, glücklich und voller Hoffnung.

Vielleicht würden wir ja eines Tages auch aus diesem Haus laufen zu einem Ort voller Sicherheit, Glück und Hoffnung.

Der Lärm der Gespräche, das Klappern von Geschirr und Besteck, das Gelächter und Geschrei, das uns heute Morgen empfing, war etwa hundert Dezibel lauter als an Werktagen. Die Schulkinder hatten zwei freie Tage vor sich und konnten, abgesehen von den späten Nachmittagsstunden des Sonntags, ihre Schularbeiten beiseite legen. Bei schönem Wetter konnten wir Softball spielen oder zum verfallenen Tennisplatz hinuntergehen und dort nach unseren häuslichen Pflichten spielen. Louise gestattete den älteren Kindern, zum Mittagessen ein Picknick zu veranstalten, wenn sie einige der jüngeren mitnahmen und auf sie aufpassten. Uns vieren vertraute sie mehr Kinder an als irgendeinem anderen der älteren. Oft jedoch fand Gordon Arbeit für uns. Wir strichen das Haus, schnitten den Rasen, sammelten Laub und putzten Fenster. Im Haus wischten wir die Fußböden, halfen beim Spülen, putzten Staub und saugten. Man sagte uns, weil dies unser Zuhause sei, müssten wir uns auch selbst darum kümmern. »Dann wisst ihr euer Zuhause eher zu schätzen«, erklärte Louise, die Gordons drastische Anordnungen mildern wollte.

»Du brauchst nichts zu rechtfertigen. Sie sollen arbeiten für das, was sie bekommen«, schnauzte Gordon sie an, bevor er sich zu uns umdrehte und seinen Blick wie zwei Laserkanonen auf uns richtete. »Ich will nie wieder Klagen hören.«

Die Hausarbeiten wurden nach einem Rotationsprinzip verteilt. An diesem Wochenende musste keine von uns in der Küche arbeiten. Wir betraten den Speisesaal, einen langen, breiten Raum mit riesigen Fenstern, den einzigen Fenstern mit neuen Jalousien, weil hier die offiziellen Besucher bewirtet wurden.

Meg Callaway war heute für die Essensausgabe verantwortlich. Am Ende des Raumes waren einige lange Tische zusammengestellt, an denen wir alle vorbeigingen und unsere Teller füllten. Meg war fünfzehn, groß und schlaksig. Ihre Zahnspange sah aus wie eine Stoßstange. Crystal fand, sie könnte gut die Tochter von Ichabod Crane aus *Sleepy Hollow* sein. Sie hatte in einer Beschreibung von ihm gelesen, sein Hals und seine Nase seien so lang, dass er aussähe, als sitze ein Wetterhahn auf seinen Schultern.

Meg versuchte immer, eine von uns zu werden, aber ihr fehlte, was uns verband; da stimmte einfach die Chemie nicht. Sie war eine hinterlistige Ränkeschmiedin und platzte vor Eifersucht und Neid. Raven meinte, ihre Augen müssten auf jeden Fall grün sein. Ständig tuschelte sie mit uns und versuchte, eine gegen die andere auszuspielen. Sie streute Gerüchte aus wie Dünger im Garten und hoffte, dass sie dadurch Konflikte provozieren könnte, bei denen sie dann als die Heldin dastand. Niemand mochte sie wirklich, aber viele hatten Angst, das Ziel ihrer Attacken zu werden, wenn man nicht wenigstens so tat, als sei man freundlich zu ihr. In der vergangenen Woche hatte ich sie zweimal dabei erwischt, wie sie jüngeren Kindern etwas wegnahm.

»Da kommt ja Goldlöckchen mit den drei Bären«, spöttelte sie, als wir uns der Essensausgabe näherten. Sie betrachtete Butterfly einen Moment genau, dann verzogen sich ihre Lippen zu einem dünnen, eisigen Lächeln. »Warum hat Goldlöckchen denn geweint? Hat etwa jemand Kleber auf ihre Tanzschuhe geschmiert?«

»Komm nach dem Frühstück heraus, dann zeige ich dir, warum sie geweint hat«, sagte ich. Rasch verflog ihr Lächeln. Sie wandte sich an die Zehnjährigen, die ihr halfen.

»Ich habe euch doch gesagt, ihr sollt noch mehr Toast holen«, fauchte sie sie an und wich meinem Blick aus.

Wir nahmen unser Essen mit zu unserem Tisch.

»Warum sind diese Brötchen bloß so hart?«, murmelte ich. Crystal trank ihren Orangensaft aus und gab uns mit den Augen ein Zeichen, näher zusammenzurücken.

»Ich habe gestern, als ich am Computer arbeitete, ein Gespräch zwischen Grandma Kelly und Gordon belauscht. Grandma warf ihm vor, dass er zwei Tage altes Brot kauft, weil es billiger ist. Sie sagte, sie wüsste auch, dass er nicht das beste Fleisch kaufe. Das stritt er ab und sagte, sie sollte sich um ihre eigenen Angelegenheiten kümmern. Sie erwiderte, das Essen sei ihre Angelegenheit. Darauf meinte er, sie sollte vielleicht einmal daran denken, sich zur Ruhe zu setzen.«

»Dieser widerliche Kerl«, zischte Raven mit wutblitzenden Augen.

»Ich will nicht, dass Grandma Kelly sich zur Ruhe setzt«, sagte Butterfly traurig. Fast immer senkte sie rasch den Blick, wenn sie etwas gesagt hatte, als hätte sie Angst vor den Reaktionen, die ihre Worte bei den Zuhörern hervorriefen. Ihre Pflegemutter musste eine Tyrannin gewesen sein.

»Keine Angst, das wird sie nicht«, beschwichtigte ich sie. »Kontrolliert ihn denn niemand, überprüft, wie er das Geld verwendet, das er für uns ausgeben soll?«, fragte ich Crystal.

Sie zuckte die Achseln und überlegte einen Moment. »Die Rechnungen werden frisiert, vermute ich, oder mit den Lieferanten werden unter der Hand Absprachen getroffen.«

»Wir sollten ihn melden«, schlug ich vor. Wir vier beugten uns immer noch über unsere Tabletts und flüsterten miteinander. Es war wie eine Verschwörung.

»Wenn wir unsere Namen nicht unter die Beschwerde setzen, wird er Grandma beschuldigen, es getan zu haben, weil sie sich beschwert hat«, meinte Crystal. »Und ich glaube nicht, dass eine von uns etwas unterschreiben möchte, das gegen Gordon Tooey gerichtet ist.«

Wie aufs Stichwort betrat Gordon den Speisesaal. Augenblicklich legte sich der Lärm. Die dunklen Augen zu schmalen Schlitzen zusammengekniffen, die riesigen Hände auf die Hüften gestemmt, ließ er den Blick durch den Raum schweifen, als forsche er nach einem Eindringling. Die langen Ärmel seines weißen Hemdes hatte er über die muskulösen Unterarme hochgekrempelt. Auf seinem rechten Arm sah man die Tätowierung eines Haies, die aus seiner Zeit bei der Marine stammte.

»Ich erwarte von euch, dass heute keiner herumgammelt. Direkt nach dem Frühstück kümmert sich jeder um seine Aufgabe, und zwar pronto. Nächste Woche steht uns eine Inspektion bevor, und ich will, dass es hier tipptopp aussieht.«

Am liebsten hätte ich gebrüllt: »Dann brenn doch alles nieder und bau es neu«, aber ich schaute nur auf meinen Teller. Geschäftig kam Louise hinter ihm her und strahlte. Sie war Mitte Fünfzig, eins fünfundsiebzig groß und trug brünettes schulterlanges Haar. Am besten an ihr gefielen mir ihre verblüffend himmelblauen Augen. Sie hatte eine seltsame Art, einen anzuschauen, wenn sie mit einem sprach: Sie sah einen an und blickte dann sofort wieder weg, sodass man nie das Gefühl hatte, ihre volle Aufmerksamkeit zu besitzen. Als befürchtete sie wirklich, wie Gordon ihr gesagt hatte, dass sie sonst eine tiefere Beziehung zu einem Kind aufbauen könnte und dann bei seiner Adoption leiden würde.

»Guten Morgen«, rief sie und schaute eher die Decke an als uns. Dann wandte sie sich in Richtung Fenster. »Ist heute nicht ein wunderbarer Tag? Wir wollen jetzt alle rasch und gründlich unsere Arbeit erledigen, damit wir die frische Luft und den Sonnenschein genießen können. Wie ihr wisst, Kinder, kamen vor Jahren die Menschen in diese Berge, um sich von Lungenkrankheiten wie Tuberkulose zu erholen. Und zwar weil wir die beste frische Luft haben. Ihr habt wirklich Glück, hier leben zu können«, verkündete sie und klatschte vor Begeisterung in die Hände. Dann ging sie zu einem Tisch, um einigen der jüngeren Kinder zu helfen.

»Statt Blut hat sie Sirup in den Adern«, murmelte ich. »Ich kann mir nicht vorstellen, wie sie miteinander schlafen. Sie wirken doch wie Öl und Wasser. Wahrscheinlich macht sie die ganze Zeit die Augen zu und hält die Luft an, bis es vorüber ist.«

Raven lachte so laut, dass sie einen Augenblick lang Gordons Aufmerksamkeit auf sich zog. Wir alle senkten die Blicke auf unsere Teller. Als wir wieder aufschauten, marschierte er gerade hinaus. Alle seufzten erleichtert auf.

»Willkommen zu einem weiteren vergnüglichen Wochenende voll Sklavenarbeit im Höllenloch«, sagte ich laut genug, dass auch die Kinder am Nebentisch es hören konnten. Manche lachten, andere warfen einen prüfenden Blick zur Tür, ob Gordon auch wirklich weg war.

»Ich will diesen Zaun nicht schon wieder streichen«, stöhnte Raven. »Hoffentlich hat er mich nicht dafür eingeteilt. Von den Dämpfen aus der Farbe musste ich tagelang husten.«

»Weil sie schädlich für die Lunge sind«, erklärte Crystal.

»Los jetzt«, sagte ich, um das Thema zu wechseln. »Wir essen diesen Brei auf und dann nichts wie ab nach draußen, selbst wenn wir arbeiten müssen.«

Die Liste mit den Aufgaben hing am schwarzen Brett. Ich sollte Rasen mähen. Das tat ich zwar nicht besonders gern, aber wenigstens war ich dabei draußen. Crystal und Raven sollten das Gras zusammenrechen, und Butterfly musste im Aufenthaltsraum Staub putzen und die Möbel polieren.

»Geht es ihr gut genug, um heute Morgen allein zu sein?«, fragte ich Crystal, bevor wir nach draußen gingen.

»Ihr geht es gut«, sagte sie. »Nicht wahr, Butterfly?«

»Mit mir ist alles in Ordnung«, bestätigte sie und schenkte mir eines ihrer Reklamelächeln. »Wirklich.«

»Wenn jemand dich ärgert, besonders diese Megan Callaway, kommst du nach draußen«, schärfte ich ihr ein.

»Ich bin nicht gerne eine Petze.«

»Du bist keine Petze, wenn jemand, der größer ist als du, auf dir herumhackt, Butterfly«, versicherte ich ihr.

»Jeder ist größer als ich«, stöhnte sie. Ich schaute Crystal an. Ich schaute Crystal immer an, wenn ich eine andere oder eine bessere Antwort suchte.

»Es ist auch jeder größer als Grandma Kelly, aber deshalb

ist sie doch keine unbedeutende Persönlichkeit oder schlechtere Köchin, oder?«, sagte Crystal. »Wenn du dir überlegst, was sie mit dem, was ihr zur Verfügung steht, alles fertig bringt …«

»Das stimmt. Klein, aber oho«, bestätigte ich.

»Heute Mittag gibt's ein Picknick«, verkündete ich. »Neben dem Tennisplatz.«

Am Wochenende packte uns Grandma Kelly Sandwiches ein. Wir konnten wählen unter Käse und Schinken, nur Käse, Erdnussbutter und Marmelade oder gehackten Eiern. Dazu gab es Milch oder Saft, einen kleinen Kuchen oder Kekse. Auf einer Decke konnten wir uns dann auf dem Rasen niederlassen. Wenn das Wetter am Wochenende schön war, fühlten wir uns beinahe wie richtige Menschen. Raven hasste diese Formulierung.

»Wir sind richtige Menschen. Es ist doch nicht unsere Schuld, dass in letzter Zeit niemand von uns Notiz genommen hat«, fauchte sie dann wütend.

Wochenenden waren für uns beinahe wie ein Vorsprechen im Theater. Mögliche Adoptiveltern besuchten das Heim, um sich ein Kind anzuschauen, das sie unter Umständen adoptieren wollten. Dass wir wie die Heinzelmännchen arbeiteten, sollte nur unsere Chance erhöhen, denn dann sahen unsere potenziellen Mütter und Väter, wie leistungsfähig wir waren und durch unser Leben im Heim alles andere als verwöhnt. Heute war es ganz genauso. Direkt nachdem wir unsere Decke ausgebreitet und es uns gemütlich gemacht hatten, um unser Picknick zu genießen, kam Louise und suchte Butterfly.

»Da bist du ja, Janet«, meinte sie, als sie zu uns herüberkam, und schaute auf Butterfly hinunter. »Sie haben deine Fotos gesehen und wollen dich kennen lernen«, verkündete sie in offiziellem Tonfall. Immer wenn sie so sprach, fing mein Herz an zu zittern.

»Wer?«, fragte Butterfly.

»Sie heißen Mr. und Mrs. Lockhart«, erwiderte Louise. »Komm mit, Janet. Streich dir bitte dein Kleid glatt«, befahl sie. »Ich hasse es, wenn sie einfach so vorbeikommen, ohne einen Tag vorher Bescheid zu sagen.«

»Kommen sie denn nicht oft samstags oder sonntags vorbei?«, fragte ich.

»Du weißt doch, was ich meine«, entgegnete sie. Ich schüttelte den Kopf. »Wirklich, Brooke, du bist manchmal so ... unkooperativ. Warum benimmst du dich nicht so wie Crystal? Sie weiß, wann sie zu reden und wann sie zu schweigen hat.«

»Ich rede, wenn ich etwas zu sagen habe und wenn ich weiß, dass es etwas nützt«, sagte Crystal.

»Siehst du?«, triumphierte Louise, der Crystals Sarkasmus völlig entgangen war. »Janet, steh bitte gerade und blinzele nicht so viel. Komm jetzt, Mr. und Mrs. Lockhart warten schon.«

Nervös schaute sich Butterfly zu uns um. Ich hielt aufmunternd den Daumen hoch.

»Viel Glück«, rief Raven.

»Ich verstehe sowieso nicht, warum sie nicht schon längst weggeschnappt worden ist«, sagte ich, als sie aufs Haus zugingen. »Sie sieht süß aus, ist lieb und intelligent.«

Crystal legte ihr Buch beiseite und schaute uns an.

»Jede von uns ist auf ihre Weise etwas Besonderes, wenn sich nur jemand die Zeit nehmen würde, es zu bemerken. Heutzutage kaufen die Leute Kinder genauso ein wie alles andere. Sie sehen uns nicht als Menschen, sondern als eine Art Besitz. Dieses Heim hier ist wie ein Warenhaus. Ich habe es satt, zu warten und mich wie ein Stück Ware zu fühlen«, fügte sie mit ungewohnter Heftigkeit hinzu. Erstaunt zog ich die Augenbrauen hoch.

»Genauso fühle ich mich auch«, bestätigte Raven, »ich

hasse es, wenn man mich mustert wie ein Tier in der Zoohandlung.«

»Du solltest dich besser daran gewöhnen, angestarrt zu werden, Raven«, scherzte ich. »Du bist schön ... jeder schaut dir nach.«

Plötzlich wurde Raven ganz kleinlaut. »Ich will doch gar nicht die Blicke auf mich ziehen. Außerdem brauche ich diese Art Aufmerksamkeit gar nicht. Ihr wisst doch, dass ich die Leute immer dazu bringen will, mein wahres Ich, die Sängerin, den Menschen mit Träumen zu sehen.«

»Ich habe doch nur Spaß gemacht, Raven. Wir wissen, dass du nicht darauf aus bist, dass die Jungen dir wie Hündchen hinterherlaufen. Sie tun es einfach.« Ich hatte jetzt ein ganz mieses Gefühl, Raven war wirklich völlig durcheinander.

»Ist schon in Ordnung. Ich weiß, dass ihr mich versteht. Ich werde nur manchmal traurig. Dann kann ich mir einfach nicht vorstellen, dass ich jemals einen Menschen finden werde, der mich um meinetwillen mag – und nicht, weil sie so toll mit mir angeben können.«

Crystal und ich schauten uns traurig an. Wir kannten dieses Gefühl, nie geliebt zu werden.

Butterfly kam bis nach dem Mittagessen nicht wieder heraus. Wir falteten gerade unsere Decke zusammen, als sie mit gesenktem Kopf und langsamen Schritten auftauchte. Crystal hatte Recht, dass wir uns alle fühlten wie ein Ausstellungsstück in einem Warenhaus, dachte ich, als ich Butterfly anschaute. Wie verhältst du dich bei einem Vorsprechen für ein neues Leben, für eine Familie? Bemühst du dich, korrekt zu sprechen? Lächelst du so viel wie möglich, damit sie dich für eine sonnige Natur halten? Manchmal mustern sie dich noch eingehender als ein Arzt. Dann fragst du dich, ob du dich nicht besser auch hinter den Ohren gewaschen hättest. Hast du schlechten Atem? Solltest du deine besten Sachen tragen? Wie lauteten die richtigen Antworten auf ihre dämlichen Fragen? »Wie würde es dir gefallen, bei uns zu leben?«

Wie würde es uns gefallen? Was glauben Sie denn? Wir fänden es grässlich. Wir würden lieber hier bleiben und ein Niemand sein.

»Wie waren sie?«, fragte Raven Butterfly sofort.

»Sie waren nett«, erwiderte sie.

»Alt oder jung?«, fragte Crystal.

»Nicht alt. Sie ist sehr hübsch. Sie hat freundliche Augen in meiner Farbe, und ihr Haar hat auch meine Farbe. Sie sagte, ich sähe so aus, als könnte ich ihr Kind sein.«

»Wow!«, rief Raven. »Auf Wiedersehen, Butterfly.«

Sie schaute uns an, und ihr Gesicht war plötzlich angsterfüllt.

»Wenn sie dich wollen, Butterfly, geben sie dir ein schönes, liebevolles Zuhause«, sagte ich. »Dort wirst du glücklicher sein.«

Sie nickte.

»Wo wohnen sie?«, fragte Crystal.

»In der Nähe von Albany.«

»Das ist schön«, sagte Crystal. »Ich wette, sie schicken dich auch auf eine gute Schule.«

»Wir sind doch nicht für immer hier, Butterfly«, sagte ich, als ich sah, wie traurig sie der Gedanke machte, uns zu verlassen. »Raven, Crystal und ich hätten liebend gerne auch so eine Chance wie du. Wir freuen uns für dich.«

Sie nickte, als sich in ihrem Blick ein gewisses Verständnis zeigte.

»Lass uns Pingpong spielen«, beschloss Raven und nahm sie bei der Hand. Hinter dem Haus stand ein Tisch.

»Ich treffe euch nachher«, sagte Crystal. »Ich laufe noch einmal rasch in die Bibliothek.«

Butterfly schaute mich fragend an.

»Ich sehe euch später. Ich will mir meine Softballausrüstung holen und ein bisschen üben.«

Wir trennten uns, ich ging zu der Vorratskammer, in der die Sportausrüstungen, unsere CD-Player und Radios aufbewahrt wurden.

Auf dem Weg zu der Kammer sah ich die Lockharts, das nette Paar, das sich mit Butterfly getroffen hatte. Sie sahen wie ein nettes, glückliches junges Paar aus, waren gut gekleidet und wären bestimmt die Art Eltern, die jemanden wie Butterfly lieben und auf Händen tragen würden. Die Wände waren in diesem Haus so dünn, dass ich leicht mein Ohr an die Wand zwischen dem Vorratsraum und Louises Büro legen und ihr Gespräch mithören konnte. Ich hoffte, eine gute Nachricht zu hören und sie als Erste verkünden zu können.

»Ja, ich weiß genau, was Sie empfinden«, sagte Louise. »Sie ist wirklich anbetungswürdig. Ich muss Ihnen jedoch noch einige weitere Informationen über sie geben, damit Sie keine unliebsamen Überraschungen erleben«, fügte sie hinzu.

»Unliebsam?«, fragte die junge Frau misstrauisch.

»Nun, vielleicht ist schwierig das bessere Wort. Sie ist in jüngster Zeit von einem Psychotherapeuten behandelt worden. Ich lese Ihnen einmal aus seinem Gutachten vor. ›Janet leidet unter einem tief verwurzelten Minderwertigkeitskomplex. Ihre katatonischen Anfälle sind ein direktes Resultat dieses Komplexes. Sie zieht sich dann in einen Zustand der Unbeweglichkeit zurück und schaltet aus Furcht vor Zurückweisung alle ihre Sinne aus.‹«

»Schizophrene Krampfanfälle? Dieses kleine Mädchen?«

»O ja. Ich musste schon ein paarmal den Notarzt rufen«, sagte Louise.

Mir fiel die Kinnlade herunter. Das hatte sie gar nicht. Kein einziges Mal.

»Oje.«

Ich hörte die tiefe Resignation in ihrer Stimme. Ihr Rückzug hatte begonnen.

Wütend marschierte ich aus dem Vorratsraum und stampfte die Treppe zu Crystals Zimmer hinauf in der Hoffnung, sie noch zu erwischen, bevor sie zur Bücherei ging. Als sie einen Blick auf mich geworfen hatte, ließ sie ihre Büchertasche fallen.

»Was ist?«, fragte sie.

»Louise sabotiert Butterfly. Ich habe gehört, wie sie den zukünftigen Eltern über Butterflys psychische Verfassung erzählte. Es hörte sich an, als sei Butterfly eine Verrückte, die dauernd Krampfanfälle hat und ständiger medizinischer Betreuung bedarf.«

Crystal nickte nur.

»Warum macht sie so was, Crystal?«

»Das ist doch ganz einfach«, erwiderte Crystal. »Ich habe es euch doch schon gesagt. Pflegeeltern bekommen umso mehr Geld, je älter die Kinder in ihrer Obhut sind. Je länger es also nicht möglich ist, ein dauerhaftes Heim für uns zu finden, desto mehr Geld fließt herein. Wir sind für die Tooeys kleine Dukatenscheißer.«

»Das ist doch entsetzlich! Wie kann Louise uns so missbrauchen?«, fragte ich wütend.

»Also, in Louises Fall ist es, glaube ich, komplizierter. Für sie ist es wirklich schrecklich, einen von uns wegzugeben. Gordon ist hinter dem Geld her, aber Louise macht sich auf ihre Art wirklich etwas aus uns. Für sie sind wir ihre eigenen Kinder.«

»Welchen Zweck hat es denn, dass sich jemand etwas aus dir macht, wenn das damit endet, dass sie dich zurückhalten und versuchen, ihre Vorstellung eines perfekten Kindes zu verwirklichen?« Das hatte ich schon einmal durchgemacht – ich konnte nicht glauben, dass es schon wieder passierte.

»Hast du eine Alternative?«, fragte Crystal. Ich starrte sie einen Augenblick an.

»Ja.«

»Was denn?«

»Wir laufen einfach weg«, antwortete ich schließlich.

Sie lachte mich nicht aus, wie ich erwartet hatte. Stattdessen schaute sie mich eindringlich an und schüttelte dann den Kopf.

»Ich bleibe heute besser zu Hause. Butterfly braucht mich vielleicht«, sagte sie seufzend. »Wir erzählen Butterfly lieber nicht, was Louise tut. Die Vorstellung, nie hier wegzukommen, würde sie zu traurig machen. Und die Sache mit dem Weglaufen würde ich auch nicht erwähnen.«

»Aber es ist mir ernst damit, Crystal.«

Sie wandte mir den Rücken zu und starrte aus dem Fenster.

Es war mir ernst. Wirklich. Ich musste nur alle davon überzeugen.

2

Davongekommen

Nachdem Raven und Butterfly Pingpong gespielt hatten, kamen sie zum Spielfeld herunter. Dort zog ich Raven beiseite und erzählte ihr, was Louise getan hatte. Am liebsten wäre sie sofort in Louises Büro gestürmt und hätte sie mit den Tatsachen konfrontiert.

»Wir kehren dort das Unterste zuoberst, und dann reißen wir ihr die Haare aus«, drohte sie.

»Das würde ich gerne, aber das können wir nicht. Erstens soll sie nicht wissen, dass ich gelauscht habe«, erklärte ich. »Und zweitens, willst du hinterher Gordon gegenübertreten?«

Raven beruhigte sich. Die Vorstellung eines wutentbrannten Gordon Tooey reichte aus, um selbst ihr südländisches Temperament zu zügeln. Wenn es im Winter kalt war und man sehen konnte, wie der Atem aus Gordons Nasenlöchern strömte, sah er wie ein Feuer speiender Drache aus.

»Also, das ist einfach nicht fair. Wir müssten es doch jemandem erzählen können«, stöhnte sie.

»Und wie die auf uns hören würden«, entgegnete ich. »Unsere einzige Hoffnung ist, wegzulaufen und unser eigenes Leben zu leben.«

»Weglaufen?« Sie starrte mich mit weit aufgerissenen Augen an. »Das ist doch eine Idee«, meinte sie und schien nur enttäuscht zu sein, dass ihr nicht selbst dieser Gedanke gekommen war. »Ja, das ist eine gute Idee.«

»Wir warten aber besser noch, bis wir darüber reden«, schlug ich vor. »Ich möchte erst einen Plan ausarbeiten.«

»Ist das dein Ernst?« Sie lächelte. »Also, Brooke, ich finde, du hast da wirklich etwas Tolles vor.« Dann sagte sie uns, dass sie in ihr Zimmer gehen wollte, um sich für einen Kinobesuch mit Gary Davis fertig zu machen. Er war ein Junge in unserem Alter, der wirklich mehr ein Freund war als alles andere.

Sobald wir sechzehn waren, durften wir uns mit Jungen verabreden, mussten aber pünktlich vor elf Uhr wieder zu Hause sein. Diese Frist wurde strikt eingehalten. Wenn man diese Regel verletzte, durfte man einen, vielleicht auch zwei Monate nicht mehr ausgehen. Crystal und ich hatten uns auch ein paarmal verabredet, aber Butterfly wurde nervös, wenn ein Junge auch nur versuchte, mit ihr zu sprechen.

Raven versuchte immer, eine gemeinsame Verabredung zu organisieren, obwohl ich nie verstand warum, bis Crystal mir erzählte, dass Raven ihrer Meinung nach nicht gerne mit den Jungen allein war, mit denen sie sich verabredete. Ich fragte Crystal, warum sie sich dann überhaupt verabredete. Darauf meinte Crystal, dass Raven eben eine unverbesserliche Optimistin sei, die immer nach dem Guten im Menschen suchte.

Da Raven von uns die meisten Verabredungen gehabt hatte, erteilte sie uns stets bereitwillig Ratschläge über Jungen: wie man herausfand, ob sie es ernst meinten, oder ob sie nur auf ein schnelles Abenteuer aus waren. Außerdem kannte sie viele Tricks, wie man diejenigen wieder los wurde, die zu weit gehen wollten. Offensichtlich verfügte sie über eine Menge Erfahrung, wie man unerwünschte Avancen abwehrte. Sie erzählte, dass man der Hälfte der Jungen, mit denen sie ausgegangen sei, den Spitznamen »Oktopus« geben könne.

Als ich mich in Bobby Sanders, einen Jungen aus meiner Tennismannschaft, verknallt hatte, fragte ich Raven, warum er mir keinerlei Beachtung schenkte. Sie meinte, es läge daran, dass ich ihn nie gewinnen ließe, wenn wir gegeneinander spielten.

»Jungen mögen es nicht, wenn Mädchen im Sport besser sind als sie. Das verletzt ihr Ego«, erklärte sie mir.

»Ich wollte doch nur, dass das Spiel Spaß macht«, widersprach ich.

»O nein. Du hast versucht zu gewinnen. Du spielst immer, um zu gewinnen«, warf sie mir lächelnd vor. Das konnte ich nicht abstreiten. Sie hatte Recht. Es lag einfach nicht in meiner Natur, absichtlich zu verlieren. Würde dieser Charakterzug es mir unmöglich machen, jemanden zu finden, den ich liebte und der mich liebte?

Ich fragte Crystal in solchen Angelegenheiten nicht gerne um ihre Meinung. Sie nahm dann die Brille ab, putzte die Gläser, dachte einen Augenblick nach und begann, das Paarungsverhalten von Walen oder dergleichen zu beschreiben.

»Erzähl mir bloß nichts über Tiere«, beschwerte ich mich dann. »Menschen sind doch ganz anders.«

»Nicht wirklich«, würde sie darauf entgegnen, sich über den Verlauf der Evolution verbreiten und ausführen, dass Menschen den Tieren viel ähnlicher sind, als sie denken.

Verschone mich damit, dachte ich dann und suchte eine Entschuldigung, um wegzukommen, bevor sie mir auf den Zahn fühlte.

Es war leichter, mit Raven ein Leben aus zweiter Hand zu führen, leichter, im Bett zu liegen und darauf zu warten, dass sie von ihrer Verabredung zurückkam, und dann, während sie sich auszog, zuzuhören, wie sie den Abend beschrieb, und Bilder vor dem inneren Auge aufsteigen zu lassen. Normalerweise genoss sie es ebenso, mir von ihren Verabredungen zu erzählen, wie ich es genoss, ihr zuzuhören. Aber nach ihrem Date mit Gary merkte ich, dass etwas nicht stimmte.

»Ich weiß auch nicht, was heute Abend in Gary gefahren ist«, fauchte sie wütend. »Er ist genau wie alle anderen.

Überall hatte er seine Hände. Als ich ihm schließlich einen Tritt verpasste, um ihn loszuwerden, hat er mich ausgelacht.« Zitternd holte sie Luft. »Er sagte, alle wüssten, wozu Mädchen wie ich gut wären. Er hätte Geschichten über mich gehört!«

»Was für Geschichten? Haben irgendwelche Jungen Lügen über dich verbreitet?« Plötzlich war ich so wütend, dass ich wünschte, ich wäre mit im Auto gewesen und hätte Gary sagen können, was ich von ihm und seinen schmierigen Freunden hielt.

Raven holte ein paarmal tief Luft und setzte dann an: »Als ich noch kleiner war und bei meiner Mutter lebte, habe ich mir geschworen, nie so zu werden wie sie, Brooke. Jedes Mal, wenn sie wieder einen anderen Mann mit nach Hause brachte, hasste ich sie mehr – nicht wegen dem, was sie mir antat, sondern was sie sich selbst antat. Ich habe nicht begriffen, warum sie so war.

Hinterher, als ich hierher kam und zur Schule ging, hasste ich es, wenn alle dachten: ›Ach diese Kinder aus dem Waisenhaus‹, als wären wir minderwertig. Dann merkte ich, wie Jungen auf mich reagieren und wie leicht es war, sich als etwas Besonderes zu fühlen, wenn ich die Flure entlangging und sexyer war als die meisten anderen Mädchen. Bestimmt wirke ich dadurch aufreizend, aber es ist ein gutes Gefühl, beinahe ein Machtgefühl. Ich war nicht nur einfach eine von diesen ›Waisen‹. Vielleicht verhielt auch meine Mutter sich so, um sich nicht wie ein Nichts zu fühlen. Ich weiß, dass das für dich keinen Sinn ergibt, aber vielleicht wollte auch sie nur beachtet werden und geriet dann in diesen Teufelskreis, Alkohol, Drogen … Mir wird das nicht passieren, Brooke, aber ich schäme mich auch nicht, dass die Jungen mir hinterherschauen und mich begehren. Ich glaube, ich hasse meine Mutter jetzt nicht mehr so sehr. Ich habe mich ein wenig geändert, aber wir ändern uns alle, nicht wahr, Brooke?«

»Dieser Ort hier verändert dich«, entgegnete ich voller Bitterkeit, die ich nicht verbergen konnte. »Ich mache dir doch keinen Vorwurf daraus, dass du dich zur Schau stellst, Raven. Aber denk daran, es ist gefährlich.«

»Ich weiß. Gary sagt, dass viele Jungen, mit denen ich ausgegangen bin, behaupten, es sei zum Äußersten gekommen. Das stimmt aber nicht. Ich schwöre es dir. Das wird immer der große Unterschied zwischen mir und meiner Mutter sein, Brooke. Ich muss mir wirklich etwas aus einem Mann machen, bevor das passiert. Diese Idioten erfinden einfach etwas. Das ist so frustrierend. Ich möchte, dass man mich mag, aber ich will doch keinen schlechten Ruf haben.«

»Das ist doch völlig gleichgültig, Raven. Hauptsache, du weißt, wer du bist. Menschen, die sich etwas aus uns machen, die wirklich wichtig sind, werden es verstehen«, sagte ich.

»Wirklich? Wir sind Waisen, Brooke. Wir haben niemanden, der uns verteidigt. Wer wir sind ist nicht so wichtig wie für wen die Leute uns halten.

Es ist ein Fluch, ein Fluch, den wir nicht abschütteln können«, murmelte sie. »Und wir haben ihn durch nichts verdient«, flüsterte sie und wandte mir den Rücken zu.

Beim Einschlafen grübelte ich darüber nach, ob sie Recht hatte. Ich hoffte nicht.

Butterfly verlor die ganze nächste Woche kein Wort über die Lockharts. Schließlich blieb Louise eines Morgens, als wir beim Frühstück saßen, an unserem Tisch stehen und informierte Butterfly, dass die Lockharts sie nicht nehmen konnten.

»Sie sind noch nicht bereit für Kinder«, sagte sie. »Aber mach dir keine Sorgen, Schätzchen. Bald wird ein nettes Paar vorbeikommen und dich mitnehmen. Euch alle«, fügte sie hinzu und warf Crystal, Raven und mir einen Blick zu.

»Wir werden bis dahin nicht vor Spannung die Luft anhalten, Louise«, sagte ich.

»Das ist keine gute Einstellung, Brooke. Du musst immer alles positiv sehen«, belehrte sie mich.

»Oh, ich sehe alles positiv«, sagte ich. Raven warf mir einen Blick zu und lächelte.

Louise raffte sich auf und marschierte zum nächsten Tisch, um ein Kind zu belehren, wie es sein Besteck richtig benutzt. Butterfly sah aus, als welke sie dahin. Sie ließ den Kopf hängen und schob ihre Eier auf dem Teller umher.

Wir blickten einander an, dann machte Crystal sich ans Werk.

»Sei nicht traurig, Butterfly«, sagte sie. »Wenn sie dich nicht wollen, wären sie sowieso keine guten Eltern für dich gewesen. Du willst doch nicht wieder bei den falschen Leuten landen, oder?«

Butterfly schaute uns an und schüttelte den Kopf. In ihren Augen glänzten Tränen. Wir fühlten uns, als seien wir alle vier zurückgestoßen worden.

»Wenn die richtigen Leute kommen, wirst du es merken. Zwischen euch stimmt die Chemie, du hast dann ein gutes Gefühl. Als hättest du sie dein ganzes Leben gekannt«, fuhr Crystal fort. Sie würde eine fantastische Ärztin werden, fand ich. Sie tat genau das Richtige, damit man sich besser fühlte.

»Sie mochten mich«, sagte Butterfly, »und ich mochte sie auch. Sie waren nett.«

»Wenn sie ihre Meinung geändert haben, waren sie nichts für dich«, fiel ich ein. »Du hast doch gehört, was Crystal gesagt hat. Sie hat genau recht.«

Wir wollten ihr nicht erzählen, wie Louise ihre Chancen sabotiert hatte. Ohne jegliche Hoffnung würde sie sich noch mehr in sich zurückziehen, als es ohnehin schon der Fall war. So viel wuss-te ich, denn bei mir war es dasselbe.

»Außerdem«, sagte ich und zwinkerte Raven zu, »habe ich eine andere Idee, die ich euch bald erzählen werde.«

»Tu's nicht«, warnte Crystal mich.

»Keine Sorge. Ich werde nicht darüber reden, bis ich einen guten Plan ausgearbeitet habe.«

»Einen Plan für was?«, fragte Butterfly, die jetzt neugierig geworden war.

»Für ...«

»Brooke.« Crystal riss die Augen auf und zog die Augenbrauen hoch, wie sie es stets tat, wenn sie wütend war.

»Hab Geduld«, bat ich Butterfly. »Es soll eine Überraschung werden.«

Crystal schüttelte den Kopf.

»Falsche Versprechen können mehr Schaden anrichten als nützen, Brooke«, warnte sie mich.

»Dies ist kein falsches Versprechen. Du wirst schon sehen«, entgegnete ich.

»Ich bin deiner Ansicht«, verkündete Raven und schaute Crystal mit ihren rabenschwarzen Augen an.

»Damit habe ich gerechnet«, sagte Crystal kopfschüttelnd.

Wir wandten uns wieder unserem Frühstück zu.

Es war die letzte Unterrichtswoche vor den Ferien. Den größten Teil der Zeit verbrachten wir damit, uns auf die Abschlussprüfungen vorzubereiten. In der Luft lag die übliche Vorfreude auf die Sommerferien. Die älteren Kinder konnten sich um Ferienjobs bemühen. Geschäfte und Büros, die Aushilfskräfte für die Sommermonate benötigten, schickten eine entsprechende Notiz an unser Haus, und Louise hängte sie am schwarzen Brett aus. Wer interessiert war, füllte eine Bewerbung aus, die Louise an die Firmen weiterleitete. Es gehörte zu den Gepflogenheiten des Jugendamtes, sich mit der Bitte um Unterstützung an die örtlichen Unternehmen zu wenden. Auf uns wirkte das mehr wie Almosen. Normalerweise prahlten die Firmen nämlich damit, dass sie

Waisenkinder beschäftigten. Crystal, Raven und ich hatten im vergangenen Sommer gearbeitet, ein Teil des verdienten Geldes lag immer noch auf unseren Sparkonten. Das hatte ich bereits in meine Pläne einbezogen. Aber es musste schon etwas Dramatischeres passieren, um Crystal davon zu überzeugen. Und ohne sie war Butterfly auch nicht mit von der Partie. Außerdem mochte ich Crystal trotz ihrer pessimistischen Einstellung und ihren ständigen Belehrungen wirklich gern. Ich mochte sie alle, und sie mochten mich auch.

An jenem Freitagabend, dem letzten Wochenende vor den Abschlussprüfungen, kam Louise vor dem Abendessen zu unseren Zimmern herauf und platzte bei Crystal und Butterfly herein. Raven und ich hatten gerade angefangen zu lernen, als wir Louise herumbrüllen hörten.

»Ihr wisst genau, welche Regeln es in diesem Haus bezüglich Zigaretten gibt!«, fauchte Louise Crystal und Butterfly an. »Gordon wird sehr wütend darüber sein. Das Gebäude könnte binnen weniger Minuten in Flammen aufgehen.«

»Wir haben keine Zigaretten«, erwiderte Crystal. »Keine von uns raucht. Ich weiß, wozu Rauchen führen kann.«

»Natürlich raucht sie nicht«, bestätigte ich lachend, während ich neben Louise trat. »Sie wäre die Letzte, bei der man eine Zigarette finden könnte. Sie schimpft doch immer mit allen, die rauchen. Wenn du uns so sehen würdest, wie wir wirklich sind, wüsstest du das«, bemerkte ich aggressiv.

»Kümmere dich um deine Angelegenheiten, Brooke, oder du bekommst zehn Strafpunkte.« Sie drehte sich wieder zu Crystal und Butterfly um, die in ihrem Sessel kauerte. Ich merkte, dass sie zu hyperventilieren begann. »Das ist für mich genauso unerfreulich wie für euch«, fuhr sie fort. »Ich wünschte, ihr hättet mich nicht in diese Situation gebracht, aber ich bin nun mal eure Erziehungsberechtigte.«

»Warum tust du das, Louise? Wer hat dir gesagt, dass Crystal und Butterfly rauchen?«, wollte ich wissen.

»Das ist doch ganz egal«, wich sie aus. »Geht in euer Zimmer zurück. Alle beide.«

Raven ging auf sie zu, aber ich packte sie am Arm und schüttelte den Kopf.

»Warte«, sagte ich. »Sie wird schnell einsehen, dass sie Unrecht hat.«

Plötzlich durchquerte Louise das Zimmer, ging zu Crystals behelfsmäßigem Bücherregal und begann die Bücher herauszureißen. Schließlich stieß sie auf ein Päckchen Zigaretten. Mit spitzen Fingern hielt sie es hoch, als sei es vergiftet.

»Und was ist das, wenn ich fragen darf?«

Mit weit aufgerissenen Augen schüttelte Crystal den Kopf.

»Ich weiß nicht, wie das dorthin gelangt ist, Louise.«

»Vielleicht ist es ja zur Tür hereinspaziert«, meinte Louise. Sie starrte Butterfly an, die vor Angst einen hochroten Kopf bekommen hatte. »Das bedeutet zwanzig Strafpunkte. Am Wochenende habt ihr beide Stubenarrest.«

»Aber ich muss morgen in die Bibliothek, um am Computer zu arbeiten«, jammerte Crystal.

»Das wirst du nicht. Ihr beide geht essen und kommt danach sofort wieder hierher zurück. Eure Namen werden ausgehängt, und niemand darf euer Zimmer betreten«, verkündete sie mit Nachdruck und starrte Raven und mich dabei an.

»Du weißt doch genau, dass jemand anders das dorthin getan hat, Louise. Crystal würde doch nie etwas mit Zigaretten zu tun haben wollen, und du kannst doch unmöglich glauben, dass Butterfly es war«, protestierte ich.

»Hast du sie hierher gelegt, Brooke?«, fragte sie mit zusammengekniffenen Augen, als könnte sie uns durchschauen und so die Wahrheit ergründen.

»Natürlich nicht. Keine von uns raucht, Louise. Das musst du uns glauben.«

»Ich rate dir und Raven, euch sofort in euer Zimmer zu verziehen, bevor ich euch auch zwanzig Strafpunkte gebe.«

Ich wollte ihr gerade antworten, als wir Gordon die Treppe heraufkommen hörten.

»Was ist hier los?«, wollte er wissen.

»Nichts. Alles unter Kontrolle«, entgegnete Louise rasch. Sie schien Angst vor ihm zu haben. Er starrte Raven und mich an, dann blickte er auf Louise und sah die Zigaretten. »Von wem sind die?«

»Ich habe alles unter Kontrolle, Gordon«, wiederholte sie ein wenig leiser. »Die Schuldigen haben ihre Strafe bekommen.«

»Sie haben Glück gehabt, dass du sie erwischt hast und nicht ich«, murrte er, während seine Kiefermuskulatur sich verkrampfte. In Gordon Tooey tobte die Wut. Eines Tages würde er explodieren. Er war nämlich hochexplosiv. Mit dröhnendem Schritt marschierte er an uns vorbei, unter seinen schweren Stiefeln bebte der Holzboden auf dem Flur zu ihren Privaträumen. Jeder, selbst Louise, atmete erleichtert auf. »Das ist einfach nicht fair«, protestierte ich. Ich wollte noch mehr sagen, bemerkte aber, dass Crystal den Kopf schüttelte und mich damit bat, den Mund zu halten. »Lächerlich«, murmelte ich, drehte mich gemeinsam mit Raven um und zog mich zurück.

Nachdem Louise verschwunden war, stahlen wir uns in Crystals und Butterflys Zimmer zurück. Beide wirkten wie vom Donner gerührt. Crystal knallte die Bücher hin und brummte ärgerlich vor sich hin. »Ich muss einfach in die Bibliothek, um den Computer zu benutzen. Ich brauche noch ein paar Sachen, um meine Referate fertig zu machen«, klagte Crystal.

»Schreib einfach auf, was du brauchst, dann gehe ich für dich in die Bibliothek, Crystal«, bot ich ihr an.

Sie sank auf ihren Stuhl.

»Wer hat uns das bloß angetan?«, fragte sie voller Entsetzen darüber, in welchem Tempo sich alles entwickelte.

»Ich glaube, das ist nicht schwer zu raten«, sagte ich. Sie blickte auf. »Die liebe Megan Callaway. Sie plant schon seit Tagen, uns eins auszuwischen, besonders nachdem ich sie im Speisesaal so bloßgestellt habe.«

»Warum hat sie die Zigaretten dann nicht in dein Zimmer geschmuggelt?«

»Wahrscheinlich glaubte sie, es würde dich und Butterfly stärker treffen, eingesperrt zu sein, als Raven und mich«, sagte ich. »Außerdem wusste sie, dass alles, was dich trifft, uns alle genauso trifft.«

»Ich finde es grauenhaft hier«, stöhnte Crystal. Eigentlich sah es ihr gar nicht ähnlich, sich so aufzuregen. »Hier werden wir alle zu … Monstern.«

»Ich kümmere mich um Megan«, schwor ich.

»Das nützt mir jetzt auch nichts mehr«, sagte Crystal.

»Ich bleibe gar nicht gerne den ganzen Tag im Zimmer«, klagte Butterfly. »Besonders wenn es draußen schön ist. Kleine Blumen brauchen Sonne«, fügte sie hinzu, ein Spruch, den sie häufig im Munde führte, weil ihre Stiefmutter ihr das gesagt hatte.

»Denk noch mal über meinen Vorschlag nach, Crystal«, schlug ich vor und sah ihr fest in die Augen. Sie starrte mich einen Moment an, warf Butterfly einen Blick zu und wandte sich dann wieder ihren Büchern zu.

Einige andere Kinder waren aus ihren Zimmern gekommen, um zu sehen, was los war. Megan und ihre Zimmergefährtin standen am Ende des Flurs. Ich konnte sehen, wie befriedigt sie dreinschaute, als die Neuigkeit sie erreichte.

»Ich gehe zu ihr und mache ihr klar, dass wir Bescheid wissen«, sagte ich zu Raven. Ich drehte mich um und wollte losgehen, aber Raven hielt mich zurück.

»Ich habe eine bessere Idee«, flüsterte sie. »Komm mit.«

Verwirrt, aber interessiert folgte ich ihr die Treppe hinunter in den Vorratsraum, Raven knipste das Licht an. Sie nickte in Richtung auf Patty Orsinis Polaroidkamera.

»Es ist auch ein Film drin. Sie hat die letzten drei Bilder für eine besondere Gelegenheit aufgehoben. Erst gestern hat sie mir das erzählt.«

»Und?«

»Ich habe schon eine besondere Gelegenheit im Auge«, fuhr sie mit einem schlauen Grinsen fort und nahm den Fotoapparat vom Regal.

»Dafür kannst du fünfzig Strafpunkte bekommen«, warnte ich sie.

»Wir leihen ihn nur aus. Keine Sorge.« Sie stopfte sich die Kamera unter die Bluse, und wir zogen uns rasch in unser Zimmer zurück, wo sie mir ihren Plan erläuterte.

»Raven, du kleiner Teufel«, rief ich aufgeregt. »Warum ist mir das nicht eingefallen?«

Sie blieb an der Tür stehen, die wir ein wenig offen ließen, während wir warteten. Abwechselnd machten die Mädchen sich fertig fürs Bett. Megan Callaway kam wie üblich mit einem Handtuch aus ihrem Zimmer. Sie trug einen Bademantel und ging ins Badezimmer, um zu duschen. Sobald sie die Tür geschlossen hatte, nickte Raven mir zu. Wir beide schlüpften hinaus und gingen zum Badezimmer. An der Tür lauschten wir. Als wir die Dusche hörten, öffnete Raven mit Hilfe ihres Bibliotheksausweises die Tür. Ich hielt die Kamera in der Hand. Raven bewegte sich langsam und leise. Sie zog den Duschvorhang zurück, und ich schoss das Foto, bevor Megan wusste, wie ihr geschah. Es war ein toller Schnappschuss, genau von vorne. Als sie schrie, waren wir bereits verschwunden.

Hysterisch vor Aufregung, kehrten wir in unser Zimmer zurück, schlossen die Tür und warteten darauf, dass das Bild sich entwickelte. Klar und deutlich trat es zu Tage. Die Rache war unser. Wir brachten die Kamera zurück und zeigten Crystal unser Beutestück.

»Und wenn es gar nicht Megan war, die uns die Zigaretten untergeschoben hat?«, fragte sie.

»Da bin ich mir sicher, und wenn sie es nicht selbst getan hat, steckt sie auf jeden Fall dahinter, Crystal.«

»Wir werden alle noch viel größere Schwierigkeiten bekommen«, prophezeite sie.

»Mittlerweile ist mir das völlig egal«, sagte ich, aber Crystal schaute besorgt auf Butterfly. »Keine Angst. Wir ziehen sie oder dich nicht mit hinein. Überlass das Raven und mir.«

Megan Callaway hatte keine Ahnung, was wir vorhatten, aber wir befürchteten, dass sie zu Louise gehen würde, und versteckten deshalb das Bild hinter der Tapete. Aus welchem Grund auch immer, erzählte Megan Louise aber überhaupt nichts.

Am nächsten Tag ging ich nach Plan vor. Als wir den Speisesaal betraten, schlüpfte ich auf einen Platz neben Megan.

»Das war überhaupt nicht lustig gestern Abend«, sagte sie.

»Das war auch nicht unsere Absicht«, sagte ich. Dann öffnete ich meine Hand, und sie sah das Foto. Erst wurde sie leichenblass, dann schoss ihr die Röte ins Gesicht. »Jeder Junge hier wird das zu sehen bekommen, und komm ja nicht auf den Gedanken, Louise davon zu erzählen, denn sie wird es nie bei uns finden.«

Sie war den Tränen nahe.

»Du stehst jetzt auf, gehst zu Louise und erzählst ihr, dass du die Zigaretten versteckt hast, um Crystal oder Butterfly eins auszuwischen. Wenn du das tust, gebe ich dir das Foto, und niemand wird es je zu sehen bekommen. Wenn nicht …«

Ich schaute zu Billy Edwards hinüber. Dann stand ich auf

und steuerte in seine Richtung. Entsetzt beobachtete sie, wie ich mich neben ihn setzte und, mit Blick auf sie, eine Unterhaltung mit ihm begann. Ich sah, wie sie schwer schluckte, mit gesenktem Kopf aufstand und den Speisesaal verließ.

Um nicht mit dem Bild erwischt zu werden, gab ich es schnell Raven, die den Speisesaal verließ und es im Vorratsraum versteckte. Wir waren beinahe fertig mit dem Frühstück, als Crystal und Butterfly auftauchten. An Crystals Gesichtsausdruck konnte ich ablesen, dass ihre Strafen aufgehoben worden waren.

»Wie habt ihr das geschafft?«, fragte sie, als sie sich setzte.

»Das war nicht schwierig. Wir haben Megan ein Foto, das wir zufällig hatten, vor die Nase gehalten und ihr gedroht, es jedem einzelnen Jungen zu zeigen. Dann haben wir ihr versprochen, es ihr zu geben, wenn sie gesteht.«

»Das hat sie getan«, erzählte Crystal. »Sie hat am Wochenende Stubenarrest.«

»Die Ehre gebührt Raven. Es war ihre Idee«, betonte ich.

»Ich weiß, wie man mit solchem Abschaum fertig wird«, prahlte sie.

»Ich gehe in die Bibliothek«, verkündete Crystal. Sie starrte uns einen Augenblick an. »Danke für eure Hilfe, aber ich wünschte …«

»Es wäre nie geschehen?«, half ich ihr weiter.

Sie nickte.

»Ich habe dir gesagt, was wir meiner Meinung nach tun sollten.«

»Lasst mich darüber nachdenken«, bat sie.

»Worüber?«, fragte Butterfly.

Ich schaute Crystal an, und sie nickte.

»Wegzulaufen«, sagte ich.

»Wegzulaufen!«

Raven sprang von ihrem Sitz hoch, um Butterfly die

Hand auf den Mund zu legen, und forderte sie auf, leise zu sprechen. Einige schauten bereits in unsere Richtung, Gordon redete gerade mit Grandma Kelly über einen Herd, der ihrer Meinung nach nicht richtig funktionierte.

»Wegzulaufen?«, fragte Butterfly noch einmal mit leiserer Stimme, als Raven die Hand von ihrem Mund nahm.

»Ja«, sagte Raven. »Warum nicht? Ich habe die Nase voll von all diesen Hausarbeiten, ich bin es leid, so zu tun, als forme das unseren Charakter und als verdienten wir damit unseren Lebensunterhalt. In Wirklichkeit arbeiten wir für Gordon und Louise, sie beuten uns schamlos aus. Crystal hat doch herausgefunden, wie das mit dem Essen läuft, nicht wahr?«

»Aber ... niemand wird uns jemals adoptieren, wenn wir weglaufen«, stöhnte Butterfly. »Und selbst wenn sie es könnten, wer will denn schon einen Ausreißer adoptieren?«

»Es wird auch niemand, der hier bleibt, adoptiert, Butterfly, zumindest keine von uns.«

»Warum nicht? Ich wäre doch diese Woche beinahe adoptiert worden, oder etwa nicht? Es könnte jederzeit passieren. Ihr habt doch gesagt, ich soll mir wünschen, dass es passiert. Ihr ...«

»Louise hat dafür gesorgt, dass es nicht passiert«, platzte ich heraus. Sie starrte mich mit ihren großen, wundervollen, traurigen Augen an.

»Wie meinst du das?«, fragte sie. Ich erzählte ihr, was ich gehört hatte. Ihr Gesicht verzog sich, ihre Lippen zitterten. »Sie halten mich für verrückt?«

»Nein. Sie wissen, dass du nicht verrückt bist«, erklärte Crystal. »Aber sie nutzen jede Möglichkeit, um uns, aus welchem Grund auch immer, hier zu behalten. Es geht ihnen dabei ums Geld. Sie bekommen es steuerfrei. Ich fürchte, Brooke hat Recht.«

»Es ist zu spät für uns, Butterfly«, sagte Raven. »Teenager

machen zu viel Scherereien. Eltern möchten lieber, dass ihre Kinder ewig fünf bleiben.«

»Raven hat Recht«, sagte ich. »Ich habe sogar gehört, wie Gordon das sagte. Kleine Kinder, kleine Probleme, große Kinder, große Probleme. Auf jeden Fall«, sagte ich und lehnte mich zurück, »weiß ich nicht, ob ich überhaupt noch adoptiert werden möchte. Ich bin jetzt schon so lange auf mich selbst gestellt, dass ich mich daran gewöhnt habe – es ist bequem wie ein alter Schuh.«

»Ich auch«, bestätigte Raven.

»Dann sollten wir es tun«, meinte ich rasch und wandte mich Crystal zu. »Wir sollten unser Leben endlich selbst in die Hand nehmen.«

»Wo sollen wir denn hingehen?«, fragte Butterfly.

»Nach Westen«, antwortete ich, »nach Kalifornien.«

»Das ist quer durch das ganze Land«, flüsterte Butterfly erschrocken.

»Wir halten, wo immer wir wollen und wo wir erwünscht sind«, erwiderte ich. »Aber ich vermute, wir müssen den ganzen Weg auf uns nehmen.«

Alle waren still, nachdenklich, voller Fantasien und Träume.

»Dort kannst du viel leichter Tänzerin werden, Butterfly«, sagte ich. »Und du kannst Ärztin werden, Crystal. Und du Sängerin oder Schauspielerin, Raven. Du kannst jeden Tag der Woche zu einem Vorsingen gehen, bis du ein Star geworden bist.«

»Und was ist mit dir, Brooke?«, fragte Crystal.

Ich dachte nach. »Ich könnte endlich ich sein«, sagte ich.

Raven war dagegen, aber ich gab Megan das Foto, wie wir es versprochen hatten.

»Versprochen ist versprochen«, erklärte ich mein Verhalten.

»Solchen Leuten gibt man keine Versprechen«, sagte Raven. »Glaub mir, Brooke. Ich weiß das.«

Sie wusste eine Menge über gemeine Leute, die anderen gerne eins auswischen, aber ich wollte mich nicht selbst hassen. Ich schob das Foto unter Megans Tür durch und dachte nicht mehr daran.

In der darauf folgenden Woche widmete ich genauso viel Zeit unseren Fluchtplänen wie der Vorbereitung auf meine Abschlussklausuren. Ich bat Crystal, im Computer nach einer Reiseroute von New York nach Kalifornien zu suchen.

»Wie sollen wir denn reisen?«, fragte sie. »Wir können doch nicht zu viert per Anhalter fahren.«

»Überlass das mir. Ich arbeite gerade daran«, beschwichtigte ich sie.

»Woran arbeitest du? Zugfahrpläne, Flugpläne? Wie soll ich denn eine Route planen, wenn ich nicht weiß, woran du denkst?«, hakte sie nach.

Ich hatte Angst, es ihr zu sagen, Angst, dass sie nicht mehr mitmachen würde, wenn sie hörte, was ich wirklich vorhatte.

»Plan es einfach mit dem Auto«, sagte ich.

»Mit dem Auto? Und wo willst du ein Auto herbekommen? Du hast keinen Führerschein, du hast kein Geld für ein Auto. Selbst wenn wir alle unser Geld zusammenschmeißen würden, was für eine Karre würden wir dann bekommen? Außerdem hätten wir dann kein Geld mehr für die Reise. Also wirklich, Brooke, ich …«

»Kannst du mir nicht einfach diesen einen Gefallen tun? Bitte?«, bat ich sie, weil ich wusste, dass sie Herausforderungen liebte und gerne demonstrierte, was sie am Computer alles fertig brachte.

»Gut. Ich suche mir im Internet einfach den Automobilclub heraus. Sie stellen Reiserouten und -karten zur Verfügung. Wohin in Kalifornien fahren wir denn?«, erkundigte sie sich und zückte Stift und Notizblock.

»Lass uns fürs Erste Los Angeles anpeilen.«

»In Ordnung.« Sie überlegte einen Augenblick. »Es ist fast Sommer. Wir können eine mittlere oder sogar eine nördliche Strecke wählen. Ich suche ein paar heraus. Dann können wir deren Vor- und Nachteile abwägen.«

»Genau das habe ich vor, die Vor- und Nachteile abzuwägen«, bestätigte ich. Sie starrte mich an und grinste dann.

»Ich mache das nicht, wenn du dich nur über mich lustig machst, Brooke.«

»Das tue ich doch gar nicht«, schwor ich, musste sie dabei aber angrinsen. Schließlich umarmte ich sie einfach. »Mach es einfach. Um den Rest kümmere ich mich«, sagte ich.

»Das hört sich an wie ein Hirngespinst, Brooke. Ich betrachte das im Augenblick mehr als intellektuelle Herausforderung. Mir ist nicht klar, wie das funktionieren könnte«, sagte sie, schulterte ihre Büchertasche und machte sich auf den Weg in die Bibliothek.

Ich wusste, dass ich bei Crystal noch eine Menge Überzeugungsarbeit leisten musste. Sie würde hundert logische Gründe anführen, warum mein Plan voller Haken war. Zu dem Zeitpunkt ahnte noch keine von uns, dass Gordon sie noch am selben Abend so weit treiben würde, dass sie auch einer Flucht auf einem fliegenden Teppich zugestimmt hätte.

Kurz vor zehn ging Crystal ins Badezimmer, um ein Bad zu nehmen und sich zu entspannen. Heute hatte sie, abgesehen von der Erkundung unserer Fahrtroute, den ganzen Tag gebüffelt. Morgen hatte sie ihre letzte Abschlussklausur und war entschlossen, auch diese »sehr gut« zu schreiben.

Etwa fünfzehn Minuten nachdem Crystal im Badezimmer verschwunden war, knallte Raven ihr Buch zu und schwor, nie wieder in ein Schulbuch zu schauen.

»Ist mir doch völlig egal, wenn ich sitzen bleibe«, verkündete sie. Raven war eine gute Schülerin, aber im Augenblick hatten wir alle die Nase voll vom Lernen.

Ich wollte ihr gerade zustimmen, als wir Crystals Schrei hörten. Er war so laut, dass wir ihn durch die geschlossene Badezimmertür und unsere geschlossene Zimmertür hörten. Ich raste hinaus und sah, wie Gordon einen Werkzeugkasten in der Hand davonschleppte. Schuldbewusst blickte er sich um und steuerte auf die Treppe zu. Raven schaute erst mich und dann die Badezimmertür an. In ihrem Blick standen Furcht und Verwunderung. Butterfly kam ebenfalls an ihre Zimmertür.

»Was ist los?«, fragte sie.

»Ich weiß es nicht genau«, erwiderte ich und näherte mich langsam dem Badezimmer. »Crystal?« Ich hörte ein leises Schluchzen. Daraufhin betraten wir alle das Badezimmer.

Crystal kauerte auf der Kante der Badewanne, in ein Tuch gehüllt, die Arme um den Körper geschlungen, und zitterte. Sie triefte vor Nässe. Das Shampoo rann ihr aus den Haaren.

»Was ist passiert?«, fragte ich. Raven schloss die Tür hinter uns.

»Er … er … kam einfach hier herein und …«

»Gordon? Als du in der Wanne warst?«, vergewisserte Raven sich rasch. Mit tränenerfüllten Augen blickte sie zu uns auf. Sie nickte.

»Ich habe nicht gehört, wie er die Tür geöffnet hat. Ich war in der Wanne eingedöst.«

»Hattest du denn nicht abgeschlossen?«, fragte Raven.

»Doch, natürlich. Er muss sie aufgeschlossen haben«, sagte sie. »Er hat überhaupt nicht geklopft oder so. Er stand direkt neben der Wanne und sah auf mich herunter. Ich hatte den Kopf zurückgelehnt, die Augen geschlossen und ruhte mich aus, als ich plötzlich seine Gegenwart spürte und hochschaute. Sein Gesicht ... es war so rot ... und er grinste wie ein Wahnsinniger. Einen Augenblick lang brachte ich keinen Ton heraus.«

»Was hat er getan?«, fragte ich und atmete schneller.

»Er wollte mich berühren«, sagte sie.

»Ich habe es mir doch gedacht«, murmelte Raven.

»Er berührte dich?«, hakte ich nach.

»Er bückte sich und sagte ...«

»Was?«, fragte Butterfly.

»›Mal sehen, wie reif diese Äpfel sind.‹ Da schrie ich los, und er zog seine Hand zurück. ›Ich bin doch nur hier, um eine undichte Stelle am Becken zu reparieren‹, behauptete er. ›Reg dich nicht auf.‹ Als ich wieder schrie, drehte er sich um und verschwand.«

»Eine undichte Stelle am Becken? Von einer undichten Stelle an diesem Becken war doch nie die Rede«, erklärte ich. Rasch warf ich einen prüfenden Blick auf die Rohre. »Er ist nicht hergekommen, um irgendetwas zu reparieren.«

»Wir sollten es Louise sagen«, meinte Butterfly.

»Wozu soll das gut sein? Er würde behaupten, Crystal hätte die Tür nicht abgeschlossen. Dann hätte er auch nicht wissen können, dass sie in der Wanne war«, sagte ich.

»Brooke hat Recht«, bestätigte Raven.

»Aber er hat doch Sachen zu ihr gesagt, unanständige Sachen«, ereiferte sich Butterfly. »Er hat doch nicht Äpfel gemeint.«

»Er wird es einfach leugnen, Butterfly«, sagte ich. »Bitte. Lass mich einen Augenblick nachdenken.«

Wir alle schauten Crystal an. Sie zitterte noch immer. Raven ging zur Badewanne, setzte sich neben sie und legte den Arm um sie.

»Ganz ruhig.«

»Ich habe mich so ... gefürchtet.«

»Wir sollten unseren Gesang anstimmen«, schlug Butterfly vor.

»Jetzt?«, fragte ich.

Raven nickte.

Wir kamen näher und berührten uns alle an den Köpfen.

»Wir sind Schwestern. Wir sind zusammen. Uns kann nichts Schlimmes passieren, solange wir zusammen sind«, rezitierten wir. Schließlich stimmte auch Crystal ein. Sie bekam wieder Farbe im Gesicht.

»Es war schrecklich«, wimmerte Crystal.

»Ich weiß, wie das ist«, sagte Raven. Sie schaute von einer zur anderen. »Ich habe ihn schon ein paarmal dabei erwischt, wie er bei mir hereinschneite.«

»Das hast du mir nie erzählt«, sagte ich.

Sie zuckte die Achseln.

»Aber er hat dich nie angefasst, oder?« Ich konnte es nicht fassen, dass Gordon so schlecht war.

»Nein, nie. Ich habe nichts davon erzählt, weil ich nicht wollte, dass jemand noch mehr Angst vor ihm bekommt«, erklärte sie. »Aber wenn er versucht hätte, meine Äpfel zu berühren, könnte er jetzt im Knabenchor singen.«

»Was meinst du damit?«, fragte Butterfly.

»Egal«, wimmelte ich sie ab. »Ist mit dir alles wieder in Ordnung?«, fragte ich Crystal.

»Mir geht es jetzt wieder gut. Ich werde mich jetzt abtrocknen und ins Bett gehen. Danke, euch allen.«

»Am besten gehen wir jetzt alle ins Bett«, beschloss ich.

»Brooke.«

»Was ist?«

»Ich will alles über deine Pläne erfahren, jede Einzelheit. Morgen nach den Klausuren«, sagte Crystal.

Ich nickte, traurig darüber, dass Crystal auf diese Weise dazu gebracht worden war, sich für meine Pläne zu interessieren.

»Ich hoffe, du hast wirklich einen brauchbaren Plan«, sagte sie und unterdrückte ihr Schluchzen.

»O ja«, bestätigte ich. »Ich habe einen guten Plan. Hast du die Karten bekommen?«

Sie nickte.

»Morgen«, versprach ich und schaute von Butterfly zu Raven und schließlich zu Crystal. »Morgen setzen wir uns zusammen und besprechen die letzten Einzelheiten.«

Ich war so wütend darüber, was Gordon Crystal angetan hatte, und gleichzeitig so erpicht darauf, von dort zu verschwinden, dass ich nicht zur Ruhe kam. Ich musste mich für meine Prüfungen ausruhen, aber es war, als hätte sich mein Verstand in einen Flipperautomaten verwandelt, in dem die Vorstellung unserer Flucht wie eine Kugel von einer aufregenden Möglichkeit zur nächsten sprang, die Finsternis erhellte, Glocken klingeln und Lieder ertönen ließ.

Schließlich stand ich auf und ging ins Badezimmer. Als ich wiederkam, hielt ich inne, weil ich einen Lichtstrahl über die Vorderseite von *Lakewood House* streifen sah. Raven schlief fest und hatte nichts bemerkt. Neugierig ging ich ans Fenster und schaute auf zwei Gestalten nieder, die auf die Auffahrt zugingen. Eine von ihnen war Gordon. Seine bullige Figur war auch in der Dunkelheit unverkennbar. Der andere Mann war viel kleiner. Einen Augenblick lang glaubte ich, sie stritten. Gordon hob die Arme, senkte sie dann aber rasch wieder und legte einen Arm um die Schultern des Mannes.

Sie verschwanden um die Ecke und tauchten dann in der Nähe von Gordons Kombi wieder auf. Ich merkte, dass eine Tür geöffnet wurde, weil die Innenbeleuchtung anging, aber niemand stieg ein. Dann ging der kleinere Mann. Gordon schloss die Wagentür und beobachtete, wie der andere in sein Auto stieg und davonfuhr.

Gordon blieb noch einen Moment stehen, dann drehte er

sich um und schaute hoch, als hätte er mich am Fenster gespürt. Das Herz sank mir in die Hose, ich wich zurück und wartete. Als ich wieder nach draußen schaute, war er verschwunden, und die Dunkelheit schien dichter zu sein als zuvor.

3
Wie Diebe in der Nacht

Ich wollte mit der Planung für unsere Reise beginnen, sobald wir am nächsten Tag aus der Schule kamen. Es fiel mir schwer, mich auf irgendetwas anderes zu konzentrieren. Es gab einiges, das ich gerne auf die Reise mitnehmen wollte. Deshalb hatte ich vor, auf dem Heimweg von der Schule einen Zwischenstopp im Warenhaus einzulegen. Aber ich hatte vergessen, dass Raven, Crystal und ich Speisesaaldienst hatten. Crystal erinnerte mich daran, als wir uns an unseren Schließfächern trafen und ich ihr von meinem Plan erzählte.

»Das geht nicht. Wir müssen sofort zurück und Grandma Kelly helfen, alles fürs Abendessen vorzubereiten. Wenn wir zu spät kommen, geht Gordon auf uns los«, sagte sie. Nach dem, was er ihr gestern Abend im Badezimmer angetan hatte, versetzte sie diese Vorstellung in Panik.

»Mach dir keine Sorgen. Wir kommen nicht zu spät«, beschwichtigte ich sie. »Wir brauchen doch nur zwanzig Minuten für den Heimweg.«

»Wir besorgen uns alles, was wir brauchen, morgen. Wir haben doch den ganzen Nachmittag Zeit, nicht wahr?«, bat sie mit angstverzerrtem Gesicht.

Crystal sah aus, als glaubte sie gar nicht, dass wir weglaufen würden. Sie schien das nur zu sagen, um mir einen Gefallen zu tun. Raven warf mir einen warnenden Blick zu, und ich nickte zum Zeichen des Einverständnisses.

»In Ordnung. Lasst uns gehen«, schlug ich zögernd vor.

Also nahmen wir den Bus zurück, statt uns auf unsere Reise vorzubereiten. Im Bus redeten wir nicht einmal darüber. Stattdessen unterhielten wir uns mit den anderen Schülern über die Prüfungen, die wir gerade hinter uns gebracht hatten. Langsam hatte ich das Gefühl, Crystal hätte recht, alles wäre nur ein Luftschloss, ein Fantasiegebilde.

Merkwürdigerweise fand ich die Abschlussklausuren gar nicht so schwierig, wie ich befürchtet hatte. Das meiste, was ich gelernt hatte, war hängen geblieben oder leicht aus meinem Gedächtnis abrufbar. Ich fühlte mich, als sei mein Gehirn durch die Aufregung elektrifiziert und jeder Gedanke hätte ein Neonschild, das genau anzeigte, wo er sich befand.

Crystal blieb nachdenklich. Sie sagte einfach nur, dass sie die Tests gut geschafft hätte, ließ sich untypischerweise aber nicht weiter darüber aus. Normalerweise lieferte sie uns, ob wir wollten oder nicht, eine ausführliche Kritik der Tests und gab ihr Urteil darüber ab, ob der Lehrer oder die Lehrerin die wichtigsten Punkte in dem Test abgedeckt hatte. Was Gordon ihr am Abend zuvor angetan hatte, lastete ihr wie Blei auf der Seele. Sie hatte panische Angst davor, ihn zu sehen, fürchtete sich aber genauso vor dem, was ich vorgeschlagen hatte.

Als wir in *Lakewood House* ankamen, hastete sie ins Gebäude, hoch in ihr Zimmer, um sich umzuziehen, und hoffte, dass sie ihn nicht sah.

»Sie ist in einer schrecklichen Verfassung. Sie hier herauszuholen ist das Beste, was wir für sie tun können«, meinte ich zu Raven.

»Das Beste, was wir für uns alle tun können«, erwiderte Raven. »Ich hoffe, du hast wirklich einen guten Plan, Brooke.«

»Das habe ich«, versprach ich.

Butterfly, die uns wie ein ängstliches Hündchen hinterherlief, hörte zu und riss besorgt die Augen auf. Sie hatte eigentlich keinen Dienst, kam aber trotzdem mit uns in die

Küche. Seit sie wusste, wozu Gordon fähig war, war sie zu nervös, um allein zu bleiben.

Ich wollte so bald wie möglich unsere Pläne in allen Einzelheiten besprechen, aber da Grandma Kelly in der Küche wirtschaftete, war es schwierig, sich dort zu unterhalten. Ich war so frustriert, dass ich Angst hatte zu platzen wie ein zu stark aufgeblasener Ballon. Raven und ich warfen einander erwartungsvolle Blicke zu, aber wir arbeiteten ruhig neben Crystal und Butterfly, stapelten Geschirr, legten Besteck zurecht und bereiteten die Serviertabletts vor.

»Nach dem Abräumen treffen wir uns in unserem Zimmer«, raunte ich Crystal zu, sobald wir in der Küche unseren Dienst begonnen hatten. »Dann werde ich euch alles erklären.«

Sie nickte, dabei schossen ihre Blicke immer von unserer Arbeit zur Tür. Ganz offensichtlich litt sie unter entsetzlicher Angst.

Einmal tauchte Gordon auch in der Küchentür auf und starrte uns vier an. Raven, die trotzigste von uns, funkelte ihn an und kehrte ihm dann den Rücken zu. Ich sah, wie sein rechter Mundwinkel zuckte. Crystal, die zitternd dastand, hielt den Blick gesenkt. Achtlos fummelte sie an den glühend heißen Tellern herum, bis sie sich den Daumen verbrannte. Gordons Grinsen wurde noch breiter, dann verschwand er.

Raven fluchte leise.

»Was ist los, Liebes?«, fragte Grandma Kelly.

»Nichts«, erwiderte ich rasch. »Wir sind bloß hungrig. Wenn es doch schon Zeit zum Essen wäre«, fügte ich hinzu.

Daraufhin fing sie mit einer Geschichte über *Lakewood House* in seiner großen Zeit an. Sie schilderte uns, wie sehr die Gäste das Essen schätzten und sich voll stopften, bis sie beinahe platzten.

»Normalerweise machten sie nach jeder Mahlzeit lange Spaziergänge. Wenn ich nach Hause fuhr, sah ich sie im Gänsemarsch die Straße entlangtraben. Hinterher schliefen viele in den Liegestühlen und Hängematten im Schatten ein. Jeder sorgte dafür, dass er auch etwas bekam für sein Geld«, lachte sie. Dann seufzte sie tief und sah sich kopfschüttelnd in der Küche um. »Als Louises Mutter und Vater noch den Betrieb führten, war alles so anders. Ich wünschte, ihr Mädchen wärt damals hier gewesen.«

Sie schaute auf Butterfly, die ihren Geschichten wie Märchen lauschte.

»Seht euch nur dieses liebe Gesichtchen an«, sagte sie und umarmte Butterfly. »Wenn ich zwanzig Jahre jünger wäre, würde ich selbst sie adoptieren. Ich würde euch alle adoptieren«, versicherte sie uns, bevor sie weiterkochte.

Wir würden sie vermissen, dachte ich traurig. Sie war praktisch die Einzige, die wir vermissen würden.

Am liebsten wäre ich zu ihr gegangen, hätte sie umarmt und gesagt: »Auf Wiedersehen, Grandma Kelly. Heute Abend helfen wir dir zum letzten Mal in der Küche. Danke, dass du uns magst, dass du dich um uns kümmerst, dass du uns behandelst wie deine eigenen Enkel. Hör auf mich und verschwinde auch von hier.«

Natürlich sagte ich nichts. Wir durften nichts verraten und wollten sie auch nicht mit unseren Geheimnissen belasten. Wir tischten das Abendessen auf, aßen und räumten hinterher so schnell wie möglich auf. Megan fiel auf, wie sehr wir uns anstrengten, und zog uns damit auf.

»Meine Güte, heute Abend seid ihr ja emsig wie die Biber. Was habt ihr vor, Gordons weiches Herz rühren?«, lästerte sie.

»Der hat überhaupt kein Herz«, erwiderte Raven schnippisch.

»Was würdest du denn davon halten, wenn ich ihm das

sage?«, fragte Megan. Crystal warf mir einen ängstlichen Blick zu.

»Lass uns bloß in Ruhe«, warnte ich sie.

Sie starrte mich einen Augenblick an und überlegte, ob sie mich herausfordern sollte oder nicht. Sie litt immer noch darunter, was wir ihr angetan hatten, und hatte das ganze Wochenende Stubenarrest.

»Ich beobachte euch«, sagte sie. »Meine Chance wird kommen. Darauf könnt ihr wetten.«

Sie drehte sich um und ging.

»Wenn sie je herausfände, was wir vorhaben …«, meinte Crystal.

»Das wird sie nicht. Wenn sie es herausfindet, sind wir längst weg«, versprach ich.

Wir sagten Grandma Kelly gute Nacht, und sie dankte uns, wie schon hundert Mal zuvor, für unsere Hilfe. Ruhig gingen wir gemeinsam mit den anderen, die für den letzten Klausurtag üben mussten, auf unsere Zimmer. Die jüngeren Kinder gingen in den Freizeitraum, um fernzusehen. Raven und ich gesellten uns, nachdem wir zunächst in unser Zimmer verschwunden waren, zu Crystal und Butterfly. Leise schloss ich die Tür hinter mir. Endlich kamen wir zur Sache. Die Luft dort war zum Schneiden dick, ich hatte das Gefühl, mich durch ein Zimmer voller Spinnweben zu bewegen.

»Wo sind die Karten?«, wisperte ich.

Crystal wandte sich um und legte sie nebeneinander auf ihren Schreibtisch.

»Dies ist die nördliche Route, und diese führt quer durchs Land«, erläuterte sie. »Es gibt auch noch eine südliche Strecke. Ich habe aber herausgefunden, dass es in den Rocky Mountains noch schneien könnte und wir dann Probleme mit dem Wetter bekommen Daher sollten wir diese Route besser meiden. Zu Beginn sollten wir auf der 17th East bis zum Jersey Turnpike fahren«, meinte sie.

»Wie lange brauchen wir für den ganzen Weg nach Kalifornien?«, erkundigte Butterfly sich.

»Das hängt davon ab, für welche Route wir uns schließlich entscheiden. Aber wenn man den ganzen Tag unterwegs ist und keine Besichtigungspausen macht, wohl vier Tage«, erwiderte Crystal. Dann wandte sie sich mir zu.

»Also, Brooke, ich habe getan, worum du mich gebeten hast. Jetzt erzähl mir bitte, wie du uns quer durch die Vereinigten Staaten schaffen willst«, forderte sie mich auf und lehnte sich mit über der Brust verschränkten Armen zurück.

»Ich fahre«, sagte ich und zuckte dabei die Achseln, als sei das die selbstverständlichste Sache der Welt.

»Du hast doch keinen Führerschein«, entgegnete sie rasch. »Du hast doch keine Prüfung gemacht.«

»Zum Fahren braucht man doch keinen Führerschein, man darf sich nur nicht erwischen lassen. Fahrstunden habe ich genommen, vergiss das nicht.«

»Okay, aber du brauchst ein Fahrzeug«, wandte sie ein. Es war wie ein Schachspiel mit Worten.

»Das haben wir.«

»Das haben wir?« Sie schaute Raven an, die die Achseln zuckte, dann Butterfly, die überrascht die Augen aufriss. »Wo ist es denn?«

»Direkt vor der Tür«, sagte ich grinsend und nickte in Richtung Fenster, »steht es bereit.«

Crystal fing an zu lächeln, weil sie dachte, ich machte Witze, aber ihr Lächeln gefror, als ihr klar wurde, was ich meinte. Sie stand auf und ging zum Fenster. Butterfly und Raven folgten ihr. Sie alle schauten zum Fenster hinaus auf Gordons Kombi.

»Du willst sein Auto stehlen?«, fragte Raven.

»Warum nicht? Er bestiehlt uns doch auch, oder?«

Sie waren ganz ruhig und starrten mich an, als sei ich

komplett verrückt geworden. Dann riss Crystal sich zusammen und setzte ihre Lehrerinnenmiene auf.

»Wenn wir sein Auto stehlen, wird er die Polizei benachrichtigen, und sie werden uns verfolgen«, meinte sie.

»Aber erst nach einer Weile. Außerdem müssen wir nur weit genug wegkommen, um ein anderes Transportmittel zu finden, einen Bus oder einen Zug. Wir können diese Karten eingehend studieren und uns von den meistbefahrenen Straßen fern halten. Wir müssen das Land ja nicht in vier oder fünf oder zehn Tagen durchqueren. Wir können uns doch Zeit lassen«, gab ich zu bedenken.

»Sich Zeit zu lassen, kostet Geld, Brooke. Reisen ist teuer«, gab Crystal zu bedenken.

»Ich weiß. Morgen gehen wir zur Bank und heben alle unsere Ersparnisse ab. Wenn ihr nicht Geld für etwas ausgegeben habt, von dem ich nichts weiß, müssten wir zusammen etwa vierzehnhundert Dollar haben«, sagte ich.

»Das ist nicht viel, wenn man bedenkt, was wir vorhaben. Wahrscheinlich geben wir es schon in den ersten Tagen aus. Wir müssen Benzin bezahlen und Essen und Mautgebühren«, entgegnete Crystal. »Ganz zu schweigen von Motelzimmern und unvorhergesehenen Problemen mit dem Auto.«

»Ja und? Wir suchen uns unterwegs Arbeit. Du, Raven und ich haben alle schon früher gejobbt, und Butterfly ...«, ich lächelte sie an, »... Butterfly kann die Leute wahrscheinlich ganz leicht dazu bringen, ihr Geld zu schenken. Sie kann an einer Straßenecke tanzen oder so was.«

»Ich habe doch gewusst, dass es ein Hirngespinst ist«, meinte Crystal und schüttelte missbilligend den Kopf.

»Hör auf damit«, schrie ich. »Für mich ist es kein Hirngespinst. Ich habe alles genau geplant. Ich weiß, wo Gordon die Autoschlüssel aufbewahrt. Er steckt sie in die abgetragene Lederjacke, die immer an der Innenseite der Schlafzimmertür hängt. Ich habe selbst gesehen, wie er sie dort hineinsteckte.«

»Du willst dich in Gordons Schlafzimmer schleichen und seine Schlüssel klauen?«, fragte Butterfly.

»Genau. Das ist doch nicht schwer. Louise schließt nachts nie die Tür ab.«

Butterfly starrte mich an, verblüfft über meinen Mut.

»Vielleicht benachrichtigt er gar nicht die Polizei«, meinte Raven plötzlich nachdenklich. »Vielleicht verfolgt er uns selbst mit seinem Laster.«

Diese Vorstellung ließ mich einen Augenblick verstummen. Ich malte mir aus, wie ein wutentbrannter Gordon Tooey mit verzerrtem Mund und geblähten Nüstern über die Autobahn preschte. Die Augen traten ihm hervor, während er das Gaspedal immer stärker niedertrat. Es war völlig unvorhersehbar, was er tun würde, wenn er uns schnappte. Dann schon besser von der Polizei erwischt werden.

Crystal starrte auf ihre Karten.

»Wir könnten ihn in die Irre schicken«, murmelte sie mit Blick auf ihre Unterlagen.

»Wie?«, fragte ich.

»Wir lassen eine Karte von einer Strecke, die wir nicht nehmen, zurück. Vielleicht tun wir so, als hätten wir sie vergessen. Er wird sie finden und glauben, er könnte uns leicht aufstöbern, und setzt sich dann auf die falsche Fährte«, erklärte sie.

»Das ist brillant, Crystal. Einfach brillant«, sagte ich, ermutigt durch ihren hilfreichen Vorschlag.

»Trotzdem bleibt es eine äußerst riskante Angelegenheit, Brooke. Ich weiß nicht«, sagte sie, nahm ihre Brille ab, um sie zu putzen, und schüttelte den Kopf.

»Das ist doch besser, als nur hier herumzusitzen und darauf zu warten, bis wir achtzehn werden«, entgegnete ich, »oder bis Gordon versucht, sich wieder an einer von uns zu vergreifen. Wir wissen doch nicht, auf wen er es das nächste Mal abgesehen hat.«

Ich warf einen Blick auf Butterfly. Mir war jedes Mittel recht, um Crystal zu überzeugen.

»Sie hat Recht, Crystal«, sagte Butterfly. »Wenn ihr das macht, will ich es auch versuchen.«

»Wenn wir den Kombi nehmen, brauchen wir kein Geld für Übernachtungen«, fuhr ich fort. »Er ist groß genug, dass wir alle darin schlafen können, wenn ich die Rückbank umklappe. Morgen Nacht, wenn alle schlafen, schleichen Raven und Crystal sich in die Küche und packen so viel Lebensmittel wie möglich ein. Auch damit können wir Geld sparen. In der Zwischenzeit sucht sich jede so viel Kleidungsstücke aus, wie in einen Kopfkissenbezug passen. Wir können nicht viel mitnehmen, und die voll gestopften Bezüge können wir außerdem als Kopfkissen benutzen.«

»Du denkst wirklich schon lange darüber nach, nicht wahr?«, fragte Crystal mich.

»Länger als ich denken kann«, erwiderte ich.

»Vergesst eure Zahnbürsten nicht«, ermahnte Butterfly uns. Da musste selbst Crystal lachen.

»In Ordnung«, sagte ich. »Jetzt wollen wir uns die Karte einmal genau anschauen.«

Crystal warf Raven und Butterfly einen Blick zu, ob sie noch immer damit einverstanden waren, und legte dann eine der Karten auf ihren Schreibtisch.

»Diese hier lassen wir für Gordon zurück«, erklärte Crystal. »Die Route führt über Pennsylvania, Virginia und Florida nach Texas. Vielleicht merkt er ja erst in Florida, dass er auf einer falschen Fährte ist. Zu der Zeit sind wir schon lange weg.«

Butterfly lachte. Wir schätzten, wo wir am ersten Tag sein würden und wo am zweiten. Alle redeten durcheinander. Es war wunderbar; wir fühlten uns voller Hoffnung.

Später war es fast unmöglich einzuschlafen. Etliche Minuten, nachdem wir in unserem Zimmer das Licht ausgemacht hatten, rief Raven mich.

»Was ist?«

»Du wirst doch deine Meinung nicht ändern, Brooke?« Ravens Stimme zitterte ein wenig.

»Bestimmt nicht. Du glaubst doch nicht, dass wir das Falsche tun, oder?« Plötzlich bekam auch ich Angst.

»Keine Sorge, Brooke, ganz gleich, was uns auf der Straße widerfährt, es wird nur halb so schlimm sein wie unsere Zukunft hier.«

»Gute Nacht«, sagte ich leise.

»Brooke?«

»Ja?«

»Mir fiel gerade ein … dies ist unsere letzte Nacht hier«, flüsterte sie.

Ich überlegte einen Augenblick. Natürlich hatte sie Recht. Ich war froh, diese vier Wände hinter mir zu lassen. Und ebenso das Gefühl, ein Nobody zu sein, namenlos und allein. Morgen würden wir unterwegs in unsere Zukunft sein.

»Ich bin wirklich glücklich darüber«, sagte ich. »Mir ist es gleich, wie schwierig es wird, wenn wir hier weg sind. Ich bin froh, dass wir es tun. Ich bin froh, dass wir unsere Leben endlich selbst in die Hand nehmen.«

»Ich auch. Gute Nacht.«

»Gute Nacht«, sagte ich noch einmal und wandte mich meinen Träumen zu.

In der letzten Unterrichtswoche brauchten wir nur zur Schule zu gehen, wenn wir Arbeiten schreiben mussten. Wenn man am Nachmittag keine Prüfungen hatte, konnte man danach nach Hause gehen. Wir waren alle nach den Vormittagsklausuren fertig, aber weder Louise noch Gordon wussten das. Daher gingen wir nach den Arbeiten nicht nach Hause, sondern zur Bank, um unser Geld abzuholen. Die Kassiererin wirkte äußerst misstrauisch. Crystal befürchtete schon, sie würde Louise anrufen, aber das tat sie nicht. Den Rest des Schultages verbrachten wir damit, Kleinigkeiten zu besorgen, die wir auf unserer Reise möglicherweise brauchten.

Als wir zum *Lakewood House* zurückkehrten, waren wie üblich unsere Haushaltspflichten angeschlagen. Gordon gestattete auch heute keine Ausnahme, Abschlussprüfungen hin oder her. Wir machten uns an die Arbeit und hofften, unsere Aufregung und Angst verbergen zu können. Es war ein seltsames Gefühl, durch das Gebäude zu gehen und zu wissen, dass wir es diese Nacht für immer verließen. Als wir an jenem Abend aßen, schauten wir uns verschwörerisch an. Butterfly war so nervös, dass sie kaum einen Bissen hinunterbrachte. Ich brachte sie dazu, wenigstens ein bisschen zu versuchen, weil ich mit unserem Verhalten nicht das geringste Misstrauen wecken wollte.

Mit einem mulmigen Gefühl im Magen gingen wir in unser Zimmer hinauf und warteten, dass die Zeit verging und es dunkel und still wurde, als alle schliefen. Louise kam in jedes Zimmer und erkundigte sich, wie wir in den Prüfungen abgeschnitten hätten. »Ich hoffe, alle bekommen Einsen«, sagte sie. »Ich bin immer sehr stolz auf die Schulleistungen meiner Kinder. Nächstes Jahr wird Crystal die Abschlussrede ihrer Klasse halten. Stellt euch das vor, eins von Louise Tooeys Kindern hält die Abschlussrede.«

Keiner von uns reagierte darauf, weil wir hofften, dass sie schnell weiterging, wenn wir nichts sagten. Aber sie harrte aus, redete über den Sommer, die Aussichten auf Jobs und die Verbesserungen, die sie am Haus vornehmen wollte. Endlich sagte sie gute Nacht und ging in ihr Büro hinunter.

»Ich dachte schon, sie würde nie gehen«, seufzte ich erleichtert. »Wir gehen jetzt ins Bett und benehmen uns so normal wie immer. Aber lasst eure Kleidung an, damit ihr bereit seid«, wies ich sie an.

Meine Clique war wie erstarrt vor Aufregung, alle schienen die Luft anzuhalten.

Es wurde spät. Ich hörte, wie Louise und Gordon heraufkamen und ins Schlafzimmer gingen. Gordons Stimme hörte sich an, als hätte er getrunken. Ich hoffte, das stimmte, weil er dann schneller einschlief. Das hatte ich schon früher erlebt. Wenn er getrunken hatte, konnte er überall schlafen, selbst auf diesen alten unbequemen Holzstühlen. Seine Gliedmaßen baumelten dann wie die Beine eines riesigen toten Insektes herunter.

Kurz nach Mitternacht stand ich mit klopfendem Herzen auf. Raven setzte sich auf. Offenbar hatte sie mit weit aufgerissenen Augen dagelegen und mich beobachtet.

»Ist es Zeit?«, fragte sie.

»Ja. Hol Crystal und geh mit ihr in die Küche. Die Luft müsste rein sein. Sei ganz leise und vorsichtig. Denk daran: Nimm nicht zu viel mit. Ich besorge jetzt die Autoschlüssel«, sagte ich, als sei gar nichts dabei, sie aus dem Schlafzimmer der Tooeys zu entwenden.

»Du musst aufpassen, Brooke«, warnte sie mich. »Wenn nur die geringste Gefahr besteht, dass er dich erwischt, lass es sein.«

»Die Gefahr besteht nicht«, versicherte ich ihr und machte mir selbst damit Mut.

»Vielleicht sollten wir erst die Köpfe zusammenstecken und unsere Beschwörungsformel rezitieren.«

»Mir geht es gut, Raven. Mach dir keine Sorgen. Das schaffe ich schon«, sagte ich. Ich brannte darauf, diese Schlüssel in die Finger zu bekommen. Dann wüsste ich, dass es wirklich losging.

Bevor ich mein Bett verließ, klopfte ich sacht an die Wand

zwischen unserem Zimmer und dem von Crystal und Butterfly. Eine von ihnen klopfte ebenfalls.

»Auf geht's«, sagte ich.

Meine Schuhe zog ich noch nicht an, damit ich mich lautlos den Flur entlang bewegen konnte. Ich trat vor die Tür. Crystal und Butterfly standen vor ihrem Zimmer.

»Mir geht es gut«, sagte ich, bevor Crystal fragte. »Du und Raven, ihr besorgt das Essen. Butterfly, du hältst Wache.«

Die beiden eilten davon, ich drehte mich um und starrte den Flur hinab auf Louises und Gordons Schlafzimmer. Der Flur wurde durch drei schwache Deckenleuchten erhellt. Ein fahles gelbes Licht fiel auf die verwohnten Wände. Die Tür zu Gordons und Louises Schlafzimmer schien weiter entfernt zu sein denn je. Jeder Schritt ließ den Holzboden knarren, und in meinen Ohren hörte sich dieses Knarren unendlich laut an. Ich zögerte, lauschte, ob jemand aufgewacht war. Es würde schwer sein zu erklären, was ich hier wollte, wenn man mich entdeckte. Ich hatte Angst, eines der anderen Kinder würde mich sehen und auch ein Geräusch verursachen.

Mein Herz pochte so heftig, dass ich Angst hatte, in Ohnmacht zu fallen. Wie war ich nur darauf gekommen, dass ich die Kraft und die Fähigkeit für so etwas besaß? Das fragte ich mich jetzt, als ich dabei war, es zu tun. Crystal hatte Recht. Das Ganze war ein Hirngespinst. Ich konnte diese Tür nicht öffnen und herumtasten, um die Lederjacke zu finden. Wenn die Jacke nun herunterfiel und die Schlüssel klapperten? Wenn er gar nicht schlief?

Ich geriet in Panik. Mein Herzschlag setzte zwischendurch aus. Raven hatte Recht. Wir hätten zusammenkommen und unseren Gesang anstimmen sollen. Ich war zu zuversichtlich gewesen. Ich schaute mich um. Butterfly stand in der Tür und wartete mit angehaltenem Atem. Ihr Anblick, klein und ängstlich, aber voller Hoffnung, gab mir wieder Kraft. Ich musste sie hier herausholen. Ich musste einfach.

Ich winkte ihr zu und nickte zum Zeichen, dass mit mir alles in Ordnung sei, obwohl ich davon weit entfernt war. Wieder schaute ich zu Louises und Gordons Schlafzimmertür und glitt an der Wand entlang darauf zu. Endlich war ich dort. Ich schloss die Augen, holte tief Luft und drückte die Klinke herunter. Mit einem ganz schwachen Quietschen öffnete sich die Tür.

Aus dem einen oder anderen Grund war ich etwa ein halbes Dutzend Mal in ihrem Schlafzimmer gewesen. Manchmal hatte ich Louise etwas hochgebracht. Ich wusste, dass die Tür in einen kleinen Vorraum führte. Zur Linken befand sich ihr Schlafzimmer mit zwei großen Fenstern, die auf den See hinausgingen. Links von den Fenstern stand ein riesiger Kleiderschrank. Zur Rechten standen ihre Kommoden, in der Ecke war die Tür zu ihrem Badezimmer.

Ich öffnete die Tür so weit, dass ich hindurchschlüpfen konnte. Rasch schloss ich die Tür hinter mir wieder, damit so wenig Licht wie möglich vom Flur hereinfiel. Jetzt stand ich dort in der Dunkelheit und hielt die Luft an. Ich hatte es geschafft. Jetzt war es zu spät umzukehren.

In winzigen Bewegungen, die Stunden zu dauern schienen, fand ich die Jacke dort, wo sie immer hing, und fuhr mit den Fingern in die erste Tasche. Gerade als meine Fingerspitzen den Schlüsselbund berührten, ging eine Nachttischlampe an. Ich erstarrte.

»Was ist los?«, hörte ich Gordon stöhnen.

»Ich muss ins Bad«, erwiderte Louise.

»Kannst du denn nicht gehen, ohne das verdammte Licht anzuknipsen und mich zu wecken, um Himmels willen?«

»Ich wollte nicht stolpern«, erklärte sie.

Er stöhnte, ein durch die Kissen gedämpftes Geräusch. Ich rührte mich nicht und hielt sogar die Luft an. Ich hörte, wie sie ins Bad ging und die Tür schloss. Ich verhielt mich so leise wie möglich und wartete. Endlich hörte ich die Toilettenspülung, sah das Licht, als sie die Tür öffnete, hörte, wie sie ins Bett zurückging und die Nachttischlampe ausknipste.

»t'schuldigung«, murmelte sie. Er reagierte nicht. Ich wartete, Schweiß trat mir ins Genick. Ich wollte sicher sein, dass sie wieder eingeschlafen waren. Mein ganzer Körper fühlte sich taub und kalt an. Plötzlich hatte ich das Gefühl, als knickten meine Beine unter mir weg. Bald würde ich auf dem Boden zusammensinken. Besser erledigte ich, weshalb ich hergekommen war.

Erneut griff ich in die Tasche, fand die Schlüssel und zog sie zentimeterweise heraus. Mit dem Handrücken berührte ich etwas anderes und hielt inne, als mir klar wurde, was das sein könnte. Wenn ich recht hatte, wäre das toll. Ich zog die Schlüssel heraus und dann auch noch die Benzinkreditkarte. Was für ein Glück, dachte ich.

Jetzt musste ich so leise und so schnell wie möglich wieder hinausschlüpfen. Behutsam öffnete ich die Tür und versuchte dabei so wenig Lärm wie möglich zu machen, bis der Spalt breit genug war, um mich hindurchzuschlängeln. Das tat ich auf allen vieren und schloss danach leise die Tür. Einen Augenblick hockte ich draußen, lauschte und wartete auf Gordons Gebrüll, als er mich verfolgte. Aber alles blieb still. Am Ende des Flures sah ich Crystal, Raven und Butterfly, die mich beobachteten. Raven und Crystal waren aus der Küche zurückgekehrt und schleppten einen Sack mit Nahrungsmitteln. Ich hob triumphierend den Daumen, stand dann auf und schlich auf Zehenspitzen zurück.

Wir versammelten uns tuschelnd in meinem und Ravens Zimmer.

»Du warst so lange da drin, dass wir glaubten, er hätte dich erwischt«, sagte Raven.

Rasch erzählte ich ihnen, was passiert war, und zeigte ihnen dann die Kreditkarte.

»Gordon leiht uns nicht nur sein Auto, sondern auch Geld für Benzin«, sagte ich.

»Bist du sicher, dass dich keiner gehört hat?«, fragte Crystal.

»Wenn das der Fall wäre, hätten wir Gordon längst auf dem Hals«, erwiderte ich. »Wie ist es euch ergangen?«

Sie zeigten mir, was in ihrem Sack war, hauptsächlich Konservendosen und haltbare Lebensmittel.

»Eine gute Wahl«, bestätigte ich. »Wir sind bereit. Jetzt kann uns nichts mehr aufhalten.«

»Ich habe Angst«, wimmerte Butterfly. Die Tatsache, dass wir alles hatten, was wir für unsere Flucht brauchten, jagte ihr Furcht ein.

»Wir wollen uns zusammentun«, schlug Raven vor, schaute von Butterfly zu Crystal und dann zu mir. »Ich brauche es auch«, gestand sie. Ich sah Crystal an. Sie nickte.

Wir vier reichten uns die Hände und rezitierten leise unsere Sprüche, um uns Mut zu machen, um Stärke in uns aufzubauen. Dann trennten wir uns, schluckten noch einmal und rafften unsere Sachen zusammen. Wie vier Gespenster glitten wir an der Wand entlang Richtung Treppe. Als wir gerade dort angelangt waren, kam Megan Callaway aus ihrem Zimmer, um auf die Toilette zu gehen.

Alle erstarrten.

»Was macht ihr Idioten denn hier?«, fragte sie und schlenderte zu uns.

»Sprich leise«, flüsterte ich ihr zu und blickte voll panischer Angst auf Gordons und Louises Schlafzimmertür.

Sie schaute auf unsere Kopfkissenbezüge und den Sack mit Lebensmitteln.

»Was ist das denn?«

»Wir laufen weg«, erklärte ich sachlich.

Sie schaute von einem zum anderen und zuletzt auf mich. »Ernsthaft?«

»Wirklich. Und wenn du jetzt einen Ton von dir gibst, mache ich so viele Fotos von dir, dass wir den Speisesaal damit tapezieren können.«

Ich starrte sie unverwandt an. Als sie merkte, dass ich es ernst meinte, schrumpfte sie in sich zusammen.

»Es ist mir doch völlig egal, wenn ihr weglauft. Nur zu. Gut, dass ich euch los bin«, fauchte sie. »Ein schönes Leben wünsche ich euch.«

Ich nickte Raven zu, und sie ging weiter Richtung Treppe. Megan blieb hinter uns und beobachtete uns. Crystal packte mich am Arm, ich schaute sie an. Sie rollte mit den Augen und zog dann die Karte mit der falschen Fährte aus der Tasche. Ich begriff und lächelte.

Bevor wir hinunterstiegen, ließ sie die Karte wie zufällig fallen. Rasch stiegen wir die Treppe hinunter und versuchten dabei die Stufen zu meiden, die bei jedem Schritt ächzten und quietschten.

»Sie wird es nicht für sich behalten können«, prophezeite Crystal mit Blick auf Megan. »Sobald wir weg sind, gibt sie Gordon die Karte.«

»Crystal, du weißt, dass du brillant bist«, sagte ich, »und sogar ein bisschen durchtrieben.«

»Ich weiß«, erwiderte sie mit einem leisen Lächeln.

Wir setzten unseren Weg durch das Haus fort. Butterfly schlich bis zur Hintertür nur auf Zehenspitzen.

Ich öffnete sie langsam und warf meinen Schwestern einen Blick zu. In ihren Augen lag Erwartung und Furcht.

»Es ist ein Kinderspiel«, sagte ich und bemühte mich, tapferer zu klingen, als ich mich fühlte. Raven lächelte nervös. Butterfly sah immer noch so aus, als würde sie jeden Augenblick in Tränen ausbrechen. Ich beschloss, mich zu beeilen, bevor sie es sich anders überlegten.

Wir hasteten aus dem Haus zum Kombi. In Sommernächten wie dieser ließ Gordon das Auto vor der Garage stehen. Behutsam und leise öffnete ich die Tür und schlüpfte hinter das Lenkrad. Die anderen eilten um das Auto herum und stiegen ein, Raven vorne, Butterfly und Crystal hinten. Alle Türen wurden mit einem sanften Klicken von Metall auf Metall geschlossen. Als ich den Schlüssel ins Zündschloss steckte, zitterten meine Finger ein wenig.

»Hier drinnen riecht es modrig wie in einem Keller«, meinte Raven und hielt sich die Nase zu. »Igitt.«

»Hier ist der Grund dafür«, sagte Crystal und zeigte uns eine Flasche billigen Wein, der wahrscheinlich auf dem Boden vergossen worden war.

»Wir müssen hier sauber machen, bevor wir hier schlafen«, stellte Butterfly fest.

»Bist du dir sicher, dass du diese Kiste wirklich fahren kannst?«, fragte Raven besorgt.

»Das weißt du doch«, antwortete ich mit einem zuversichtlichen Lächeln. »Ich war doch in der Fahrschule wirklich gut. Habe ich nicht im Unterricht am besten abgeschnitten?«

»Das war doch nur ein Test. Das hier ist das wahre Leben – ohne einen Lehrer, der die ganze Zeit neben dir sitzt.«

»Hör auf, dir Sorgen zu machen«, beschwichtigte ich Crystal. »Seid ihr bereit, Mädchen?«

Alle murmelten ja, und ich drehte den Zündschlüssel. Der Wagen sprang sofort mit einem Rumpeln an, das das ganze Fahrzeug erschütterte.

»Der Benzintank ist voll«, verkündete ich. »Guter alter Gordon, hat sein Auto allzeit bereit.« Ich warf einen Blick zurück auf das große, dunkle Gebäude. »Danke, Gordon.«

Ich fuhr an und beschleunigte ein bisschen zu schnell. Die Reifen wirbelten etwas Kies auf, aber ich hielt das Lenkrad eisern fest und steuerte die lange Auffahrt hinab zur Straße.

Die anderen sollten es nicht erfahren, aber ich war selbst überrascht.

Wir fuhren den Highway entlang, der sich vor uns wie die Straße ins Wunderland erstreckte, ein Silberstreif, der ins Unbekannte führte. Alles war still. Es war so spät, dass die Dunkelheit sich in Stein verwandelt zu haben schien.

»Ich würde gerne morgen früh sein Gesicht sehen«, sagte Raven.

»Ich nicht«, murmelte Crystal.

»Er wird Louise die Schuld geben«, sagte ich. »Ständig wirft er ihr vor, sie sei zu nachgiebig zu uns.«

»Mir tut sie Leid«, meinte Raven. »Ich weiß nicht, warum sie ihn überhaupt geheiratet hat.«

»Morgen früh wird sie sich das auch fragen«, sagte ich. Plötzlich musste ich laut lachen.

»Was ist?«, fragte Raven.

»Ich dachte gerade an Megan. Sie wird ihm morgen früh die Karte geben, damit sie seine kleine Heldin ist, und er wird dann einer falschen Fährte nachjagen.«

»Ja, und?«, sagte Raven. »Das wolltest du doch, oder?«

Ich schaute Crystal an, sie lächelte und wandte sich Raven zu.

»Er wird glauben, dass sie das mit Absicht getan hat, dass sie mit zu unserem Plan gehörte.«

»Oh. Das ist wirklich komisch. Oder vielleicht auch nicht«, meinte sie, nachdem sie einen Augenblick nachgedacht hatte. »Vielleicht bringt er sie um.«

Wir schwiegen und grübelten über Gordons Wutausbrüche nach.

»Vielleicht sollten wir zurückfahren«, schlug Butterfly nach ein paar Minuten Schweigen vor.

»Zurück? Wohin? Es gibt kein Zurück. Es gibt nur ein Vorwärts«, sagte ich. »Mach dir keine Sorgen, Butterfly. Wir sind alle zusammen, alle bei dir.«

Niemand sprach. Schließlich konnte niemand dem widersprechen.

»Wir haben es getan«, stellte Crystal überrascht fest. Sie hielt den Blick auf die Straße vor uns gerichtet. »Wir haben es wirklich getan.«

»Ich wusste immer, dass wir das schaffen«, sagte ich. Über uns am Himmel funkelten die Sterne.

»Mach das Radio an«, forderte Raven mich auf.

Ich beugte mich vor und schaltete es ein. Wir fanden einen Sender mit Rockmusik, Raven drehte das Radio lauter und sang mit, erfüllte das Auto mit ihrer melodiösen Stimme.

Ich gewann an Selbstvertrauen hinter dem Steuerrad und beschleunigte ein wenig.

Unsere Reise hatte begonnen.

4

Eine wenig befahrene Straße

Wir waren so aufgeregt, dass niemand von uns merkte, wie müde wir tatsächlich waren. Durch die Anspannung war jede von uns erschöpft, obendrein war es so spät, dass es uns schwer fiel, wach zu bleiben. Einen großen Vorteil hatte es jedoch, um diese Zeit zu reisen: Es herrschte nicht viel Verkehr. Ich kannte die Straßen, die uns zur Hauptstraße führten, aber danach musste ich mich auf Crystal und ihre Karten verlassen. Sobald wir auf dem Highway waren und ich das erste Schild »New York City 90 Meilen« las, klopfte mein Herz. Die Tatsache, dass wir dies wirklich taten, dass wir auf dem Highway Meile um Meile zwischen uns und das Leben, das wir jahrelang geführt hatten, legten, ließ uns einige Augenblicke lang still werden und tief in uns hineinschauen.

Unser ganzes Leben lang waren wir entweder von Adoptiveltern oder vom System beobachtet und beschützt worden. Es war immer schwierig, jemandem, der sein ganzes Leben bei seinen Eltern verbracht hatte, begreiflich zu machen, was es bedeutete, einer von uns zu sein. Ohne Familie fühlten wir uns ohne Geschichte, als seien wir gerade irgendwo abgesetzt und aufgefordert worden, zu essen, zu schlafen, zu spielen und aufzuwachsen wie normale Kinder. Es war schwierig, als Mündel eines gigantischen Systems namens Staat zu leben. Wenn wir Angst hatten oder einsam waren, wenn sich Albträume in unsere Träume schlichen, wenn Niederlagen und Enttäuschungen auf uns niederprasselten, konnten wir nicht nach Hause zu Mami oder Daddy laufen.

Natürlich konnten wir mit unserem Berater darüber reden, wenn wir einen Termin hatten. Man wurde dann analysiert und mit einigen Handbuchweisheiten kuriert, aber kaum je brachten sie es fertig, dass man sich besser fühlte.

Einmal, als ein Mädchen in der Schule mich wütend gemacht hatte, beschuldigte ich sie, verwöhnt zu sein und überhaupt nicht zu wissen, wie es sei, ohne Familie zu leben. Sie grinste mich nur an, bis ich mich zu ihr vorbeugte – unsere Gesichter waren nur noch wenige Zentimeter voneinander entfernt – und sagte: »Stell dir vor, du sitzt jeden Abend vor dem Fernseher und siehst diese Werbung über Kinder, die mit ihren Eltern nach Disneyland fahren oder einfach um den Frühstückstisch herumsitzen. Stell dir vor, du siehst das, und für dich ist das nur Science-Fiction.«

Ihr Grinsen erlosch, und alle um uns herum blickten zu Boden. Sie schämten sich, weil sie mehr Glück hatten als ich.

Ich habe mich nie als etwas Besonderes gefühlt. Außer als ich bei Pamela und Peter wohnte. Aber wenn etwas Besonderes zu sein bedeutete, dass ich nicht ich sein konnte, wollte ich das überhaupt nicht. Lieber behielt ich mein einsames altes Ich, als jemandes Lieblingsprojekt und mit Gewalt in eine Form gepresst zu werden.

Jetzt, als ich dieses Auto steuerte und mit den besten Freundinnen, die ich auf der ganzen Welt hatte, durch die Nacht brauste, verspürte ich ein Gefühl von Freiheit. Als hätten wir alle Ketten abgeschüttelt – alles, was wir waren und was andere aus uns machen wollten – und wären endlich frei. Noch vor ein paar Stunden waren wir am besten bekannt unter unserer Aktennummer. Wir waren, wie Crystal oft sagte, »im System«, etikettiert und von einigen Beamten beschrieben, unsere Lebensläufe auf wenigen Seiten zusammengefasst, darunter auch solche biologischen Fakten wie Blutgruppe, Augenfarbe und Sehschärfe.

Nichts davon war jetzt noch für uns wichtig. Wir waren

gestartet, segelten auf der Suche nach einem neuen Planeten, einem neuen Zuhause durch das All. Bald würden wir unsere eigenen Geschichten schreiben, unsere eigenen Akten füllen. Zum ersten Mal hatte ich das Gefühl, mein Schicksal selbst in der Hand zu haben.

»Achte auf die Geschwindigkeit«, warnte Crystal. »Selbst um diese Zeit gibt es Radarfallen, und wir dürfen nicht angehalten werden, Brooke.«

»Ich weiß«, sagte ich und warf einen Blick auf den Tacho. Die Wahrheit war, dass ich nicht auf die Geschwindigkeit geachtet hatte. Ich hatte vor mich hin geträumt und fuhr zu schnell. Gute alte Crystal, dachte ich, passt immer auf.

Ich schaute in den Rückspiegel. Butterfly war auf ihrem Sitz zusammengesunken, der Kopf hing zu einer Seite, die Augen waren geschlossen. Sie sah aus wie eine Stoffpuppe, so verletzlich, so abhängig. Ich glaube, wir sahen alle drei etwas von uns in Butterfly und waren deshalb so fürsorglich.

Das Radio dröhnte weiter. Meile um Meile erstreckte sich der Highway vor uns und verschwand dann in der Dunkelheit hinter uns. Gelegentlich kam ein anderes Fahrzeug näher und überholte uns. Ich hielt das Lenkrad fest. Wir machten gute Fortschritte. Ich fühlte mich wie der Pilot eines Raumschiffes, das gestartet war und sich jetzt immer stärker dem Punkt näherte, an dem es die Erdatmosphäre durchbrach. Bald würde sich die Umklammerung der Vergangenheit lösen, wir würden nicht mehr zurückschauen.

»Vielleicht sollten wir jetzt einen Blick auf deine Karte werfen, Crystal«, schlug ich vor, als wir das vertraute Gebiet verließen.

Crystal faltete die Karte auseinander und fand den Lichtschalter im Fond des Wagens, aber er funktionierte nicht. Deshalb beugte sie sich vor, um von vorne Licht zu bekommen.

»Wir könnten entweder auf den New York Thruway fahren oder die Route Six zum Palisades Parkway nehmen und die Ausfahrt zur I-95 suchen«, erläuterte sie.

»Was ist besser?«, fragte ich.

»Je weniger Leute uns sehen und aufspüren können, desto besser für uns«, schloss sie. »Wir sollten Mautstationen meiden. Nimm die Route Six. Die Abfahrt sollte bald kommen.«

Wir hielten danach Ausschau, und als wir die Schilder sahen, ging ich vom Gas, bog ab und fuhr auf den Highway.

»Du machst das wirklich sehr gut«, meinte Raven beeindruckt. »Ich hätte auch Fahrstunden nehmen sollen.«

Es wäre wirklich eine große Hilfe, wenn wir einen zweiten Fahrer hätten, dachte ich.

Crystal lehnte sich zurück und gähnte.

»Wenn Megan niemanden geweckt hat, wissen sie immer noch nicht, dass wir weg sind«, sagte sie nach einer Weile.

Ich warf einen Blick auf die Uhr im Armaturenbrett. Es war fast halb vier Uhr morgens. Gordon lag mit seinem whiskygetränkten Gehirn betäubt im Bett. Alle anderen schliefen ruhig und friedlich. In einigen Stunden würden sie alle eine große Überraschung erleben.

Raven lehnte den Kopf gegen das Fenster. Die Erschöpfung, die durch die Aufregung in Schach gehalten worden war, brach sich jetzt in unseren Gliedern, in unseren Augen Bahn.

»Werden wir die ganze Nacht fahren?«, fragte Crystal mich.

»Vermutlich ist es vernünftig, eine so große Distanz wie möglich zurückzulegen, findest du nicht?«

»Natürlich, aber wie fühlst du dich? Du willst doch nicht am Lenkrad einschlafen.«

»Mir geht es gut«, sagte ich, obwohl meine Augenlider wie Türen an einem Aufzug zuzugleiten drohten. Ich konzentrierte mich darauf, sie weit offen zu halten. In unserem

Radiosender wurde nur noch geredet. »Such wieder Musik, Raven«, bat ich sie. »Etwas, das wach hält, okay?«

Sie drehte den Knopf, bis sie auf Beatmusik stieß, und lehnte sich dann wieder zurück.

Wir fuhren weiter. Ich hätte die Unterhaltung in Gang halten sollen. Butterfly schlief mittlerweile tief und fest, Crystal ließ ihre Lider einmal zu oft zufallen und döste ebenfalls ein. Raven, die emotional und körperlich erschöpft war, hörte auf zu reden und ließ den Kopf zurücksinken. Plötzlich wurde mir klar, dass ich als Einzige wach war. Ich begann zu zählen, sang, bewegte mich zur Musik, tat alles, um mich wach zu halten, aber auch ich fing an zu dösen und blinzelte plötzlich, als ich ein Schild sah: George-Washington-Brücke.

»Crystal? Crystal!«, rief ich.

»Was? Oh, tut mir Leid. Ich muss eingeschlafen sein. Wo sind wir?«

»Wollten wir über die George-Washington-Brücke fahren?«, fragte ich. Das Mauthäuschen befand sich direkt vor mir. Kein Weg führte mehr daran vorbei. »Nein, nein«, schrie sie. »Oh, Brooke, du hast die Ausfahrt verpasst.«

»Was soll ich tun?«, fragte ich in Panik.

»Was ist los?«, fragte Raven. Butterfly stöhnte, setzte sich auf und rieb sich den Schlaf aus den Augen.

»Fahr über die Brücke«, entschied Crystal rasch. »Tu so, als sei alles in Ordnung. Verhalte dich normal. Tu so, als hättest du das schon mal gemacht. Ich überlege mir hinterher etwas«, sagte sie und breitete ihre Karten aus.

Ich verlangsamte das Tempo, las die Gebühr ab und griff in meine Tasche nach dem Geld. Eine Afroamerikanerin von etwa vierzig Jahren nahm den Geldschein entgegen und gab mir das Wechselgeld zurück, ohne mich eines Blickes zu würdigen.

»Ihr war völlig egal, wer wir sind. Das muss ja ein langweiliger Job sein«, murmelte ich und fuhr dann auf die George-Washington-Brücke, die hell erleuchtet vor uns lag. Was für ein beängstigender Anblick, dachte ich, als ich darauf losfuhr. Mein Herz klopfte wieder wie ein Trommelwirbel. Gegen den Nachthimmel zeichnete sich New York City ab.

»Schau dir das an«, staunte Raven. Die drei pressten ihre Gesichter ans Fenster und starrten das Empire State Building und die Twin Towers an. Flugzeuge schienen so nahe vorbeizufliegen, dass sie beinahe mit den lichtfunkelnden Gebäuden zusammenstießen. Es war atemberaubend.

»Ich wette, der Broadway ist erleuchtet wie ein Volksfest«, meinte Crystal aufgeregt.

»Der Broadway! Können wir den Broadway sehen?«, fragte Raven und hopste auf ihrem Sitz auf und ab.

»Ja, können wir das?«, stimmte auch Butterfly ein.

»Wir müssen auf unseren Weg zurück«, ermahnte ich sie. Ich war mir nicht sicher, ob ich im Stadtverkehr fahren konnte.

»Oh, bitte. Wir wollen nur einen Blick darauf werfen. Er kann doch nicht weit sein, oder, Crystal?«, bat Raven. »Wir sind doch schon hier. Dann können wir auch das Beste aus diesem Fehler machen.«

»Was muss ich tun?«, fragte ich, als wir uns Manhattan näherten.

»Halte dich rechts. Wir nehmen den Henry Hudson Parkway und fahren in die Innenstadt. Dann können Raven und Butterfly den Broadway sehen, bevor wir durch den Tunnel fahren und ich uns auf den richtigen Weg zurückdirigiere. Passt jetzt alle auf«, befahl Crystal.

Mitten in der Nacht gab es Gott sei Dank keine Verkehrsstaus. Crystals Anweisungen folgend, bog ich an der 42. Straße ab und fuhr sehr langsam durch die Straßen der Innenstadt, bis wir plötzlich am Times Square landeten. Die

Lichter und die Schilder waren so überwältigend, dass ich rechts heranfahren musste. Wir starrten auf die riesigen Bildschirme, die vielen Menschen, die trotz der frühen Stunde herumliefen, und den Verkehr.

»Alles ist so gewaltig«, sagte Butterfly, steckte den Kopf hinaus und schaute an einem Hochhaus empor. »Es ist wunderschön«, rief sie.

»Eines Tages steht dein Name dort in Leuchtschrift, Butterfly«, sagte ich. »Und Raven wird hier auf einer Bühne singen.«

»Und was ist mit dir?«

»Mir gehört eines der Theater«, sagte ich. Alle lachten, und dann schreckten wir zusammen, als es an der Seite des Kombi laut klopfte.

Ein großer Polizist trat auf den Wagen zu.

»Was denkt ihr euch eigentlich dabei, hier einfach anzuhalten?«, fragte er. Er bückte sich, schaute zu uns herein, dann richtete er sich wieder auf und musterte mich mit zusammengekniffenen Augen.

O nein, dachte ich. Wenn er mich nach meinem Führerschein und der Zulassung fragt, ist alles vorbei. Dann hätten wir nur eine Spritztour nach New York geschafft.

»Wir wollten nur die Stadt bei Nacht sehen, Officer«, mischte sich Crystal ein. »Wir sind gerade zu Besuch zu meiner Tante gekommen.«

»Also, hier könnt ihr nicht parken. Seht ihr? Dort steht: ›Parken verboten‹.« Er deutete auf ein Schild vor dem Kombi.

»Es tut mir leid«, entschuldigte ich mich.

Er musterte uns alle eingehender.

»Ihr solltet sowieso schon schlafen«, meinte er. »Weiß deine Tante, dass ihr hier seid?«

»Wir sind doch gerade erst angekommen. Wir sind auf dem Weg zu ihrer Wohnung«, sagte Crystal.

»Weißt du, wie ihr dorthin kommt?«, fragte er.

»Ja, Sir, wir haben eine gute Wegbeschreibung«, erwiderte Crystal.

»Dann fahrt weiter«, sagte er.

»Danke«, sagte Crystal. »Los, los, los«, raunte sie hinter meinem Ohr.

Ich legte den Gang ein und fuhr wieder ein wenig zu schnell an. Alle hielten die Luft an. Crystal schaute sich um.

»Es ist alles in Ordnung. Er ist nicht hinter uns her.«

»Das hast du toll gemacht, Crystal«, lobte ich sie, »eine schnelle Reaktion.« Waren wir alle von Natur aus gute Lügner, fragte ich mich. Oder waren wir durch unser Leben so geworden?

»Pass bloß auf. Bieg hier ab«, kommandierte sie, »wir wollen jetzt zum Lincoln-Tunnel.« Sie warf einen Blick auf ihre Karte. »Bieg vorne links ab und fahr dann weiter geradeaus.«

Trotz der frühen Stunde und unserer Müdigkeit war es unmöglich, jetzt nicht hellwach zu sein. Ich befolgte Crystals Anweisungen ganz genau. Als wir in den Tunnel fuhren, bekam Butterfly Angst, dass wir nie wieder herauskämen. Er schien ewig weiterzugehen, aber plötzlich tauchten wir wieder auf und fanden, weil wir sorgfältig alle Schilder beachteten, den Weg Richtung Westen.

Ich schaute erneut auf die Uhr. In wenigen Stunden würde Gordon Tooey aufstehen, sich anziehen, frühstücken, über irgendetwas meckern, vor das *Lakewood House* treten und feststellen, dass sein Auto verschwunden war.

Dann würde es losgehen.

Wir fuhren in die Morgendämmerung, sahen und spürten, wie die Sonne aufging. Als es richtig hell wurde, hatten wir den klaren blauen Himmel vor uns, nur hin und wieder ein Wölkchen am Horizont.

»Warum halten wir nicht irgendwo an und trinken einen Kaffee?«, meinte Raven. »Ich könnte etwas Koffein gebrauchen, und außerdem muss ich zur Toilette.«

»Ich auch«, stimmte Butterfly ein.

Ich war froh, dass sie danach fragten. Ich wollte nicht die Erste sein, die es erwähnte, aber ich fühlte mich wie ein wassergefüllter Ballon. Ich sah ein Hinweisschild auf einen Rastplatz in zehn Meilen Entfernung.

»Dort halten wir an«, verkündete ich.

Gut zehn Minuten später fuhren wir auf den Parkplatz, stiegen aus dem Auto und streckten uns. Mein Kreuz schmerzte, wahrscheinlich vor Anspannung, und meine Beine fühlten sich an, als sei ich in Gordons und Louises berüchtigtes Fass gesteckt worden. »Ein tolles Gefühl, sich zu bewegen«, sagte Raven.

»Wenn ihr euch jetzt schon beklagt, wie werdet ihr euch dann fühlen, wenn wir den Mittleren Westen erreichen«, spottete ich. Ich wollte dafür sorgen, dass sie nichts von ihrer Stärke und Entschlossenheit einbüßten. Das bedeutete, ich musste noch stärker sein. »Wer beklagt sich denn? Habe ich mich beklagt, Crystal?«

»Lasst uns nicht hier draußen darüber streiten«, bat sie. »Kommt jetzt.« Sie nahm Butterfly bei der Hand, und die beiden gingen zum Restaurant.

Vor dem Restaurant parkten drei Motorräder, und durch die Fensterscheibe konnte ich drei junge Männer in Lederjacken sehen, die uns anstarrten. Genau genommen starrten sie alle Raven an.

»Oho. Es geht schon wieder los«, warnte ich sie.

»Was denn?« Raven hatte mit ihrem Portemonnaie herumgefummelt und die Motorradfahrer nicht bemerkt.

»Brooke hat nur gerade darauf hingewiesen, dass da drinnen anscheinend ein Fanclub von dir versammelt ist«, konstatierte Crystal in ihrer nüchternen Art.

»Igitt. Die sehen genauso aus wie die Typen, mit denen meine Mutter sich immer verabredet hat. Das bedeutet Ärger. Großen Ärger.« Raven schüttelte sich und legte die Arme um sich, als ob ihr kalt sei.

»Mach dir keine Sorgen, Raven. Wir lassen nicht zu, dass sie dich belästigen.« Butterfly war stets bereit, Raven zu beschützen. Sie wusste, was es hieß, mit unerwünschten Aufmerksamkeiten überschüttet zu werden.

»Komm, wir gehen hinein und setzen uns hin. Wenn wir sie ignorieren, lassen sie uns in Ruhe«, sagte ich und öffnete die Tür zum Restaurant.

Nachdem wir bestellt hatten, stand ich auf und ging zur Toilette. Als ich zurückkam, sah ich, dass einer der Motorradfahrer sich auf meinen leeren Platz gesetzt hatte. Ich räusperte mich, und er erhob sich. Crystal, Raven und Butterfly sahen mich an, als hätte ich sie aus einer Folter gerettet. Als ich den Motorradfahrer sprechen hörte, wusste ich, dass das stimmte.

»Also, wenn ihr Mädels irgendwas braucht, brüllt ihr einfach nach Paulio, ich bin direkt da drüben«, erklärte er und deutete auf den Tisch, an dem er mit seinen schmierigen Freunden saß.

Glücklicherweise kam die Kellnerin mit unseren Bestellungen, und wir füllten unsere knurrenden Mägen. Als wir alles verputzt hatten, fragte Crystal, ob wir bald Benzin brauchten.

»Ich werde hier tanken, bevor wir fahren«, erwiderte ich. »Das Auto ist ein Schluckspecht. Gott sei Dank haben wir Gordons Kreditkarte.«

»Musst du denn nicht unterschreiben?«, fragte Butterfly ängstlich.

»Wir benutzen nur die Tanksäulen, wo man einfach die Kreditkarte hineinstecken muss. Als wir hereinfuhren, sah ich, dass sie solche haben.«

Crystal holte die Karte heraus, und wir besprachen die weitere Reise, überlegten, wo wir nach einem weiteren Tag sein würden und wie weit wir übermorgen kommen würden.

Plötzlich packte uns die Angst. Ein Polizeiwagen fuhr vor und parkte direkt unter unserem Fenster. Die Beamten stiegen aus und warfen einen Blick auf Gordons Kombi.

»Es ist noch zu früh, sie können noch keine Beschreibung haben«, sagte ich und schaute Crystal bestätigungsheischend an.

»Es sei denn, Megan ist direkt, nachdem wir weg waren, zu ihm gegangen, und er hat die Polizei verständigt«, erwiderte sie.

Butterfly sah aus, als würde sie in Tränen ausbrechen.

»Sie werden uns alle ins Gefängnis stecken«, wisperte sie.

»Immer mit der Ruhe. Benehmt euch unverdächtig«, ermahnte Crystal uns.

Die Kellnerin brachte uns Kaffee und Saft, als die Polizisten hereinkamen.

»Was machen sie?«, fragte ich Crystal. Sie blickte hoch.

»Sie gehen zur Theke. Sie schauen nicht einmal in unsere Richtung.«

Erleichtert stieß ich die angehaltene Luft aus und lehnte mich zurück.

»So werden wir wohl jedes Mal reagieren, wenn wir einen Polizisten sehen«, stellte ich bekümmert fest.

»Deshalb sollten wir so bald wie möglich die Hauptverkehrsstraßen verlassen«, sagte Crystal. Sie wandte sich wieder ihrer Karte zu. Die Kellnerin servierte uns Toast und Muffins, und wir begannen zu essen.

»Wo wollt ihr denn hin?« Ich drehte mich um und sah einen der Motorradfahrer, der an unserem Tisch stand.

»Verwandte besuchen, wie ich schon sagte«, erwiderte Crystal.

»Ihr habt euch aber früh auf den Weg in die Sommerferien gemacht, was?«

»So ist es«, sagte ich rasch und warf ihm einen Blick zu, der sagte: »Verschwinde.« Aber er ignorierte mich und wandte sich wieder an Raven.

»Wo wohnen diese Verwandten denn?«, forschte er weiter. Sein schmutziges dunkelbraunes Haar war zwar zurückgebunden, trotzdem standen einige Strähnen hoch wie gerissene Klaviersaiten. Er hatte eine schmale Nase und tief liegende dunkle Augen. Falls er sich kürzlich rasiert hatte, war ihm das nicht besonders gut gelungen. Auf Kinn und Wangen prangten noch Stoppeln. Seine Koteletten sahen aus wie mit Motoröl getränkt.

Hilfe suchend sah Raven Crystal an.

»Wir fahren in eine kleine Stadt in der Nähe von Philadelphia«, sagte sie und deutete auf ihrer Karte darauf.

»Oh, ihr habt eine Karte?« Er beugte sich vor. Dann sah er zu seinen beiden Kumpels, die gerade ihre Rechnung bezahlten. »Komme sofort«, rief er. »Ich kenne die Stadt«, erzählte er Crystal. »Ihr solltet Folgendes tun: Bei der nächsten Möglichkeit da hinten biegt ihr links ab«, er deutete durch das Fenster den Highway hinunter, »und folgt der Straße etwa zehn Meilen lang bis zur I-78. Hier trefft ihr auf die Straße«, sagte er und fuhr mit seinem langen knochigen Finger auf Crystals Karte entlang. »So könnt ihr ungefähr fünfzig Meilen sparen.«

»Wirklich?« Crystal studierte die Karte eingehend.

»Ja, wirklich. Wir sind von hier und kennen alle Abkürzungen und so. Also, gute Fahrt«, wünschte er uns lächelnd und gesellte sich zu seinen Freunden. »Gott sei Dank ist er weg«, seufzte Raven mit hochrotem Kopf. Offensichtlich hatte sie lange Zeit die Luft angehalten.

»Vielleicht war er gar nicht so übel, wie wir dachten. Wenn er Recht hat«, sagte Crystal, »wäre das eine Abkürzung von vielen Meilen, und wir hätten die Möglichkeit, dichten Verkehr zu meiden. Anscheinend ist das ganz vernünftig.«

Durch das Fenster beobachteten wir, wie die drei ihre Motorräder bestiegen und dabei zu uns schauten. Der mit dem Pferdeschwanz winkte uns zu, und dann brausten sie mit dröhnenden Motoren vom Parkplatz. Wir beendeten unsere Mahlzeit, bezahlten die Rechnung und gingen so schnell wie möglich. Einer der Polizisten an der Theke warf uns einen Blick zu, wandte sich aber rasch wieder seinen Eiern zu.

»Mein Magen hat Purzelbäume geschlagen, als der Polizist uns angeschaut hat«, meinte Raven, als wir wieder im Kombi saßen. »Brooke hat Recht. Wir werden jedes Mal in Schweiß gebadet sein, wenn wir einen Polizisten oder ein Polizeifahrzeug sehen.«

Crystal studierte erneut ihre Karte.

»Wir sollten die Abkürzung, die er uns erklärt hat, einmal versuchen. Sieht aus, als sei das eine sehr ruhige Straße. Vielleicht sehen wir dort eine Weile gar keine Polizisten.«

»Gute Idee«, fand ich. Wir stiegen ein, ich fuhr zu den Tanksäulen, füllte den Tank, bezahlte mit Gordons Kreditkarte, indem ich sie einfach in den Schlitz der Tanksäule steckte, und dann fuhren wir ohne einen Blick zurück davon.

»Hier? Bist du sicher?«

»Das hat er uns gesagt«, bestätigte sie. »Hinter dem Restaurant die erste links.«

»In Ordnung«, sagte ich und bog ab. Die Straße war voller Risse und Unebenheiten und schien nach ein oder zwei Meilen nur noch aus Schlaglöchern zu bestehen. Ich musste das Tempo beträchtlich drosseln. »Das kann doch nicht richtig sein«, wandte ich ein. »Kein Wunder, dass es hier ruhig ist. Die Straße wird nicht mehr benutzt.«

»Ich bin mir sicher, dass das die Straße ist, die er mir gezeigt hat«, beharrte Crystal. »Das hat er mir gesagt«, wiederholte sie. Und dann, als hätten sie das gehört, tauchten die drei Motorradfahrer auf. Zwei von ihnen fuhren direkt vor uns Zickzack, der dritte, der mit dem Pferdeschwanz, fuhr neben uns her. Ich musste anhalten. Die beiden Motorradfahrer vor uns stoppten, parkten ihre Maschinen direkt vor meiner vorderen Stoßstange und stiegen ab.

»Was ist los?«, fragte ich mit zitternder Stimme.

»Wie ich sehe, habt ihr meinen Rat wegen der Abkürzung beherzigt«, sagte Paulio. »Ihr Mädels müsst es ja sehr eilig haben.«

»Ja und?«, sagte ich. Ich hoffte, er merkte nicht, wie meine Stimme zitterte.

»Ihr befindet euch auf einer gebührenpflichtigen Straße«, sagte er grinsend.

»Was?« Ich fand das so komisch, dass ich lächeln musste, aber da öffnete einer der beiden anderen auf Ravens Seite die Tür und beugte sich herein.

»Hello again«, sagte er. Er war klein und stämmig, hatte hellbraunes Haar und blaue Augen, schmale Lippen, pockennarbige Wangen und eine Knollennase. »Schöne Haare«, meinte er und griff nach Ravens ebenholzschwarzer Mähne. Sie wich vor ihm zurück.

»Rühr mich nicht an«, schrie sie. Wir konnten die Angst in ihren Augen sehen.

»Ich mache dir doch nur ein Kompliment. Sei doch nicht so schnippisch, Maria.«

»Ich heiße nicht Maria«, flüsterte Raven leise, die nicht mehr als nötig mit ihm reden wollte.

Paulio griff in seine Tasche und zog ein Klappmesser hervor.

»Wir könnten was davon abschneiden und an unsere Maschinen binden, was, Duke?«

»Gute Idee«, meinte der, der praktisch auf Ravens Schoß

lag. Sein Atem stank so stark nach Whisky, dass der Geruch den ganzen Wagen erfüllte und sich mir der Magen umdrehte.

Im Rückspiegel konnte ich das Entsetzen in Butterflys und die Wut in Crystals Gesicht sehen. Wir waren hier am Ende der Welt, weit und breit kein Haus, keine anderen Leute und ganz bestimmt kein Verkehr. Sie hatten uns ausgetrickst, gehofft, dass wir ihren Rat befolgen würden.

»Wie viel Geld habt ihr?«, fragte mich Duke.

»Wir haben haufenweise Geld. Deshalb fahren wir auch so ein tolles Auto«, erwiderte ich trotzig. Instinktiv wusste ich, dass wir noch viel schlimmer dran wären, wenn wir Angst zeigten.

»Oh, du bist eine ganz Schlaue, was?«, sagte er. »Vielleicht sollten wir dein Haar auch abschneiden. Nicht dass du viel davon hättest.«

»Wie wär's denn mit ihren Ohren? Die könntest du am Gürtel tragen, Tony.«

Der dritte Mann stellte seinen Fuß auf die vordere Stoßstange und lachte.

»Die Gebühr beträgt fünfzig Dollar«, sagte Duke. »Aber in fünf Minuten erhöht sie sich auf fünfundsiebzig.«

»In zwei Minuten, Duke«, korrigierte Paulio ihn.

Duke lachte.

»Er hat Recht. In zwei Minuten. Also?«

»Ich glaube, wir nehmen eine andere Straße«, sagte ich.

»Zu spät. Ihr seid bereits auf dieser«, beharrte Duke.

Er griff wieder nach Ravens Haar. Sie stieß seine Hand beiseite.

»Wenn ihr uns nicht in Ruhe lasst, melden wir das der Polizei«, drohte Crystal.

»Wisst ihr«, sagte Duke und verzog seinen Mund zu einem höhnischen Grinsen, »irgendwie habe ich das Gefühl, dass ihr das nicht tun werdet. Habe ich nicht Recht?«

»O nein, du irrst dich total«, sagte ich und trat das Gaspedal durch.

Das Auto sprang vorwärts, die geöffnete Tür schwang zurück und stieß gegen Duke, dass er zur Seite fiel. Der vor uns zog seinen Fuß noch gerade rechtzeitig von der Stoßstange zurück, verlor aber dabei das Gleichgewicht und stürzte ebenfalls. Der Wagen rammte die Motorräder, die vor uns geparkt waren, eines flog nach links, das andere nach rechts. Ich spürte, wie die Reifen darüber hinwegrollten.

Die Motorradfahrer brüllten Flüche hinter uns her. Raven schloss die Tür, und ich setzte zurück. Paulio drehte seine Maschine in unsere Richtung, aber ich beschleunigte den Kombi und hielt direkt auf ihn zu. Er musste sich beeilen, mir aus dem Weg zu kommen, und flog von der Straße in den Straßengraben. Dabei überschlug er sich in der Luft. Ich wartete nicht darauf, was weiter passierte. Wir holperten durch die Schlaglöcher, dass unsere Köpfe gegen das Wagendach stießen. Sobald ich die Hauptstraße sah, steigerte ich das Tempo. In wenigen Minuten lag die Nebenstraße hinter uns.

»Fahr nicht zu schnell, Brooke«, warnte Crystal mich. Rasch verlangsamte ich das Tempo wieder.

Butterfly weinte. Raven wirkte wie gelähmt. Ich richtete den Blick starr auf die Straße, völlig benommen von unserer Flucht. Crystal hielt durch das Rückfenster Ausschau.

»Kein Anzeichen von ihnen. Ich glaube, du hast ihre Motorräder zu Schrott gefahren«, sagte sie lächelnd.

»Fahr bitte weiter«, keuchte Raven. »Verlangsame das Tempo nicht zu sehr«, bat sie.

Das tat ich nicht. Wir fuhren weiter ohne ein Wort. Man hörte nur Butterflys Schluchzen und unser heftiges Atmen.

»Butterfly, alles ist in Ordnung, uns geht es gut«, sagte Crystal, legte den Arm um sie und begann sie zu trösten.

»Achte besser auf die Karte und die Straße, Crystal. Wir können uns keine weiteren Fehler leisten«, sagte ich.

»Diese Abfahrt«, sagte sie. »Es sind noch etwa fünfundzwanzig Meilen bis zur I-287. Halte danach Ausschau.«

Als die Ausfahrt kam, bog ich rechts ab, und wir fuhren jetzt in Richtung Südwesten. Crystal dirigierte uns später auf einen anderen Highway. Danach ging es westwärts nach Pennsylvania. Von den Motorradfahrern war nichts zu sehen. Meine Zuversicht wuchs, ich lehnte mich zurück und entspannte mich ein wenig, aber Crystal machte sich Sorgen um Butterfly. Ich konnte das von ihrem Gesicht im Rückspiegel ablesen. Instinktiv fuhr ich auf den nächsten Rastplatz, und wir alle holten tief Luft. Butterfly sah aus, als bekäme sie jeden Moment einen Krampfanfall.

»Wir brauchen es«, sagte Crystal. Ich schaute Raven an, und sie nickte. Wir beide stiegen hinten ein und setzten uns neben sie. Dann steckten wir die Köpfe zusammen.

»Wir sind Schwestern. Wir werden immer Schwestern sein ...« Wir murmelten vor uns hin und hielten einander fest. Nach wenigen Augenblicken schwand die Spannung aus unseren Körpern.

Wir lehnten uns zurück.

»Hast du Dukes Gesichtsausdruck gesehen, als Brooke den Fuß aufs Gaspedal setzte?«, fragte Raven und lachte.

»Die Tür hat ihn hart erwischt«, meinte Crystal.

»Ich frage mich, ob er ein paar von seinen Haaren verloren hat.«

»Ich habe gespürt, wie die Reifen eines der Motorräder zerquetscht haben«, sagte sie.

»Sie können ja wohl schlecht zur Polizei gehen und Anzeige erstatten, oder?«, meinte Raven.

»Deinem Typen mit dem Pferdeschwanz sind Flügel gewachsen«, fügte ich hinzu.

Wir lachten erneut und wurden dann für einen Augenblick ganz still.

»Ich finde, wir sind ein richtig gutes Team«, sagte ich

schließlich. »Wir sind doch spitzenmäßige vier Waisen, was, Butterfly?«

Sie nickte lächelnd.

»Wir wollen weiterfahren«, sagte ich und setzte mich wieder hinter das Lenkrad. »Wie wär's mit einem Lied, Raven?«

Sie überlegte einen Moment und begann dann. Bald stimmten wir alle in den Refrain ein. Uns geht es gut, dachte ich. Alles wird gut.

Wir fuhren beinahe drei Stunden lang, bevor wir zum Mittagessen anhielten und zur Toilette gingen, diesmal in einem lauten Restaurant. Es war etwas teurer, als ich gedacht hatte, und ich erkannte, dass Crystal Recht hatte mit ihrer Befürchtung, wir würden rasch unser ganzes Geld verbrauchen. Obwohl wir Gordons Kreditkarte für das Benzin benutzten, war Reisen sehr teuer für uns, besonders angesichts unseres Budgets. Also überlegte ich, wie wir sparen könnten, und schlug vor, zum Abendessen Hähnchen in einem Schnellrestaurant zu essen, und das taten wir auch.

Weil wir die ganze Nacht und fast den ganzen Tag auf der Straße verbracht hatten, waren wir zu dem Zeitpunkt völlig erschöpft und sahen auch so aus. Es würde noch einige Zeit dauern, bis die Nacht hereinbrach, aber ich glaubte nicht, dass ich noch viel länger fahren konnte.

»Ich glaube, wir müssen uns heute Abend früh hinlegen«, sagte ich.

»Gute Idee«, stimmte Crystal zu. »Wir sollten uns eine Sackgasse suchen«, schlug sie vor.

Wir mussten noch beinahe zwanzig Meilen fahren, bis wir auf etwas stießen, das viel versprechend aussah. Fast wären wir daran vorbeigefahren, weil die Einfahrt durch üppige Ahornbäume verborgen war, deren Äste einen natürlichen Bogen aus dunkelgrünen Blättern und Zweigen bildeten. Die Straße hatte einmal einen Asphaltbelag gehabt, aber jetzt lagen dort fast nur noch Kiesel.

»Perfekt«, stellte Crystal fest.

»Gibt es dort keine Bären?«, fragte Butterfly besorgt.

»Bären sind normalerweise nicht angriffslustig, es sei denn, man bedroht sie, oder die Jungen einer Bärin sind in Gefahr«, erwiderte Crystal.

»Normalerweise?«, hakte Raven mit hochgezogenen Augenbrauen nach.

»Wir werden wahrscheinlich sowieso die meisten Tiere verscheuchen«, meinte Crystal beruhigend.

Ich bog ein und fuhr sehr langsam, bis wir an der Straße einen Platz gefunden hatten, der sicher wirkte.

»Und jetzt?«, fragte Raven.

»Jetzt machen wir das Auto sauber und machen es uns so gemütlich wie möglich«, meinte Crystal. »Ich glaube, wir sind alle müde genug, um überall zu schlafen.«

Damit hatte sie Recht. Wir brauchten eine ganze Weile, um den Rücksitz umzulegen. Die Riegel waren verrostet und klemmten. Unter den Sitzen fanden wir nicht nur Papierchen von Schokoriegeln, Hamburgerverpackungen und leere Bier- und Weinflaschen, sondern auch eine Schale, auf der noch Überreste eines chinesischen Essens klebten, die jetzt vertrocknet und verschimmelt waren.

»Am besten schlafen wir mit weit geöffneten Fenstern«, schlug Raven vor.

»Dann kommen aber vielleicht Mücken herein«, gab ich zu bedenken. Crystal nickte.

Wir überlegten, wie sie, Raven und Butterfly sich halbwegs bequem hinten ausstrecken konnten, ich legte mich auf den Vordersitz. Ich vermutete, dass es nicht länger als zehn Minuten dauern würde, bis wir alle eingeschlafen wären.

Die Sonne war gerade hinter den Birken, Ahorn- und Walnussbäumen, die uns umgaben, versunken. Dunkelheit umhüllte uns wie eine warme Decke. Es war sehr still. Selbst die Vögel waren schlafen gegangen.

»Ich frage mich, was Gordon jetzt wohl tut«, sagte Raven.

»An uns denken, da kannst du sicher sein«, erwiderte ich.

Raven lachte.

»Ich will nicht an ihn denken«, sagte Butterfly.

Wir alle stöhnten.

»Gute Nacht«, wünschte ich ihnen, und auch sie sagten gute Nacht.

Ich wachte erst auf, als das Auto von Licht erfüllt war. Ich öffnete die Augenlider und verscheuchte meine Träume. Meine Lider zuckten, und allmählich wurde mir klar, dass es nicht hell war, weil die Sonne aufgegangen war.

»O nein«, dachte ich und setzte mich auf. Ein Auto stand direkt hinter uns.

Bevor ich die anderen Mädchen warnen konnte, klopfte es an meinem Fenster, und ein älterer Mann, der die Hand über die Augen gelegt hatte, spähte herein. Mein Herz machte einen Satz. Das Fenster auf meiner Seite war völlig geschlossen. Langsam kurbelte ich es ein wenig herunter. Währenddessen begannen die anderen sich zu rühren.

»Also, ich will verdammt sein«, sagte der alte Mann, »ein Haufen Lämmer, die vom Weg abgekommen sind. Warum schlaft ihr denn da in dem Auto, um Himmels willen, wenn doch im Haus haufenweise Platz ist? Na los«, forderte er mich auf und deutete geradeaus. »Folgt der Straße. Na los. Nana wird froh sein, euch alle zu sehen. Na los.«

Ich warf Crystal einen Blick zu.

»Besser du tust, was er sagt«, flüsterte sie. »Schließlich können wir ja keinen kleinen alten Mann umfahren.«

Ich startete den Motor und fuhr langsam voraus. Er stieg in sein Auto und folgte mir dicht hinter meiner Stoßstange.

Uns blieb gar nichts anderes übrig.

5

Ein Stück Himmel

Das zweistöckige Haus, das vor uns auftauchte, wirkte verloren. Davor befand sich ein kleiner Fleck Rasen – Gras, das dringend gejätet und geschnitten werden musste. Die Bäume neben dem Haus, besonders drei riesengroße Trauerweiden, wucherten wild. Ihre unbeschnittenen Äste berührten an manchen Stellen sogar das Dach. Bei Tag hielten die Blätter bestimmt einen großen Teil des Sonnenlichtes ab, und wenn der Wind stürmte, kam es den Bewohnern des Hauses sicher vor, als kratzten Riesenfinger über das Dach.

Das Fundament des Hauses bestand aus Feldsteinen, die Außenwände hatten einen rauen, körnigen Putz. Zur Rechten öffnete ein Bogen den Durchgang zu einer kleinen Terrasse und einem Garten. Als die Scheinwerfer des Autos ihn erleuchteten, sah ich einen zerbrochenen Brunnen in Form einer riesigen Untertasse mit einer Putte in der Mitte.

Die Fenster hatten schwarze Läden, einige der Fenster im Erdgeschoss waren erleuchtet. Rechts vom Haus befand sich ein Feld, das von hohem Unkraut überwuchert war. Es erstreckte sich weit bis zu einem dunklen bewaldeten Gebiet. Die separate Garage lag auf der linken Seite. Der alte Mann fuhr um mich herum und deutete mit dem Finger auf die Stelle, wo ich parken sollte, dann lenkte er den Wagen auf die Auffahrt, die voller Risse und Löcher war. Er stieg aus dem Auto, als ich den Motor abstellte.

»Vielleicht sollten wir einfach zurücksetzen und abhauen, solange wir Gelegenheit dazu haben«, schlug Raven vor.

»Er könnte binnen Minuten die Polizei rufen und hinter

uns herschicken«, gab Crystal zu bedenken. »Er hat uns und das Auto gesehen, und die Polizei hat mittlerweile bestimmt Gordons Beschreibung.«

»Mal sehen, was er will«, schlug ich vor.

»Sitzt nicht einfach da drin herum. Steigt aus, steigt aus«, rief er, als er näher kam und dabei seine Hände rieb. »Nana ist da drinnen, hört sich Musik an und strickt etwas für Gerrys Kinder.«

»Wer ist Gerry?«, fragte ich. Keiner rührte sich.

»Mein Junge. Er ist der Einzige, der noch in der Nähe wohnt. Helen hat geheiratet und ist nach Akron gezogen. Burt lebt in Atlanta. Ich glaube kaum, dass Burt jemals heiraten wird. Nun kommt schon«, drängte er. »Wir werden jetzt alle eine heiße Schokolade trinken.«

Ich warf einen Blick zurück auf Crystal. Sie nickte, und wir vier stiegen aus dem Kombi aus.

»Sieh mal einer an«, sagte er mit Blick auf Butterfly, »du bist aber eine hübsche Kleine. Gerry hat eine Tochter mit so goldenen Locken genau wie du. Wie heißt du?«

»Janet«, erwiderte Butterfly schüchtern.

»Janet, Janet«, wiederholte er und kratzte sich dabei den Kopf, als forsche er in seinem Gedächtnis nach ihr. Rund um seine Glatze wuchsen schmale Büschel dünnen weißen Haares. Seine Augenbrauen waren sehr buschig wie die von Santa Claus. Sein Gesicht war rund und freundlich. Viel mehr ließ sich in der Dunkelheit nicht ausmachen, außer dass er nur wenige Zentimeter größer war als Raven, die größte von uns. Er hatte lange Arme mit kräftigen Unterarmen und großen Händen. Er ging vornübergebeugt, seine Schulterblätter stachen direkt hinter seinem breiten Nacken empor. Trotz seines Alters strahlte er immer noch etwas Kraftvolles aus, etwas, das mich an einen alten Baumstumpf erinnerte, der alt und verwittert war, aber dennoch zäh und stark.

»Nun kommt schon«, drängte er und führte uns einen mit

Schieferplatten belegten Gehweg entlang, bei dem einige Steine zerbrochen waren, andere sich durch den Frost gehoben hatten.

Die Vordertür schmückte in der Mitte ein kleines Buntglasfenster. Er drehte einfach den Knopf. Es war nicht abgeschlossen.

»Nana, wir haben Gäste«, rief er, hielt die Tür auf und trat zurück, um uns eintreten zu lassen.

Sobald wir das Haus betreten hatten, roch ich das köstliche Aroma, das vom Abendessen in den Räumen hing. Es duftete nach Gulasch und selbst gebackenem Brot. Das Haus strahlte die Wärme einer alten Decke aus, zerschlissen, aber bequem und gemütlich. Die Wände zu beiden Seiten des Flures waren mit Familienfotos bedeckt. Rechts stand ein hölzerner Kleiderständer, links ein alter gusseiserner Radiator, über den eine gestrickte hellrosa Hülle gestülpt war. Auf dem Heizkörper lag ungeöffnete Post. Aus einem der Räume, die vom Flur abgingen, drang Musik.

»Debussy«, flüsterte Crystal. Es kam wie aus der Pistole geschossen, so dass ich an die Spielshow »Erkennen Sie die Melodie« denken musste. Crystal erkennt eine Melodie nach nur zwei Tönen.

Raven schloss die Tür leise hinter uns, als eine schlanke ältere Dame erschien, die ihr weißes Haar lose am Hinterkopf aufgesteckt hatte. Sie trug ein hellblaues Baumwollkleid mit einer großen Kameebrosche am Hals. Der Saum des Kleides reichte bis zu den Füßen. Die dreiviertellangen Ärmel gaben den Blick frei auf ihr goldfunkelndes, edelsteinbesetztes Armband am rechten Handgelenk und ihre teuer aussehende Uhr am linken.

Sie hatte große haselnussbraune Augen und fast vollkommene Lippen, auf denen ein sanftes, freundliches Lächeln lag. Ihre Haut wirkte bemerkenswert weich und hatte nur an den Schläfen tiefe Krähenfüße und einige Altersflecken auf

Wangen und Stirn. Sie benutzte weder Lippenstift noch Make-up und brauchte es meiner Meinung nach auch nicht. Sie musste, als sie jünger war, sehr schön gewesen sein.

»Wer ist das, Norman?«, fragte sie mit leiser, freundlicher Stimme.

»Vier verirrte Hühnchen, Nana. Ich habe sie in ihrem Auto schlafend auf unserer Zufahrt gefunden.«

»Du meine Güte«, sagte sie.

»Wir wollten nicht unbefugt Ihr Gelände betreten«, sagte ich rasch. »Wir dachten, es sei eine unbenutzte Straße.«

»Ja, sie sieht tatsächlich aus, als benutzten wir sie nie. Das habe ich dir doch gesagt, Norman. Du solltest dafür sorgen, dass Gerry Billy Powers herschickt, um das in Ordnung zu bringen.«

»Gerry sagt, das kostet ein halbes Vermögen, und du weißt doch, was er von diesem Haus hält«, sagte der alte Mann. »Mein Sohn möchte nicht, dass wir weiter hier wohnen. Er meinte, die Unterhaltskosten seien zu hoch, besonders bei Kandidaten fürs Altersheim wie uns.«

»Ach, hör auf damit, Norman Stevens«, ermahnte Nana ihn. »Er hat nie etwas dergleichen gesagt.«

Norman lächelte uns an.

»Er braucht es gar nicht auszusprechen. Ich weiß, was er denkt. Er ist mein Junge. Ich sollte ihn doch kennen, was? Also«, fuhr er fort, »sagt Nana, wie ihr heißt.«

Sie lächelte uns an, die Hände vor dem Bauch gefaltet, und wartete. Hätte ich Crystal doch nur gefragt, ob wir unseren echten Namen benutzen sollten, aber dazu war keine Zeit geblieben.

»Ich bin Brooke«, sagte ich, und jede von uns stellte sich vor. Als Butterfly sprach, wurde Nanas Blick noch sanfter, ein noch tieferes Lächeln breitete sich auf ihrem Gesicht aus.

»Schau sie dir an. Sie ist ja so reizend«, sagte sie. »Man stelle sich vor: in einem Auto schlafen. Ich will alles über euch Mädchen wissen und warum ihr in einem Auto schlaft, wenn bei mir so viele Schlafzimmer leer stehen«, fügte sie hinzu, als würden wir uns schon ein ganzes Leben lang kennen.

»Ich wollte uns allen heiße Schokolade machen«, schlug Norman vor.

»Gut, aber mach mir dabei nicht meine Küche dreckig, Norman Stevens«, ermahnte sie ihn mit einem freundlichen Augenzwinkern.

»Sie ist immer hinter mir her«, sagte er kichernd. »Seit fast sechzig Jahren.«

»Kommt alle hier herein.« Nana führte uns in ihr Wohnzimmer.

Sofort kam mir der Begriff »überladen« in den Sinn, aber keineswegs schmutzig oder unordentlich. Jedes Tischchen, jedes Regalbrett, jeder verfügbare Platz war voll gestellt mit Antiquitäten, Vasen, Bilderrahmen oder Nippfiguren. Es gab viel Messing und Edelholz, weich gepolsterte Sessel und zwei Sofas, verschossen, aber nicht zerschlissen. Einige vergebliche Versuche waren unternommen worden, die Sessellehnen und Tischplatten aufzupolieren. An der rechten Wand stand ein Schrank voller Bücher, die in Leder und Leinen gebunden waren und wie Erstausgaben aussahen. Crystals Blicke wurden sofort magisch davon angezogen. Sie flogen über die Buchrücken und nahmen Titel und Autoren auf wie ein Forscher, der gerade über eine echte Entdeckung gestolpert ist.

»Sucht euch irgendwo einen Platz«, drängte Nana. »Es wird eine Weile dauern, bis Norman einen Topf gefunden und sechs Tassen heiße Schokolade abgemessen hat. Seine Augen sind auch nicht mehr das, was sie einmal waren. Gerry will, dass er nicht mehr Auto fährt, aber Norman ist keiner, der irgendeine Schwäche zugibt. Das war er nie.«

»Sie sind wirklich sechzig Jahre verheiratet?«, fragte Raven und ließ sich langsam in einen Sessel sinken. Nana saß im Schaukelstuhl.

»Zweiundsechzig Jahre am nächsten fünften November«, erklärte sie stolz.

Für Raven war das, als hätte sie jemanden aus dem Guinnessbuch der Rekorde kennen gelernt. Verblüfft starrte sie sie an.

»Mir kommt das vor, als sei es erst gestern gewesen«, fuhr Nana fort. »Ich sehe ihn noch vor mir, wie er zum Haus meiner Eltern in Denton kam, den Hut in der Hand, unter dem Arm eine kleine Schachtel mit Pralinen für meine Mutter und eine Flasche Brombeerschnaps, den seine Mutter selbst gebrannt hatte, für meinen Vater. Für mich hatte er einen Strauß gelber Moosrosen. Damals waren sie sehr teuer. ›Ich bin gekommen, um um die Hand Ihrer Tochter anzuhalten‹, verkündete er. Man merkte, dass er diesen Satz den ganzen Weg lang geprobt hatte. Daddy dachte eine Weile nach, damit es so aussah, als sei das eine völlig neue Idee. Aber jeder, der uns kannte und wusste, wie lange er mir schon den Hof machte, hatte damit gerechnet.

›Glauben Sie, dass Sie ihr ein gutes Leben bieten können?‹, fragte Daddy ihn. ›O ja, Sir, das glaube ich. Es ist das Leben eines Farmers, aber ein gutes und ehrliches Leben.‹« Sie lachte. »Seitdem sind wir hier.«

»Sie meinen, Sie haben all diese Jahre in diesem Haus, am selben Ort gelebt?«, fragte Raven.

»Aber ja, Schätzchen, Norman würde auf keinen Fall diesen Grund und Boden verlassen. Er hat vor, hier zu sterben, und ich ebenfalls, wenn der Herr die Zeit für gekommen hält. Deshalb ist Gerry auf dem Holzweg mit all seinem Gerede über Altersheime. Jetzt erzählt mir etwas über euch«, sagte sie und ließ den Blick von Crystal zu Butterfly und schließlich zu mir wandern. »Wie kommt es, dass ihr im Auto geschlafen habt? Woher kommt ihr? Wohin fahrt ihr?«

Ich schaute Crystal an. Es war Zeit, dass sie ihre ganze Fantasie aufwendete und uns allen eine glaubwürdige Geschichte verschaffte.

»Wir sind gute Freundinnen, die eine Mädchenschule im Osten besuchen«, begann sie. »Wir sind zusammen unterwegs, weil wir zu den ärmeren Mädchen gehören. Wir haben alle Stipendien. Ich habe die anderen zu mir nach Hause eingeladen, um dort einen Teil der Ferien zu verbringen. Wir sind jetzt auf dem Weg dorthin. Und weil wir versuchen, unterwegs so wenig Geld wie möglich auszugeben, kamen wir auf die Idee, im Auto zu übernachten, um die Kosten fürs Motel zu sparen. Wir dachten, es sei sicher hier und würde auch Spaß machen – so wie Zelten.«

Ich war verblüfft darüber, wie Crystal sich eine Geschichte zurechtspinnen konnte. Durch all die Bücher, die sie las, hatte sie eine blühende Fantasie entwickelt.

»Aber machen sich eure Mamis und Daddys keine Sorgen, wenn ihr sie nicht anruft und ihnen sagt, wo ihr seid?«, fragte Nana.

»Oh, das haben wir getan, bevor wir uns diesen Schlafplatz für die Nacht gesucht haben. Sie wissen, dass wir uns Zeit lassen und uns unterwegs auch einmal etwas anschauen«, erwiderte Crystal.

Nana schüttelte den Kopf und schaukelte.

»Ist das nicht toll mit den Kindern heutzutage? Als ich in eurem Alter war, hatte ich Angst, auch nur fünfzig Meilen allein zurückzulegen, und ihr durchquert das ganze Land. Natürlich kann man nicht vorsichtig genug sein«, warnte sie.

»Oh, wir sind vorsichtig«, versicherte Crystal ihr. Nana schaute Butterfly an.

»Ich wette, du bist nicht viel älter als meine Enkelin Lindsay. Wie alt bist du, Schätzchen?«

»Ich bin fast siebzehn«, sagte Butterfly leise. Ihre Stimme war kaum lauter als ein Flüstern.

»Tatsächlich? Ich dachte, du wärst eher zwölf. Sicher vermisst deine Mutter dich und deine goldenen Locken schrecklich«, sagte sie.

Butterfly presste die Lippen zusammen und warf Crystal rasch einen Blick zu.

»Ihre Mutter ist gestorben«, sagte Crystal. »Sie lebt bei ihrem Vater, aber der ist geschäftlich viel unterwegs.«

»Ooooh«, machte Nana voller Mitleid. »Das tut mir Leid.«

»Butterfly ist sehr begabt. Eines Tages wird sie bestimmt eine berühmte Tänzerin«, sagte Raven.

»Butterfly?«

»Das ist ihr Spitzname«, erwiderte ich rasch.

»Du erinnerst mich tatsächlich an einen wunderschönen Schmetterling. Was für eine Art Tänzerin willst du denn werden, Schätzchen?«

»Ballerina«, sagte Crystal. »Sie kann auf solche Musik tanzen«, fügte sie hinzu und deutete auf den alten Plattenspieler.

»Oh, wie wunderbar. Das würde ich sehr gerne sehen«, rief Nana und klatschte in die Hände.

Crystal schaute Butterfly an, deren Ausdruck des Entsetzens Stolz wich. Vielleicht war sie nicht gut genug, um in eine berühmte Ballettschule aufgenommen zu werden, aber sobald sie anfing zu tanzen, ging sie ganz darin auf.

»Zeig ihr doch ein bisschen«, drängte Crystal sie.

»Ja«, bekräftigte Raven. »Tanz ihr etwas vor.«

Butterfly warf Nana, die erwartungsvoll lächelte, einen Blick zu und stand dann auf. Sie nahm eine Position ein, und wir alle lehnten uns gerade zurück, als Norman mit der heißen Schokolade auftauchte.

»Hier ist sie«, rief er.

»Sei ruhig und setz dich«, befahl Nana. »Wir bekommen etwas vorgeführt.«

»Was ist denn das?« Er schaute Butterfly an. »Ach. Tut

mir Leid.« Rasch setzte er das Tablett ab und ließ sich auf einem Sessel nieder.

Butterfly begann. Sie tanzte nicht lange und führte auch nichts Besonderes vor. Wir hatten schon gesehen, wie sie diese Bewegungen einstudierte, aber für Nana und Norman war es, als sei eine Primaballerina in ihr Heim gekommen. Nana applaudierte heftig, als Butterfly aufhörte.

»Ja, so was, so was«, sagte Norman. »Das war sehr gut. Trittst du auch auf?«

»Nein«, erwiderte Butterfly mit hochrotem Gesicht.

»Also, das solltest du aber«, meinte er.

»Das wird sie auch«, versicherte Raven.

»Raven ist Sängerin«, sagte Butterfly, die versuchte, die Aufmerksamkeit des alten Paares von sich abzulenken.

»Wirklich?«, fragte Norman beeindruckt.

»Sie kennt Melodien aus Musicals. Sing doch einmal das eine Lied aus ›Phantom der Oper‹, Raven«, drängte Butterfly. »Mir gefällt das so gut.«

»Also … in Ordnung«, meinte sie zögernd. Sie stand auf und ging zum Kamin. Norman servierte allen so lautlos wie möglich eine heiße Schokolade, während Butterfly sich neben Nana setzte, die sich zu ihr herüberbeugte, ihr das Haar streichelte und lächelte.

Raven begann. Ihre Stimme klang melodiöser denn je. Alle waren beeindruckt, selbst wir.

Nana applaudierte wieder heftig, Norman lehnte sich zurück und schüttelte verblüfft den Kopf.

»Seid ihr Mädchen auf einer Künstlerschule?«, fragte Nana.

»Auf die musischen Fächer wird dort großer Wert gelegt«, sagte Crystal in ihrer Lehrerinnenstimme, die sie so leicht anknipsen konnte wie ich eine Lampe.

»Crystal wird einmal Ärztin«, sagte Raven, die Crystal in ihren Kreis einschließen wollte. »Aber manchmal schreibt sie auch Gedichte.«

»Wirklich? Dann lass mal etwas hören«, bat Norman und trank von seiner heißen Schokolade.

Crystal überlegte einen Augenblick, sah sich im Zimmer um und stellte sich dann neben ihren Sessel. »Das habe ich vor langer Zeit für meine eigenen Großeltern geschrieben«, sagte sie. Meine Augenbrauen fuhren in die Höhe, bis sie fast im Haaransatz verschwanden. Wie konnte sie sich nur so schnell so etwas ausdenken?

»Ich kenne meine Vergangenheit nicht, außer durch euch«, begann sie, den Blick auf die Decke gerichtet. »Ich kenne meinen Namen nicht, außer durch euch. Wenn ich mich frage, wo ich meine Stimme, mein Gesicht herhabe, warum ich lache und weine, halte ich inne und denke an euch, die Wurzeln meines Seins, meine Oma und mein Opa, die mir ihre Liebe schenkten und ihre Träume mit mir teilten, wann immer sie konnten. Selbst jetzt denke ich an sie, wann immer ich an mich selbst denke.«

Sie hielt inne, senkte den Blick und setzte sich wieder.

»Ach, das ist wunderschön, Liebes«, sagte Nana. »Norman?«

»Ich bin überwältigt«, gestand er. »Ich glaube, ich habe es sogar verstanden«, fügte er hinzu, und wir mussten alle lachen.

»Weiter im Text«, sagte Nana und sah mich erwartungsvoll an.

»Ich singe nicht und tanze nicht und schreibe auch keine Gedichte«, sagte ich rasch.

»Brooke ist unsere Spitzensportlerin – sie ist gut genug, um an den Olympischen Spielen teilzunehmen«, posaunte Butterfly fröhlich heraus.

»Tatsächlich?«, sagte Norman und nickte mir zu. »Ich war selbst Sportler, damals zu meiner Zeit. Habe nie was davon gehalten, drinnen eingesperrt zu werden – muss immer draußen an der frischen Luft sein. So wie das draußen aussieht, könnt ihr das wohl kaum glauben«, meinte er mit einem traurigen Lachen.

»Also, der Rasen sieht so aus, als könnte er einen anständigen Schnitt vertragen«, stimmte ich ihm behutsam zu.

»Du solltest dich wirklich schämen, Norman Stevens«, schimpfte Nana milde mit ihm.

»Es wächst mir langsam über den Kopf«, gestand Norman mit einem Lächeln.

»Oh, es ist harte Arbeit, einen Garten in Ordnung zu halten«, unterbrach Crystal. »Wir wissen das, denn Gartenarbeit gehörte in der Schule zu unseren Pflichten.«

»Vielleicht könnt ihr Mädchen Norman morgen früh ein bisschen helfen, dort aufzuräumen«, schlug Nana nach einer Weile vor. Sie setzte ihre Tasse ab und nickte entschlossen.

»Morgen früh?« Ich schaute Crystal an, die den Kopf schüttelte.

»Aber natürlich. Ihr glaubt doch nicht, dass ich euch Mädchen wieder dort hinausgehen und im Auto schlafen lasse, wenn ich zwei wunderbare Schlafzimmer zur Verfügung habe, jedes mit einem Doppelbett? Sie sind sogar frisch bezogen – wie immer, weil ich gerne vorbereitet sein möchte, falls meine Familie kommt«, sagte sie. Der traurige Ton ihrer Stimme verriet, dass sie nicht oft kamen.

»Das ist sehr freundlich von Ihnen, aber …«, begann Crystal.

Nana stand auf und unterbrach sie.

»Morgen früh gibt es ein gutes altmodisches Bauernfrühstück. Ich habe schon einige Zeit keine Gelegenheit mehr gehabt, eins zu machen. Nur für Norman und mich lohnt sich das nicht. Ich esse wie ein Vögelchen, und er ist heutzutage mit einer Schale Haferflocken zufrieden.«

»Und Pflaumensaft, nicht zu vergessen«, sagte er lächelnd.

»Das wollen wir jetzt nicht vertiefen. Ihr Mädchen seid

wahrscheinlich erschöpft, weil ihr geweckt worden seid. Ich zeige euch jetzt die Zimmer. Keine Widerworte«, beendete sie die Diskussion, als Crystal die Augenbrauen hochzog. »Hier entlang, Liebes«, forderte sie Butterfly auf und legte den Arm um sie. Es war verblüffend, wie selbst Fremde manchmal Butterflys besonderes Bedürfnis nach Liebe und Anerkennung spürten.

Butterfly strahlte sie an. Raven warf mir einen Blick zu, ich zuckte die Achseln, und wir drei folgten Nana und Butterfly die Treppe hinauf.

Jedes der Schlafzimmer hatte Betten mit flauschigen Tagesdecken und Plüschkissen. In beiden Räumen hingen hübsche hellblaue Tapeten und dunkelblaue Vorhänge an den Fenstern. Zwischen den Betten standen Nachttische mit Messinglampen, deren Schirme mit Rüschen verbrämt waren. Die Wände zierten Ölgemälde mit schönen ländlichen Szenen: Auf einem waren ein Mann und eine Frau inmitten einer Kuhherde abgebildet, auf dem anderen zwei Mädchen mit Eimern, die von einem Teich kamen.

In jedem Raum befanden sich zwei Kommoden, auf denen Fotos in Zinnrahmen standen. Nana erklärte, wer ihre Kinder und wer ihre Enkelkinder waren. Sie erzählte uns, wie sehr sie sie vermisste und wie glücklich sie war, wenn sie sie besuchten.

»Nichts macht einen so glücklich wie ein volles Haus, wenn die ganze Familie da ist«, meinte sie traurig.

Wir vier sahen uns an. Wenn sie wüsste, wie sehr auch wir uns danach sehnten. Mir war nicht wohl dabei, sie anzulügen, und ich sah, dass auch Crystal sich unbehaglich fühlte.

»Das Badezimmer ist direkt über den Gang«, erklärte sie. »Habt ihr etwas zum Schlafen? Ich habe ein paar hübsche Sachen, die euch Mädchen passen könnten.«

»Ich könnte etwas brauchen«, meinte Raven, die froh war, aus ihren zerknautschten Sachen herauszukommen.

»Ich brauche nichts«, lehnte ich ab, weil ich in meinem T-Shirt schlafen wollte.

»Ich auch nicht«, fügte Crystal hinzu und zog ein Nachthemd aus ihrem Rucksack, den sie mit ins Haus gebracht hatte.

Butterfly hatte ihre Sachen im Auto gelassen und sagte Nana, sie würde sich gerne etwas leihen, wenn sie dürfte.

»Ich habe genau das richtige Nachthemd für dich, Liebes«, meinte Nana und betrachtete Butterfly. Sie ging zu einer der Kommoden, öffnete eine Schublade und nahm ein rosa-blaues Nachthemd mit einer Schleife am Kragen heraus. »Genau die richtige Größe«, stellte sie fest.

Butterfly nahm es und betrachtete es, als sei es aus Gold.

»Jetzt könnt ihr Mädchen euch entscheiden, wie ihr euch zu Paaren zusammentun wollt«, sagte Nana.

»Wir machen es genauso wie in der Schule«, erklärte Crystal.

»Braucht noch jemand irgendetwas?«, fragte Nana.

Wir schüttelten den Kopf. Mittlerweile war ich richtig müde wie die anderen auch. »Ich hole dir noch dieses hübsche Nachthemd, von dem ich gesprochen hatte, Liebes«, sagte sie zu Raven und ging.

»Seht nur, wie schön es hier ist«, meinte Butterfly und setzte sich auf eines der Betten. »In solch einem Zimmer habe ich auch bei Celine und Sanford geschlafen.«

»Ich bin so müde, dass ich auf einer Parkbank einschlafen könnte«, stöhnte ich. »Dann bis morgen, Leute.«

»Ist das auch wirklich in Ordnung?«, fragte Crystal sich laut.

Ich zuckte die Achseln. »Für mich schon«, sagte ich. »Es ist mit Sicherheit besser als der Vordersitz des Autos.«

»Wenn das doch nur wirklich unser Zuhause wäre«, seufzte Butterfly, »und sie wirklich unsere Großeltern wären.«

Alle schwiegen, stimmten ihr aber in Gedanken zu. Nana kam wieder mit Ravens Nachthemd.

»Das habe ich getragen, als ich jünger war«, erzählte sie. »Ich hoffe, es gefällt dir.«

Raven betrachtete voller Freude das Nachthemd und hielt es gegen sich.

»Danke«, sagte sie, rieb das zarte weiße Leinen gegen ihre Wange und fuhr mit den Fingern über die winzigen gestickten Blümchen am Kragen.

Als ich Raven in dem wunderschönen alten Nachtgewand sah, wünschte ich, ich hätte mir auch eines ausgeliehen. Ich stellte mir vor, dass ich mich in solch einem Gewand wie eine Prinzessin fühlen würde, aber eigentlich hatte ich genug von schönen Dingen und schönem Schein. Es war viel besser, mit meinem Leben, so wie es war, zufrieden zu sein. Auf diese Weise wurde ich wenigstens nicht enttäuscht.

Sobald ich mit dem Kopf das weiche, flauschige Kissen berührte, mir der süße Duft von Blumen in die Nase stieg, schlief ich ein. So gut hatte ich lange nicht mehr geschlafen, und offensichtlich ging es den anderen ganz genauso.

Der Duft von frischem Brot, Kaffee, Spiegeleiern und gebratenem Speck war besser als jeder Wecker. Sobald diese verführerischen Düfte in meine Nase drangen, schlug ich die Augen auf, und kurz darauf wachte auch Raven auf. Sekunden später knurrte mir der Magen.

Es war ein wunderschöner Morgen. Vögel zwitscherten draußen vor dem Fenster. Die Sonne fiel durch die Vorhänge und ließ alle Farben in unserem Zimmer leuchten. Welch ein Unterschied war es doch, hier aufzuwachen und all diese schönen Dinge zu sehen, statt in unserem armseligen Zimmer in *Lakewood House* die Augen aufzuschlagen.

Als ich den Kopf auf den Flur hinaussteckte, stellte ich überrascht fest, dass Butterfly und Crystal bereits auf dem Weg nach unten waren. Raven kam gerade aus dem Badezimmer; ihr Gesichtsausdruck verriet mir, dass auch sie glücklich war, in einem behaglichen, sicheren Zuhause zu sein.

»Beeil dich, Schätzchen«, rief sie mir zu, als ich ins Badezimmer ging. »Ich bin so hungrig, dass ich auch dein ganzes Frühstück aufesse, wenn du nicht bald nach unten kommst.«

Ich kicherte leise in mich hinein. Schön, dass Raven wieder ganz die Alte war.

Als ich mich gerade zum Frühstück hingesetzt hatte, kam Norman wutschnaubend zur Hintertür herein. »Um Gottes willen, Norman, was ist denn in dich gefahren?«, fragte Nana.

»Ach, dieser verdammte alte Rasenmäher. Er hat wieder seine Mucken.« Ächzend setzte er sich hin.

»Haben Sie das Benzin kontrolliert?«, fragte ich.

»Hmm ... das habe ich wohl vergessen«, gestand Norman und erhob sich.

Ich folgte ihm nach draußen. Er ging geradewegs zum Rasenmäher und schraubte den Deckel des Benzintanks ab. Verlegen kicherte er. »Na so was«, meinte er und kratzte sich den Kopf.

»Haben Sie Benzin hier?«, fragte ich und hoffte, dass es ihm nicht zu peinlich war.

»Ach, ich glaube, ich habe noch ein bisschen im Schuppen.«

»Ich hole es Ihnen«, schlug ich vor und ging zum Werkzeugschuppen.

Nachdem ich Norman das Benzin gebracht hatte, ging ich wieder hinein. Alle warteten. Nana stand mit einem gewitzten Lächeln am Fenster.

»Du hast dem alten Norman da draußen ein bisschen geholfen, was?«, fragte sie.

»Ach, nicht besonders viel«, entgegnete ich rasch. Ich war mir nicht sicher, wie viel sie gesehen hatte.

Nach dem Frühstück halfen Raven, Crystal und Butterfly abzuräumen und zu spülen. Ich ging nach draußen, um Norman beim Zusammenrechen des Grases zu helfen. Ich war froh, dass auch Raven, Crystal und Butterfly bald herauskamen, um zuzupacken. Es gab nämlich wirklich viel zu tun.

Abwechselnd leisteten wir Nana Gesellschaft, die auf der Veranda saß, strickte und plauderte. Sie brachte uns frische Limonade heraus und schlug dann vor, dass wir an dem Tisch hinter dem Haus zu Mittag essen sollten.

»Das haben wir seit Jahren nicht mehr getan«, meinte Norman. Die beiden waren über die Idee genauso glücklich wie wir.

Während des Essens verrieten Butterfly und auch Raven beinahe die Wahrheit. Die Erwähnung von *Lakewood House,* Gordon und Louise ließ Nana neugierig werden. Crystal wartete stets mit einer logischen Erklärung auf, aber es belastete uns doch.

»Wir sollten bald weiterfahren«, schlug ich vor, als das Mittagessen sich dem Ende zuneigte.

»Ach, warum bleibt ihr nicht noch eine Nacht? Ich brate einen Puter und mache dazu mein ganz besonderes Kartoffelpüree.«

»Für ihr Kartoffelpüree ist sie berühmt«, erklärte Norman. »Gibt's keinen Obstkuchen zum Nachtisch, Nana?«

»Das sollte doch eine Überraschung sein, Norman.« Sie wandte sich an uns. »Ich mache einen Apfelkuchen, der oft gelobt wird.«

»Und mit dem du schon häufig Preise gewonnen hast«, fügte Norman hinzu.

»Ich esse für mein Leben gern Apfelkuchen«, sagte Butterfly. Sie schaute mich hoffnungsvoll an, und ich blickte zu Crystal und Raven.

»Noch einen Tag nicht auf der Hauptverkehrsstraße ist vielleicht gar nicht so schlecht«, meinte Crystal. Raven nickte.

»Wieso denn das?«, fragte Nana. »Wieso nicht auf der Hauptverkehrsstraße?«

»Ach, ich meinte, ein Tag, an dem man nicht mit dem vielen Verkehr kämpfen muss«, sagte Crystal rasch.

Nanas Blick wanderte von Butterfly zu mir und dann zu Raven, bevor sie mit einem sanften Lächeln nickte. Je länger wir blieben, desto dünner wurde unsere Geschichte.

»Vielleicht fahren wir nach dem Abendessen«, sagte ich.

»Das macht ihr auf keinen Fall. Ich werde Norman sagen, er soll die Zufahrt blockieren«, sagte sie. »Es ist besser, bei Tageslicht zu fahren. Ihr Mädchen habt euch Unterkunft und Verpflegung bereits verdient, als ihr Norman mit dem Rasen geholfen habt. Hier draußen sieht es doch fast wieder so aus wie früher, als Norman noch jung genug war, sich regelmäßig darum zu kümmern.«

»In Ordnung, Nana«, willigte ich ein. »Wir bleiben.« Butterfly strahlte.

»Vielleicht tanzt Janet noch einmal für uns, und Raven singt uns ein Lied. Und wenn wir Crystal eine Weile hier draußen alleine lassen, wird sie bestimmt ein schönes neues Gedicht schreiben«, ergänzte Nana. »Du müsstest mir ein paar Sachen aus dem Laden an der Ecke besorgen, Norman. Vielleicht fährt Brooke dich hin und hilft dir.«

»Sicher«, bestätigte ich.

»Das ist prima«, meinte Norman. Er schaute uns alle an und lächelte. »Gewisse Großeltern da draußen haben wirklich Glück gehabt«, sagte er.

Nur zu gerne wären wir mit der Wahrheit herausgeplatzt, und sei es auch nur, damit die Tränen uns nicht in die Augen stiegen.

Es machte mir Spaß, mit Norman durch die Gegend zu fahren und ihm zuzuhören, wie er von seiner Farm und seiner Familie erzählte, wie er in der Gegend aufgewachsen war, wie er Nana kennen gelernt und sich in sie verliebt hatte und wie sehr er seine Enkel liebte. Er wünschte, er würde sie öfter sehen, sowohl wegen Nana als auch seinetwegen. Ich fragte mich, warum sie ihnen nicht öfter gebracht wurden. Aus dem, was Norman mir erzählte, konnte ich entnehmen, dass seine Schwiegertochter das alte Haus nicht besonders gern besuchte.

Er begann mir Fragen über meine eigene Familie zu stellen und drängte mich damit ein- oder zweimal ziemlich in die Ecke. Ich war nicht so gut im Geschichtenerfinden wie Crystal. Normalerweise war es besser, ihr das zu überlassen. Ich widersprach mir ein paarmal und machte einige mehr oder weniger sinnlose Äußerungen.

Ich konnte mir nur vorstellen, wie meine Familie sein sollte. Ich erzählte ihm, dass ich keine Geschwister hätte, und schöpfte ansonsten aus meinen Erinnerungen an Pamela.

»Sie hört sich sehr nach Gerrys Frau an«, murmelte er. Ich ging mit ihm durch den Supermarkt und spürte die Sachen auf, die Nana auf ihre Liste gesetzt hatte. Er sagte, mit mir dauere das Einkaufen nur halb so lange, weil ich alles viel schneller fände.

»Ich sollte dich adoptieren«, meinte er im Scherz auf dem Weg nach draußen. Mir blieb beinahe die Luft weg. Ich schaute schnell zu Boden, damit er meinen Gesichtsausdruck nicht bemerkte. Ich konnte meine Gefühle und Gedanken nicht so gut verbergen wie Crystal oder besonders Raven. Raven sagte immer, ich könnte statt Augen genauso gut zwei kleine Bildschirme haben, weil man dort so klar meine Gedanken ablesen konnte.

Das Abendessen war wunderbar. Keine von uns konnte sich an so etwas erinnern, selbst nicht in der Zeit, als wir bei Pflegefamilien gewohnt hatten. Butterfly erklärte, es sei wie Erntedank. Daraufhin mussten wir alle lachen. Das Gefühl von Wärme, das uns umfing, war schwer zu beschreiben, aber es war, als seien Norman und Nana wirklich unsere Großeltern, die Familie, die wir nie kennen gelernt hatten, und eines Nachts waren wir durch Zufall auf sie gestoßen. Wir hatten das Gefühl, sie schon unser ganzes Leben lang zu kennen. Unser Lachen kam von Herzen, unsere strahlenden Gesichter und unsere Anteilnahme füreinander kamen ganz von selbst.

Nach dem Essen tanzte Butterfly wieder, aber länger. Es war der beste Auftritt, den sie je hatte. Raven sang zwei Lieder. Sie hätte auch noch ein drittes vorgetragen, wenn wir sie darum gebeten hätten. Crystal hatte ein kurzes Gedicht über die Natur geschrieben, die uns umfängt und das Gefühl gibt, lebendig und beseelt zu sein.

Ich konnte meinen Blick nicht von Nana wenden. Sie war so freundlich und auf ihre Weise so schön. Hier herrschte eine Aufrichtigkeit des Gefühls, die wir unser ganzes Leben lang vermisst hatten. Wenn sie Butterfly zuschaute, Raven und Crystal zuhörte, traten ihr Freudentränen in die Augen. Auch mir kamen dann die Tränen.

Norman dankte uns allen noch einmal dafür, dass wir ihm im Garten geholfen hatten.

»Ich sollte euch den ganzen Sommer lang mieten«, meinte er schmunzelnd.

»Das wünschte ich mir auch«, sagte Nana. »Ich wollte, ihr alle würdet bleiben.«

»Ich auch«, posaunte Butterfly heraus. Ihre Sehnsucht nach einem Zuhause, einer Familie war so stark, dass sie sich nicht beherrschen konnte.

»Aber wir müssen doch nach Hause fahren«, sagte Crystal und funkelte Butterfly mit zusammengekniffenen Augen an, sodass diese rasch den Blick senkte.

»Aber natürlich, mein Liebes. Eure Familien werden auch so schon beunruhigt sein. Deine Mama und dein Papa freuen sich sicher schon darauf, euch alle zu sehen«, sagte Nana. »Jetzt bin ich ein bisschen müde«, gestand sie. »Ihr Mädchen könnt ins Wohnzimmer gehen und fernsehen, wenn ihr mögt«, fügte sie hinzu und erhob sich. »Wir haben alle Sendungen verpasst, die wir uns sonst anschauen.«

»Oh, das tut mir Leid«, sagte Crystal.

»Nein, nein, das ist besser als alles, was das Fernsehen uns bieten könnte, nicht wahr, Norman?«

»Tausendmal besser«, bestätigte er nickend.

»Ich mache euch morgen früh das Frühstück«, sagte Nana und ging zur Tür. Sie wirkte müde und plötzlich sehr alt.

»Das ist doch nicht nötig, Nana«, wehrte ich ab. »Wir wollen ganz früh los.«

»Ich stehe früh auf«, kündigte sie an. »Ihr verlasst dieses Haus nicht ohne etwas Warmes im Magen, hört ihr?«

»Jawohl, Madam«, erwiderte ich rasch, und sie lächelte.

»Gute Nacht, Mädchen. Schlaft gut.«

»Gute Nacht, Nana«, antworteten wir im Chor.

Norman blieb hinter uns.

»Ich möchte euch danken, dass ihr uns besucht habt«, sagte er. »Es war uns eine große Freude. Wirklich«, bekräftigte er und erhob sich stöhnend. Er tastete sein Kreuz ab, schüttelte den Kopf und sah mich lächelnd an. »Ihr habt mich härter zum Arbeiten gebracht, als ich es seit Monaten getan habe, Mädchen. Könnte gefährlich für mich werden, wenn ihr hier bleibt«, meinte er lachend. Ich lächelte zurück. »Nacht, Mädchen.«

»Gute Nacht«, sagten wir.

Wir hörten sie beide nach oben gehen, dann lehnten wir uns zurück und ließen uns einen Augenblick lang von der Stille einhüllen. Crystal sprach dann als Erste.

»Vielleicht sollten wir jetzt sofort fahren, Brooke«, schlug sie vor.

»O nein«, stöhnte Butterfly.

»Es ist besser, bei Nacht zu reisen, und der Abschied wird sehr schwer, Butterfly«, erklärte sie.

»Das ist mir egal. Es ist einfach nicht nett, sich so davonzustehlen«, beharrte Butterfly. Sie schaute mich Hilfe suchend an.

»Crystal hat Recht mit dem, was sie über die Fahrt sagt, aber Butterfly hat ebenso Recht mit dem, was sich gehört und was nicht«, sagte ich.

»Ich versuche nur, die Situation einzuschätzen, und ziehe daraus meine Schlüsse«, erwiderte Crystal.

»Raven?«, fragte Butterfly in der Hoffnung, Raven werde den Knoten lösen.

»Mir ist nicht danach, die ganze Nacht mit dem Auto zu fahren, wenn mich da oben ein weiches Bett erwartet«, meinte Raven abschließend. »Ich möchte auch gerne noch etwas fernsehen, vielleicht MTV, und schauen, was in der Musikwelt los ist. Was kann es schon schaden, wenn wir noch eine Nacht bleiben?«, fragte sie.

Niemand antwortete, weil keine von uns wissen konnte, was das Tageslicht uns bringen würde.

Wir sahen zusammen fern. Raven blieb am längsten, schaltete schließlich das Gerät aus und kam nach oben. Ich schlief unruhig, wälzte mich schuldbewusst hin und her, weil ich ihre Gastfreundschaft mit solch einem Haufen Lügen vergolten hatte. Erst als Raven endlich ins Bett kam, schlief ich fest ein. Wir alle wurden von einer barschen Stimme unten geweckt. Raven schaute mich an, ich setzte mich auf. Crystal kam leise in unser Zimmer.

»Zieht euch schnell an«, sagte sie. »Ich bin zur Treppe gegangen und habe gelauscht. Es ist ihr Sohn Gerry. Er ist wütend auf sie, weil sie uns aufgenommen haben, vier Fremde. Er tobt und schreit, dass dies ein Beweis sei, dass sie unter Aufsicht gehörten und nicht mehr alleine leben sollten. Nana weint. Ich habe es genau gehört.«

»Dieses Schwein«, sagte ich. Ich fand, er hörte sich genauso an wie Gordon.

»Zieht euch jetzt an. Butterfly ist schon fertig. Wir verschwinden jetzt so schnell wie möglich.«

»In Ordnung.«

Wie der Blitz sprangen Raven und ich aus dem Bett. Wir warfen uns in unsere Kleider und wuschen uns das Gesicht. Binnen Minuten stiegen wir vier die Treppe hinunter.

Nanas und Normans Sohn Gerry war groß und kräftig, etwa ein Meter neunzig groß und hundert Kilo schwer. Er glich Norman, hatte aber Nanas Augen. Sein hellbraunes Haar war kurz geschnitten, wodurch seine Ohren größer wirkten. Er trug ein dunkelbraunes Sportsakko, ein weißes Hemd, das am Kragen offen stand, und eine Freizeithose. Als wir die Küche betraten, lehnte er an der Arbeitsplatte und hatte die Arme vor der Brust verschränkt. Norman saß mit gesenktem Kopf am Tisch. Nana hantierte eifrig am Herd herum, wirkte aber sehr verstört.

»Wer seid ihr?«, fragte Gerry, bevor wir auch nur guten Morgen sagen oder vorgestellt werden konnten.

»Wir sind auf dem Weg zu mir nach Hause«, sagte Crystal. »Ich heiße Crystal. Das ist Brooke. Dies ist …«

»Ich meine nicht eure Namen«, fiel er ihr ins Wort. »Was zum Teufel ist euch eingefallen, in unserer Auffahrt zu schlafen?«

»Ich habe dir doch gesagt, warum«, antwortete Nana. »Setzt euch, Mädchen. Alles ist fertig.«

»Vielleicht sollten wir besser gehen«, meinte ich.

»Vielleicht solltet ihr das wirklich«, bestätigte Gerry. Sein Blick, der von einer zur anderen glitt, war voller Misstrauen und Wut.

»Ihr müsst doch etwas in den Magen bekommen«, jammerte Nana. Sie war den Tränen nahe. »Lass sie doch essen, Gerry. Bitte.«

»Das ist doch kein Hotel«, murrte er, sah aber beiseite.

»Setzt euch an den Tisch, Mädchen«, forderte Nana uns auf. Norman schaute auf und lächelte.

»Kommt schon«, drängte er.

Butterfly setzte sich als Erste. Raven folgte ihrem Beispiel, ließ dabei Gerry aber nicht aus den Augen. Schließlich setzten Crystal und ich uns. Nana verteilte Rühreier.

»Mir passt es nicht, wenn meine Mutter für andere das Dienstmädchen spielt«, sagte Gerry.

»Ich bin niemandes Dienstmädchen, Gerry. Die Mädchen haben uns sehr geholfen. Hat Daddy dir nicht erzählt, dass er den ganzen Rasen geschnitten und gerecht hat?«

»Hm«, grunzte Gerry. Er beobachtete uns beim Essen. Wir fühlten uns sehr unbehaglich und hielten den Blick gesenkt, bemühten uns aber, freundlich zu sein, damit die Situation für Norman und Nana nicht zu peinlich wurde.

»Einen Augenblick«, sagte Gerry plötzlich, »wo sind dein Armband und deine Uhr, Mom?«

»Wie bitte?« Nana schaute auf ihre Handgelenke. »Oh. Ich muss sie wohl oben gelassen haben.«

»Wo oben?«, wollte er genau wissen und schaute uns dabei an.

»Auf der Kommode, wo ich sie immer hinlege, Gerry. Also wirklich, ich wollte …«

Er zögerte keinen Augenblick. Rasch verließ er die Küche und stieg die Treppe hoch.

»Beachtet ihn gar nicht«, meinte Nana. »Fremden gegenüber ist er immer misstrauisch, war er schon immer, schon als kleiner Junge, stimmt's, Norman?«

»Ja, das war er.«

»Und er macht sich ständig Sorgen um uns«, fügte sie mit einem gezwungenen Lächeln hinzu.

»Das würde ich auch«, gab ich zu.

Trotz aller Bemühungen von Norman und Nana, es uns

wieder ein wenig behaglicher zu machen, aßen wir schneller. Wenige Augenblicke später hörten wir Gerrys schwere Schritte auf der Treppe, dann stand er im Türrahmen. Er lächelte gequält.

»Keines von beidem ist da, Mom. Ich habe auch in deinem Schmuckkasten nachgeschaut.«

»Nein?« Sie schaute verwirrt drein. »Ich bin mir sicher, dass ich es dorthin getan habe«, versicherte sie. Er ließ einen prüfenden Blick über uns gleiten.

»Niemand verlässt dieses Haus, bevor die Uhr und das Armband nicht zurückgegeben worden sind«, verkündete er.

»Wir haben nichts weggenommen«, rief ich.

»Natürlich haben wir das nicht getan«, sagte Crystal. »Warum beschuldigen Sie uns?«

»Bitte, Gerry, diese Mädchen ...«

»Du weißt überhaupt nichts über sie. Heutzutage streunen Mädchen überall herum, laufen von zu Hause oder aus dem Gefängnis weg, werden Prostituierte.«

»Das sind wir nicht«, protestierte Crystal empört.

»Ihr seht aber auch nicht gerade wie Mary Poppins aus.« Sein Gesicht wurde wieder streng. »Ich will den Schmuck zurückhaben.«

»Wir haben ihn nicht genommen«, beharrte ich. »Wir stehlen nicht.«

Er nickte. »Ganz bestimmt nicht.«

»Einen Augenblick«, unterbrach Norman uns. »Ich erinnere mich, glaube ich, dass du den Schmuck gestern Abend ausgezogen hast, bevor du mit dem Kochen anfingst, Nana.«

»Ja«, sagte sie und kniff die Augen ein wenig zusammen. »Ja.« Sie drehte sich um, ging zu der Schublade im Schrank neben der Spüle und zog Uhr und Armband heraus. »Hier sind sie. Das hatte ich ganz vergessen«, sagte sie.

Einen Augenblick schwiegen alle.

»Ich glaube, jemand schuldet uns eine Entschuldigung«, erklärte Crystal und heftete ihren Blick auf Gerry.

»Ich glaube, ihr habt schon genug von meinen Eltern bekommen.«

»Du solltest dich wirklich entschuldigen, Gerry«, sagte Nana.

»Das Ganze passt mir nicht«, sagte er. »Ich gehe jetzt zur Arbeit, Dad. Ich rede später mit euch.« Er warf uns einen Blick zu. »Ihr seid sicher verschwunden, wenn ich wieder komme.«

»Das sind wir ganz bestimmt«, erwiderte ich wütend.

»Gut.«

Er drehte sich um und verließ das Haus. Sobald die Tür hinter ihm ins Schloss gefallen war, entschuldigte Nana sich für ihn.

»Wir müssen jetzt los«, sagte Crystal. »Ist schon gut. Ich bin froh, dass Sie alles wieder gefunden haben.«

»Heutzutage vergesse ich so leicht Dinge«, meinte Nana bekümmert.

»Sollten wir nicht noch bleiben und beim Abwaschen helfen?«, fragte Butterfly.

»Nein, das braucht ihr nicht«, widersprach Nana. »Ich habe ja doch nicht viel zu tun.«

Sie folgten uns aus dem Haus und entschuldigten sich noch einmal für Gerry.

»Vielleicht schaut ihr auf dem Rückweg noch einmal vorbei«, schlug Norman vor.

Ich lächelte.

Nana drückte Raven und Crystal an sich. Dann umarmte sie Butterfly besonders lang und liebevoll, bevor auch ich an der Reihe war. Ich stieg ins Auto und ließ den Motor an. Alle stiegen ein, ich wendete den Wagen und fuhr auf die Ausfahrt zu. Die beiden standen nebeneinander, sahen uns zu, winkten, wirkten kleiner denn je.

»Ich wollte, wir hätten bleiben können«, meinte Butterfly traurig.

Niemand sprach ein Wort.

»Ich hoffe nur, dass ihr Sohn keine Meldung bei der Polizei macht«, bemerkte Crystal.

Diese Sorge verfolgte uns etwa zwei Stunden lang, dann fühlten wir uns allmählich sicherer.

Es war eine wunderschöne Zwischenstation gewesen, aber als ich mir alle anschaute und ihre traurigen Gesichter sah, dachte ich, dass es vielleicht besser gewesen wäre, Nana und Norman nie kennen gelernt zu haben.

Unsere Zeit mit ihnen schien zu bestätigen, was wir immer befürchtet hatten: Wir würden nie eine Chance erhalten, geliebt zu werden, Teil einer Familie zu sein. Waisen zu sein hatte uns für immer besudelt.

6

Ein Sonnenstrahl

Crystal wandte sich wieder ihren Karten zu, um den sichersten Weg zu finden, weil sie sich Sorgen machte wegen Nanas und Normans Sohn Gerry und wegen Gordons unvermeidlicher Anzeige bei der Polizei.

»Selbst wenn Louise ihm das zuerst einmal ausgeredet hat in der Hoffnung, dass wir bald zurückkommen, dass wir nur eine Spritztour unternommen haben, tobt er mittlerweile bestimmt vor Wut, besonders wenn er der falschen Fährte gefolgt ist«, erklärte sie. »Wir wollen auch weiterhin die stark befahrenen Highways meiden, auf denen die Polizei patrouilliert. Bieg dort ab«, wies sie mich an. »Genau«, meinte sie, während sie ihre Karte las, »folge dieser Straße, bis ich dir wieder sage, dass du abbiegen sollst.«

»Können wir heute ein Picknick machen?«, fragte Butterfly, nachdem wir eine Weile unterwegs waren. »Das hat Spaß gemacht, gestern mit Nana und Norman im Garten zu essen.«

»Sieht nach Regen aus«, meinte Raven entmutigend. Die dunklen Wolken, die auf uns zukrochen, schienen bereits bis in den Wagen gedrungen zu sein. Raven fiel nicht einmal auf, dass ich das Radio nicht angemacht hatte. Sie starrte aus dem Fenster, sah die Landschaft vorüberziehen und wirkte wie hypnotisiert. Als ich Crystal und Butterfly im Rückspiegel betrachtete, sah ich, wie nachdenklich beide waren. Butterfly sah trauriger aus denn je.

»Wollt ihr singen oder Rätsel raten?«, fragte ich. Niemand antwortete. »Toll. Ihr seid heute wirklich ein Haufen Witzbolde. Da könnte ich genauso gut einen Leichenwagen gestohlen haben«, meinte ich.

»Was ist denn das da vorne?«, fragte Raven plötzlich und richtete sich auf.

Etwa eine halbe Meile vor uns saß jemand am Straßenrand auf einem Koffer. Ich verlangsamte das Tempo ein wenig, als wir näher kamen.

»Das ist eine Anhalterin«, verkündete Raven. »Ein Mädchen. Nimm sie mit, Brooke.«

»Nein«, widersprach Crystal.

»Warum nicht? Wahrscheinlich ist sie allein, genau wie wir. Wer nimmt sie denn sonst mit? Außerdem könnte sie in ein Unwetter geraten«, entgegnete Raven.

»Wir können uns nicht auf ein Risiko einlassen«, sagte Crystal.

»Ein schönes Risiko, jemandem zu helfen. Halt doch an, Brooke«, bettelte sie. »Wir könnten doch etwas Abwechslung gebrauchen«, fügte sie hinzu und warf einen Blick auf Crystal.

»Ich habe nichts dagegen«, meinte Butterfly. »Das könnte doch lustig sein.«

Als wir noch näher kamen, sahen wir, dass die Anhalterin eine junge Frau war, vielleicht siebzehn, achtzehn Jahre alt. Sie trug einen kurzen Rock in der Farbe von dünnem Tee, schwere Stiefel ohne Socken und ein gebatiktes Hemd mit breiten Trägern. Ein limettengrün und weiß gemustertes Tuch hatte sie um ihr pfirsichfarben und blau gefärbtes Haar geschlungen. Der verblichene braune Koffer, auf dem sie saß, sah aus, als sei er aus einem fahrenden Zug geworfen worden. Er war so abgestoßen und brüchig, dass an einigen Stellen ihre Kleidung herausquoll. Sie hatte eine Schnur herumgebunden, um ihn zuzuhalten.

»In Ordnung. Sie sieht wirklich mitleiderregend aus«, gab ich zu und hielt an.

Sie trug nur einen Ohrring, der aussah wie eine dünne Lederschnur mit einem blauen Stein am Ende. Ihre schmale dunkelblaue Sonnenbrille verbarg ihre Augen. Sie trug kein Make-up, aber es sah so aus, als hätte sie einen Fleck winziger blauer Punkte auf der linken Wange.

Ihr Oberteil saß eng und enthüllte, dass sie trotz ihres üppigen Busens keinen BH trug. Sie hatte schlanke Arme; auf dem linken Unterarm befand sich eine Tätowierung, die aussah wie eine sich öffnende Sonnenblume. Ihre rechte Hand war mit Ringen bedeckt, die alle nicht besonders wertvoll aussahen. Trotz der Tätowierung, der Punkte, der seltsamen Kleidung und Erscheinung war sie ein hübsches Mädchen. Ihre Nase war vollkommen, ihre Lippen voll mit einer winzigen Neigung zum linken Mundwinkel. Wenn sie sprach, blitzte ein Grübchen in ihrer rechten Wange auf.

»Danke, dass ihr gehalten habt«, keuchte sie atemlos. »Ich hatte schon befürchtet, auf dieser Straße käme tagelang niemand vorbei. Wo soll ich den hinschmeißen?«, fragte sie und deutete auf ihren Koffer. Einen Augenblick lang starrten wir vier sie nur an.

»Also, nehmt ihr mich nun mit oder nicht?«

»Ich mache dir die Heckklappe auf«, sagte ich und stieg aus. Ich öffnete die Heckklappe und stellte schnell ihren Koffer hinein.

»Du kannst hier vorne sitzen«, rief Raven aus dem Fenster. Also ging sie um das Auto herum und stieg ein, während Raven herüberrutschte.

»Danke, Leute«, sagte sie und lächelte Crystal und Butterfly zu, die sie weiter anstarrte, als sei sie eine Außerirdische.

»Wohin willst du?«, fragte ich.

»Nur weg von hier. Und wie ist es mit euch?«

Ich warf Crystal im Rückspiegel einen Blick zu. Sie schüttelte leicht den Kopf.

»Zu meiner Freundin nach Hause, nach Ohio«, erwiderte ich.

»Toll, dann fahre ich auch nach Ohio«, sagte sie. So wie sie das sagte, wäre sie wohl auch mit nach Alaska gefahren, wenn wir das vorgehabt hätten.

»Wie heißt du?«, fragte Raven. Sie war sehr von ihr angetan.

»Sunshine. Und du?«

»Sunshine?« Raven zögerte, als könne ihr eigener Name da nicht mithalten. »Also, ich bin Raven, das ist Brooke«, sagte sie und nickte mir zu. »Crystal und Butterfly«, stellte Raven uns nacheinander vor.

»Butterfly? Toller Name. Ich hatte einmal eine Freundin, die ihre Tochter Beetle genannt hat, weil sie solche dunklen Augen hatte, die aussahen wie ein kleiner Käfer auf einer Decke.«

»Butterfly ist nur ein Spitzname«, erklärte ich. »Ihr richtiger Name ist Janet. Wie ist dein richtiger Name?«

»Wie ich euch gesagt habe, Sunshine. Ich habe keinen anderen Namen«, beharrte sie.

»Wie kommt es, dass du per Anhalter fährst?«, fragte Raven.

»Weil Sky, mein Herzallerliebster, mich dort rausgeschmissen hat. Wir haben uns getrennt.«

»Sky?«, fragte ich lächelnd.

»Er hatte einen anderen Namen, Ormand Boreman. Zumindest stand das auf seinem Führerschein. Dieser Langweiler sollte besser Ormand Boring heißen.«

»Er hat dich einfach dort sitzen lassen?«, fragte Crystal. Sunshine drehte sich um und lächelte ihr zu.

»Also, genau genommen habe ich die Tür aufgemacht und gesagt, wenn du nicht anhältst und mich rauslässt, springe ich. Also hielt er an, und ich stieg aus. Er fuhr mit geöffneter Tür weiter.«

»Was für eine Art Freund ist das denn?«, fragte Butterfly.

»Die übelste Art«, meinte Sunshine. »Fort mit Schaden. Männer machen mich sowieso ganz krank. Sie denken immer, bloß weil du hübsch oder lustig bist, können sie an dir herumgrabschen.«

»Ich weiß genau, was du meinst«, bestätigte Raven. Sunshine sah sie mit einem kleinen Lächeln an. Ganz offensichtlich waren sie verwandte Seelen.

»Wer seid ihr? Wo kommt ihr her?«

»Aus dem Osten, aus Upstate New York«, erwiderte Crystal rasch, »außer mir. Ich stamme aus Ohio. Und du?«

»Ich bin in Kalifornien geboren worden, bin aber nicht mehr dort gewesen, seit ...«

»Seit wann?«, hakte Crystal nach.

»Seit die gute alte Mom und Dad sich getrennt haben«, antwortete sie.

»Oh, tut mir Leid«, sagte Crystal.

»Schon in Ordnung. Das braucht einem nicht Leid zu tun«, stellte sie fest.

»Hast du Geschwister?«, fragte Raven.

»Wahrscheinlich«, lautete Sunshines Antwort.

»Wahrscheinlich? Wie meinst du das?«, fragte ich.

»Ich meine wahrscheinlich. Wie ich meinen Vater kenne, habe ich bestimmt irgendwo welche.« Sie schaute mich an. »Vielleicht ist eine von euch mit mir verwandt. Wer weiß.«

»Wo sind deine Eltern denn jetzt?«, fragte Butterfly. Sunshines Aufzug lockte sie offensichtlich aus ihrer Reserve.

»Das Letzte, was ich gehört habe, war, dass Mom nach Rosarita Beach in Mexiko ging und Dad nach Oregon«, erwiderte sie.

»Und seitdem hast du nichts von ihnen gehört oder gesehen?«, hakte Butterfly nach.

»Nein. So weit es mich betrifft, bin ich eine Waise«, sagte sie, »und es macht mir nichts aus.«

»Weil du in Wirklichkeit keine bist«, murmelte Crystal.

»Was?«

»Nichts«, wehrte sie ab.

»Wie alt warst du, als du von zu Hause weg bist?«, fragte ich.

»Sechzehn. Oder vielleicht noch gerade fünfzehn. Es ist schon so lange her, dass ich mich kaum erinnern kann.«

»Wie alt bist du denn jetzt?«, fragte Butterfly. »Siebzehn?«

Sunshine lachte. »Ich bin zwanzig«, sagte sie.

»Zwanzig!«

»Ja, ich bin eine alte Dame.« Sie wühlte in dem Beutel, der ihr um den Hals hing, und holte eine traurig ausschauende Zigarette hervor, das Papier hielt kaum noch den Tabak zusammen. »Will jemand einen Zug?«, fragte sie, als sie sie anzündete.

»Wir rauchen nicht«, entgegnete Crystal scharf.

»Ich auch nicht«, meinte Sunshine.

»Das ist keine Zigarette«, stellte Raven, plötzlich misstrauisch, fest.

»Nein. Das ist ein Joint«, bestätigte Sunshine lächelnd. Sie bot ihn Crystal an, die den Kopf schüttelte, und dann Butterfly, die ihn mit großen erschrockenen Augen anstarrte.

»Sie möchte nicht«, antwortete Crystal für Butterfly.

»Keine von uns möchte«, sagte Raven. »Mit dem Zeug hat man nichts als Ärger.«

»Ganz großen Ärger!«, fielen Crystal und ich ein und lachten nervös.

»Ist schon in Ordnung. Ein Zug kann nicht schaden«, meinte Sunshine und inhalierte tief. »Es tut bestimmt nicht weh.« Sie beugte sich zu mir hinüber, aber ich schüttelte den Kopf. Der süßliche Geruch erfüllte das Auto. Crystal hustete.

»Wirf ihn raus«, verlangte sie.

Sunshine sah mich fragend an.

»Bitte«, sagte ich. Ich wollte nicht gerne anhalten und sie hinausschmeißen, aber wenn sie damit weitermachte, musste ich das.

»Was für eine Verschwendung«, murmelte sie, tat noch einen tiefen Zug und warf den Joint dann zum Fenster hinaus.

»Du könntest das Feld in Brand setzen«, beschwerte sich Crystal und schaute zurück.

»Wer bist du, die Oberpfadfinderin der Nation?«, fragte Sunshine spöttisch.

Raven warf ihr einen bösen Blick zu, und Sunshine wechselte das Thema.

»Was habt ihr denn im Osten gemacht?«, fragte sie.

»Zur Schule gegangen, auf eine Privatschule«, antwortete Crystal rasch, vielleicht ein bisschen zu rasch.

Sunshine schaute zu Raven und dann nach hinten zu Crystal. Sie zog die Augenbrauen hoch, nahm langsam die Sonnenbrille ab und musterte Butterfly, die rasch den Blick senkte.

»Irgendetwas verrät mir, dass ihr nicht die Wahrheit sagt. Stimmt's?«, forschte sie. Niemand sprach. »Also, seid ihr abgehauen oder so?«

»Nein«, erwiderte ich. »Wir fahren zu Crystal nach Hause, nach Ohio. Wir sind von ihren Eltern eingeladen worden.«

»Tatsächlich?« Sie schaute sich um und lächelte dann. »Ihr reist mit kleinem Gepäck, was? Ich sehe hier nur einige Kissenbezüge. Das ist hier doch keine Pyjamaparty. Ihr Leute seid abgehauen. Mir braucht ihr das nicht zu sagen. Ich kenne mich damit aus.«

»Ich habe euch doch gesagt, wir sollen sie nicht mitnehmen«, klagte Crystal.

»Entspannt euch«, beruhigte Sunshine uns. »Ich bin die Letzte, um die ihr euch Gedanken machen müsst. Ich laufe schon seit Jahren davon.«

Lachend lehnte sie sich zurück.

Trotz Crystals Abneigung dagegen, Sunshine mitzunehmen, waren wir von unserer neuen Bekannten fasziniert. Sie schilderte uns ihre Reisen, die Orte, an denen sie gewesen war, ihre Erfahrungen als Anhalterin, ihre Beziehungen zu Männern, die sie mitgenommen und dann verlassen oder ihr etwas angetan hatten, sodass sie sie verließ.

»In Texas wäre ich beinahe umgebracht worden«, erzählte sie. Wir holten kaum Luft, um sie nicht zu unterbrechen. »Auf einem Rastplatz lernte ich diesen Lkw-Fahrer kennen … Rastplätze sind übrigens die besten Orte, um Mitfahrgelegenheiten zu finden«, flocht sie ein. »Selbst diejenigen, die an der Windschutzscheibe Aufkleber haben ›Keine Anhalter‹ nehmen dich mit, wenn du sie nett fragst. Ihr wisst schon, was ich meine?«

»Nein«, erwiderte Crystal mit zusammengekniffenen Augen und aufeinander gepressten Lippen. »Was meinst du damit?«

»Pollyanna, so ist das nun mal«, erwiderte sie und brachte Crystal damit erneut auf die Palme.

»Ich heiße nicht Pollyanna.«

»Wie auch immer. Du zeigst ihnen ein bisschen nackte Haut, flirtest mit ihnen und weckst gewisse Fantasien«, erläuterte sie.

»Und was passiert dann?«, fragte ich.

»Das hängt davon ab. Wenn du den Typen magst, gibst du ihm, was er will. Wenn nicht, gibt es Möglichkeiten, sich aus der Affäre zu ziehen. Nur dieses eine Mal in Texas wollte dieser Roy mein Nein nicht akzeptieren. Er hat mir ein so langes Messer an die Kehle gesetzt«, sagte sie und breitete ihre Hände aus. Raven keuchte.

»Was ist dann passiert?«, fragte Butterfly. Sunshine warf ihr einen Blick zu.

»Willst du das wirklich wissen?«

»Nein«, antwortete Crystal für sie.

»Dass du das nicht wissen willst, habe ich mir schon gedacht, Pollyanna.«

»Ich will es wissen«, sagte Raven. »Wir sollten uns das anhören und daraus lernen.«

»Warum? Hast du vor, auf Rastplätzen nach Mitfahrgelegenheiten zu suchen?«, fuhr Crystal sie an.

»Man kann nie wissen«, meinte Raven.

»Das ist die richtige Einstellung«, sagte Sunshine und grinste Raven an.

»Ich konnte nichts tun, als ihm seinen Willen zu lassen«, erzählte sie. »Man bekommt heraus, wann Männer ihren … sagen wir mal schwächsten Moment haben. Ich wartete auf meine Chance, stieß ihm das Knie dorthin, wo es am meisten wehtut, und entwischte ihm. Dabei habe ich einiges von meinen Sachen verloren. Deshalb habe ich nur diesen alten Koffer, aber ich konnte schlecht zurückgehen und ihn um meine Sachen bitten«, sagte sie.

Einen Augenblick lang sprach keine von uns. Wir waren ganz in Gedanken verloren und malten uns diese schreckliche Situation aus unserer eigenen Perspektive aus.

»Warum tust du das?«, fragte Crystal schließlich.

»Was?«

»Per Anhalter fahren, sich von Fremden mitnehmen lassen, mit fremden Männern davonfahren, so leben?«, zählte sie auf und hob dabei ihre Stimme um einige Oktaven.

»Ich bin nicht in einer Privatschule im Osten eingeschrieben«, erwiderte Sunshine. »Ich bin auf mich selbst gestellt.«

»Dann besorg dir doch einen Job, verdien Geld, führ ein Leben wie alle anderen«, fuhr Crystal fort.

»Eine Menge Leute sind auf sich selbst gestellt, aber sie werden nicht im Führerhaus eines Sattelzuges beinahe vergewaltigt und ermordet.«

Sunshine starrte sie an und blies dann Luft durch die Lippen.

»Jeder in diesem Land glaubt zu wissen, was für jeden anderen gut ist. Wenn du eine Weile auf dich selbst gestellt bist, kannst du mich ja mal besuchen. Ich werde dir einen Termin in meinem überfüllten Terminkalender freihalten«, fügte sie hinzu.

»Wir sind unser ganzes Leben lang schon auf uns selbst gestellt«, sagte Crystal.

»Ehrlich?« Sunshine schaute erst sie und dann uns andere an. Ihre Skepsis war einem neuen Interesse gewichen. »Wie meinst du das? Wer seid ihr?«

»Wir sind wirklich Waisen«, erklärte Crystal. »Wir kommen aus einem Pflegeheim. Hast du davon schon jemals gehört?«

»Im Ernst? Wirklich?«, sagte sie und lächelte, als seien unsere Aktien in ihren Augen um das Zehnfache gestiegen.

»Wie kommt es, dass du nie in einem Waisenhaus gelandet bist?«, fragte Raven.

»Einmal ist mir das beinahe passiert. In einer kleinen Stadt in Oklahoma wurde ich wegen Vagabundierens aufgegriffen. Die Polizei wollte mich dem Staat überantworten, aber es gelang mir, mich durch ein Täuschungsmanöver aus der Affäre zu ziehen. Ich hatte da eine Freundin in Phoenix, die so tat, als sei sie meine Tante, und mir das Fahrgeld für den Bus anwies. Die Polizei kaufte mir davon eine Fahrkarte. Ich verließ die Stadt mit dem Bus, stieg aber an der ersten Haltestelle wieder aus. Sie waren ja nicht wirklich an mir interessiert. Sie wollten mich nur loswerden. Wie gesagt, Pollyanna, man muss lernen, auf der Straße zu leben.«

»Hör auf, mich Pollyanna zu nennen«, fauchte Crystal.

»Empfindlich, was? Die erste Regel auf der Straße ist: nicht empfindlich sein. Du musst dir einen Panzer wie diese Schildkröten zulegen, die man manchmal durch die Gegend kriechen sieht. In der Gegend von El Paso habe ich mal eine umgedreht.«

»Wow, wo du schon überall warst«, staunte Raven ehrfurchtsvoll. Sie war zuvor noch nie über den Staat New York hinausgekommen.

»Nicht in New York«, sagte sie. »Von New York City habe ich mich fern gehalten. Dort wirst du bei lebendigem Leib gefressen.«

»Wir waren gerade dort«, prahlte Butterfly. »Es ist wunderschön.«

»Tatsächlich? Wie lange wart ihr dort?«

»Nur ein paar Minuten«, erklärte ich. »Ich bin falsch abgebogen und landete am Broadway.«

»'ne Menge Leute versuchen, am Broadway zu landen«, meinte Sunshine lachend. Sie stieß Raven mit dem Ellenbogen an, und Raven lachte mit ihr. »Ich mag euch. Habt ihr eigentlich Geld?«

»Unsere Ersparnisse. Wir wurden für Arbeiten im Pflegeheim und für Sommerjobs bezahlt«, erklärte ich.

»Wie viel habt ihr denn?«

»Fast fünfzehnhundert«, sagte ich.

»Vierzehnhundert und zwanzig«, korrigierte Crystal mich.

»Stimmt. Sie ist unsere Buchhalterin«, bestätigte ich.

»Oh.« Sie warf Crystal einen Blick zu. »Sieht aus, als sei euer Geld in sicheren Händen. Ich glaube nicht, dass Pollyanna auch nur einen Penny verschwendet.«

»Wenn du mich noch einmal so nennst …«

Sunshine lachte.

»Bitte, ärgere sie doch nicht«, bat ich.

»Okay.« Sie wandte sich Crystal zu. »Ich mag dich sogar … wie heißt du noch mal …«

»Crystal. Ich heiße Crystal.«

»Nun ja, das ist ja so ähnlich wie Pollyanna, aber in Ordnung, Crystal. Ich mag dich. Wie seid ihr vier Waisen eigentlich an so ein Auto gekommen? Nicht dass es ein toller Schlitten wäre.«

Niemand sagte ein Wort.

»Ah, ich verstehe. Crystal ist doch nicht so blütenrein, wie sie tut, hm?«

»Es war dort, wo wir waren, nicht besonders schön«, erklärte ich, »und wir sahen dort keine Zukunft mehr für uns.«

»Das Heim hieß *Lakewood House* und der Besitzer Gordon. Er ist ein Monster«, sagte Butterfly. Crystal stubste sie, damit sie nicht zu viel erzählte.

»Er war einfach ein Wonneproppen«, sagte ich. »Auf jeden Fall haben wir uns sein Fahrzeug ausgeliehen, um abzuhauen.«

»Das habe ich auch gemacht«, meinte Sunshine achselzuckend.

»Was?«

»Mir Sachen ausgeliehen. So überlebt man auf der Straße. Da war dieser Typ in Vegas. Das ist eine Stadt, die wirklich Spaß macht. Auf jeden Fall borgte er sich ein Auto, aber auf dem Weg aus der Stadt hinaus wechselte er die Nummernschilder. Habt ihr das auch gemacht?«

»Die Nummernschilder ausgetauscht?« Ich schüttelte den Kopf.

»Die Polizei sucht nach der Zulassungsnummer. Wenn du die Nummernschilder mit einem anderen Auto tauschst, hast du bessere Chancen. Die meisten Leute merken nicht einmal, dass ihre Schilder gewechselt worden sind.«

»Das ist eine gute Idee«, meinte Raven.

»Nein«, sagte Crystal. »Wir tun nichts mehr, das uns noch tiefer in Schwierigkeiten bringen könnte.«

»Wenn die Polizei euch in diesem Auto erwischt, Pollyanna, hast du sowieso genug Schwierigkeiten. Die Nummernschilder auszutauschen macht da auch nicht mehr viel aus«, sagte Sunshine.

»Ich weiß nicht, Sunshine«, begann Raven.

»Ich werde euch helfen«, unterbrach Sunshine sie. »Es ist ganz leicht.«

Als ich den Blick zum Rückspiegel wandern ließ, sah ich, wie Crystal mich besorgt anfunkelte.

»Wir werden sehen«, sagte ich. »Eins nach dem anderen.«

»Genau«, bestätigte Sunshine. »So mache ich es auch immer. Siehst du«, sagte sie zu Crystal gewandt, »ihr fangt schon an, so wie ich zu leben. Wir werden prima miteinander auskommen. Wir sind wie … Schwestern, Schwestern auf Tour.«

Zum Mittagessen hielten wir an einem Restaurant, vor dem auch Benzinzapfsäulen standen. Trotz seiner Größe und seiner abgeschiedenen Lage war es, bald nachdem wir gekommen waren, brechend voll. Crystal ermahnte uns, sparsam zu sein und sorgfältig nach der Speisekarte zu bestellen, aber Sunshine unterbrach sie ständig und empfahl uns, dies oder das zu bestellen.

»Das ist eine der billigsten Raststätten weit und breit«, meinte sie. »Das solltet ihr ausnutzen.«

»Ich bin sowieso hungrig«, brummte Raven.

»Wir hatten doch ein üppiges Frühstück«, erinnerte Crystal sie.

»Ich bin trotzdem hungrig. Ich möchte auch einen Milchshake. Und Sunshine sagt, die Fritten sind gut hier.«

»Ich war schon mal hier«, erklärte Sunshine. »Vielleicht auch zweimal.«

Sie bestellte einen doppelten Hamburger, Fritten, einen Milchshake und einen Becher Schokoladeneis als Nachtisch.

»Du zahlst«, sagte sie zu Crystal, »und ich gebe es dir hinterher wieder.«

Crystal warf mir einen ihrer berühmten Blicke zu, aber ich wollte am Tisch keine Szene machen, daher nickte ich nur. Zögernd zahlte Crystal die Rechnung. Wir hinterließen ein Trinkgeld und gingen hinaus.

»Ich komme sofort«, sagte Sunshine und ging zur Toilette.

»Kommt, wir fahren einfach weg und lassen sie hier«, schlug Crystal vor, sobald wir wieder in unserem Kombi saßen. »Das Geld für ihr Mittagessen bekommen wir nie. Sie macht uns nur Schwierigkeiten, Brooke.«

»Das können wir doch nicht machen«, widersprach Raven. »Ihr Koffer ist in unserem Auto.«

»Wir lassen ihn auf dem Parkplatz stehen«, meinte Crystal.

»Jemand könnte ihn stehlen«, gab Butterfly zu bedenken.

»Den stehlen? Das wage ich zu bezweifeln. Die Straßenverwaltung kassiert ihn vielleicht ein, um einer Seuche vorzubeugen, aber niemand würde ihn stehlen, Butterfly. Lass uns das machen, Brooke.«

»Das kann ich nicht, Crystal. Sie ist genauso schlecht dran wie wir. Wir nehmen sie noch ein Stück mit und sagen ihr dann, dass wir woanders hinfahren.«

»Das wird ihr egal sein. Sie bleibt so lange wie möglich bei uns«, warnte Crystal uns. »Ihr werdet schon sehen.«

»Da kommt sie«, sagte Raven.

Sunshine verließ rasch das Restaurant und stieg ein. »Fahr los«, befahl sie, und wir fuhren los. Sie drehte sich zu Crystal um und reichte ihr etwas Geld.

»Das ist für mein Mittagessen«, sagte sie spöttisch.

Überrascht nahm Crystal das Geld und warf mir einen Blick zu, bevor sie die Geldscheine einen Augenblick aneinanderrieb, als hielte sie sie für Blüten. Noch überraschter, ja schockiert blickte sie dann auf.

»Wo hast du diesen Fünfdollarschein her?«

»Was meinst du damit, wo habe ich ihn her? Ich hatte ihn dabei. Das ist alles.«

»Nein, das hattest du nicht. Das ist der Fünfer, den ich als Trinkgeld liegen gelassen hatte. Das weiß ich, weil er diesen Tintenfleck auf Abraham Lincolns Gesicht hat«, sagte Crystal.

»Mein Gott, lernst du auswendig, wie dein Geld aussieht?«, fragte Sunshine.

Niemand sagte ein Wort.

»Ich erinnere mich daran, weil ich es so komisch fand, dass genau an der Stelle ein Tintenfleck war«, erwiderte Crystal bedächtig. »Du hast der Kellnerin ihr Trinkgeld gestohlen.«

»Ja und? Sie bekommt genug Trinkgelder von Leuten, die es sich besser leisten können«, entgegnete Sunshine.

»Das ist ja schrecklich«, fand Crystal.

»Ach ja, und dafür, dass du ein Auto gestohlen hast, bekommst du bestimmt den Nobelpreis«, fuhr Sunshine sie an.

Crystal wurde knallrot, dann biss sie sich auf die Zunge und lehnte sich zurück.

»Es ist einfach nicht richtig«, murmelte sie.

»Geld ist Geld, besonders wenn man auf der Straße lebt. Ihr werdet das auch noch lernen. Schaut mir ein bisschen auf die Finger, dann werdet ihr das schnell mitbekommen«, empfahl Sunshine.

»Genau davor habe ich Angst«, murrte Crystal.

Sunshine lachte.

»Ich will euch mal von dieser Sache in Kansas erzählen«, sagte sie, statt weiter zu streiten. »Da wir gerade von verzweifelten Situationen sprechen. Ich hatte noch ungefähr zwanzig Cents.«

Sie erzählte Geschichte um Geschichte, schilderte Orte, Menschen, Ereignisse auf ihren Reisen kreuz und quer durch Amerika, beschrieb auch ohne die geringste Verlegenheit oder das mindeste Bedauern ihre Affären. Uns wurde klar, dass Männer ihrer Meinung nach dazu da waren, benutzt zu werden. Sex war nur ein bequemer Weg zu einem

Essen, einer Mitfahrgelegenheit oder um zu vermeiden, irgendwo mutterseelenallein die Nacht zu verbringen. Für meine Schwestern und mich waren diese Geschichten jedoch mehr als nur Unterhaltung. Es war eine Warnung, wie unser eigenes Schicksal aussehen konnte, wenn wir nicht vorsichtig waren. Die Frage war nur, wie konnten wir in Sunshines Welt, in der wir uns gerade befanden, vorsichtig sein? Ich fragte mich, ob wir nicht einfach umdrehen und dankbar dafür sein sollten, was wir hatten.

Wir verließen die Straße erst wieder, als wir alle zur Toilette mussten. Crystal schlüpfte wieder in ihre Rolle als Steuerfrau und dirigierte uns auf Straßen, die parallel zu den Hauptverkehrsstraßen verliefen. Wir fuhren weiter und hielten jedes Mal die Luft an, wenn wir ein Polizeifahrzeug sahen.

»Macht euch doch nicht so viele Sorgen«, beruhigte Sunshine uns. »In diesem Land werden jeden Tag so viele Autos gestohlen, dass die Polizei unmöglich Schritt halten kann. Ihr müsst euch eine Maske zulegen«, fuhr sie fort, als sei sie unsere Ausbilderin und würde uns beibringen, wie man ohne Geld überleben kann.

»Eine Maske?«, fragte Butterfly. Sunshines Verhaltensweisen schienen sie nicht so sehr zu beunruhigen wie alle anderen, und das bereitete mir allmählich Sorgen.

»Dein Gesichtsausdruck«, erwiderte sie. »Siehst du?«, sagte sie, drehte sich zu ihr um, klimperte mit den Wimpern und sah so lieb wie möglich aus. »Du musst unschuldig wirken und niemandem das Gefühl geben, du hättest Angst, man könnte etwas Böses an dir entdecken. Entspann dich, sei locker und unbefangen.«

»Wie denn?«, hakte Butterfly nach.

»Du musst dir sagen, dass alle eine Maske tragen und dass du das auch kannst. Das macht nämlich jeder, weißt du. Jeder nimmt einem anderen etwas weg. Manche tun es legal, weil sie die Regierung hinter sich haben oder weil sie wissen, wie man Gesetze beugt und Leute ausnutzt. Das habe ich haufenweise gesehen. Habt ihr mal den alten Ausdruck gehört, wer nicht gesündigt hat, kann Steine werfen?«

»Wer von euch ohne Sünde ist, werfe als Erster einen Stein«, zitierte Crystal ernst. »Das steht in der Bibel. Jesus hat es gesagt.«

»Ich weiß, dass es aus der Bibel ist«, erwiderte Sunshine scharf. »Auf jeden Fall ist das die richtige Einstellung, um so eine Maske zu bekommen. Niemand darf Steine auf einen werfen, Süße. Glaub mir.«

»Wirklich überraschend, dass du dich Sunshine nennst, wenn dir so viele trübe Gedanken durch den Kopf gehen«, bemerkte Crystal.

Sunshine wandte sich ihr zu und lächelte.

»Genau das ist die Maske, Pollyanna. Jetzt hast du's kapiert. Sie ist schlauer, als ihr alle gedacht hättet.«

Selbst ich musste darüber lachen. Crystal lehnte sich schmollend zurück. Bald erzählte Raven ihr mehr und mehr über uns. Ich sah, wie nervös das Crystal machte, verstand aber nicht, warum. Was konnte Sunshine uns denn schon tun? Sie war wirklich eine erfahrene Ausreißerin. Wir waren erst Anfänger. Sie redete, als hätte sie auf der Schule des Lebens schon vor Jahren ihren Abschluss gemacht.

Als der Abend hereinbrach, dachten wir an Abendessen und Schlafen. Jetzt da Sunshine mit uns fuhr, war alles komplizierter.

»Wo habt ihr denn vergangene Nacht geschlafen?«, fragte sie. Raven erzählte es ihr.

»Also, ihr habt auch heute Abend Glück«, verkündete sie und zog eine Kreditkarte heraus. »Wir können ein Motelzimmer mieten.«

»Wessen Karte ist das denn?«, erkundigte sich Crystal misstrauisch.

»Meine«, behauptete sie.

»Das glaube ich nicht«, sagte Crystal.

Sunshine zuckte die Achseln. Sie hatte ein dickes Fell. Nichts, was Crystal sagte, berührte sie.

»Wenn wir damit ein Zimmer bekommen, wirst du es schon glauben, Pollyanna.«

»Wir könnten doch im Auto schlafen«, beharrte Crystal.

»Ich weiß nicht, Sunshine, man könnte uns erwischen, wenn wir eine gestohlene Kreditkarte benutzen«, meinte Raven. Ich wusste, dass sie sich bereits Sorgen machte, weil ich ein paarmal Gordons Benzinkreditkarte benutzt hatte.

»Also, ich besorge jetzt das Zimmer. Wenn ihr alle im Auto schlafen wollt, nur zu«, forderte Sunshine uns achselzuckend auf. »Ihr wisst ja, dass es nicht besonders sicher ist, in einem Auto zu schlafen«, fügte sie hinzu und warf einen Blick auf Butterfly. »Jemand könnte kommen und das Auto mit euch stehlen.«

Butterfly fielen beinahe die Augen aus dem Kopf.

»Das ist doch lächerlich«, widersprach Crystal.

»Dann ist es eben lächerlich. Wenn ihr wollt, könnt ihr es auf die harte Tour lernen«, erwiderte Sunshine.

Schweigend fuhren wir weiter. Der Himmel verdunkelte sich, als Sturmwolken über uns herzogen. Schließlich kam ein Motel in Sicht.

»Das ist genau das Richtige. Nicht zu viel los. Sie werden überglücklich sein, uns zu sehen. Jetzt besorgen wir uns ein Zimmer und lassen uns Pizza bringen«, schlug Sunshine vor.

»Das ist wohl in Ordnung«, meinte Raven zögernd. Sie schaute mich an. Ich warf Crystal, die vor Wut kochte, einen Blick zu. Sie hatte die Arme über der Brust verschränkt, das Gesicht zum Fenster gewendet.

»Das hier ist eine Demokratie«, erklärte ich. »Wir werden abstimmen. Alle, die dafür sind, diese Nacht hier zu bleiben, sagen ja.«

Alle außer Crystal stimmten zu. »Der Antrag ist angenommen.«

»Seit wann stimmt sie denn mit ab?«, fragte Crystal.

»Sie hat eine Stimme. Sie zahlt schließlich«, sagte Raven.

»Macht doch, was ihr wollt«, stöhnte Crystal.

Ich fuhr in die Auffahrt zum Motel. Sunshine stieg aus.

»Es dauert nicht lange«, sagte sie. Wir beobachteten, wie sie ins Büro ging.

»Wie kommt sie denn zu einer Kreditkarte, Brooke? Sie hat doch keinen festen Wohnsitz. Bestimmt hat sie sie gestohlen, und wir lassen zu, dass sie sie benutzt«, machte Crystal uns klar.

»Sie unterschreibt doch, nicht wir«, sagte Raven.

»Ihr lasst zu, dass sie das Heft in die Hand nimmt. Wir werden in immer größere Schwierigkeiten geraten«, prophezeite Crystal.

»Wir sind auf der Straße. Wir müssen überleben. Ich will nicht zurück, du etwa?«, meinte Raven trotzig. »Du etwa, Brooke?«

»Natürlich nicht«, gab ich zu.

»Ich auch nicht«, bestätigte Butterfly.

»Lass sie doch etwas für uns tun zum Dank, dass wir sie mitgenommen haben«, entschied Raven. Offensichtlich wollte sie nicht, dass wir voreilige Schlüsse über Sunshine zogen. Sie glaubte, dass jeder eine Chance verdiente.

Wir beobachteten weiter die Bürotür. Nach weiteren fünf Minuten kam Sunshine lächelnd heraus und hielt triumphierend einen Zimmerschlüssel hoch. Sie stieg ins Auto.

»Fahr zu Nummer 32«, forderte sie mich auf. »Geradeaus.«

»Gab es keine Probleme?«, fragte ich.

»Nein. Warum sollte es?«

»Du hattest keinen Ausweis?«, fragte Crystal skeptisch.

»Klar. Ich habe haufenweise Ausweise«, meinte Sunshine

lachend. Sie öffnete ihre Tasche und holte einige Führerscheine, weitere Kreditkarten und selbst einen Collegeausweis heraus. Auf dem Collegeausweis war ihr Foto.

»Wo hast du die alle her?«, fragte Raven.

»Was meinst du denn?«, erwiderte sie lachend. »Einige haben Freunde mir besorgt. Andere habe ich mir selbst beschafft. Wenn ihr lieb seid, verrate ich euch, wie man das macht. Und stellt euch vor, der Typ an der Rezeption hat mir erzählt, dass es in der Nähe einen ganz tollen Pizzaservice gibt. Ich kann es gar nicht erwarten, heiß zu duschen. Ach, der Geschäftsführer bringt uns noch ein Klappbett. Ihr Leute seid es ja sicher gewohnt, zusammen zu schlafen, dann nehme ich das Klappbett.«

Dagegen hatte niemand Einwände. Genau wie Sunshine gesagt hatte, rollte bald darauf der Geschäftsführer, ein junger Mann mit schütter werdendem Haar, ein Klappbett ins Zimmer. Er händigte Sunshine die zusätzliche Bettwäsche aus.

»Danke«, sagte sie mit einem verführerischen Lächeln. Er lächelte zurück. »Bis später«, säuselte sie.

»Was ist später?«, fragte ich, als er weg war.

»Nichts. Ich habe ihm nur versprochen, dass ich mich nach der Arbeit mit ihm in einer Bar in der Nähe treffe. Vielleicht mache ich das auch«, sagte sie.

»Aber du hast doch gesagt, du hast es ihm versprochen«, erinnerte Butterfly sie.

Sie lachte.

»Das ist weder das erste noch das letzte Versprechen, das ich nicht halte. Lasst uns die Pizza bestellen. Ich verhungere.«

Wir bestellten zwei große Pizzas und etwas zu trinken. Während wir warteten, duschten wir nacheinander. Die Pizza kam, und Crystal bezahlte aus unserer Kasse. Wir feierten ein Fest, redeten alle durcheinander, außer Crystal, die immer noch sauer war. Hinterher sahen wir fern. Kurz nach elf meinte Sunshine, sie hätte beschlossen, sich wie versprochen mit dem Geschäftsführer zu treffen.

»Ich bleibe nicht lange«, sagte sie. »Kannst du mir die Autoschlüssel leihen, Brooke? Ich will meinen Koffer holen und etwas anderes anziehen.«

Crystal schaute mich besorgt an, deshalb folgte ich Sunshine nach draußen und schloss ihr selbst das Auto auf. Sie trug den Koffer herein und tauschte ihren Rock und das knappsitzende Oberteil gegen eine Jeans und ein blaues Sweatshirt.

»Hoffentlich bin ich nicht zu chic für dieses Nest«, meinte sie lachend. »Schlaft gut, Leute. Ich wecke euch bestimmt nicht, wenn ich wieder komme«, versprach Sunshine und ging.

»Gut, dass sie weg ist«, murmelte Crystal.

»Willst du wohl damit aufhören, Crystal. Bis jetzt hat sie uns nur gute Ratschläge gegeben und uns geholfen«, sagte Raven.

Der Regen, der sich den ganzen Tag über angekündigt hatte, begann zu fallen, die Tropfen prasselten so laut auf das Dach und gegen die Scheiben, dass es sich wie Hagel anhörte.

»Hoffentlich gerät sie nicht in diesen Schauer«, meinte Raven.

»Geschieht ihr recht«, entgegnete Crystal.

»Ich bin total erschöpft«, warf ich ein, bevor sie wieder anfangen konnten zu streiten. Ich warf Butterfly, die bereits schlief, einen Blick zu. »Weckt Butterfly nicht auf«, flüsterte ich.

Crystal schaltete das Licht aus.

»Ich mag Sunshine«, flüsterte Raven. »Sie ist ein bisschen verrückt, aber sie ist auch lustig, findest du nicht, Brooke?«

»Ja, aber Crystal hat auch Recht. Wir können sie nicht

ewig mitnehmen. Ich mache mir Sorgen, wie wir sie wieder loswerden«, sagte ich.

Wie sich herausstellen sollte, brauchten wir uns darüber keine Sorgen zu machen.

Bald nachdem wir die Augen geschlossen hatten, schliefen wir ein. Als wir sie wieder öffneten, enthüllten die ersten Sonnenstrahlen, dass Sunshine ihr Bett überhaupt nicht benutzt hatte. Die Bettwäsche lag noch gefaltet daneben. Raven fiel das als erster auf, als sie sich in ihrem Bett aufsetzte.

»Seht mal«, rief sie. »Sunshine ist letzte Nacht gar nicht wieder gekommen!«

Crystal stöhnte und erhob sich langsam. Auch Butterfly setzte sich auf und ich folgte ihrem Beispiel. Alle starrten auf das unbenutzte Bett.

»Einen Augenblick«, meinte Crystal. »Ihr Koffer ... stand er nicht direkt neben der Tür?«, fragte sie.

»Ja«, bestätigte ich.

»Sie ist zurückgekommen, hat ihn mitgenommen und ist wieder gegangen?«, sagte Raven ungläubig. »Warum?«

Crystal schüttelte den Kopf. »Ich weiß es nicht, aber ich bin froh ...«

Etwas erregte ihre Aufmerksamkeit. Sie schnappte nach Luft.

»Was ist?«, schrie ich.

Crystal bewegte sich so langsam durch das Zimmer, dass ich das Gefühl hatte, immer noch zu träumen. Sie hob ihre Bluse vom Boden neben dem Stuhl auf, wo sie sie hingehängt hatte. Ihr Portemonnaie war weg.

»Unser Geld!«, schrie sie und drehte sich zu mir um. »Brooke, unser ganzes Geld ist weg!«

7

In letzter Sekunde

»Das ist alles deine Schuld!«, schrie Crystal Raven an. »Ich habe dir doch gesagt, wir sollten sie nicht mitnehmen, aber du hast darauf bestanden. Jetzt siehst du, was wir davon haben«, brüllte sie und deutete auf den Stuhl, wo das Portemonnaie gewesen war.

Ravens Lippen begannen zu zittern, Tränen schossen ihr in die Augen. Sie wandte sich mir zu und blickte dann zu Butterfly, die bitterlich weinte und die Arme um den Körper schlang, als sei ihr kalt. Ihre Augenlider bebten, und plötzlich verstummte ihr Schluchzen so abrupt, dass ich dachte, ihre Stimmbänder seien gerissen.

»Butterfly?«, sagte Raven.

Butterfly fiel auf ihr Kopfkissen zurück. Die Augen weit aufgerissen, starrte sie blicklos an die Decke, ihr Mund stand ebenfalls offen. Sie sah Furcht einflößend aus. Jede Sekunde wurde ihr Gesicht weißer.

»Crystal! Was ist nur mit ihr los?«, rief ich und sprang von meinem Bett.

»Es ist alles in Ordnung, Butterfly«, sagte ich und nahm ihre Hand. Sie fühlte sich so kalt an. »Crystal.«

»Keine Panik«, sagte sie mit beherrschter tiefer Stimme. »Wenn sie hört, dass ihr in Panik geratet, wird es nur noch schlimmer.«

Raven stand mit gesenktem Kopf hinter uns und wartete. Crystal wandte sich an sie.

»Hol einen kalten Waschlappen«, befahl sie ihr, und Raven ging ins Badezimmer. Crystal legte den Waschlappen auf

Butterflys Stirn. Dann tätschelte sie ihre Hand. »Komm, Butterfly. Lass uns nicht im Stich. Wir brauchen einander doch.«

Raven biss sich auf die Unterlippe und schlang die Arme um den Körper, als sei auch ihr kalt. Wir waren alle dabei, völlig die Fassung zu verlieren. Rasch legte ich meinen Arm um Butterfly und richtete sie in eine sitzende Position auf. Ihre Augen rollten in den Kopf zurück. Crystal kam auf die andere Seite.

»Was ist los mit ihr?«, fragte ich Crystal.

»Es ist wieder ein Angstanfall, nur diesmal etwas schwerer. Bleib ganz ruhig.« Sie würde wirklich eine fantastische Ärztin werden. »Schnell«, sagte sie zu Raven, die ebenfalls auf das Bett kroch. Sie senkte den Kopf, bis er meinen und Crystals berührte. Wir zogen Butterfly behutsam heran, bis auch sie uns berührte. Dann begann Crystal: »Wir sind Schwestern. Wir werden immer Schwestern sein. Was einer geschieht, geschieht allen.«

Raven stimmte zusammen mit mir ein, und bald verschmolzen unsere Stimmen zu einer Stimme, einer Hoffnung, einem Gebet. Ich spürte, wie Butterflys verkrampfter Körper weicher wurde. Ihre Haut erwärmte sich. Bald hörten wir, dass sie mit uns sang. »Wir werden immer Schwestern sein. Wenn eine traurig ist, sind wir alle traurig. Wenn eine glücklich ist, sind wir alle glücklich.«

Wir vier trennten uns wieder, Butterfly zwinkerte heftig und schaute uns eine nach der anderen an.

»Was wird jetzt aus uns?«, fragte sie, als sei die Zeit stehen geblieben, als hätte sie nie einen Anfall erlitten.

»Du hast uns zu Tode erschreckt«, sagte Raven mit zitternder Stimme.

»Wirklich?«

»Red nicht mehr darüber, Raven«, riet Crystal ihr und starrte sie eindringlich an.

Raven, die immer noch unter Crystals Vorwürfen litt, reagierte sofort. Butterfly schaute wieder verwirrt von einer zur anderen.

»Was sollen wir tun, Brooke?«, fragte sie mich. Auf diese Frage wusste ich ebenso wenig eine Antwort wie Raven oder Crystal. Crystal ging zu ihren Sachen.

»Wir werden wohl zurückkehren müssen«, meinte sie.

»Nein!«, schrie Raven. »Ich will nicht zurück.«

»Ich will auch nicht zurückgehen«, sagte Butterfly.

Ich sagte gar nichts. Crystal hatte vermutlich Recht. Wir konnten nicht von einer Benzinkreditkarte leben. Bald würde Gordon seine Rechnung bekommen und dem sowieso ein Ende bereiten.

»Meinst du, ich will zurück? Denk doch nur daran, was Gordon mir angetan hat«, erinnerte Crystal sie, »aber uns bleibt kaum eine andere Wahl. Zumindest hatten wir mit dem Geld so etwas wie eine Haushaltskasse. Jetzt haben wir nichts mehr.«

»Ich habe zwei Dollar«, sagte Raven.

»Ich glaube, ich habe auch noch ein paar Dollar«, sagte Butterfly.

»Wir haben alle noch ein paar Dollar. Wenn man die zusammenwirft, wie viel haben wir dann, zehn Dollar? Wie weit kommen wir damit?« Sie klang entmutigt.

»Crystal hat Recht. Alles, was uns geblieben ist, sind einige Kleidungsstücke in Kissenbezügen. Es ist einfach lächerlich zu glauben, damit könnten wir quer durch das ganze Land fahren.«

»Wir können doch nicht zurück«, gab Raven zu bedenken.

Eine Weile sprach niemand ein Wort. Wir zogen uns an, gingen zur Toilette und verließen dann das Zimmer. Raven stand auf dem Bürgersteig mit ihrem Kopfkissenbezug in der Hand und sah ganz elend aus, als wir drei ins Auto stiegen.

»Raven, sei doch nicht albern«, ermahnte ich sie. »Wir fahren zurück und denken uns etwas Neues aus.«

»Nein, das werden wir nicht. Wenn wir zurückgehen, macht Gordon uns das Leben zur Hölle – falls wir nicht getrennt werden und irgendwo leben müssen, wo es noch schlimmer ist als in *Lakewood House.«* Sie begann zu schluchzen. »Es ist alles meine Schuld. Ich dachte, Sunshine sei genau wie wir; dass sie eine Chance verdiente.«

»Sie hat unser Geld gestohlen, Raven. Niemand macht dir Vorwürfe. Wir alle tragen daran eine gewisse Verantwortung. Auch ich habe sie ins Auto gelassen. Steig doch bitte ein.«

»Steig ein, Raven«, bat Butterfly. »Wir können doch nicht ohne dich abfahren.«

»Tut mir Leid, dass ich dich angeschrien habe, Raven«, entschuldigte Crystal sich. »Ich kann dir doch keinen Vorwurf daraus machen, dass du jemandem helfen wolltest.«

Raven warf Crystal einen Blick zu und gab dann nach. Sie schaute die Reihe von Motelzimmern entlang und dann zurück auf uns.

»Ihr wisst, dass Gordon uns wahrscheinlich verhaften lässt«, sagte sie, als sie zögernd in den Kombi stieg. »Wir sollten ein Stück fahren und sehen, ob wir Sunshine finden können. Ich werde dafür sorgen, dass sie uns unser Geld zurückgibt.«

»Wir werden sie nicht finden«, widersprach Crystal. »Mit unserem Geld braucht sie nicht per Anhalter zu fahren. Da bin ich mir sicher.«

»Wie konnte sie uns das antun? Sie wusste doch, dass wir wie sie waren!«, rief Raven empört, als ich von dem Motel-Parkplatz fuhr.

»Wir sind nicht wie sie. Wir sind besser dran als sie, Raven. Sie ist allein. Wir haben uns. Was meinst du, wie sie enden wird? Wahrscheinlich kommt sie irgendwo in einer finsteren Gasse um«, prophezeite Crystal.

»Wo geht's lang?«, fragte ich, als ich zur Straße kam. Crystal studierte ihre Karten.

»Wir sollten etwa zwanzig Meilen weiter Richtung Westen fahren. Dann nehmen wir die Auffahrt zu einer der Hauptverkehrsstraßen und versuchen unser Glück. Jetzt, da wir zurück wollen, ist es egal, ob wir angehalten werden«, beschloss sie.

Die Beerdigungsstimmung von gestern war ein fröhliches Fest im Vergleich zu der Atmosphäre, die sich jetzt ausbreitete. Dazu passte auch der wolkenverhangene Himmel. Es begann zu tröpfeln und dann stärker zu regnen. Plötzlich goss es so heftig, dass ich anhalten und rechts heranfahren musste.

»Ich hoffe, sie ist per Anhalter unterwegs und wird von diesem Wolkenbruch erwischt«, murmelte Raven. Dann seufzte sie und kauerte sich in ihren Sitz, während das Wasser über die Windschutzscheiben und an den Seiten des Wagens herabfloss.

»Ich habe Hunger«, sagte Butterfly. »Wollen wir nicht irgendwo anhalten und frühstücken?«

»Wir haben kein Geld«, erinnerte Crystal sie. »Brooke, wie viel hast du noch genau?«

»Nur etwas Kleingeld. Vielleicht neunzig Cents. Du hattest alles in deinem Portemonnaie.«

»Wir könnten uns etwas teilen«, schlug Butterfly vor.

»Und was ist dann mit Mittag- und Abendessen? Es dauert ein paar Tage, bis wir wieder zurück sind«, sagte Crystal. »Vielleicht sollten wir uns der Polizei stellen.«

Keine sprach. Jeder Augenblick schien uns einer Katastrophe näher zu bringen, die schlimmer war, als wir sie uns ausgemalt hatten. Schließlich ließ der Regen nach, bis es nur noch leicht tröpfelte, aber es war immer noch windig.

»Ich fühle mich wie ein Idiot«, sagte ich. »Warum habe ich nicht gemerkt, was sie für eine war?«

»Hör auf«, befahl Crystal.

Ich schaute sie im Rückspiegel an. Ihr Gesicht wirkte entschlossen. Natürlich hatte sie Recht. Ich hasste Selbstmitleid und verachtete es bei anderen Menschen. Wenn ich hörte, wie ich jammerte und klagte, ging es mir noch viel schlechter.

Plötzlich richtete Raven sich auf.

»Hört zu. Ich habe eine Idee. Als ich einmal mit Dede und Charlie Weiner aus war, hatten wir nicht genug Geld für Getränke. Da hatte Charlie die Idee, den Rücksitz hochzuklappen und nach Kleingeld zu suchen. Vielleicht finden wir ja auch etwas«, sagte sie.

»Was nützt uns schon etwas Kleingeld?«, fragte Crystal skeptisch.

»Zumindest wird es für ein Frühstück reichen. Ich habe auch Hunger, Crystal«, sagte sie. »Und wir haben etwas Zeit nachzudenken«, fügte sie hinzu und wandte sich mir zu.

Ich zuckte die Achseln.

»Also klappen wir die Rückbank hoch«, sagte ich.

Wir beide stiegen aus und öffneten die hinteren Türen. Crystal und Butterfly verließen das Auto. Raven und ich fuhren mit den Fingern hinter den Sitz und zogen ihn hoch. Er löste sich leicht, und wir sahen einige Dollar Kleingeld, aber auch noch etwas anderes.

»Was ist denn das?«, fragte ich. Ich berührte es nicht. Raven griff behutsam nach unten, während Crystal ihr über die Schulter schaute und Butterfly mir.

Es war ein dicker durchsichtiger Plastikbeutel, der mit etwas gefüllt war, das wie Weißmehl aussah. Vorsichtig öffnete Raven den Beutel und steckte den Finger hinein. Sie schaute mich an, als sie etwas von dem Pulver an die Lippen führte. Sie riss die Augen weit auf.

»Das ist Kokain!«, verkündete sie und hielt den Beutel hoch. »Und zwar eine ganze Menge.«

»Kokain?«, wiederholte Crystal. »Bist du dir sicher?«

»Ich bin mir sicher. Ich habe das schon mal gesehen«, sagte Raven. »Meine Mutter und ihr Freund ließen dieses Zeug immer bei uns in der Wohnung herumliegen. Das hier ist einen Haufen Geld wert.«

»Gordon muss damit gehandelt haben«, sagte ich. Es begann wieder stärker zu regnen, aber keiner von uns schien das etwas auszumachen. »Jetzt verstehe ich endlich, was er machte, als ich ihn mitten in der Nacht mit jemandem an dem Kombi sah. Ich wette, das war ein Kunde oder ein Lieferant.«

»Du hast ihn gesehen?«, fragte Butterfly.

»Ja, ein paarmal. In der letzten Nacht dachte ich, er hätte gesehen, wie ich ihn vom Fenster aus beobachtete, und bekam Angst«, erzählte ich. »Mann, Kokain.« In meinem Kopf drehte sich alles. »Und wir sind damit durch die Gegend kutschiert.«

»Ja, und noch dazu über die Grenzen von Bundesstaaten. Wir sollten das Zeug so schnell wie möglich loswerden«, meinte Crystal.

Raven wollte es hochheben.

»Warte«, unterbrach Crystal sie. Raven zögerte.

»Willst du es behalten?«

»Nein. Gib es mir«, sagte sie. Raven reichte es ihr. Crystal öffnete den Beutel. »Wir können es nicht einfach auf die Straße werfen. Vielleicht findet es jemand und verkauft es, möglicherweise sogar an Kinder. Und wir sind dann dafür verantwortlich.« Sie entfernte sich vom Auto.

»Was machst du da?«, rief Raven.

Crystal schüttete den Beutel im Wind aus. Das Puder floss heraus und breitete sich auf dem Boden aus. Vom Regen wurde es rasch aufgelöst.

»Beeil dich, bevor jemand kommt und uns sieht«, rief ich.

Crystal schüttelte die Tüte kräftig aus. Eine kleine weiße

Wolke stieg auf, wurde kleiner und verschwand im Wind. Crystal ging noch ein paar Schritte weiter von der Straße weg und legte den Beutel unter einen Stein.

»Lasst uns fahren«, rief sie, als ein Auto auf uns zukam.

Wir arretierten den Rücksitz wieder und stiegen zurück ins Auto. Ich wollte gerade losfahren, als das näher kommende Auto das Tempo verlangsamte. Ein Mann und eine Frau von etwa fünfzig starrten uns an. Sie hielten nicht an. Ich beobachtete sie im Rückspiegel.

»Ich hoffe, das wird uns nicht noch einmal Leid tun«, jammerte Raven.

»Uns werden viele Dinge Leid tun«, versicherte Crystal ihr, »aber das bestimmt nicht.«

»Moment mal«, sagte ich, als wir weiterfuhren. »Wir können jetzt nicht mehr zurück.«

»Warum nicht?«, fragte Crystal.

»Gordon bringt uns vielleicht nicht um, weil wir sein Auto gestohlen haben, aber bestimmt, weil wir seine Drogen weggekippt haben …«

»Brooke hat Recht, Crystal. Wir haben ja keine Ahnung, was er uns antun könnte«, sagte Raven.

Crystal schwieg.

»Wir könnten zur Polizei gehen«, schlug sie vor.

»Sie wird uns fragen, warum wir nicht gekommen sind, als wir die Drogen in Händen hatten«, gab Raven zu bedenken.

»Das hätten wir tun sollen«, sagte Crystal wehmütig. Sie schaute in den Rückspiegel, als gäbe es eine Möglichkeit, an den Ort zurückzukehren und das Kokain wieder in den Beutel zu befördern. »Wir stecken wirklich in der Patsche«, sagte sie. »Bis uns etwas Besseres einfällt, rennen wir weiter weg.«

Zusammen mit dem Wechselgeld, das wir unter der Rückbank gefunden hatten, besaßen wir etwas mehr als elf Dollar. Auch mein Magen knurrte, daher bog ich von der Straße ab, als wir ein Reklameschild für das Crossroads-Restaurant sahen.

»Hoffentlich ist es hier nicht zu teuer«, sagte Crystal.

Als wir einen Blick darauf warfen, machte es nicht den Anschein. Es war nicht verkommen, wirkte aber bescheiden: ein Restaurant in einem Gebäude, das früher möglicherweise ein Privathaus gewesen war. Davor befanden sich ein Parkplatz und zwei Zapfsäulen. Das Straßenschild warb mit: Crossroads-Restaurant – Essen und Tanken.

»Ich hoffe, das ist kein Kommentar über die Qualität des Essens«, witzelte Raven. Crystal und ich lachten.

Rechts von dem Restaurant befand sich ein riesiger Wohnwagen. Auf dem trostlosen Stück Rasen davor lag ein defekter Rasenmäher. Hinter dem Restaurant stand ein kleines Ferienhaus, dessen Vorderfenster mit Brettern zugenagelt waren, an der rechten Seite des Daches baumelte eine Regenrinne. Als wir auf den Parkplatz fuhren, standen dort bereits ein halbes Dutzend anderer Pkws und drei Pick-ups. Die Tür stand offen, Countrymusik drang heraus.

»Was meint ihr?«, fragte ich.

»Wir können nicht wählerisch sein«, antwortete Crystal munter. Ich merkte, dass sie wollte, dass alle sich besser fühlten.

Wir stiegen aus und betraten das Restaurant. Drinnen war es nicht so klein, wie wir gedacht hatten. Rechts und links standen Tische, es gab aber keine Nischen. Direkt vor uns befand sich ein Tresen mit Edelstahlhockern, deren Vinylpolster sehr abgenutzt wirkten. Hinter uns war die Küche, die den Blicken aller weit offen stand. Ein kleiner, dünner dunkelhäutiger Mann mit zwei Büscheln schlohweißem Haar zu beiden Seiten des Schädels briet gerade etwas auf einem Grill. Interessiert blickte er auf und wandte sich dann wieder seinen Pfannkuchen, Spiegeleiern mit Schinken und

Muffins zu, deren köstliches Aroma den Raum durchzog. Mein Magen schlug voller Erwartung einen Salto, und ihren Gesichtern nach zu urteilen ging es Crystal, Butterfly und Raven genauso.

Eine große Frau mit tristem dunkelbraunem Haar, das von stumpfgrauen Strähnen durchzogen war, bediente am Tresen und war offenbar die einzige Kellnerin. Ihre Augen wirkten wässerig, blutunterlaufen und müde, was zu ihrer fahlen Haut passte. Sie war nicht korpulent, hatte aber kräftige Oberarme. Über ihrem üppigen Busen spannte sich eine enge weiße Bluse, deren beide oberste Knöpfe geöffnet waren und den Blick auf einen tiefen Spalt freigaben. Ich stellte fest, dass ihre Gäste, alles Männer, sich diesen Anblick nicht entgehen ließen. Ihr schwarzer Rock war eng, so eng, dass zu beiden Seiten die Hüftknochen vorsprangen. Sie hielt inne, stemmte die Hände in die Taille und musterte uns.

»Wenn ihr etwas essen wollt, sucht euch selbst einen Platz«, befahl sie.

Die Gäste, die alle zu uns schauten, lächelten. Ein Mann stopfte sich ein getränktes Stück Brot in den Mund, während er uns beobachtete.

»Sieht aus, als solltest du Danny wecken, Patsy. Das ist ja ein echter Stoßbetrieb heute Morgen, was?«, meinte er.

»Du kannst ihn ja wecken. Genauso gut kann man versuchen, jemanden von den Toten zu erwecken«, murrte sie. Alle lachten.

»Ich kann ihn für dich wecken«, bot ein großer, gut gebauter Mann von etwa vierzig an. Er saß an einem Tisch. Offensichtlich war dieser Betrieb klein genug und die Gäste so vertraut miteinander, dass sie bei jedem Gespräch mitreden konnten.

»Wenn du ihn weckst, Gordy, könnte ich ihn nie wieder zu etwas gebrauchen«, erwiderte sie.

»Das wäre doch kein großer Verlust. Jetzt kannst du ihn doch auch zu nichts gebrauchen«, entgegnete Gordy, und wieder lachten oder lächelten alle.

»Erinnere mich bloß nicht daran«, sagte sie, drehte sich um, nahm einen Teller mit heißen Pfannkuchen vom Koch entgegen und setzte ihn vor einem Gast auf den Tresen. Sie wischte sich ihre Hände an einem Geschirrtuch ab und kam zu uns. Sie hatte keine Speisekarte in den Händen, schien aber sofort zu wissen, woran ich dachte. »Die Speisekarte für das Frühstück hängt an der Wand«, sagte sie und nickte links zu einer Tafel.

Alles war wirklich preiswert, aber wenn jede von uns vier etwas bestellte, hatten wir nicht genug Geld. Crystal studierte die Tafel.

»Was macht ihr Mädchen denn hier draußen?«, fragte sie und schaute von mir zu Butterfly und dann zu Raven und Crystal.

»Wir machen eine Reise«, sagte ich, »und dann sahen wir Ihr Schild.«

»Ich habe dir doch gesagt, dass es sich lohnt, Werbung zu machen«, rief der Mann namens Gordy. Einige der Gäste am Tresen lachten.

»Halt die Klappe«, befahl sie ihm. »Hier geht es ums Geschäft.«

Er lachte noch lauter. Sie wandte sich wieder an uns. »Können wir bitte einmal Pfannkuchen, zwei Eier, zwei große Orangensaft und zwei Kaffee bekommen?«, fragte Crystal.

»Für euch alle?«

»Ja, bitte«, sagte sie.

Die Frau starrte sie an.

»Wie viel Geld habt ihr denn?«, fragte sie scharf.

»Dafür genug«, erwiderte Crystal.

»Das habe ich nicht gefragt«, fauchte sie. Crystal hielt ihrem Blick einen Moment stand, dann schaute sie auf unser Geld.

»Wir haben elf Dollar und dreiundvierzig Cents«, gestand sie ihr.

»Insgesamt?«

»Ja«, bestätigte Crystal.

»Wie weit fahrt ihr denn?«, fragte sie. Raven wand sich auf ihrem Platz. Butterfly blickte entsetzt drein. »Wir wollen bis nach Kalifornien kommen«, antwortete ich, »aber wir wurden vergangene Nacht ausgeraubt, und das ist alles, was uns geblieben ist.«

»Im Ernst?«, fragte sie und kratzte sich den Kopf. »Wie wurdet ihr denn beraubt?«

»Jemand, dem wir vertrauten, stahl das Geld, als wir schliefen«, sagte ich.

»Verdammt«, sagte sie. »Und ihr habt also nur noch elf Dollar, hm?«

»Und dreiundvierzig Cents«, korrigierte Crystal.

»Richtig, dreiundvierzig Cents.« Sie seufzte tief und schüttelte den Kopf. »Nennt mich doch einfach Frau Weichherz«, verkündete sie und wandte sich an den Koch. »Charlie, viermal Pfannkuchen spezial.« Der Koch nickte.

»Aber das können wir uns nicht leisten«, wandte Crystal ängstlich ein.

»Niemand verlässt Patsys Lokal hungrig«, erwiderte sie. »Das ist eine Regel des Hauses.«

Sie kehrte zum Tresen zurück. Wir beobachteten, wie sie vier Gläser Saft für uns einschenkte.

»Das ist sehr nett von ihr«, meinte Raven misstrauisch. Raven würde nicht so bald wieder einem Fremden trauen.

Zwei weitere Gäste erschienen und, bevor wir unser Essen bekamen, folgten ihnen drei weitere. Patsy war sehr beschäftigt. Ich sah, wie der Koch unsere Teller bereitstellte.

»Ich werde ihr helfen«, sagte ich und stand vom Tisch auf.

»Was?«, sagte Raven.

Patsy nahm gerade eine Bestellung entgegen, sah aber, dass ich hinter den Tresen ging. Sie hatte nichts dagegen, dass ich die Teller nahm und sie zu unserem Tisch brachte. Ich hatte schon früher als Kellnerin gearbeitet und wusste, wie man vier Teller trägt. Ich bediente die Mädchen und setzte mich hin.

»Das ist gut«, sagte Raven zwischen zwei Bissen.

»Sehr gut«, bestätigte Butterfly. »Die Eier sind genau so, wie ich sie mag.«

Patsy musste Bestellungen entgegennehmen, am Tresen arbeiten und die Tische bedienen. Offensichtlich hatte das Restaurant trotz der langsamen Bedienung einen guten Ruf bei den Leuten aus der Gegend, denn immer mehr Gäste trafen ein, und alle schienen sie zu kennen. Alle wirkten geduldig, aber begierig auf das Essen. Ich aß schnell und erhob mich dann wieder, bevor die Mädchen aufgegessen hatten.

»Was machst du da?«, fragte Crystal.

»Ich helfe ihr«, erwiderte ich. Ich begann, das Geschirr von all den Tischen abzuräumen, wo die Gäste bereits gegangen waren. Ich fand ein Tablett für schmutziges Geschirr hinter dem Tresen: daneben lag ein feuchter Lappen, um die Tische abzuwischen. Sobald Raven mit dem Essen fertig war, stand sie auf und tat dasselbe.

Patsy lächelte über uns und schüttelte den Kopf.

»Hast du neue Hilfen engagiert?«, fragte jemand.

»Sieht so aus«, erwiderte sie mit einem kleinen Lächeln.

Als wir die leeren Tische abgeräumt hatten, begannen wir sie mit sauberem Besteck einzudecken. Ein junger Mann mit rötlichblondem Haar machte Raven ein Kompliment, dass sie eine so gute Kellnerin sei. Ihr schüchternes Lächeln und ihr leises »Danke« verrieten mir, dass sie sich geschmeichelt fühlte.

»Danke, dass ihr eingesprungen seid«, sagte Patsy, als sie mit einer Bestellung an mir vorbeieilte.

»Soll ich einmal nachschauen, ob ich jemandem Kaffee nachschenken soll?«, fragte ich sie, nachdem sie dem Koch eine weitere Bestellung zugerufen hatte. Sie starrte mich einen Augenblick an.

»Hast du schon mal im Restaurant gearbeitet?«

»Ja, im Sommer«, bestätigte ich.

»In Ordnung«, meinte sie. »Danke.« Sie brachte jemandem seine Bestellung, ich folgte ihr und bot Kaffee an. Crystal saß verblüfft da, und Butterfly strahlte uns an.

»Wir könnten noch mehr Hilfe gebrauchen«, sagte ich zu Crystal. »Raven scheint anderweitig beschäftigt zu sein.« Der junge Mann hatte noch einmal um Kaffee gebeten und überschüttete Raven jetzt mit Lob. Sie schaute ein wenig unbehaglich drein, aber auch irgendwie interessiert.

Schließlich leerte sich das Lokal, und Patsy kam wieder alleine mit der Arbeit zurecht. Der Frühstücksansturm war vorüber. Sie goss einem Mann am Tresen Kaffee ein und kam dann zu Crystal und mir herüber.

»Wie kommt es, dass ihr Mädchen alleine unterwegs seid?«, fragte Patsy.

»Wir sind auf dem Weg nach Kalifornien, um meine Tante für zwei Wochen zu besuchen«, erzählte Crystal. »Wir gehen in New York alle auf dieselbe Schule, und unsere Eltern haben uns Geld für die Fahrt gegeben. Es sollte ein Sommerabenteuer werden. Jetzt müssen wir umkehren«, meinte sie traurig.

»Wann solltet ihr denn in Kalifornien sein?«, erkundigte sich Patsy.

»Das ist ganz egal. Wir können uns Zeit lassen. Schließlich haben wir den ganzen Sommer Zeit«, schmückte ich aus, was Crystal ausgeheckt hatte. Seltsamerweise hatte ich immer das Gefühl, Crystal erzählte fantasievolle Geschichten und keine Lügen. Der Grund war vermutlich, dass sie überhaupt nicht gemein war, dass List und Tücke ihr fremd waren. Anscheinend machte es ihr genauso viel Spaß, eine Geschichte auszuspinnen, wie einen Aufsatz für den Englischunterricht zu schreiben.

»Gestern begingen wir den Fehler, eine Anhalterin mitzunehmen, und sie hat uns ausgeraubt«, vermischte Crystal Dichtung und Wahrheit.

»Verstehe«, sagte Patsy und schüttelte den Kopf.

Sie schaute auf zwei Tische, auf denen die Gäste Trinkgelder hinterlassen hatten.

»Ein Teil dieses Geldes gehört euch, Mädchen«, sagte sie.

»O nein. Sie haben uns zu essen gegeben. Das können wir nicht annehmen«, widersprach ich.

Sie lachte und dachte einen Augenblick nach, während wir zusahen, wie Raven sich von dem jungen Mann verabschiedete, mit dem sie sich die ganze Zeit unterhalten hatte.

»Also, wenn eure Tante noch ein paar Wochen auf euch warten kann, ich könnte hier schon Hilfe gebrauchen, und ihr könntet genug Geld verdienen, um nach Kalifornien zu kommen«, schlug sie vor. »Ich habe hinter dem Restaurant ein Ferienhäuschen, das ihr benutzen könnt. Es ist nichts Besonderes. Ihr müsst es etwas in Ordnung bringen, aber ich kann euch frische Handtücher und Bettwäsche geben. Früher haben wir es an Reisende vermietet. Damals als mein Mann noch lebte«, fügte sie hinzu.

»Was ist mit ihm passiert?«, fragte Crystal.

»Er wurde bei einem Autounfall getötet – betrunkener Fahrer. Ihr habt gehört, dass von meinem Sohn Danny die Rede war. Er ist mir keine besondere Hilfe. Seit Eddie tot ist, macht er mir ganz schön zu schaffen. Charlie hier ist seit zehn Jahren unser Koch.«

»Stimmt«, bestätigte Charlie lächelnd. »Ihr Mädchen habt das wirklich gut gemacht. Richtig professionell.«

»Bevor sie den neuen Highway gebaut haben, war hier richtig was los. Damals konnten wir uns einen ganzen Stab von Kellnerinnen und Kellnern leisten. Ich hatte auch jemanden, der am Tresen bediente. Jetzt kann ich euch nicht viel zahlen, aber ihr könnt Trinkgelder einkassieren und habt freie Kost und Logis. Das ist die geschäftigste Zeit des Jahres für mich«, fügte sie hinzu.

»Das können wir doch machen, oder, Crystal?«

Raven stieß zu uns. »Was können wir machen?«

»Hierbleiben und ein paar Wochen arbeiten, um das Geld zu verdienen, das wir vergangene Nacht verloren haben«, erklärte ich und hoffte, Raven würde nichts sagen, das unserer Geschichte widersprach.

»Wirklich? Ach, das wäre toll«, meinte sie und blickte träumerisch aus dem Fenster. Plötzlich ertappte sie sich dabei, dass sie hinausstarrte, und schüttelte den Kopf. »Ich weiß auch nicht, was mit mir los ist. Ich glaube, ich spritze mir mal etwas kaltes Wasser ins Gesicht. Mir ist plötzlich so heiß. Dieses Kellnern ist doch anstrengender, als ich in Erinnerung hatte.«

»Was soll das denn?«, wunderte sich Crystal.

Butterfly, die aus dem Fenster geschaut hatte, wandte sich an uns. »Wer ist dieser Mann, Patsy?«, fragte sie.

»Taylor Cummings«, antwortete Patsy mit finsterem Blick. »Der lässt nichts anbrennen. Sagt Raven, sie soll auf der Hut sein – dieser Bursche ist ein stürmischer Draufgänger«, riet sie uns.

»Um Raven brauchen Sie sich keine Sorgen zu machen. Sie sieht einfach umwerfend aus, aber sie weiß, wie sie damit fertig wird, wenn jemand zu weit geht«, erwiderte Crystal. Normalerweise hätte ich ihr beigepflichtet, aber plötzlich war ich mir nicht mehr so sicher.

»Ja, aber bei diesem Typen hat Raven sich ganz anders benommen ...«, murmelte ich mehr zu mir selbst.

»Dann wollen wir uns einmal anschauen, wie schlimm es im Ferienhäuschen aussieht«, schlug Patsy vor. »Charlie, behalt alles im Auge. Ich komme sofort wieder.«

»Jawohl«, erwiderte er und kam aus der Küche hinter den Tresen.

Als wir das Restaurant verließen, kam Raven zu uns geeilt. Wir sahen, wie ihr neuer Freund mit seinem Laster davonfuhr.

»Bleiben wir ganz bestimmt?«, fragte sie. Ich hörte Hoffnung in ihrer Stimme.

»Wir werden sehen«, meinte ich abwartend und musterte sie eingehend. »Wir werden uns zuerst das Ferienhäuschen anschauen, und dann wollen wir hier arbeiten«, fügte ich hinzu.

Obwohl das Häuschen klein war, hatte es ein Schlafzimmer mit zwei Einzelbetten und ein Ausziehsofa, auf dem Platz war für zwei. Eine richtige Küche gab es nicht, nur eine Nische mit einem Spülbecken und einem kleinen Herd. Der Kühlschrank schien kaputt zu sein, seine Tür stand offen. Da wir sowieso nicht kochen wollten, war das egal. Das Badezimmer war auch winzig, aber es hatte eine kleine Badewanne und einen Duschkopf an einem Schlauch, der an den Wasserhahn angeschlossen war. Überall in dem Häuschen roch es muffig. In fast jeder Ecke hingen Spinnweben, und alles war mit Staub bedeckt.

»Es sieht schlimmer aus, als ich dachte«, murmelte Patsy.

»So übel ist es nicht«, beruhigte Raven sie rasch. »Wir können doch hier bleiben, oder nicht, Brooke? Wir krempeln die Ärmel hoch und machen das in null Komma nichts zu einem Palast.«

»Wir kommen hier schon zurecht«, stimmte ich zu. »Crystal?«

»Wir wollen einmal darüber reden«, sagte sie.

»Oh, ich habe schon verstanden, Liebes«, sagte Patsy.

»Ihr Mädchen besprecht das und kommt dann ins Restaurant zurück, wenn ihr euch entschieden habt.«

Sobald sie gegangen war, wandte sich Raven an Crystal.

»Warum hast du das gesagt? Das ist doch eine Möglichkeit weiterzufahren«, rief sie.

»Wenn wir zu übereifrig erscheinen, wird sie misstrauisch«, entgegnete Crystal ruhig. »Warum sollten Mädchen aus Elternhäusern, die es sich leisten können, eine Ferienreise nach Kalifornien zu finanzieren, sich mit so etwas abfinden?«, fragte sie mit ausgebreiteten Armen.

»Wir sind gerade ausgeraubt worden. Deshalb!«, erwiderte Raven.

»Wohlhabende Leute könnten ihren Kindern telegrafisch Geld anweisen, um wieder nach Hause zu kommen oder um sogar nach Kalifornien zu fahren, Raven. Dräng jetzt nicht so.« Sie musterte die Umgebung und überlegte, während Raven aufgeregt wartete.

»Ich finde, wir könnten hier ganz gut schlafen«, meinte Butterfly.

»Natürlich könnten wir das«, bestätigte Raven und warf Crystal einen Blick zu. »Hätten wir nicht neulich beinahe im Auto übernachtet?«

»Okay«, gab Crystal nach. »Wir machen es. Wir werden so tun, als sei es Teil unseres Abenteuers, aber sag nichts, das sie misstrauisch machen könnte, Raven.«

»Ich sage kein einziges Wort«, versprach sie mit erhobener rechter Hand.

Crystal nickte und schaute mich dann an.

»Vielleicht klappt das ja. Vielleicht hat sich das Glück ja gewendet«, sagte sie. »Jetzt bestimmen wir, wer auf dem Ausziehbett schläft.«

»Butterfly und ich«, meinte Raven rasch.

»Raven schnarcht«, beschwerte Butterfly sich.

»Tue ich nicht.«

»Ich schlafe mit Raven auf dem Ausziehbett«, sagte ich und warf ihr einen Blick zu. Ich war fest entschlossen, ihrer seltsamen Stimmung auf den Grund zu gehen.

Wir vier kehrten ins Restaurant zurück, um Patsy zu sagen, dass wir ihr Angebot annehmen wollten. Als wir hereinkamen, hing ein etwa neunzehnjähriger langhaariger Junge über einer dampfenden Tasse Kaffee am Tresen. Er trug ein Grateful-Dead-Sweatshirt, das aussah, als sei es gefärbt worden, weil es so verblichen gewesen war, dazu Jeans und dreckige Turnschuhe ohne Socken.

»Da seid ihr ja«, sagte Patsy, und er drehte sich um.

»Wir würden gerne bleiben, Patsy«, teilte ich ihr mit.

»Schön. Das ist mein Sohn Danny«, stellte sie ihn vor. Dabei erstarrte ihr Lächeln zu einem missbilligenden Blick.

Er kniff seine haselnussbraunen Augen zu Schlitzen zusammen und grinste uns dann eher an, als zu lächeln, als sei er enttäuscht über das, was er sah oder gehört hatte. Er hatte einen weichen Mund mit einer Unterlippe, die geschwollen wirkte, und einen kleinen Schnitt auf der Wange. Er hatte Patsys Nase, aber seine Ohren waren größer und spitzer.

Danny war nicht dick und hatte auch keinen eindrucksvollen Körperbau, aber es zeigten sich erste Anzeichen eines Bierbauches. Einen Schönheitswettbewerb könnte er nie gewinnen, es sei denn, es ginge um den unhygienischsten Mann unter zwanzig.

»Du könntest wenigstens Guten Tag sagen, Danny«, drängte Patsy.

»Hallo«, brummte er und wandte sich wieder seinem Kaffee zu.

»Was zum Teufel sollen sie hier machen?«, fragte er sie.

»Hauptsächlich das, was eigentlich deine Aufgabe ist«, erwiderte sie. »Kommt mit, Mädchen, ich gebe euch jetzt Bettwäsche und Putzzeug. Danny, könntest du bitte die Bretter von den Fenstern am Ferienhäuschen reißen?«

Er grunzte.

Traurig schüttelte sie den Kopf, und wir folgten ihr zum Wohnwagen. Sobald sie die Tür geöffnet hatte, ergoss sich ein Schwall von Entschuldigungen über uns. Danny hatte seine Klamotten überall verstreut, auf dem Küchentisch türmten sich leere Bierdosen, Zigarettenkippen und schmutziges Geschirr. Sie startete den Versuch, ein paar Sachen wegzuräumen. »Ich hatte ihn gebeten aufzuräumen, bevor er rüberkommt. Gestern Abend hatte er Besuch von einigen Freunden.« Sie stöhnte und presste die Hand aufs Kreuz, als sie sich wieder aufrichtete, nachdem sie eine Bierdose vom Boden aufgehoben hatte. »Bin sofort wieder da«, sagte sie und verschwand weiter hinten im Wohnwagen.

Crystal schaute mich an und schüttelte den Kopf.

»Warum ist er so gemein zu seiner Mutter?«, fragte Butterfly.

»Der braucht einen anständigen Tritt in den Hintern«, murmelte ich.

Patsy brachte uns Bettwäsche, Handtücher und einen Eimer mit Putzmitteln. Raven gab sie einen Mopp und einige Schwämme.

»Sagt Bescheid, wenn ihr sonst noch etwas braucht. Etwa um vier bereiten wir uns auf das Abendessen vor. In der letzten Zeit hatten wir ziemlich viele Gäste«, sagte sie. »Also«, fügte sie hinzu, »willkommen im Crossroads, Mädchen.«

Wir befanden uns tatsächlich an einer Kreuzung. Hier konnten wir Luft holen und entscheiden, ob wir uns mit unseren Träumen nur selbst zum Narren hielten oder ob wir auf dem besten Wege waren, ein richtiges Zuhause zu finden.

8

… in Krankheit und Gesundheit …

Da sowohl Raven als auch ich Erfahrung als Kellnerin hatten, beschlossen wir, dass zumindest am ersten Tag Crystal und Butterfly sich um die Reinigung der Hütte kümmern sollten.

Murrend hatte Danny die Verschläge von den Fenstern entfernt, und sofort war uns klar, dass wir Vorhänge oder Rollos brauchten. Ich brachte improvisierte Vorhänge aus Handtüchern an, damit wir ungestört waren und die Morgensonne uns nicht zu früh weckte. Allerdings mussten wir sowieso vor Sonnenaufgang aufstehen, damit wir rechtzeitig für den Ansturm zum Frühstück fertig waren.

Raven meckerte als Erste über das frühe Aufstehen, obwohl wir alle am liebsten wieder unter die warme Decke zurückgekrochen wären. »Sieht so aus, als wären wir als freie Menschen noch schlechter dran«, rief sie.

Crystal fing an zu lachen, setzte dann aber ihre Lehrerinnenmiene auf und belehrte Raven, dass wahre Freiheit Verantwortung bedeute, nicht nur für einen selbst, sondern auch für andere.

»Ich weiß, ich weiß. Ich wünschte nur, wir könnten ein bisschen länger schlafen«, stöhnte sie gähnend.

Crystal schaute mich an, als wollte sie sagen: »Ich habe es versucht«, und ließ dann das Thema fallen.

Ob wir wollten oder nicht, solange wir blieben, mussten wir morgens sehr früh aufstehen.

Charlie war immer schon vor Tag und Tau da, machte frischen Pfannkuchenteig, Haferflockenbrei und Kaffee. Er konnte auch wunderbare Omeletts zubereiten. Rasch fanden wir heraus, dass neben den attraktiven Preisen sein Ruf als Koch Patsys Kundschaft bei der Stange hielt.

»Ihr Mädchen seid wie eine frische Brise«, sagte er. »Ich habe Patsy schon lange nicht mehr so fröhlich erlebt. In der letzten Zeit gab es nicht allzu viel, das sie heiter und fröhlich stimmen konnte.«

In Charlies Nähe konnte man sich gar nicht vorstellen, dass jemand trübsinnig war. Ganz gleich, wie viel los war oder wie hektisch eine von uns wurde, Charlie war stets fröhlich und unbeschwert. Mit ihm konnte man leicht arbeiten, er war geduldig und freundlich. Nie verlor er die Beherrschung, wenn eine von uns die Bestellungen vertauschte, aber ich merkte, dass sein Blick sich verdüsterte und sein Lächeln verschwand, wenn Danny auftauchte. Danny sprach ohne jeden Respekt mit ihm. Immer stellte er Forderungen, statt Bitten zu äußern, und nie bedankte er sich bei Charlie, ganz gleich wofür.

An jenem ersten Abend aßen wir früh. Ich fragte Patsy, wo Danny sei. Sie wusste es nicht, und mir tat es Leid, gefragt zu haben. Ihr Blick verdüsterte sich. Als es Zeit war, unsere ersten Dinnergäste zu begrüßen, tauchte Danny plötzlich auf. Er wirkte nicht ausgesprochen sauber, hatte aber sein Sweatshirt gegen ein frischer aussehendes T-Shirt eingetauscht, das die Aufschrift »Löwen – Christen 5 : 0« trug, und trug eine weniger schmutzige und verblichene Jeans. Außerdem hatte er dieselben dreckigen Turnschuhe ohne Socken an. Augenscheinlich hatte er einen Versuch unternommen, sein Haar zurückzukämmen, und er hatte sich rasiert.

Er hatte sich nicht nur um die Vorbereitungen fürs Abendessen herumgedrückt, sondern es wurde auch schnell deutlich, dass er nicht dort arbeiten würde.

»Sieht aus, als bräuchtest du mich heute Abend nicht, Ma.

Ich gehe mit Terry und Mark aus«, verkündete er. Bevor Patsy antworten konnte, fügte er hinzu: »Ich brauche zehn Piepen.«

Er marschierte geradewegs zur Kasse, holte einen Zehner heraus, starrte zu mir und schloss die Kasse wieder. »Okay?«, sagte er zu Patsy.

Sie putzte einen Teller ab und senkte den Blick.

»Wo gehst du hin, Danny?«

»Ich sagte doch aus«, erwiderte er. »Aus ist aus. Klar?«, sagte er und schaute mich herausfordernd an.

»Nun, es gibt aus dem Weg, aus der Stadt, und es gibt aus dem Häuschen«, entgegnete ich.

Raven lachte.

»Sehr komisch«, meinte er. »Erinnere mich daran zu lachen.«

»Ist dein Gedächtnis so schlecht?«, konterte ich.

Er starrte mich an und marschierte dann aus dem Restaurant. Als ich mich zu Charlie umdrehte, sah ich ein breites Lächeln auf seinem Gesicht, aber Patsy wirkte niedergeschlagen.

»Wir kommen schon klar«, beschwichtigte ich sie. »Wenn zu viel los ist, hole ich Crystal.«

»Darum mache ich mir keine Sorgen«, meinte sie. »Ich habe das oft genug allein geschafft. Nur Charlie und ich als Besatzung des alten Forts, was, Charlie?«

»Jawohl«, bestätigte er. »Und keiner ist unzufrieden wieder gegangen. Das ist die Wahrheit«, erzählte Charlie.

Die Kunden strömten herein. Charlies Hackbraten war der Renner des Abends. Patsy hatte ihn als Tagesgericht auf die Speisekarte gesetzt, aber wir erfuhren, dass er jeden Abend das Tagesgericht war, und das zu Recht. Zu meiner Überraschung füllte sich das Lokal bereits in der ersten halben Stunde. Crystal und Butterfly sahen, was geschah, und kamen herüber. Ich sagte Patsy, dass Crystal die Kasse bedienen könnte, wenn sie wollte. Sie war damit einverstanden. Butterfly sprang beim Bedienen ein, und rasch hatten wir alles unter Kontrolle.

Raven stellte jedoch bald fest, dass viele Männer ihr Aufmerksamkeit schenkten. Also blieb sie an den Tischen stehen, flirtete und redete mit ihnen. Taylor Cummings, der ihr am Vormittag bereits aufgefallen war und sie um ein Rendezvous gebeten hatte, tauchte wieder auf. Als ich ihn jetzt genauer unter die Lupe nahm, stellte ich fest, dass er ein gut aussehender Mann Mitte Zwanzig war, der langes rötlich blondes Haar und spitzbübische blaue Augen hatte. Ich musste zugeben, dass sein Lächeln Eis zum Schmelzen brachte.

Patsy trat neben mich und flüsterte mir zu: »Man nennt ihn den Lovedozer, weil er schon so viele junge Herzen gebrochen hat. Sag Raven, dass sie ganz vorsichtig sein soll«, warnte sie.

Ich konnte mir nichts Fruchtloseres vorstellen, als Raven Ratschläge zu erteilen, wenn es um Liebe und Romantik ging. Jedes Mal, wenn ich an ihr vorbeiging, machte ich eine Bemerkung darüber, wie viel zu tun war und wie sehr wir Hilfe benötigten.

»Komme sofort«, sagte sie jedes Mal, aber es war, als hätte Taylor Cummings sie in seinen Bann gezogen. Selbst wenn sie seinen Tisch verließ, wurde sie ständig wieder dorthin zurückgezogen.

»Er kommt in einer Stunde wieder zurück, um mich abzuholen«, erzählte sie mir, als er schließlich die Rechnung bezahlt und das Restaurant verlassen hatte. »Wir gehen tanzen«, verkündete sie.

»Du kennst ihn doch gar nicht. Wie kannst du dich mit einem völlig Fremden verabreden?« Ich wandte mich Hilfe suchend an Crystal, aber die schüttelte bloß den Kopf. »Raven?«

»Ich komme schon klar«, versicherte sie mir. »Ich bin schon früher mit Fremden ausgegangen, Brooke.«

»Aber jetzt sind wir unterwegs, Raven. Wir sind ... hilflos.«

»Vielleicht bist du hilflos«, sagte sie mit einem kalten, arroganten Lächeln, »aber was Männer anbelangt, bin ich nicht hilflos, niemals.«

Ich konnte nichts mehr tun. Also verdrängte ich die Sache.

Am Ende des Abends erntete Patsy haufenweise Komplimente darüber, wie glatt alles gelaufen war. Als sie die Quittungen durchschaute, stellte sie fest, dass sie an jenem Abend viel mehr eingenommen hatte als seit langem, weil sie mehr Tische bedienen konnte.

»Ihr Mädchen seid ein Segen des Himmels!«, verkündete sie.

Als der letzte Gast gegangen war und wir allein zurückgeblieben waren, saßen wir alle an einem Tisch, ruhten uns aus und aßen von Charlies Apfelkuchen. Patsy entschuldigte sich für Dannys Benehmen am frühen Abend.

»Bei ihm bin ich wirklich mit meiner Weisheit am Ende. Ich weiß, dass er auf dem besten Wege ist, in große Schwierigkeiten zu geraten.«

»Danny leidet unter mangelndem Selbstwertgefühl«, hob Crystal an. Patsy blickte auf zu ihr, und ich dachte nur, geht das schon wieder los. »Ich weiß nicht, wie sein Verhältnis zu seinem Vater war, aber Sie haben uns erzählt, dass er nach dem Tod Ihres Mannes zu einem Problemfall wurde. Wahrscheinlich fühlt er sich unzulänglich, außer Stande, die Stelle Ihres Mannes zu vertreten und auch nur annähernd der Mann zu sein, der sein Vater war. Statt sich mit seinen Ängsten auseinander zu setzen, gab er auf und entwickelte sich in die entgegengesetzte Richtung. Er gab seinen Schwächen nach, um mit ihnen fertig zu werden«, dozierte Crystal.

»Das ist ein klassischer psychologischer Abwehrmechanismus, besonders bei Jugendlichen.«

Patsy starrte sie mit offenem Mund an.

»Woher weißt du so viel?«, fragte sie.

»Crystal ist ein Genie«, verkündete Butterfly voller Stolz.

»Sie war die Beste in ihrer Klasse und hätte wahrscheinlich auch die Abschiedsrede gehalten«, fügte Raven hinzu.

»Was meinst du damit, hätte wahrscheinlich gehalten?«, hakte Patsy rasch nach. Wenn sie nicht mitbekam, wie wir die Augen verdrehten, musste sie blind sein.

»Sie meint: wird wahrscheinlich halten«, korrigierte Crystal sie. »Nicht wahr, Raven?«

»O ja«, bestätigte Raven und lachte nervös. »Ständig mache ich Grammatikfehler. Wenn Crystal mir nicht helfen würde, bekäme ich in Englisch jedes Jahr eine Fünf.«

Patsy musterte uns vier jedoch mit einem gewissen Misstrauen.

»Habt ihr zu Hause angerufen und Bescheid gesagt, wo ihr euch eine Weile aufhaltet?«

»Ja«, antwortete Crystal als Sprecherin für uns alle. »Wir haben ihnen jedoch nicht direkt gesagt, dass wir ausgeraubt worden sind«, fügte sie hinzu. Dass Crystal anscheinend einen kleinen Betrug zugab, beschwichtigte Patsys Zweifel weitgehend. Sie lächelte verständnisvoll.

»Also, ich erwarte, dass ihr euer Geld hier ziemlich schnell wieder zurückhabt. Wie viel Trinkgeld habt ihr denn bekommen?«

»Einundvierzig Dollar«, sagte ich.

»Dreiunddreißig Dollar«, gab Raven zu. Offenbar wunderte sie sich, dass ich mehr bekommen hatte.

»Du musst einfach weniger reden und mehr arbeiten«, scherzte ich. Raven lächelte einfältig.

»Also, das ist doch nicht schlecht, und zusammen mit dem Lohn, den ich euch beiden zahlen werde«, sagte sie zu

Crystal und Butterfly, »müsst ihr nicht allzu lange warten, bis ihr wieder unterwegs seid. Ich weiß jetzt schon, dass ich euch vermissen werde. Deshalb sollte ich vielleicht darauf hoffen, dass das Geschäft nicht so gut läuft.«

Wir lachten mit ihr, aber tief im Inneren fanden wir das nicht komisch. Wenn sie wüsste, wie sehr wir uns danach sehnten, gebraucht zu werden, so wie hier, würde sie verstehen, warum wir das nicht als Scherz empfanden.

Plötzlich hörten wir draußen eine Hupe. Raven sprang auf.

»Das muss Taylor sein!«, rief sie und riss auf dem Weg zur Tür ihre Schürze herunter. »Er ist es! Ihr macht euch doch keine Sorgen, wenn ich gehe, oder? Ich komme schon klar. Echt.« Sie war so glücklich, dass keine von uns diese Seifenblase zum Platzen bringen wollte.

Als ich jedoch die tiefe Besorgnis auf Patsys Gesicht sah, wusste ich, dass ich Raven warnen musste, selbst wenn sie dann wütend auf mich war. Ich rannte nach draußen und rief sie, bevor sie Taylors Laster erreichte.

»Was ist los?«, fragte sie.

»Du solltest besonders vorsichtig sein, Raven. Patsy sagt, er sei ein Herzensbrecher.«

Enttäuschung verdüsterte ihre Züge. »Nein, das kann ich nicht glauben. Er ist so nett, viel netter als alle anderen Jungen, mit denen ich ein Rendezvous hatte.«

»Aber er ist kein Junge, er ist ein Mann, Raven, und Patsy würde uns doch nicht anlügen.«

Sie dachte einen Augenblick nach. »Du hast Recht, das würde sie nicht. Aber ich muss die Gelegenheit haben, es selbst herauszufinden. Warum fällt es jedem so schwer zu glauben, dass sich jemand für *mich* und nicht nur für mein Äußeres interessieren könnte?« Ihr versagte die Stimme, sie drehte sich um und rannte das letzte Stück zum Lastwagen.

Spät in der Nacht kehrte Raven zu unserem Häuschen zurück, wo wir alle noch auf waren und besorgt auf sie warteten. Erleichtert atmeten wir auf, sobald wir das kleine Lächeln auf Ravens Gesicht sahen, als sie zur Tür hereinkam.

»Na, wieso seid ihr denn noch auf? Ich dachte, die Sperrstunde hätten wir mit *Lakewood House* hinter uns gelassen«, scherzte sie.

»Wir wollten uns nur vergewissern, dass es dir auch gut geht, dass Taylor kein Dreckskerl ist oder so«, sagte Crystal in unser aller Namen.

»Also, ihr könnt jetzt alle beruhigt schlafen gehen, Taylor war der perfekte Gentleman, wie ich mir gedacht hatte. Er mag mich. Wirklich. Und ich mag ihn auch.« Leise summend verschwand Raven im Badezimmer und machte sich fertig für die Nacht.

Crystal, Butterfly und ich schauten uns an und zuckten die Achseln. Wie sich herausstellen sollte, war Taylor Cummings nicht das Problem. Noch nicht.

Früh am nächsten Morgen, noch bevor die Sonne unsere improvisierten Vorhänge beleuchtete, hörte ich Butterfly stöhnen. Crystal schlief tief und fest und hatte offensichtlich nichts gehört. Ich wusste, dass neben Ravens Kopf ein Feuerwehrwagen vorbeidonnern konnte, ohne dass sie mit der Wimper zuckte, zumal sie so spät ins Bett gegangen war. Ich lauschte und hörte, dass sich das Stöhnen wiederholte, nur tiefer und länger. Ich stand auf und ging zum Bett hinüber.

»Butterfly?«

Sie hustete.

»Meine Augen tun mir weh«, sagte sie.

Crystal rührte sich. Ich knipste die Lampe an. Sobald sich meine Augen an das Licht gewöhnt hatten, schnappte ich nach Luft.

»Crystal!«

»Was ist?« Rasch setzte sie sich auf und schaute auf Butterfly. Ihr lief die Nase, das Gesicht war schmerzverzerrt, die Wangen von roten Flecken übersät. Crystal legte die Hand auf Butterflys Stirn. »Sie ist glühend heiß«, informierte sie mich.

»Was … was ist denn los?«, rief Raven. »Es ist doch noch nicht Zeit zum Aufstehen. Das kann doch nicht sein.«

»Butterfly ist krank«, rief ich und wandte mich an Crystal. »Was ist denn los mit ihr?«

Butterfly hustete und schniefte erneut. Ohne eine Antwort ging Crystal ins Badezimmer und kam mit einem feuchten Waschlappen zurück, den sie auf Butterflys Stirn legte.

»Wo tut es weh, Butterfly?«, fragte sie ruhig.

Raven, die endlich merkte, was um sie herum passierte, erschien in der Tür.

»Was ist es? Was ist los mit ihr?«

»Meine Augen tun weh«, sagte Butterfly. »Hier«, zeigte sie, wo es sie schmerzte.

Crystal öffnete Butterflys Nachthemd und betrachtete Brust und Bauch.

»Weißt du, was sie hat?«, fragte ich.

»Ich glaube schon«, antwortete Crystal.

»Was denn?«, wollte Raven ungeduldig wissen.

Crystal schaute uns an. »Ich glaube, sie hat die Masern.«

»Die Masern! O nein«, rief Raven. Dann trat Angst in ihre Augen. »Bekommen wir die jetzt alle?«

»Ich nicht. Ich hatte sie schon.«

»Ich auch«, sagte ich. »Und du, Raven?«

»Ich bin mir nicht sicher. Ich kann mich nicht erinnern, ob es Masern oder Windpocken waren«, sagte sie voller Panik.

»Wenn du sie bekommst, bekommst du sie«, stellte Crystal mit stoischem Gleichmut fest.

»Aber ist das keine Kinderkrankheit?«

»Nein«, antwortete Crystal. »Auch Erwachsene können

Masern bekommen, wenn sie sie als Kinder noch nicht gehabt haben.«

Butterfly stöhnte wieder.

»Mir ist nicht gut«, rief sie.

»Was sollen wir tun?«, fragte ich.

»Wir können nicht viel tun. Es ihr bequem machen, ihr Paracetamol besorgen …«

»Was ist das denn?«, fragte Raven.

»Benuron.«

»Und warum sagst du nicht einfach, was es ist?«, sagte sie.

»Das ist es«, erwiderte Crystal kühl.

»Hört auf, euch deswegen zu streiten. Wir haben keine, oder?«, fragte ich.

»Patsy vielleicht«, meinte Crystal. »In etwa einer Stunde steht sie auf.«

»Meinst du, wir müssen dann abreisen?«, fragte Raven. »Müssen wir es ihr erzählen?«

»Ich glaube nicht, dass sie das tun würde«, sagte ich. »Was meinst du, Crystal?«

Sie dachte nach, während Butterfly hustete, schniefte und stöhnte.

»Vielleicht verlangt sie, dass wir sie zum Arzt bringen, und das könnte ein Problem werden«, gab Crystal zu bedenken. »Vielleicht hat Raven Recht. Vielleicht sollten wir Patsy im Augenblick nichts sagen, Brooke. Wir sagen einfach, sie hätte Kopfschmerzen und eine leichte Erkältung. Wenn sie hier hereinkommt und Butterfly sieht, erkennt sie wahrscheinlich, dass es die Masern sind.«

Ich nickte.

»Da sie selbst ein Kind hat, hat sie das vermutlich alles schon mitgemacht«, sagte ich. »Aber glaubst du, es könnte auch etwas anderes sein, Crystal?«, fragte ich. »Etwas Ernsteres?«

»Wir müssen sie beobachten und abwarten. Wenn das der

Fall sein sollte … war's das«, fügte sie hinzu. »Sobald wir sie ins Krankenhaus oder zu einem Arzt bringen, brauchen wir Eltern oder einen Vormund.«

»O nein«, Raven sprach uns allen aus dem Herzen.

»Wir brauchen ein Thermometer, damit wir ihre Temperatur beobachten können«, fuhr Crystal fort.

»Ich kann mich doch anziehen und eine Apotheke suchen«, schlug ich vor.

»Dazu ist es noch zu früh, aber manchmal verkaufen Tankstellen, die auch Lebensmittel führen, einige Medikamente«, meinte Crystal.

»Ich sehe mich mal um«, beschloss ich, froh etwas für Butterfly tun zu können.

Nachdem ich mir das Gesicht gewaschen und mich angezogen hatte, ging ich und suchte nach einem geöffneten Geschäft. Die Sonne stieg jetzt empor. Es war die schönste Zeit des Tages. Ich stellte mir vor, die Erde öffnete selbst die Augen, begrüßte den warmen Kuss des Lichtes, das die Dunkelheit vertrieb, und saugte die Strahlen in sich auf. Das kleine Dorf in der Nähe wachte gerade auf. In den Straßen streunten nur ein paar Hunde auf der Suche nach einem Frühstück umher. Auf der anderen Seite des Ortes befand sich jedoch eine Selbstbedienungstankstelle. Dort gab es einige Automaten mit Aspirin, Benuron und einem Mittel gegen übersäuerten Magen.

Gute alte Crystal. Sie hatte daran gedacht. Sie war eine wirklich clevere Person, und es verlieh mir das Gefühl von Sicherheit, jemanden mit ihrem Grips in unserer kleinen Familie zu haben. Ich hatte Vertrauen in ihre Diagnose. Mehr als alles auf der Welt wollte sie Ärztin werden, daher verbrachte sie den größten Teil ihrer Freizeit mit dem Studium medizinischer Fachliteratur, als sei sie bereits auf der Universität. Ihr Wissenshunger war unersättlich.

Als ich zurückkam, hatten Patsy und Charlie mit der Arbeit im Restaurant begonnen. Crystal hatte Raven dazu bewegt, als Erste hinüberzugehen, damit Patsy nicht merkte, dass etwas nicht stimmte. Crystal ahnte mögliche Schwierigkeiten immer im Voraus. Die Katastrophe mit Sunshine war das beste Beispiel dafür. Ich würde ihre Warnungen nicht noch einmal ignorieren.

Ich brachte das Benuron hinein, und sie gab Butterfly zwei Tabletten.

»Sie wird sicher keinen Hunger haben, aber wir werden ihr im Laufe des Vormittags immer wieder Saft oder etwas anderes zu trinken bringen«, sagte sie. »Jetzt gehen wir ins Restaurant. Du gehst vor, und ich komme nach. Ich will es Butterfly so angenehm wie möglich machen, bevor ich gehe. Ich will sie waschen und mal sehen, ob ich ihr Fieber ein wenig gesenkt kriege.«

»In Ordnung, Doktor«, sagte ich. Crystal lächelte und schaute dann sehr ernst drein.

»Das könnte es gewesen sein, Brooke.«

»Ich weiß, aber Butterflys Gesundheit ist jetzt am wichtigsten.«

Patsy war natürlich neugierig, was mit Butterfly los war, aber als Crystal kam, hörte sich das Ganze nicht besonders dramatisch an.

»Sie ist schon seit Tagen erkältet. Ich habe ihr gesagt, Bettruhe, viel Flüssigkeit und etwas heißer Haferbrei bringen sie schon wieder auf den Damm«, meinte Crystal. Sie hörte sich an, als hätte sie ihr Examen schon hinter sich.

Patsy nickte und schaute von ihr zu mir und Raven. »Ich finde es schön, wie ihr Mädchen euch umeinander kümmert. Beinahe als seid ihr schon seit vielen Jahren zusammen«, stellte sie fest. »Ihr verhaltet euch mehr wie Schwestern als wie Freundinnen.«

Als sie das sagte, hätte ich uns beinahe verraten. Schnell senkte ich den Blick.

Crystal wollte sie nicht um ein Thermometer bitten. Sie hatte Angst, dadurch Patsys Besorgnis zu wecken. Sobald der Frühstücksansturm vorüber war, fuhr ich deshalb noch einmal in die Stadt, hielt an einer Apotheke und kaufte eines.

Als wir die Temperatur maßen, stellten wir fest, dass Butterfly 38,3° C Fieber hatte. Am späten Nachmittag stieg es auf 38,8° C.

»Und das mit Benuron«, erinnerte Crystal uns. »Es geht ihr wirklich schlecht.«

Crystal und ich wuschen Butterfly weiter. Raven hatte Angst, zu nahe an sie heranzukommen, und zitterte bei dem Gedanken, bald Butterflys Beispiel zu folgen. Sie zermarterte sich das Hirn, um sich zu erinnern, ob sie Masern gehabt hatte, aber es fiel ihr einfach nicht ein.

»Du solltest dich auf jeden Fall von ihr fern halten, Raven«, warnte Crystal sie. »Wir können es uns nicht leisten, dass ihr beide krank seid.«

Plötzlich klopfte es an der Tür. Alle erstarrten.

»Es ist Patsy!«, stellte ich fest, nachdem ich durch die improvisierten Vorhänge gespäht hatte.

Crystal wies Butterfly an, sich auf die Seite zu drehen und so zu tun, als schliefe sie fest. Dann öffnete sie die Tür.

»Wie geht es ihr?«, erkundigte Patsy sich.

»Sie schläft tief und fest«, sagte Crystal.

»Die arme Kleine. Sagt mir Bescheid, wenn ihr irgendetwas braucht. Wenn ihr mit ihr zum Arzt gehen wollt, rufe ich meinen Arzt an und mache einen Termin. Er ist sehr nett und ...«

»Oh, ich denke, es geht ihr schon besser«, wehrte Crystal ab.

»Hat sie Fieber?«

»Nein«, antwortete sie schnell.

Zu schnell, fand ich. In Patsys Augen flackerte wieder ein

Funke Misstrauen auf, als sie von Raven zu mir und dann wieder zurück zu Crystal schaute.

»Woher wisst ihr das?«

»Wir haben ein Thermometer«, erklärte Crystal. »Als wir losgefahren sind, haben wir einen Verbandskasten mitgenommen«, fügte sie hinzu.

»Brooke hat also nicht gerade eines gekauft?«, fragte sie lächelnd. »Ich habe gehört, wie du weggefahren bist«, sagte sie zu mir.

»Nein, ich habe sie losgeschickt, um Benuron zu besorgen«, erwiderte Crystal.

»Ich habe doch welches. Du hättest fragen sollen. Wir haben sogar welches im Lokal unter dem Tresen.« Sie stand noch einen Augenblick da. Ich dachte schon, sie wollte sich Butterfly einmal genauer anschauen, aber sie sagte nur: »In Ordnung, Mädchen. Ruht euch aus. Heute Abend ist ein großer Abend. Ruft mich, wenn ihr mich braucht«, fügte sie hinzu.

Ich schenkte ihr ein Lächeln, und Crystal dankte ihr. Wir sahen zu, wie sie zum Wohnwagen ging. Dann schloss Crystal leise die Tür.

»Ich hasse es zu lügen«, sagte sie. »Eine eigene Vergangenheit zu erfinden macht Spaß, es ist wie eine Geschichte zu erzählen, aber manchmal hasse ich es, so unaufrichtig zu sein.«

»Das musstest du doch, Crystal«, tröstete ich sie.

»Ich hoffe nur, dass sie nicht misstrauisch wird«, meinte Raven kopfschüttelnd.

»Es tut mir leid, dass ich krank bin«, schluchzte Butterfly. Wir kehrten alle an ihr Bett zurück.

»Sei doch nicht albern, Butterfly. Du kannst doch nichts dafür«, meinte Crystal.

»Ich werde sie auch bekommen. Ich weiß, dass ich sie auch kriegen werde«, prophezeite Raven. »Was machen wir denn, wenn ich nicht arbeiten kann? Dann brauchen wir ewig, bis wir unser Geld zurückhaben!«

»Wir sollten uns keine Gedanken über ungelegte Eier machen«, riet Crystal. »Wir haben schon genug Probleme, ohne uns noch welche auszudenken.«

An dem Abend war sehr viel los, und wir hätten Butterflys Hilfe gut gebrauchen können. Ungefähr eine Stunde, nachdem der Ansturm eingesetzt hatte, kam Danny hereingeschneit. Er begann an einigen Tischen zu bedienen, aber als zwei seiner Freunde auftauchten, verschwand er nach hinten. Raven sagte, ihrer Meinung nach würden sie Haschisch rauchen. Sie war für Charlie in die Vorratskammer gegangen und hatte sie durch die halbgeöffnete Hintertür beobachtet.

»Erzähl Patsy nichts davon«, sagte ich. »Nicht jetzt.«

Immer wenn das Geschäft ein wenig abflaute, schaute Crystal nach Butterfly. Beim zweiten Mal kam sie wieder und erzählte mir, dass ihr Fieber auf 39,4° C gestiegen war.

»Wenn es nicht in etwa einer Stunde zurückgeht, Brooke, müssen wir sie, glaube ich, ins Krankenhaus bringen. Ich habe Angst, ich könnte mich geirrt haben. Vielleicht ist es eine allergische Reaktion auf etwas, das sie gegessen hat.«

Raven und ich warfen einander Blicke zu. Das Unheil hing drohend über uns. Die Zeiger der Uhr brachten uns ihm Minute für Minute näher. Nur wenn man hart arbeitete, musste man nicht daran denken. Endlich ließ das Geschäft nach und die letzten Gäste dachten ans Nachhausegehen. Da tauchte Danny wieder auf.

»Wo warst du? Du hast doch gesehen, wie viel wir zu tun hatten. Warum hast du das Restaurant verlassen?«, rief Patsy hinter ihm her.

»Ich hasse das Restaurant«, schrie er sie an.

Ihre Schultern sanken herab, als sie den Kopf hoch erhob, um die Tränen zurückzuhalten. Niemand sagte ein Wort. Wir machten uns alle wieder an die Arbeit und halfen Charlie beim Aufräumen. Bevor wir fertig waren, tauchte Taylor auf, um Raven abzuholen. Er hatte sie zum zweiten Mal hintereinander eingeladen.

»Vielleicht solltest du heute nicht mit ihm ausgehen, Raven«, sagte ich. Sie nahm einen gequälten Gesichtsausdruck an.

»Brooke, ich kann auf mich selbst aufpassen. Außerdem«, ihre Augen hatten wieder diesen verträumten Ausdruck, »war noch nie jemand so nett zu mir wie Taylor. Er mag mich wirklich, das weiß ich ganz genau.«

»Sicher hast du Recht, Raven. Wir wollen nur nicht erleben, dass dir wehgetan wird.« Ihr Gesicht verriet mir, dass sie kein Wort von dem gehört hatte, was ich gesagt hatte.

Crystal versuchte den Schleier zu durchbrechen, in den die Liebe sie gehüllt hatte. »Komm schon, Raven. Warum bleibst du heute nicht hier? Butterfly könnte etwas Aufmunterung gebrauchen.«

»Würdet ihr bitte aufhören, euch Sorgen zu machen. Mir geht es gut. Außerdem hast du selbst gesagt, Crystal, ich sollte nicht in Butterflys Nähe kommen, falls ich die Masern noch nicht gehabt habe.« Und mit diesen Worten schnappte sie sich ihren Pullover hinter dem Tresen und ging zu Taylors Tisch.

Geschlagen zuckten Crystal und ich nur die Achseln und wünschten den Turteltäubchen viel Vergnügen, während wir uns auf den Weg zu unserem Häuschen machten.

Als ich am nächsten Morgen aufwachte, saß Crystal an unserem winzigen Küchentisch und zählte die Trinkgelder. Benommen machte ich mich auf den Weg zu ihr und fragte, wo alle waren. »Raven hilft Butterfly, sich zu waschen. Ihre Verabredung gestern Abend muss sehr schön gewesen sein. Sie lächelt dauernd.« Crystals Ton war argwöhnisch, und so, wie sie missbilligend den Kopf schüttelte, wusste ich, dass sie Taylors Absichten genauso misstraute wie ich.

»Glaubst du, Patsy könnte in Bezug auf Taylor Unrecht haben?«, fragte ich. »Raven würde sich doch nicht in einen Blödmann verlieben.«

Bevor Crystal antworten konnte, flog die Badezimmertür auf, und Butterfly und Raven erschienen. Butterfly war immer noch erhitzt, aber zumindest kicherte sie, ein Zeichen, dass sie auf dem Wege der Besserung war. Raven hingegen schaute uns misstrauisch an.

»Worüber tuschelt ihr beide denn so leise?«, fragte sie.

Crystal, die schnelle Denkerin, hatte wie immer eine passende Antwort parat. »Wir haben gerade überlegt, dass wir in ein bis zwei Wochen genug Geld haben müssten, um uns wieder auf den Weg zu machen.«

Raven wurde blass. Da wussten wir, sie dachte an Taylor. »Ich wünschte, wir müssten nicht weg … zumindest nicht so bald.«

»Dieser Typ hat es dir wirklich angetan, was, Raven?« Ich wollte verstehen, was in den letzten Tagen in Raven gefahren war. Ich war noch nie verliebt gewesen und konnte mir nicht vorstellen, wie man sich dann fühlte.

»Ich weiß, dass ihr euch Sorgen macht«, meinte Raven, »aber Taylor ist wirklich etwas Besonderes. Und zwischen Taylor und mir, da besteht etwas beinahe Magisches. Ich habe immer davon geträumt, den perfekten Jungen kennen zu lernen, und ich glaube, das ist passiert.«

Schließlich sprach Butterfly. »Ich hoffe, mein Herz führt mich eines Tages auch zu meinem Märchenprinzen.« Ein heftiger Hustenanfall packte sie, und Crystal geleitete sie ins Bett zurück.

Bis jetzt hatte Patsy unsere Entschuldigungen, warum Butterfly im Bett blieb, akzeptiert, aber am nächsten Morgen wurde sie ein bisschen misstrauisch. Gott sei Dank war das Fieber während der Nacht ganz zurückgegangen und Butterfly fühlte sich wohl genug, um uns mittags wieder zu helfen.

Gerade als wir uns wieder in Sicherheit wähnten, machte Patsy eine Ankündigung, die uns das Blut in den Adern erstarren ließ.

»Morgen ist Zahltag«, verkündete sie munter. »Ich brauche von euch allen die Sozialversicherungsnummer und die Adresse.«

Wir schauten Crystal an.

»Kannst du uns nicht bar auf die Hand bezahlen, Patsy? Wir sind auch mit weniger Geld zufrieden«, schlug Crystal vor.

Patsy schüttelte bedächtig den Kopf, und ein seltsamer Ausdruck legte sich über ihr Gesicht. »Ihr Mädchen solltet doch mittlerweile wissen, dass ich meine Geschäfte nicht so führe. Ich mache keine krummen Touren.« Sie ließ ihren Blick von einer zur anderen gleiten. Ich hatte das Gefühl, als wartete sie darauf, dass eine von uns sich eine Blöße gab.

Ich konnte das Schweigen nicht länger ertragen und sagte schließlich: »Dann müssen wir unsere Sachen wohl nach unseren Sozialversicherungsausweisen durchwühlen. Ist es in Ordnung, wenn wir sie Ihnen morgen geben?« Crystal starrte mich an, während Raven und Butterfly verblüfft guckten.

An jenem Abend ließ Patsy uns ohne weitere Fragen gehen, aber sobald wir in unserem Häuschen waren, fiel Crystal über mich her.

»Was hast du dir dabei eigentlich gedacht, Brooke? Woher sollten wir denn solche Ausweise nehmen und nicht stehlen?« Sie war fuchsteufelswild.

»Ich kann nichts dafür. Patsy starrte uns mit ihren großen Augen an, und da dachte ich, wir müssen uns etwas ausdenken!« Ich wusste, dass ich uns in ziemliche Schwierigkeiten gebracht hatte, aber meiner Meinung nach steckten wir sowieso schon bis zum Halse drin.

»Also, wir können ihr ja erzählen, unsere Sozialversicherungsausweise seien gestohlen worden … und Adressen müssen wir erfinden«, lenkte Crystal ein.

Schließlich gab Raven zu bedenken: »Und wenn Patsy unsere Adressen kontrolliert und feststellt, dass sie falsch sind?«

»Das wird sie nicht«, antwortete ich mit möglichst zuversichtlicher Stimme.

Wieder hatte ich das Gefühl, dass das Gewebe aus Lügen sich immer dichter um uns spann, uns gefangen hielt und wir nie wieder daraus fliehen könnten.

9

Erwischt

An jenem Abend tüftelte Crystal aus, wie unsere Heimatadressen lauten sollten. Sie hatte ihren Sozialversicherungsausweis dabei und beschloss, ihn Patsy zu geben und ihr zu erklären, wie unsere gestohlen worden waren.

»Ich glaube, damit kommen wir durch, aber ich weiß nicht, wie lange wir unter diesen Voraussetzungen noch hier bleiben sollten«, meinte sie.

»Lügen sind wie Blasen. Früher oder später platzen sie.«

»Wir bleiben doch wenigstens, bis wir genug Geld haben, oder?«, fragte Raven. Sie lief am Fenster des Ferienhäuschens auf und ab. Taylor war nicht, wie sonst nach dem Abendessen, aufgetaucht, und Raven begann unruhig zu werden.

»Ich kann dir nichts versprechen, Raven«, meinte Crystal in ihrem üblichen sachlichen Ton.

»Versprechen? Warum glauben plötzlich alle, man müsste mir etwas versprechen?«, rief Raven. Sie ging hinaus und knallte die Tür hinter sich zu.

»Warum ist Raven so verärgert?«, fragte Butterfly.

»Ich glaube, sie und Taylor haben sich gestritten. Zumindest ist er heute Abend noch nicht hier aufgetaucht«, sagte ich.

Crystal erarbeitete gerade einen neuen Haushaltsplan auf der Grundlage des bereits verdienten Geldes und des Geldes, das wir noch zu erwarten hatten. Butterfly wollte zu Raven hinausgehen, aber Crystal sagte ihr, es sei besser, Raven jetzt allein zu lassen.

»Du kannst mir stattdessen helfen«, meinte sie und breitete die Karte auf dem kleinen Tisch vor ihnen aus. »Wir wollen einmal sehen, wohin wir als Nächstes fahren und was wir auf dem Weg sehen können.«

Ich ging mich duschen. Als wir in das Häuschen eingezogen waren, floss das Wasser in einem braunen Strahl heraus. Es dauerte eine ganze Weile, bis es einigermaßen klar war. Jetzt war das Wasser sauber, hatte aber nicht viel Druck. Zu duschen war daher eher eine Qual als ein Vergnügen. Zum einen war der Duschkopf nicht hoch genug, sodass alle außer Butterfly sich bücken mussten. Außerdem war nicht viel Platz, um sich zu bewegen, und es bedurfte der Fähigkeiten eines Labortechnikers, die Temperatur richtig einzustellen – aber wir schafften es.

Ich ging ins Badezimmer und zog mich aus. Nackt drehte ich an den Hähnen, damit das Wasser nicht zu heiß war, aber dennoch warm genug, um es zu genießen. Während ich damit beschäftigt war, bemerkte ich auf einmal in der Ecke des Fensterchens über der Badewanne eine Bewegung und erstarrte. Ich wartete, und da sah ich es wieder. Es war ein Kopf.

Ich schrie nicht. Ruhig, als sei ich immer noch an meiner Dusche interessiert, wich ich zurück, bis ich außer Sichtweite war, und schlüpfte, so schnell ich konnte, in Hemd und Höschen. Dann kauerte ich nieder, hielt mich dabei außerhalb des Sichtfeldes des Fensters, öffnete die Tür und kroch hinaus.

Crystal drehte sich um. Verwirrung spiegelte sich auf ihrem Gesicht, als sie mich auf allen vieren sah.

»Was machst du da?«

Ich legte den Finger auf die Lippen. Sie und Butterfly erstarrten vor Furcht und Neugierde. Dann stand ich auf, rannte zur Tür hinaus um das Haus herum und fand dort Danny und seine beiden Freunde vor, die neben dem Fenster hockten. Sie hatten mich nicht gehört und wandten mir den Rücken zu.

»Macht's Spaß?«, fragte ich, und sie wirbelten herum. »So verschafft ihr euch wohl euren Nervenkitzel. Mehr ist nicht drin, was?«

Seine beiden Freunde lachten nervös, aber Danny wirkte weder verlegen noch schuldbewusst. Er schlenderte auf mich zu.

»Wir wollten mal sehen, ob du männlich oder weiblich bist«, scherzte er.

»Woran erkennst du denn den Unterschied?«, konterte ich. Seine Freunde lachten, und im schwachen Licht des Badezimmerfensters konnte ich erkennen, dass er knallrot wurde.

Raven, die auf dem Parkplatz gewartet hatte, kam um das Gebäude herumgerannt. Crystal und Butterfly folgten ihr.

»Normalerweise kann ich das«, sagte er. »Aber du bist eine Ausnahme. Vielleicht finden wir es ja jetzt heraus«, fügte er hinzu und warf seinen Kumpels einen Blick zu, die daraufhin mit lüsternem Lächeln näherrückten. Er packte mein Handgelenk und zog mich zu sich. »Wie wär's, wenn du uns einmal zeigst, was du darunter versteckst?«

Im neunten Schuljahr hatte ich mal einen handfesten Streit mit einem Jungen. Er hieß Eddie Goodwin und hänselte mich immer, weil ich mich für die Jungen-Basketballmannschaft der Schule beworben hatte und fast genommen worden wäre. Die Mädchen hatten eine eigene Mannschaft, aber der Trainer, der wohl seine lustlosen Spieler aufrütteln wollte, ließ mich zu einem Test kommen. Eddie kündigte jeden seiner Spielzüge vorher durch Zeichen an, daher konnte ich ihm zweimal den Ball wegnehmen. Seine Freunde zogen ihn deshalb gewaltig auf. Danach kam er auf dem Flur hinter mir her. Mir wurde klar, dass er mich nicht nur beschimpfen und lächerlich machen wollte. Er hatte noch mehr vor, vielleicht wollte er mich sogar schlagen. Aber dazu ließ ich ihm keine Chance. Als er nahe genug war, rammte ich ihm das Knie zwischen die Beine, und er stürzte, sich vor Schmerzen krümmend, zu Boden.

Später musste ich in das Büro des Schulleiters kommen. Weil ich ihn als Erste körperlich angegriffen hatte, bekam ich den meisten Ärger. Ich wurde für zwei Tage von der Schule suspendiert. Dass ich mich bedroht gefühlt hatte, spielte keine Rolle. Auch im Waisenhaus wurde ich bestraft. Das fand ich sehr unfair, aber unfair behandelt zu werden war nicht sehr ungewöhnlich für mich. Natürlich war es meinem Ruf nicht förderlich, dass ich einen Jungen zusammengeschlagen hatte. Es verstärkte nur das Image, das meine Mitschüler und sogar meine Lehrer von mir hatten.

Aber ich war es leid, deswegen gedemütigt zu werden, leid, schief angesehen zu werden, weil ich nicht in das übliche Klischee passte, wie ein Mädchen zu sein hatte. Dann könnten wir ja gleich Roboter sein oder in Genlabors geklont werden. Ich klammerte mich an mein Selbstbild und meine Selbstachtung, ganz gleich, was es kostete, selbst wenn das bedeutete, dass sich niemals ein netter Junge für mich interessieren würde.

Dannys Finger quetschten sich um mein Handgelenk. Es schmerzte. Ich spürte, wie die Haut brannte, als er meinen Arm verdrehte. Als er mit der anderen Hand meine Bluse öffnen wollte, drehte ich mich flink und stieß mein rechtes Knie in seinen Unterleib. Sein schmerzverzerrtes Gesicht verriet, dass er völlig überrascht war. Er ließ mich los, krümmte sich zusammen, fiel zu Boden, schrie und fluchte.

Seine beiden Freunde starrten auf ihn nieder und sahen, dass er sich wand wie eine Schlange, die gerade überfahren worden war. Dann schauten sie mich wutentbrannt an.

»Schnappt sie euch«, befahl Danny keuchend.

Sie kamen auf mich zu. Aus dem Augenwinkel sah ich

eine kaputte Kiste und packte mir eine Latte, aus der noch die Nägel herausragten. Sie hielten inne, als ich sie wie einen Knüppel hochhielt.

»Ich werde sie benutzen«, drohte ich mit zitternder Stimme.

Raven kam hinter mich.

»Was ist passiert?«, fragte sie und schaute auf Danny nieder, der schnaufend auf allen vieren hockte.

»Er hat versucht, mir mein Hemd auszuziehen«, erklärte ich. »Ich sah sie am Badezimmerfenster, als ich mich duschen wollte. Er und seine idiotischen Freunde sind Spanner, die sich so den Kick des Jahres holen.«

Dannys Freunde halfen ihm auf die Beine.

»Du Dreckstück«, schimpfte er. »Das wird dir noch Leid tun.«

»Häng dich doch auf«, fauchte ich ihn an.

»Jetzt ist es passiert«, meinte Raven. »Was wird Patsy wohl tun?«

»Mir wahrscheinlich einen Orden verleihen«, erwiderte ich.

»Ist mit dir alles in Ordnung?«, fragte Crystal.

»Ja. Lasst uns wieder hineingehen. Ich bezweifle, dass er Patsy etwas sagen wird«, meinte ich. »Er müsste dann erklären, warum er hinter dem Ferienhäuschen an unserem Fenster war.«

Wir sahen, dass die drei zu einem Auto auf dem Parkplatz gingen. Sie zündeten sich Zigaretten an und starrten in unsere Richtung.

»Kommt, wir gehen hinein«, schlug Crystal vor.

Ich erzählte ihnen die ganze Geschichte, jedes unappetitliche Detail.

»Ich habe ganz vergessen, auch an dieses Fenster ein Handtuch zu hängen«, sagte ich. »Wahrscheinlich war er schon früher dort.«

»Sicher ist das die einzige Möglichkeit für ihn, jemals ein nacktes Mädchen zu sehen«, lästerte Raven. Sie ließ den Blick nicht vom Fenster, wartete und hoffte, dass Taylor kam.

Schließlich beruhigte ich mich, hatte aber nicht mehr den Nerv, noch zu duschen. Crystal, Butterfly und ich beschlossen, ins Bett zu gehen, aber Raven wollte noch aufbleiben, setzte sich in einen Sessel und weigerte sich, schlafen zu gehen, weil Taylor noch kommen könnte. Sie saß im Dunkeln und starrte auf den Parkplatz hinaus.

»Er kommt nicht, Raven. Warum quälst du dich?«, sagte ich nach einer Weile.

»Etwas völlig Unerwartetes muss passiert sein«, murmelte sie.

»Bestimmt.«

»Du freust dich, oder?«, fuhr sie mich an.

»Sei doch nicht albern, Raven. Ich gebe zu, dass ich nicht glücklich war, dass du dich mit jemandem einlässt, während wir hier nur einen Zwischenstopp einlegen. Aber ich will doch nicht, dass du unglücklich bist. Ich mache mir einfach Sorgen um dich«, sagte ich.

Sie beruhigte sich und badete stattdessen in Selbstmitleid.

»Ich werde nie einen anständigen Freund haben. Ich treffe mich immer nur mit Versagern«, jammerte sie. Ich drehte mich im Bett herum und schloss die Augen. Wenig mehr als eine halbe Stunde später hörte ich sie tief seufzen, aufstehen und ins Bett gehen. Endlich kroch sie unter die Decke.

»Brooke?«

»Ja?«

»Bist du noch wach?«

»Nein, ich rede im Schlaf«, erwiderte ich. »Was ist?«

»Ich habe euch belogen«, sagte Raven. Dann schwieg sie. Verdammt noch mal. Ich fühlte mich wie ein Fisch an der Angel. Zögernd drehte ich mich wieder um.

»Okay, ich habe angebissen. Was ist?«

»Ich bin gar nicht so erfahren, wie ich immer getan habe. Tatsächlich …«

»Was, Raven? Tatsächlich was?«

»Gestern abend war das erste Mal.«

»Gestern abend?« Ich fuhr auf. »Du warst doch vorsichtig, oder?«

»Es war so schwierig, vorsichtig zu sein, Brooke. Dir ist das noch nie passiert, daher weißt du gar nicht, wie das ist. Du vergisst einfach, wie weit du gehst. Es fühlt sich so gut an, und du sagst dir immer wieder, es ist noch Zeit aufzuhören. Es ist noch Zeit, vorsichtig zu sein, aber …«

»Aber was?«

»Es war keine Zeit mehr.«

»Er hat kein Kondom benutzt?«

»Nein.«

»Ach, Raven. Er ist ein Schwein, dir so etwas anzutun. Warum hat er denn nicht aufgepasst?«

»Er ist kein Schwein«, hörten wir Crystal plötzlich aus dem Schlafzimmer sagen. »Er ist dämlich. Er kennt dich überhaupt nicht und nutzt die Gelegenheit, sexuell mit dir aktiv zu sein? Das ist dämlich.«

Ich lächelte. Gute alte Crystal, tat so, als schliefe sie, und hatte alles gehört.

»Ich habe doch dasselbe getan«, gab Raven zu. »Ich war auch dämlich.«

Crystal kam zur Tür und schaute uns an.

»Ja, das warst du. Wir wollen hoffen, dass du diesmal Glück hattest, Raven«, sagte Crystal.

»Ich habe Angst«, gestand sie nach einer Pause. »Könnte ich schwanger werden?«

»Natürlich könntest du das«, sagte ich. »Stimmt's, Crystal?«

»Wann ist deine Periode fällig, Raven?«

»In etwa drei Tagen«, erwiderte sie.

»Dann ist wahrscheinlich alles in Ordnung. Du hast deine Tage immer regelmäßig, oder?«

»Ja«, erwiderte sie mit leiser Stimme.

»Ich denke, mit dir ist alles in Ordnung, Raven«, beschwichtigte Crystal sie. »Aber ich würde nicht noch einmal mit ihm ausgehen. Er hat sich überhaupt keine Gedanken um dich gemacht, so viel ist sicher«, sagte sie.

Raven schwieg. Sie drehte sich um und vergrub ihr Gesicht im Kissen. Dann hörten wir sie schluchzen. Ich berührte ihre Schulter.

»Es tut mir Leid«, sagte sie. »Es tut mir Leid, dass ich so dumm bin. Und ich kann auch nichts dagegen tun, dass ich solche Angst habe.«

Butterfly schlief tief und fest im Schlafzimmer und hatte offenbar nichts gehört. Crystal kam an unser Bett und blickte auf Raven nieder, deren Schultern unter ihren Schluchzern erbebten. Sie schaute mich an und kroch dann auf unser Ausziehbett. Wir berührten Ravens Kopf mit unseren Köpfen.

»Wir sind Schwestern«, begann Crystal. »Wir werden immer Schwestern sein.«

Wir sangen und hielten einander fest und beteten, dass Raven Glück hatte.

Am nächsten Morgen standen wir alle auf und zogen uns an, ohne Taylor Cummings noch einmal zu erwähnen. Wir redeten nicht einmal über Danny und seine grässlichen Freunde. Es war eine schlaflose Nacht für Crystal, Raven und mich gewesen, daher schlichen wir wie Zombies herum. Schließlich gingen wir zum Restaurant hinüber und stürzten uns in die Arbeit.

Patsy war sehr gesprächig, glücklicher denn je, redete über ihre Ferien, in denen das Restaurant geschlossen wurde, und wohin sie dann fahren würde. »Vielleicht fahre ich auch nach Kalifornien«, meinte sie. »Ich bin noch nie da gewesen. Eine von euch?«

Wie immer warteten wir darauf, dass Crystal die Frage beantwortete, und ich merkte, dass dies Patsys Interesse weckte. Sie beobachtete uns, als Crystal antwortete.

»Nein, das ist auch unsere erste Reise. Deshalb sind wir ja so aufgeregt«, sagte sie.

»Ganz schön mutig von euren Eltern, euch quer durchs Land reisen zu lassen«, meinte sie. Der erste Gast ließ noch auf sich warten.

»Also, wir haben zu Hause nicht unbedingt das perfekte Familienleben, wie es vielleicht den Anschein gehabt hat«, fuhr Crystal fort. Raven und ich polierten das Besteck und rückten Stühle gerade, während Butterfly Servietten faltete, aber wir hörten alle gespannt zu. Für uns war das genauso neu wie für Patsy.

»Was soll das heißen?«, fragte sie.

»Butterflys Mutter ist vor einigen Jahren gestorben. Ihr Vater reist beruflich viel. Meine Eltern sind geschieden, ebenso Ravens. Brooke ist adoptiert. Und vor kurzem hatte ihre Adoptivmutter eine schwere Operation. Ihr Adoptivvater fand, es sei gut, wenn sie mit uns reist, während er sich voll und ganz um seine Frau kümmert.«

Crystal war wie eine Spinne, die ihr Netz aus Ereignissen, Tragödien und Komödien spann, um den nichts ahnenden Zuhörer darin zu fangen. Patsy war gefangen. Sie schaute jede von uns mit viel mehr Mitgefühl an.

»Oh«, sagte sie einfach nur.

»Ach, uns geht es gut«, sprang Crystal rasch in die Bresche. »Wir hatten wirklich unseren Spaß, bis wir unglücklicherweise diese Person trafen, nicht wahr, Brooke?«

»Ja, und ich arbeite wirklich gern hier. Wir alle tun das«, bestätigte ich.

Butterfly nickte nachdrücklich. Raven ging zu Patsy.

»Die Mädchen haben mir erzählt, dass Sie mich wegen Taylor warnen wollten. Ich hätte auf Sie hören sollen. Er ist ein Schwein.«

»Hat er dir wehgetan? Weil ich dann nämlich ...«

»Nein. Sie brauchen gar nichts zu tun. Falls er noch mal hierher kommt, werde ich mich um ihn kümmern, Patsy. Danke«, sagte sie.

»Darauf wette ich«, sagte Patsy lächelnd.

Die ersten Gäste trafen ein, und wir alle begannen zu arbeiten. Zwei junge Männer, die mit Taylor befreundet waren, kamen, aber er selbst tauchte nicht auf. Ich sah, wie Raven mit ihnen sprach, und beobachtete dann, dass sie hinausging und sich über die Augen wischte. Ich verließ meinen Tisch und eilte ihr nach.

»Was ist los?«

»Sie haben mir erzählt, dass Taylor wieder zu seiner alten Freundin zurückgekehrt ist. Er war gestern Abend mit ihr aus. Ich bin solch eine Närrin.«

Ich umarmte sie rasch.

»Er ist der Dumme. Er hat es vermasselt«, sagte ich. »Komm, wir gehen wieder an die Arbeit und denken nicht mehr an diesen Idioten.«

Sie wischte sich noch einmal über die Augen und nickte.

»Danke«, sagte sie, und wir kehrten an unsere Tische zurück. Es war wieder ein sehr erfolgreiches Frühstück. Alle verfügbaren Tische waren vollbesetzt. Butterfly arbeitete schließlich am Tresen. Hinterher, als sie abrechnete, erzählte Patsy uns, dass der Umsatz schon wieder gestiegen sei.

»Wenn das so weitergeht, kann ich mich bald zur Ruhe setzen«, scherzte sie. »Ich gehe jetzt hinüber zur Bank und zahle meine Einnahmen von gestern und von heute früh ein«, sagte sie. »Braucht ihr noch irgendetwas aus der Apotheke?«

»Nein, ich glaube nicht«, sagte ich und schaute Raven fragend an.

»Nein, nichts«, erwiderte sie.

Wir blieben im Restaurant, tranken Kaffee und plauderten mit Charlie, der uns von seinen Reisen als junger Mann erzählte. Es waren tolle Geschichten! Sogar bis nach China war er gekommen!

»In der Welt gibt es viel zu sehen«, sagte er, »und viel zu lernen, aber ihr werdet vor allem lernen, dass es schwer ist, einen guten Freund zu finden. Es sieht so aus, als hättet ihr Mädchen einander gefunden. Das ist Gold wert«, sagte er. »Wenn ihr nach etwas sucht, das noch wertvoller ist, braucht ihr nicht weiterzureisen.«

Er sorgte dafür, dass wir alle uns wohl fühlten, und selbst Ravens Miene heiterte sich auf. Aber wir wussten, dass es eine Weile dauern würde, bis ihr gebrochenes Herz heilen würde. Wir wollten gerade gehen und uns in unserem Häuschen ausruhen, als Patsy zur Vordertür hereingestürmt kam. Sie war noch nicht zur Bank gegangen. Ihr Gesichtsausdruck verriet, dass etwas Schreckliches passiert war.

»Mein Geld ist weg«, verkündete sie, »meine gesamten Einnahmen.«

Mit zitternden Mundwinkeln stand sie vor uns.

Crystal sprach es als Erste aus.

»Ist Danny auch weg?«, fragte sie.

»Nein«, erwiderte Patsy zu unserer Überraschung. »Er war zu Hause und stand gerade auf. Er schwor, dass er nichts darüber wüsste.«

»Wann haben Sie das Geld zuletzt gesehen?«, fragte ich sie.

»Gestern Abend.«

Sie stand dort und starrte uns an. Es war ein unheimliches Gefühl. Ich warf Crystal, die die Augen zusammenkniff, einen Blick zu.

»Ich habe alles auf den Kopf gestellt«, fuhr Patsy fort. »Ich habe Dannys Zimmer gründlicher als ein Jagdhund abgesucht.«

»Was ist Ihrer Meinung nach passiert?«, fragte Charlie.

Sie hielt inne.

»Danny sagte, er dachte, ich sei heute Morgen noch einmal ins Haus zurückgekehrt. Er sagte, er hörte, wie ich nach dem Frühstücksgeschäft wieder kam. Ich bin nicht zurückgegangen«, sagte sie und ließ ihren Blick von Butterfly zu Raven und dann zu Crystal und mir gleiten.

Das unheimliche Gefühl in meinem Magen verwandelte sich in einen Eiszapfen, der meine Wirbelsäule hochglitt. Ich setzte mich gerader hin.

»Sie glauben doch wohl nicht, dass eine von uns … dass wir … es genommen haben?«, sagte ich leise und hoffte, sie würde abwehrend den Kopf schütteln.

»Ich will nichts Schlechtes über irgendjemanden denken«, sagte sie, fast in Tränen aufgelöst. »Danny behauptet, er habe Schritte gehört.«

»Er lügt«, widersprach Raven. »Hat er Ihnen erzählt, was gestern Abend passiert ist?«

»Nein. Was ist denn gestern Abend passiert?«

»Raven«, warnte ich sie.

»Nein«, beharrte Raven, »das sollte sie wissen, Brooke. Er und seine Freunde haben bei uns ins Badezimmerfenster hineingeguckt. Brooke erwischte ihn, als sie gerade duschen wollte. Sie haben sogar versucht …«

»Was?«

»Sie anzugreifen«, platzte Raven heraus.

»Was?«

»Es ist nichts passiert, Patsy«, beruhigte ich sie. »Als ich mich gewehrt habe, sind sie gegangen.«

Sie starrte uns an.

»Also«, meinte Crystal schließlich. »Das Beste wäre, in

das Häuschen hinüberzugehen und es zu durchsuchen, wenn Sie möchten.«

»Das möchte ich nicht, Mädchen. Ich würde gerne glauben, dass ihr mich nicht bestehlt«, versicherte sie.

»Das würden wir auch nicht«, betonte ich.

Sie nickte, und ich dachte, damit sei die Geschichte zu Ende, aber sie seufzte und sah einen Moment zurück.

»Er sagt, ich glaube ihm nie. Er sagt, ich beschuldigte ihn immer als Ersten. Ich weiß, wie beleidigend das ist, aber wenn ihr Mädchen und ich kurz einen Blick in das Ferienhäuschen werfen würden …«

»In Ordnung«, sagte Crystal und sprang auf. »Auf geht's.«

»Ja, und hinterher knöpfen wir uns diesen Dannyboy einmal vor«, drohte Raven, als sie sich erhob.

»Diese Mädchen würden dich doch nicht bestehlen, Patsy«, protestierte Charlie.

»Ich weiß«, sagte sie mit einem gezwungenen Lächeln. »Danke, Mädels.«

Wir folgten ihr nach draußen. Als wir um das Restaurant herumgingen, hörten wir eine Tür knallen und sahen, dass Danny aus dem Wohnwagen herauskam und sich gerade ein T-Shirt über den Kopf zog. Er grinste uns hämisch an und kam hinter uns her.

Wir betraten das Ferienhäuschen. Crystal und Butterfly hatten ihre Betten gemacht, und ich hatte das Ausziehbett zusammengeschoben, bevor wir zur Arbeit gingen. Die Decken und Kissen waren dort, wo ich sie zurückgelassen hatte. Außer Ravens Bluse, die über einem Stuhl hing, lagen überhaupt keine Sachen von uns herum. Auch im Badezimmer herrschte Ordnung. Wir standen alle mitten in unserem kleinen Wohnzimmer.

»Bitte schauen Sie sich überall um, Patsy«, forderte ich sie auf. Mein Gesichtsausdruck und meine Stimme verrieten, wie enttäuscht ich war.

»Überprüf mal diese Säcke«, ertönte Dannys Stimme aus dem Hintergrund. Er meinte damit unsere Kopfkissenbezüge.

»Danny, so etwas würden sie doch nicht tun«, meinte Patsy kopfschüttelnd.

»Ich mache das schon«, rief er und sprang an uns vorbei. Er leerte jeden Bezug auf den Boden. Unsere Kleidung geriet durcheinander, aber sonst war dort nichts zu finden.

»Zufrieden?«, fragte ich.

Er schaute seine Mutter an und schüttelte den Kopf. »Ich nicht.« Er schaute sich um und stürzte sich dann auf die kleine Kommode, zog die Schubladen heraus und fühlte unter die Unterwäsche und Socken.

»Hast du gestern Abend deine Lektion nicht gelernt?«, fragte ich ihn, als er Ravens BH hochhielt.

Er wurde rot.

»Danny, lass uns gehen«, bat Patsy. »Die Mädchen haben das Geld nicht genommen.«

»Warum sagst du ihr nicht, wo das Geld ist?«, fragte Raven ihn.

Er knirschte mit den Zähnen, und dann betrachtete er das Sofa, als hätte er eine Eingebung. Er fiel auf die Knie und griff unter den Rahmen. Alle beobachteten ihn. Raven begann zu lachen, als er plötzlich zurückfuhr und einen Bankgeldsack in der Hand hielt.

»Ich wusste, dass es hier ist«, triumphierte er. Er ließ den Geldsack fallen, und Patsys Geld ergoss sich auf den Fußboden.

»Wir haben es nicht gestohlen!«, protestierte ich. »Du musst es dorthin gelegt haben.«

»Stimmt«, sagte er. »Ich bin ein Zauberer.« Er schaute Patsy an. »Ma, hol die Polizei.«

»Nein«, rief Raven. »Wir haben das nicht getan, Patsy. Er lügt. Er hat es dorthin gelegt!«

»Wenn ich es dorthin gelegt hätte, warum habe ich dann nicht direkt dort gesucht?«, fragte er und schaute zu Patsy. »Warum habe ich so viel Zeit verschwendet und überall sonst geguckt, Schlaumeier?«, sagte er zu Raven.

»Weil du hier eine Nummer aufführst«, erwiderte sie und wich vor ihm zurück.

»Ihr seid diejenigen, die eine Nummer aufführen«, fauchte er sie an. »Ihr wusstet genau, dass meine Mutter die Tür zum Wohnwagen nie abschließt. Ich habe euch heute Morgen dort drin gehört.«

»Das stimmt nicht, Patsy«, protestierte ich kopfschüttelnd. »Ich schwöre dir, dass wir das nicht getan haben.«

Sie presste die Lippen aufeinander und sah aus, als würde sie jeden Moment in Tränen ausbrechen.

»Ruf die Polizei, Ma. Ich wette, sie stehlen überall. Ich rufe an«, sagte er und stand auf.

»Nein«, bestimmte sie. »Tu einfach das Geld zurück in den Sack, Danny. Los«, befahl sie.

»Aber …«

»Tu, was ich dir gesagt habe«, kommandierte sie entschlossen. »Steck das Geld zurück und gib es mir.«

»Das ist Beweismaterial. Du musst es hier liegen lassen, damit die Polizisten es so sehen können«, widersprach er.

»Danny! Tu es bitte einfach zurück.«

»Du machst einen Fehler. Selbst jetzt ergreifst du noch für sie Partei«, schrie er mit wutverzerrtem Gesicht. »Immer glaubst du allen anderen eher als mir!«

»Ich glaube niemandem, Danny. Ich …«

»Doch, das tust du. Verdammt noch mal!«, brüllte er, rannte an uns vorbei zur Tür hinaus. Es war, als sei ein Tornado durch das kleine Häuschen gewirbelt. Crystal legte den Arm um Butterfly und zog sie näher an sich. Raven schaute erst auf sie und dann auf den Boden. Ich kniete mich hin, um das Geld zurück in den Beutel zu stopfen.

»Wir haben es nicht genommen, Patsy«, versicherte ich ihr noch einmal und reichte es ihr. »Ich weiß nicht, wie es unter das Sofa geraten ist.«

»Ich schon«, fuhr Raven scharf dazwischen.

Patsy nickte.

»Ich glaube euch Mädchen. Wirklich, aber ich denke, es wäre das Beste für alle, wenn ihr jetzt abreist. Ich zahle euch, was ich euch schulde«, sagte sie traurig. »Ich muss mich um Danny kümmern, und ich fürchte, dass ich nicht zu ihm durchdringe, solange ihr hier seid. Er scheint euch für seine Probleme verantwortlich zu machen. Tut mir Leid«, sagte sie. »Ich wünsche euch viel Glück. Kommt ins Restaurant, wenn ihr fertig gepackt habt.« Sie ging zur Tür. Wir hielten die Luft an. Als sie sie öffnete und sich zu uns umdrehte, trat Butterfly auf sie zu.

»Wir haben das Geld nicht genommen«, sagte sie. »Wir würden Ihnen oder auch sonstjemandem nichts stehlen. Bitte schicken Sie uns nicht weg.«

Patsys Gesicht verzog sich.

»Es tut mir Leid, mein Liebes.« Tränen flossen ihr jetzt über die Wangen. Sie holte tief Luft und eilte nach draußen.

»Dieser Mistkerl, dieses Dreckstück, dieses miese Exemplar von Mensch«, rasselte Raven los. »Warum macht sie genau das, was er will? Er konnte uns von Anfang an nicht leiden.«

»Was soll sie denn sonst tun? Schließlich ist er ihr Sohn«, erwiderte Crystal. »Und wir sind nur Fremde.« Frustriert stürmte Raven ins Badezimmer.

»Wir packen jetzt unsere Sachen ein, Brooke«, schlug Crystal vor. »Je eher wir wieder unterwegs sind, desto besser.«

Wir brauchten nicht lange, um unsere Sachen wieder in den Kombi zu laden. Wir hatten vor, ohne unseren Lohn abzureisen, aber sie schickte Charlie zu uns.

»Ich weiß, dass dieser Junge euch das angetan hat«, sagte er. »Er ist ein fauler Apfel, der um sich herum alles zum Faulen bringt«, zürnte er. So wütend hatten wir ihn noch nie erlebt. »Dem werde ich es zeigen«, drohte er.

»Patsy braucht jetzt jede Hilfe und jede Unterstützung, die sie bekommen kann, Charlie«, sagte Crystal ihm.

»Ich weiß. Es ist, als würde man mit einem Klotz am Bein schwimmen«, sagte er.

Wir fuhren zum Restaurant und stiegen dort aus. Patsy wartete in der Nähe der Tür und hielt Umschläge für uns bereit.

»Es ist nicht viel, aber ich hoffe, es hilft euch ein bisschen auf eurem Weg. Vielleicht solltet ihr besser umkehren«, fügte sie hinzu und warf Crystal einen scharfen Blick zu. »Die Reise könnt ihr euch doch für ein anderes Mal aufheben. Reisen kann sehr beschwerlich sein, selbst für junge Leute.«

»Danke, Patsy«, antwortete Crystal und nahm die Umschläge für uns entgegen. »Es tut uns Leid, dich unter solchen Umständen zu verlassen.«

Butterfly sah aus, als würde sie jeden Augenblick anfangen zu weinen. Patsy umarmte erst sie, dann Raven, Crystal und mich. In ihren Augen standen Tränen. Sie biss sich auf die Unterlippe.

»Danke, dass ihr mir geholfen habt. Ihr seid gute Mädchen«, flüsterte sie und wandte sich ab.

Wir standen einen Augenblick da, warfen einen Blick in das Restaurant und auf Charlie, der uns niedergeschlagen anstarrte und dann mit der Arbeit anfing. Er sah aus, als könnte er solche Abschiede genauso wenig ausstehen wie wir.

»Lasst uns gehen«, raunte Crystal uns zu.

Schweigend gingen wir hinaus, ich setzte mich hinter das Steuer. Die dichte Wolkendecke, die den Morgen verdüstert hatte, begann aufzureißen. In einiger Entfernung teilten die Wolken sich, und Sonnenstrahlen fielen hindurch.

»Es wird schön. Zumindest müssen wir nicht durch Regen fahren«, sagte ich. Keiner antwortete. Ich glaube, den anderen fiel das Wetter überhaupt nicht auf.

Ich fuhr los. Als ich in den Rückspiegel schaute, sah ich Danny äußerst selbstzufrieden mit verschränkten Armen vor dem Wohnwagen stehen.

Ich fuhr auf die Ausfahrt hinaus und bog am Highway nach rechts in Richtung Westen ab. Immer noch hatte niemand gesprochen.

»Du solltest wohl besser deine Karte wieder auspacken, Crystal«, sagte ich.

Ohne ein Wort faltete sie sie auseinander.

Raven lehnte mit ihrer rechten Wange am Fenster. Sie betrachtete die vorbeiziehende Landschaft, atmete ein paarmal tief durch und schloss dann die Augen.

»Das muss ein neuer Rekord sein. Von zwei Dreckskerlen in weniger als vierundzwanzig Stunden betrogen zu werden«, sagte sie mit einem zitternden Lachen.

»Bestimmt wirst du eines Tages jemanden finden, der es ehrlich mit dir meint, Raven«, tröstete ich sie. »Wir alle werden das.«

»Ich kann es immer noch nicht fassen, was dieser Danny uns angetan hat.« Raven wischte sich Tränen der Wut aus den Augen.

Butterfly beugte sich vor und legte ihre Hand auf Ravens Schulter. Raven drehte sich um, lächelte sie an und bedeckte Butterflys Hand mit ihrer eigenen.

»Warum war er so gemein zu uns, Raven?«, fragte Butterfly.

»Weil er gemein zu sich selbst ist«, erwiderte Crystal an ihrer Stelle. »Er hasst sich selbst, deshalb hasst er auch alle anderen, sogar seine eigene Mutter.«

»Ich dachte, er hätte Glück, weil er eine Mutter hat«, meinte Butterfly.

»Das hat er auch«, sagte ich, »er weiß es nur nicht.«

»Oder es ist ihm egal«, meinte Raven.

Wir schwiegen wieder, und dann lächelte Raven.

»Wisst ihr, was ich gerade gedacht habe«, sagte sie. »Vielleicht haben wir ja doch Glück. Vielleicht besitzen wir ja etwas viel Besseres.«

»Was denn?«, fragte Butterfly.

»Einander«, sagte sie. »Wir haben einander.«

Ich fuhr der aus den Wolken auftauchenden Sonne entgegen, die wie wir Richtung Westen unterwegs war.

10

Wieder unterwegs

Es regnete wieder. Autofahren hatte für mich seinen Reiz verloren, wurde langweilig und monoton, besonders auf den großen Autobahnen, wo es nicht viel anderes zu sehen gab als andere Autos. Jedes Mal, wenn wir einen Streifenwagen sahen, zuckten wir zusammen, aber keiner schien sich besonders für uns zu interessieren, manche würdigten uns nicht einmal eines Blickes. Ich achtete darauf, dass ich das Tempolimit nicht überschritt. Nur als wir zum Tanken, Mittagessen und schließlich zum Abendessen anhielten, rief das eine gewisse Begeisterung hervor. Butterfly schlief viel. Crystal, die in jeder Lebenslage lesen konnte, steckte ihre Nase in ein Buch, und Raven, gelangweilt und verärgert, schmollte und döste oder zappelte nervös herum und maulte. Bedauern machte sich in unseren Gedanken breit, äußerte sich in kleinen Bemerkungen, Stöhnen und Seufzern.

»Die Sommer in Lakewood waren gar nicht so schlecht«, meinte Raven, kurz bevor wir zum Abendessen anhielten. Wir waren etwa eine Stunde gefahren, ohne einen Ton von uns zu geben. Das Radio dröhnte, aber ich hörte nicht länger zu. »Zumindest waren wir nicht so viel bei Gordon und Louise, wenn wir arbeiteten.«

»Das ist ja toll, Raven«, staunte ich. »Ich muss wohl besoffen gewesen sein, dass ich gar nicht gemerkt habe, wie glücklich du dort warst. Ich hatte dämlicherweise vermutet, dass du jeden Augenblick dort hasst. Deine ständigen Klagen habe ich mir wohl nur eingebildet.«

»Ich habe ja gar nicht behauptet, dass es mir gefallen hat«, fauchte sie. »Ich habe nur gesagt, dass es im Sommer nicht so schlimm war. Wir hätten bis zum Herbst warten sollen mit dem Weglaufen.«

Crystal senkte ihr Buch.

»Ich hoffe ja, dass wir einen Ort finden, an dem wir leben und wo wir die Schule beenden können. Wenn wir erst im Herbst gefahren wären, hätten wir viel verpasst, bis wir in einer neuen Schule anfangen könnten.«

»Schule? Wer interessiert sich denn schon für die Schule?«, rief Raven.

»Glaubst du nicht, dass Butterfly noch zur Schule gehen muss? Und ich möchte mich um Stipendien bewerben«, erwiderte Crystal ruhig. »Wenn ich gewusst hätte, dass ihr gar nicht mehr zur Schule gehen wollt, wäre ich nicht mitgekommen.«

Raven murmelte leise etwas und starrte wütend aus dem Fenster.

»Wir hätten Gordons Kokain nicht einfach so wegschmeißen sollen«, meinte sie. »Wir hätten es lassen sollen, wo es war. Jetzt können wir nicht mehr zurück, selbst wenn wir wollten«, jammerte sie.

Crystal wandte sich wieder ihrer Lektüre zu. Raven schloss die Augen. Butterfly stöhnte im Schlaf, und ich starrte auf den Highway, der sich vor mir erstreckte. Ich hatte das Gefühl, in eine Wanne voll kaltem Matsch zu fallen. Die Freiheit macht nicht automatisch alles besser. Man muss immer noch mit Niedergeschlagenheit und Frustration fertig werden, und man kann niemandem außer sich selbst die Schuld geben. Auch ich machte mir meine Gedanken. Hatte ich die anderen in eine Katastrophe gelockt?

Abends aßen wir in einem Schnellimbiss und fuhren dann weiter, bis wir die Grenze nach Louisiana überquerten. Uns war es nicht geheuer, im Auto zu schlafen, deshalb suchten wir uns ein billiges Motel. Wir fanden eines, das aussah, als sei es von Ratten zerfressen, aber ein Zimmer mit zwei Doppelbetten kostete nur siebzehn Dollar.

Das Zimmer roch muffig. Raven meinte, es sei ein Gestank, als sei jemand dort gestorben. Ich versuchte eines der Fenster zu öffnen, aber es klemmte.

»Das ist seit Jahren nicht mehr geöffnet worden. Es rührt sich nicht«, erklärte ich.

»Wir könnten die Tür einen Spalt offen lassen«, schlug Raven vor, aber Crystal hatte Angst.

»Wir sind hier am Ende der Welt, und anscheinend übernachtet heute außer uns niemand hier.«

»Wir versuchen das Beste aus der Sache zu machen«, beschwichtigte ich sie, um weiteren Streit zu vermeiden. Wir waren alle gereizt und müde und gingen einander auf die Nerven.

Als wir uns schließlich ins Bett legten, stellten wir fest, dass die Matratzen so durchgelegen waren, dass wir fast bis auf den Boden sanken. Wir schliefen alle in unserer Kleidung und benutzten die eigenen Kopfkissen statt der verdreckten, die wir vorgefunden hatten. Die Fahrt und die emotionale Berg-und-Tal-Bahn hatten uns so müde gemacht, dass wir trotz des entsetzlichen Quartiers schnell einschliefen und in der Nacht auch nicht mehr aufwachten.

Die helle Morgensonne drang leicht durch die dünnen Jalousien und die fadenscheinigen Vorhänge, aber statt uns zu einem neuen Tag willkommen zu heißen, enthüllte sie nur unbarmherzig, wie dreckig und heruntergekommen unser Zimmer war. Nur zögernd benutzten wir die Toilette. Dieses Motel konnten wir nicht schnell genug verlassen, und als wir ein Lokal zum Frühstücken gefunden hatten, machten wir uns dort auf der Toilette frisch.

Keine von uns hatte besonderen Hunger. Crystal machte einen Kassensturz und kam zu dem Schluss, dass wir es immer noch bis Kalifornien schaffen könnten, wenn wir besonders sparsam waren und Gordon uns nicht die Benzinkreditkarte sperrte.

»Warum hat er sie eigentlich nicht schon längst sperren lassen?«, fragte ich mich laut.

Crystal überlegte einen Augenblick. Sie kam zu dem Schluss: »Möglicherweise ist er uns durch die Rechnungsbelege auf der Spur.«

Böse Vorahnungen erfüllten uns.

»Natürlich ist er immer ein kleines Stück hinter uns, aber dennoch ...«, sagte Crystal. Ihre Worte ließen Horrorvisionen vor uns auftauchen.

»Wie können wir denn überhaupt noch mehr Geld sparen?«, fragte Raven und kam damit auf unser aktuelles Problem zurück.

»Ich rede jetzt von richtiger Sparsamkeit«, erläuterte Crystal. »Dies ist unsere letzte Mahlzeit in einem Restaurant. Von jetzt an kaufen wir etwas und essen im Auto. Alle mögen gerne Erdnussbutter. Das essen wir jetzt mittags. Jeden Tag.«

»Toll«, applaudierte Raven. »Über das Essen in *Lakewood House* haben wir immer gemeckert, aber jetzt kommt es uns wie ein Gourmettempel vor.«

»Wenn dein Herz so daran hängt umzukehren, Raven, dann fahr doch zurück«, fauchte ich sie an.

»Womit denn? Mit fünf Dollar? Und was passiert, wenn ich dorthin komme? Benutzt Gordon mich dann als Zielscheibe? Vielen Dank«, höhnte sie mit heruntergezogenen Mundwinkeln.

»Dann hör auf, davon zu reden«, bat ich sie. »Es ist nicht besonders hilfreich, wenn du uns ständig daran erinnerst, dass wir in Schwierigkeiten stecken.«

»Brooke hat Recht, Raven. Man muss sich auf das Positive konzentrieren«, dozierte Crystal. »Das ist die einzige Möglichkeit, sich nicht unterkriegen zu lassen.«

»Tut mir Leid, Leute. Ich wollte nicht so eklig sein. Es ist nur … nur … ach, ich weiß es selbst nicht!« Tränen strömten ihr über die Wangen, als sie rasch zur Toilette lief.

»Warum zanken wir uns so viel?«, fragte Butterfly leise.

»Weil wir Angst haben«, analysierte Crystal, »und es leichter ist, es an einem anderen auszulassen. Raven wird schon wieder die Alte, keine Sorge.«

Als Raven zurückkam, wirkte sie jedoch noch niedergeschlagener.

»Ich brauche ein warmes Bad«, meinte sie und seufzte tief. »Dafür würde ich sogar in Kauf nehmen, dass Gordon mich angafft.« Kaum waren ihr diese Worte über die Lippen gekommen, taten sie ihr Leid.

Crystals Kopf fuhr so schnell hoch, dass ich Angst hatte, sie würde sich durch diese Bewegung verletzen.

»Glaubst du, ich hätte das aufgebauscht? Wie er mich mit den Blicken verschlang, war widerlich und Furcht einflößend. Seine Hände schwebten wenige Zentimeter über meinen Brüsten. Er war erregt. Mir drehte sich der Magen um. Ich bekam kaum noch Luft. Bestimmt hat auch mein Herz zwischendurch ausgesetzt. Ich fiel fast in Ohnmacht, aber redete mir ständig zu, wenn das passierte, würde er …«

»O Crystal, es tut mir Leid. Du weißt doch, dass ich es nicht so gemeint habe«, entschuldigte Raven sich.

»Lasst uns gehen. Wenn wir unterwegs sind, geht es uns besser«, meinte Crystal, als wir das Restaurant verließen.

Die Fahrerei war nicht angenehmer als vorher, aber Raven gab sich besondere Mühe, das Beste daraus zu machen. Sie spielte mit Butterfly, sang lustige Lieder und stürzte sich mit Crystal in eine hitzige Diskussion über Feminismus. Eine Weile war es wie früher.

Kurz nachdem wir die Grenze nach Illinois passiert hatten, begann das Auto sich zu überhitzen. Mir fiel auf, dass der Temperaturanzeiger immer weiter in die Höhe kletterte.

Ich bremste ab und fuhr so schnell wie möglich rechts heran.

»Was ist los?«, fragte Raven.

»Ich bin mir nicht sicher. Aber die Temperaturanzeige ist gerade in die Höhe geschossen.«

»Wir müssen von diesem Highway runter, Brooke«, stellte Crystal fest. Autos sausten an uns vorbei. »Hier erregen wir zu viel Aufmerksamkeit, vielleicht kommt sogar die Polizei.«

Ich öffnete die Motorhaube und betrachtete den Motor. Ich war mir nicht sicher, wonach ich überhaupt suchte, aber dass aus einem der Schläuche Wasser spritzte, war bestimmt kein gutes Zeichen.

»Weißt du, was los ist?«, fragte Crystal.

»Ich glaube, es ist dieser Schlauch. Schau dir bloß an, wie das Wasser herausströmt.«

»Was bedeutet das?«, fragte Raven.

»Es bedeutet, dass wir einen neuen brauchen«, fauchte ich. Ich wusste vielleicht, wie man ein Auto fuhr, aber ich war doch kein Automechaniker.

»Was sollen wir bloß tun?«, rief Butterfly.

Ich schaute die Straße entlang und sah ein altes Schild, das eine Werkstatt in einer Meile Entfernung anzeigte. Das Schild war schon verblasst, und die untere Ecke war weggebrochen.

»Ich gehe mal die Straße runter und gucke, ob der Laden noch offen ist«, schlug ich vor. »Wenn ja, schicke ich jemanden her, der uns hilft.«

»Das können wir uns nicht leisten«, gab Crystal zu bedenken. »Dafür könnte unser ganzes Geld draufgehen.«

»Abwarten. Vielleicht können wir ja die Kreditkarte benutzen«, sagte ich. »Wenn dort keine Werkstatt mehr ist, komme ich sofort wieder, und wir überlegen uns, was wir tun sollen.«

Crystal studierte ihre Karte. »Hier in der Gegend müsste es eine kleine Stadt geben. Uns wird schon etwas einfallen.«

»In Ordnung.« Ich stieg aus. »Immer schön cool bleiben«, fügte ich mit Blick auf Raven hinzu. »Ich komme so schnell wie möglich wieder.«

Ich ging los und fiel dann in einen leichten Trab. Auf dem Weg lag nur ein kleines Haus mit einem spitzen Giebel, aber weil der Rasen sehr hoch und die Fenster dunkel waren, vermutete ich, dass jetzt niemand dort wohnte. Ich lief weiter, und als ich um eine Kurve kam, sah ich die Garage vor mir. Aus der Entfernung war schlecht zu erkennen, ob sie noch in Betrieb war. Ich sah niemanden, an den Zapfsäulen standen keine Autos, es war ein altes Gebäude mit Wänden, an denen die Farbe abbröckelte und abblätterte.

Als ich jedoch näher kam, hörte ich die Geräusche von elektrischem Werkzeug, und die Tür stand offen. Ich blieb stehen und spähte hinein. Zuerst konnte ich niemanden entdecken, aber dann erhob sich ein junger Mann, der neben einem Lkw-Reifen gehockt hatte. Er trug einen grauen Overall und sah aus wie achtzehn, neunzehn, höchstens zwanzig. Sein dichtes Haar war dunkelbraun, und selbst von meinem Standpunkt aus konnte ich erkennen, dass seine ganz ungewöhnlichen dunklen Augen an zwei glänzende schwarze Perlen erinnerten. Er hatte hohe Wangenknochen und ein kräftiges, beinahe eckiges Kinn mit einem vollkommen geschnittenen Mund. Einen Augenblick starrte er mich an, als sei ich eine Erscheinung.

»Wo kommst du denn her?«, fragte er mich. »Ich habe gar nicht gehört, dass du vorgefahren bist.«

»Unser Auto ist etwa eine Meile entfernt kurz vor der Ausfahrt liegen geblieben«, erklärte ich.

Zuerst rührte er sich gar nicht und zeigte keinerlei Interesse. Aber dann legte er den elektrischen Schraubenschlüssel beiseite, wischte sich die Hände an einem Lappen ab und kam aus der Garage heraus. Obwohl er drinnen arbeitete, hatte er eine gleichmäßig dunkle Sonnenbräune. Er war mindestens einen Meter achtzig groß und hatte einen muskulösen Körperbau, den nicht einmal sein Overall kaschierte. »Ich war mir nicht sicher, ob diese Werkstatt noch geöffnet ist«, sagte ich, als er nicht sprach. Er starrte mich mit einem kleinen, angespannten Lächeln auf den Lippen immer weiter an.

»Wir machen jetzt nur noch Reparatur- und Wartungsarbeiten«, erläuterte er. »Die Tankstelle haben wir vor über einem Jahr aufgegeben. Heutzutage kommen nicht mehr viele Autos vorbei. Was für ein Auto habt ihr denn?«

»Einen 1990er Buick Kombi.«

»Wir haben auch keinen Abschleppwagen mehr«, sagte er. »Vielleicht solltet ihr besser den Automobilclub benachrichtigen.«

»Da sind wir nicht Mitglied«, erwiderte ich rasch.

Er starrte mich wieder an. Mit seinen langen schweigenden Blicken machte er mich so verlegen, dass ich wegschauen musste. Ich merkte, wie mir die Röte in die Wangen stieg.

Er nickte und schaute sich um, als rechnete er damit, dass noch jemand wartete.

»Wo ist deine Familie? Wieso haben sie dich geschickt?«, fragte er.

»Es sind nur meine drei Freundinnen und ich. Wir sind auf dem Weg nach Kalifornien«, erklärte ich.

»Kalifornien?« Er lächelte, als hätte ich gesagt, wir wollten zum Mond.

»Ja, es kommt vor, dass Leute dorthin wollen«, scherzte ich. Er lächelte noch stärker.

»Das muss wohl so sein. Schließlich ist es der Bundesstaat mit der größten Bevölkerung. Also«, sagte er, stemmte die Hände in die Hüften und sah in die Richtung der Highway-Ausfahrt, »was ist mit eurem Kombi passiert?«

»Er fing an, sich zu überhitzen. Aus einem der Schläuche strömt Wasser«, sagte ich. Er zog die Augenbrauen hoch.

»Tatsächlich?«, sagte er grinsend. »Sieht aus, als hätten Sie das Problem bereits diagnostiziert, Frau Doktor.«

»Nicht wirklich. Ich bin mir nicht sicher, was kaputt ist. Ich weiß nur, dass irgendwo ein Leck ist – das Wasser hat mich ganz nass gespritzt.« Zum Beweis hielt ich meinen nassen Turnschuh hoch.

»Wahrscheinlich ist der Schlauch korrodiert. Wann war die letzte Inspektion?«

»Ich weiß es nicht«, erwiderte ich.

»Wem gehört das Auto denn?«

»Mir ... aber ich weiß nicht, wann die letzte Inspektion war«, gestand ich.

»Also, wenn ich nach Kalifornien fahren wollte, würde ich dafür sorgen, dass mein Fahrzeug durchgecheckt wird«, meinte er.

»Wir haben uns erst in letzter Minute entschlossen zu fahren«, erzählte ich ihm.

Er lächelte mich wieder amüsiert an, während er den Blick nicht von mir ließ. Ich wollte wegschauen, aber sein Blick verursachte mir ein Kribbeln entlang der Wirbelsäule. Es war, als stiegen winzige Bläschen auf und sprudelten zu meinem Herzen.

»Woher kommt ihr?«

»Aus Upstate New York«, erwiderte ich rasch.

»Und ihr habt euch erst in letzter Minute entschlossen, quer durch das ganze Land zu fahren?«, hakte er nach. Seine Stimme klang so skeptisch, als würde er nicht einmal einem Priester trauen.

»Ja. Das stimmt. Kannst du uns jetzt helfen oder nicht?«, fragte ich.

Er hörte nicht auf zu lächeln, wurde aber ein wenig ernsthafter.

»Also, wir können meinen Chevy nehmen. Ich habe ein Abschleppseil dabei. Auf alle Fälle nehme ich auch Wasser mit«, sagte er.

Er nickte zu einem Impala hin, der tiefergelegt und mit dicken Auspuffrohren versehen worden war. Die Tür an der Fahrerseite war für einen Anstrich vorbereitet worden.

»Das ist Betty Lou«, sagte er. »Steig ein. Ich komme sofort.«

»Betty Lou?«, sagte ich lächelnd.

»Meine Liebste«, erklärte er und verschwand um die Ecke, um einen Kanister mit Wasser zu füllen.

Ich stieg in sein Auto. Die Sitze waren im Stil der Fünfziger neu bezogen, Armaturenbrett und Boden waren makellos sauber. Am Rückspiegel baumelte ein Paar großer Baumwollwürfel.

Er stellte den Wasserkanister in den Kofferraum, schloss das Garagentor, stieg ein und startete den Motor. Es hörte sich an wie ein leises Grollen.

»Schön, was?«, fragte er, als lauschten wir einem Symphonieorchester. »Natürlich nicht so schön wie du.« Diesmal wandte er schüchtern den Blick ab.

Sein Kompliment machte mich sprachlos. Schweigend fuhren wir weiter, bis der Kombi in Sichtweite kam. »Das ist er?« Er nickte in Richtung auf unser liegen gebliebenes Fahrzeug.

»Ja«, bestätigte ich. Er wendete und setzte zurück. Dann stiegen wir aus.

»Kommt nicht zu nahe, Mädchen«, warnte er uns, als er begann, an den Schläuchen herumzufummeln. »Das Wasser, das dort herauskommt, ist ganz schön heiß. Oho. Sieht aus, als sei eure Wasserpumpe auch kaputt.«

Sein Gesichtsausdruck verriet mir, dass wir ein ernsthaftes Problem hatten.

»Kannst du das reparieren?«, fragte Raven. Er warf ihr einen Blick zu und wandte sich dann an mich. Es war das erste Mal, dass sich ein Junge mehr für mich als für Raven interessierte.

»Ich schleppe euch jetzt zu meiner Werkstatt. Der nächste Ersatzteilhandel ist dreißig Meilen entfernt«, erklärte er.

»Wir haben nicht viel Geld«, gestand ich leise. »Eine Benzinkreditkarte würdest du wohl nicht nehmen, oder?«

»Wir akzeptieren keine Kreditkarten mehr. In der Werkstatt arbeiten nur noch mein Vater und ich, und er kommt kaum noch.« Er überlegte einen Augenblick und sagte dann: »Ich frage mal herum. Vielleicht lässt sich ja etwas arrangieren.«

»Toll«, sagte ich, und meine Augen strahlten.

Er schloss die Motorhaube und öffnete seinen Kofferraum, um das Abschleppseil herauszuholen. Raven schaute mich an und gab mir durch Zeichensprache zu verstehen, wie sexy sie ihn fand, als er das Abschleppseil erst an unserem und dann an seinem Fahrzeug befestigte. Ich ignorierte sie.

»Setz dich hinter das Steuer und lenk geradeaus«, wies er mich an.

Ich stieg ein, Raven folgte mir rasch.

»Wohin bringt er uns?«, fragte Crystal, und ich erklärte es ihnen.

»Er scheint schrecklich nett zu sein, Brooke«, meinte Raven, als er in sein Auto stieg und uns abschleppte.

»Ja, er ist ganz nett«, bestätigte ich.

Als Raven seine Werkstatt sah, stöhnte sie.

»Vielleicht sollten wir besser woanders hingehen.«

»In der Not darf man nicht wählerisch sein«, ermahnte Crystal uns. »Wir wollen mal sehen, ob er das Auto reparieren kann.«

Als er anhielt, stiegen wir alle aus.

»Der Schrottplatz ist etwa fünfzehn Meilen entfernt«, sagte er. Er warf einen Blick auf seine Werkstatt. »Ich habe gerade überlegt, ob die vielleicht ein passendes Ersatzteil haben.«

Mit einem warmen Lächeln wandte er sich an mich. »Warum kommst du nicht mit? Ihr anderen könnt im Büro warten, wenn ihr wollt«, schlug er den Mädchen vor. Er schloss die Tür auf und wandte sich an uns. »Im Kühlschrank steht Cola, und auch Kekse und so ein Zeug. Ich habe auch einige Illustrierte, aber ich glaube nicht, dass sie euch besonders interessieren«, fügte er mit einem diabolischen Lächeln hinzu.

Raven schleuderte die Haare über die Schulter zurück und riss die Augen auf.

»Vermutlich nicht«, bestätigte sie.

»Danke«, sagte Crystal. Sie und Butterfly gingen zum Büro.

»Geht ihr bitte für mich ans Telefon«, bat er.

»Natürlich«, versicherte sie ihm.

»Wie lange werdet ihr brauchen?«, fragte Raven.

»Könnte 'ne Weile dauern«, überlegte er. »Zuerst müssen wir eine Pumpe finden, die funktioniert, und dann müssen wir sie einbauen. Sieht so aus, als müsstet ihr Mädchen hier irgendwo übernachten.«

»Übernachten? Wo?« Sie ließ den Blick die verlassene Straße entlanggleiten.

»Ich weiß nicht genau, wie mittlerweile hier in der Gegend die Preise sind, aber etwa zwei Meilen nördlich von hier gibt es eine Frühstückspension namens *Woodside.* Eine nette alte Dame, Mrs. Slater, führt sie. Ihr könnt ja im Telefonbuch nachschauen, während wir weg sind.«

»Bist du sicher, dass du mit ihm fahren willst?«, fragte Raven mich, als der Mechaniker zu seinem Auto zurückging.

»Ich komme schon klar. Er tut mehr, als er eigentlich müsste, um uns zu helfen. Außerdem scheint er wirklich nett zu sein.«

»Brooke, ich kann ein Lied singen von netten Jungen. Mach nicht denselben Fehler wie ich«, warnte Raven mich. Ich wurde rot und ging schnell zum Auto hinüber.

»Ich bin übrigens Todd«, stellte er sich vor, »Todd Mayton.«

»Ich heiße Brooke«, erwiderte ich.

»Erfreut, deine Bekanntschaft zu machen«, sagte er, während er zurücksetzte. Raven stand dort und schaute uns mit besorgtem Gesicht nach.

Auf dem Weg zum Schrottplatz redete fast nur Todd. Ich erfuhr, dass er der jüngste von drei Jungen war, dass seine Brüder bei einem Onkel in Indianapolis lebten und arbeiteten. Seine Mutter hatte seinen Vater vor vier Jahren verlassen, sie und ihr neuer Mann lebten in der Nähe seiner Brüder. Offensichtlich verurteilte er sie für das, was sie seinem Vater angetan hatte.

»Mein alter Herr hat immer hart gearbeitet, unser Leben war wohl nie sehr reizvoll. Sie behauptete, das Leben mit ihm mache sie zehn Jahre älter, als sie sei. Sie sieht gut aus, meine Mutter. Als wir noch die Tankstelle hatten, fuhren die Typen einen Umweg von zehn, fünfzehn Meilen, weil sie da in superkurzen Shorts und einem knappen Oberteil Benzin zapfte«, sagte er mit einer gewissen Bitterkeit. »Ich war noch ein Kind, aber ich wusste, was ihre Bemerkungen zu bedeuten hatten, und ich hasste es, wie sie sie anschauten.«

»Mein Gott«, sagte er nach einer kurzen Pause, »hör dir nur an, wie ich ohne Punkt und Komma rede. Das ist sonst gar nicht meine Art. Du musst etwas Besonderes sein«, meinte er lächelnd.

An der Hitze, die mir den Hals hoch bis in die Wangen stieg, merkte ich, dass ich errötete wie eine rote Rose.

»Was ist denn mit dir?«, fragte er, als ich nicht antwortete.

»Was soll mit mir sein?«

»Wie kommt es beispielsweise, dass vier junge Mädchen ganz alleine auf Amerikas Highways unterwegs sind?«, fragte er.

Ich zögerte. Er hatte etwas an sich – die Art, wie er mir bereitwillig und furchtlos sein eigenes Herz geöffnet hatte –, dass ich ihn einfach nicht belügen konnte.

»Wir sind Ausreißer«, sagte ich ihm die Wahrheit. Die anderen würden mich umbringen.

Er begann zu lächeln, schaute mich an und wurde dann plötzlich ernst.

»Kein Scherz?«

»Kein Scherz. Wir sind Pflegekinder. Wir haben keine Familien. Seit Jahren leben wir in einem Heim, und aus einer Reihe von Gründen beschlossen wir, dass es Zeit war, zu verschwinden.«

Er kniff die Augen zusammen, als er mich eingehender musterte.

»Das ist ein Witz, oder?«

»Allmählich wird es dazu. Wir wurden unterwegs ausgeraubt, des Diebstahls bezichtigt, und jetzt haben wir diesen Ärger mit dem Auto. Wir können nicht zurück, deshalb sind wir wie in einem Schraubstock gefangen, der uns immer weiter zusammenquetscht.«

Er schwieg.

»Dort ist der Schrottplatz.« Er deutete auf einen eingezäunten Hof direkt vor uns.

Drinnen neben der Einfahrt türmte ein Mann von Ende Sechzig Reifen aufeinander. Er trug ein Flanellhemd, dessen Ärmel bis zu den Ellenbogen hochgekrempelt waren, und Jeans mit einem beträchtlichen Loch am Hinterteil, das den Blick auf verblichene Boxershorts freigab. Die Falten in seinem Gesicht wirkten wie mit einem Skalpell geschnitten. Sein Gesicht hatte die Farbe eines verbrannten Toasts. Wenn er lächelte, sah man die Lücken in seinem Gebiss.

»Was machst du hier so spät?«, fragte er, als wir anhielten. Todd hatte das Fenster heruntergekurbelt.

»Panne. Ich brauche eine Wasserpumpe für einen 90er Buick Kombi. Hast du so was, Lefty?«, fragte er. Der Alte drehte sich um, quetschte seinen Kiefer zwischen linkem Zeigefinger und Daumen und dachte einen Augenblick nach. Ich starrte auf den Berg Autowracks, dieses Meer aus Metall, Gummi und Glas. Ich konnte keinerlei System entdecken. Alte Wracks waren mit neuen Fahrzeugen vermischt, Lkws mit Pkws, ein Schulbus lag auf der Seite neben einem John-Deere-Traktor und einem Campingbus, der aussah, als sei er gegrillt worden. In einigen Wracks hatten Vögel sich ihre Nester gebaut.

»Nimm den Freeway zum Golden Gate«, wies Lefty ihn an. »Erinnere mich an einen Buick etwa in dem Alter. Johnny hat ihn vor 'nem Jahr oder so in der Nähe von Cranberry Lake aufgegabelt.«

»Danke.«

Todd fuhr hinein.

»Der Freeway zum Golden Gate?«, fragte ich. Er lachte.

»Das ist Leftys Scherz. Er gibt den Gängen hier Namen, und wenn man schon oft genug hier war, so wie ich, weiß man, wovon er redet. Das hier ist der Freeway. Und dies«, erklärte er, während er sich nach rechts wandte und nur noch im Kriechtempo weiterfuhr, »ist das Golden Gate.« Wir fuhren über einige Metallbleche, die dort hingelegt worden waren, um tiefe Gräben zu überbrücken.

Links und rechts stapelten sich die Autos zu zweit oder zu dritt aufeinander. Wir hielten beide Ausschau, und plötzlich entdeckte ich es.

»Da!«, rief ich und deutete nach rechts, nur wenige Meter vom Gang entfernt.

»Gutes Auge«, lobte er mich beeindruckt.

Das Dach des Fahrzeugs, das ich erspäht hatte, war eingedrückt, die Fahrertür abgerissen, die Windschutzscheibe ebenso wie die Seitenfenster zertrümmert.

»Sieht aus, als hätte es sich überschlagen«, meinte Todd, nachdem er angehalten hatte.

Wir stiegen aus und gingen zum Wrack. Er versuchte die Motorhaube zu öffnen, aber sie klemmte.

»Das wird nicht einfach«, stellte er fest.

»Wird Lefty uns helfen?«

»Hier heißt es: Such dir, was du brauchst, und hol es dir selbst. Dann gehst du damit zum Tor und handelst eine Weile mit Lefty. Ich habe Werkzeug im Kofferraum«, erklärte er mir und ging zum Auto zurück. Ich betrachtete die Motorhaube eingehend und sah, wo der Schnappriegel klemmte. Während er um das Fahrzeug herumging, nahm ich seinen Gummihammer und ein Stemmeisen heraus und schlug auf den Riegel. Zu meiner Überraschung löste er sich. Ich richtete mich auf, steckte die Finger unter die Motorhaube und zog. Er stand daneben und lächelte überrascht, als sie aufging.

»Brauchst du 'nen Job?«, fragte er, halb im Scherz.

»Ja. Wir haben ziemlich Ebbe in der Kasse.«

»Darauf würde ich wetten. Reisen ist nicht billig.«

»Besonders wenn man ausgeraubt wird«, erklärte ich. Er schüttelte den Kopf und war sich immer noch nicht sicher, ob ich das alles nur erfunden hatte. Dann beugte er sich über den Motor und musterte die Wasserpumpe eingehend.

»Sieht gut aus«, meinte er.

Ich stand daneben und sah zu, wie er die Pumpe ausbaute. Bei der Arbeit erzählte er noch ein wenig über sich selbst und die Gegend, aber gelegentlich stellte er auch eine Frage über unser Leben bei den Pflegeeltern.

»Suchen eure Pflegeeltern euch denn nicht?«, fragte er, als er die Pumpe gelöst hatte.

»O doch. Mittlerweile bestimmt.«

Er nickte und zog die Pumpe heraus. Ich half ihm, sein Werkzeug wieder einzupacken, und wir verließen den Schrottplatz wieder. Am Tor hielten wir an, um Lefty zu zeigen, was wir mitgenommen hatten. Er betrachtete das Teil einen Moment.

»Zwanzig Dollar scheint ein fairer Preis zu sein«, schlug er vor.

»Es scheint fair zu sein«, erwiderte Todd, »ist es aber nicht. Ich habe hier einen Zehner, das ist fair.« Er zeigte ihm den Geldschein.

»Du raubst mich aus«, brummte Lefty.

»Wäre nicht das erste Mal«, meinte Todd. Lefty lachte lautlos in sich hinein.

»Dein Dad hat dir ‘ne Menge beigebracht«, stellte er fest und nahm den Zehner. »Heute bin ich großzügig.«

»Danke, Lefty. Bis bald.«

»Bestell deinem Dad schöne Grüße«, rief er, als wir davonfuhren.

»Danke, dass du so gut verhandelt hast«, sagte ich. Er lachte.

»Das ist doch nur ein Spiel. Lefty fordert zuerst immer doppelt so viel, wie er haben will. Jeder weiß das. Aber du warst mir eine große Hilfe.«

»Wird dein Vater böse sein, dass du uns so viel Zeit opferst?«, fragte ich ihn.

Er schüttelte den Kopf und schwieg eine Weile. Dann holte er tief Luft.

»Mein Vater arbeitet so gut wie gar nicht mehr im Geschäft. Er hat ein schlimmes Bein, Diabetes«, erklärte er. Dann wandte er sich mir zu und gestand: »Die meiste Zeit verbringt er mit einer Flasche.«

»Oh. Das tut mir Leid.«

»Ich muss jetzt erst mal nach Hause. Aber nach dem Abendessen komme ich wieder und repariere euer Auto.

Trotzdem wäre es eine gute Idee, sich für diese Nacht ein Zimmer zu besorgen.«

»Okay. Vielleicht hat Crystal ja schon angerufen. Sie ist sehr tüchtig.«

»Crystal?«

Ich erzählte ihm ein bisschen über jede von uns. Es fiel mir leicht, mit ihm zu reden. Er hörte ruhig zu und meinte dann zu mir: »Du musst dir meinetwegen keine Sorgen machen. Ihr alle tut, was ihr für das Beste haltet. Ich werde nicht die Polizei benachrichtigen oder so was.«

»Ich weiß«, erwiderte ich. Ich glaubte ihm wirklich. Das zauberte ein sanftes Lächeln auf seine Lippen. »Ich kann später wieder kommen und dir helfen, wenn du mir sagst wann«, scherzte ich.

»Klar. Wie gesagt, wenn du bleiben möchtest und meine Assistentin werden willst …«

Ich lachte, als ich mir das vorstellte.

»Ich bin die Einzige, die fahren kann. Sie müssten alle bleiben.«

»Hoppla. Das sind mir zu viele«, wehrte er ab, und wir lachten beide.

Wir lachten noch immer, als wir vorfuhren. Raven saß auf der Treppe vor dem Büro und sah aus, als hielte sie dort Wache.

»Das wird aber auch Zeit«, rief sie, als wir aus dem Auto stiegen. »Es wird langsam spät. Crystal hat in der Pension angerufen und meint, wir sollten dort übernachten.«

»Das ist eine gute Idee«, lobte Todd. »Irgendwo müsst ihr ja heute Nacht bleiben.«

Crystal kam heraus und erläuterte mir die Einzelheiten.

»Ich habe die Gelegenheit ergriffen in der Hoffnung, dass die Reparatur nicht mehr als zwanzig Dollar kostet. Kommt das hin?«, fragte sie mit besorgtem Gesicht. Todd hatte das mitbekommen und kam zu uns.

»Macht euch keine Sorgen um das Auto. Das Ersatzteil kostet nur zehn Dollar«, beruhigte er sie. »Und für die Reparatur werde ich nichts berechnen.«

»Wirklich? Das ist ja wunderbar.«

»Ich muss jetzt eine Weile nach Hause. Soll ich euch nicht zur Pension fahren?«, schlug er vor. »Ach, Brooke, wenn ich nachher mit der Pumpe anfange, könnte ich Hilfe gebrauchen. Hättest du Lust zu kommen?«

»Hm … ja, klar«, erwiderte ich. Mein Herz klopfte so, als hätte er mich gerade zum Highschool-Ball eingeladen.

»Ich habe Hunger«, klagte Butterfly. »Wir haben nur ein paar Schokoriegel gegessen.«

Todd lachte.

»Ich weiß. Ich muss endlich anfangen, mich besser zu ernähren. Aber im *Woodside* bekommt ihr ein gutes Abendessen«, versprach er.

Wir stiegen in sein Auto, und er fuhr uns zu einem Gebäude, das wie ein Privathaus wirkte. Nur ein kleines Schild wies darauf hin, dass Zimmer vermietet wurden.

»Bestellt Mrs. Slater schöne Grüße von mir«, bat Todd, als wir ausstiegen.

»Das werde ich«, versicherte ich ihm. »In zwei Stunden?«

»In zwei Stunden.«

Er fuhr davon. Raven schüttelte den Kopf.

»Ich weiß nicht, Brooke. Ich hatte mir Sorgen gemacht, dass du allein mit ihm weggefahren bist, aber wenn das Einbauen einer Wasserpumpe in einen Automotor seine Vorstellung von einem Rendezvous ist, brauche ich mir wohl keine Sorgen mehr zu machen.«

Alle lachten, als ich knallrot wurde.

Vielleicht weil ich sehr hungrig war, fielen mir nur Lebensmittel ein, als ich Mrs. Slater sah. Sie war nur sechs oder acht Zentimeter größer als Butterfly und so feist wie ein gefüllter

Thanksgiving-Truthahn. Ihre Hängebacken wabbelten wie Wackelpudding, wenn sie ging oder, besser gesagt, daherwatschelte. Ihr milchweißes Haar wurde von einer schokoladenbraunen Haarnadel in einem festen Knoten am Hinterkopf zusammengehalten. Ihre Augen waren fast mintgrün, strahlend und freundlich – Großmutteraugen würde Butterfly sagen. Ihre Arme erinnerten mich an große Roggenbrote und die Finger an frischen Teig.

Das sehr kleine, aber hübsche und behagliche Haus war erfüllt vom Duft nach Hackbraten und Apfelkuchen. Sie hatte noch einen anderen Gast, einen Handelsvertreter namens Mr. Franklin.

»Bestimmt hat Todd euch gesagt, ihr sollt herkommen. Wie immer habe ich viel zu viel zum Abendessen vorbereitet«, sagte sie.

Sie zeigte uns das Zimmer mit zwei Doppelbetten. Das Badezimmer mussten wir uns mit dem anderen Gast teilen. Raven war glücklich, weil sie jetzt heiß duschen und sich die Haare waschen konnte, »bevor sie vor lauter Dreck ausfallen. Vielleicht war unsere Panne ja ein Glücksfall«, meinte sie.

»Deshalb sage ich euch ja immer, ihr sollt euch auf das Positive konzentrieren.«

»Erbarmen«, rief Raven und verschwand als Erste im Badezimmer.

Gegen Ende des Abendessens beugte sich Raven zu mir herüber und flüsterte: »Vielleicht sollte ich dich als Anstandsdame zur Werkstatt begleiten. Es ist ziemlich offensichtlich, dass Todd dich mag.«

»Nein«, wehrte ich ab – vielleicht ein bisschen zu hastig. Sie zog die Augenbrauen hoch. »Todd und ich haben keine Zeit herumzuschäkern. Das Auto muss heute fertig repariert werden, damit wir morgen zeitig aufbrechen können.«

Sie wirkte keineswegs überzeugt und schüttelte nur bedächtig den Kopf. »Sag aber bitte nicht, ich hätte dich nicht gewarnt.«

Crystal spürte die Spannung zwischen uns und kam zu unserer Rettung. »Ich glaube, wir haben alle aus deiner Erfahrung mit Taylor gelernt, Raven. Brooke wird bestimmt vorsichtig sein.« Mit diesen Worten warf sie mir einen bedeutungsvollen Blick zu.

Butterfly packte mich am Arm. »Ich finde, Todd sieht schrecklich gut aus, Brooke. Würdest du dich von ihm küssen lassen, wenn er das möchte?«

»Mein Gott! Wollt ihr wohl aufhören! Ich habe kein Rendezvous! Ich helfe ihm nur, unser Auto zu reparieren«, rief ich und hoffte verzweifelt, dass sie dieses Thema endlich fallen ließen. Ich konnte nicht verhindern, dass ich rot wurde, und Crystal konnte es nicht lassen, sich über mich lustig zu machen.

»Mir will scheinen, die Lady protestiert zu viel!«, zitierte Crystal.

Als sie dasaßen und kicherten, fragte ich mich, ob Raven wohl Recht hatte. Wenn Todd mich nun wirklich mochte? Würde ich mich von ihm küssen lassen, wie Butterfly gefragt hatte?

All diese Gedanken und Fragen gingen mir durch den Kopf, dass ich fast nicht hörte, wie Todds Wagen in die Auffahrt der Pension fuhr. Meine Beine zitterten, als ich zu ihm hinausging. Als ich mich noch einmal zum Haus umdrehte, sah ich, wie Crystal, Raven und Butterfly ihre Gesichter gegen die Scheibe pressten.

Sie sahen alle so besorgt aus, als könnten sie in meine Zukunft schauen. Als ängstigte sie, was sie sahen.

11

Neue Freunde

»Wie ist es, eine Waise zu sein?«, fragte Todd, als wir zur Werkstatt seines Vaters fuhren.

»Ich weiß nicht, wer mein Vater war, und habe keine Ahnung, ob ich Geschwister habe.«

Er nickte.

»Wie ist es mit deiner Mutter? Hast du sie gekannt?«

»Nicht wirklich. Dieses Band«, ich zeigte ihm das verblichene Band, das ich ums Handgelenk gebunden hatte, »ist das Einzige, das von ihr stammt. Sie hatte es mir ins Haar gebunden, als sie mich weggab, und jemand hat es für mich aufgehoben. Es war leuchtend rot, ist aber mittlerweile völlig verblichen.«

Wir erreichten die Werkstatt und stiegen aus. Er schloss das Tor auf und schob es hoch. Es ratterte auf Rollen nach oben. Dann drückte er auf einen Schalter, die Neonlichter flackerten ein paarmal, bevor sie die Garage erleuchteten, in der Gordons Kombi geparkt war. Die Motorhaube stand auf. Todd ging zu seiner Werkbank und sah sich die Wasserpumpe genauer an.

»Wie ging es denn deinem Vater?«, fragte ich. Er schaute nicht auf, als er antwortete.

»Er schlief, als ich nach Hause kam, und schlief immer noch, als ich wieder ging«, sagte er. Er steckte eine Arbeitsleuchte in die Steckdose und ging damit zum Motor. Ich hielt sie für ihn fest, während er die defekte Wasserpumpe eingehend musterte, bevor er sein Werkzeug auswählte – fast so wie ein Chirurg sein Skalpell.

»Vermutlich hast du dein ganzes Leben lang Autos repariert.«

»Seit ich einen Schraubenschlüssel halten kann«, erwiderte er. »Ich war erst vierzehn, als mein Dad mir mehr und mehr die Verantwortung für den Laden überließ. Er fuhr weg, um etwas für jemanden zu erledigen. Normalerweise folgte darauf ein Besuch in der Kneipe. Es hieß immer, er wollte schnell ein Bier trinken, aber daraus wurden Stunden. Die Arbeit türmte sich. Die Leute waren stinksauer, wenn ihre Autos nicht fertig waren, und ich musste dann Geschichten erfinden. Weißt du was?«, sagte er, hielt inne und schaute mich an.

»Was?«

»Du und ich, wir unterscheiden uns gar nicht so sehr. Ich hatte zwar einen Vater und eine Mutter, aber meistens war es so, als hätte ich gar keine. Nachdem meine Mutter uns verlassen hatte, kochte ich für mich selbst, kümmerte mich um meine Kleidung und machte das Haus sauber. Ich schrieb sogar meine eigenen Entschuldigungen, wenn ich in der Schule gefehlt hatte. Ich hatte es gelernt, Dads Unterschrift ziemlich gut zu fälschen. Mittlerweile ist das für die Leute hier eher meiner als Dads Laden. Ihm ist das egal.« Er überlegte einen Moment, als wollte er mir noch etwas sagen, wandte sich dann aber wieder seiner Arbeit zu.

»Ich verstehe, was du meinst«, versicherte ich ihm, »aber wenigstens brauchtest du nicht in irgendwelchen staatlichen Einrichtungen zu leben.«

»Euch Mädchen ist es wohl wirklich schlecht ergangen in diesem Heim. Schlecht genug offenbar, um einfach so ohne Geld wegzulaufen, hm?«

»Wir hatten etwas Geld«, widersprach ich und erzählte ihm von Sunshine. Er hörte zu und arbeitete gleichzeitig. Bald hatte er die defekte Wasserpumpe ausgebaut und montierte sie in das gebrauchte Ersatzteil ein.

»Die Straße ist nicht der richtige Ort für dich, Brooke. Da passieren oft solche Dinge. Ich hoffe, du findest bald, was du suchst, ein Zuhause.«

»Ich auch.«

Er wischte sich die Hände an einem Lappen ab.

»Möchtest du was Kaltes zu trinken? Ich habe Cola und sogar ein Bier, wenn du möchtest?«

»Ich nehme eine Cola«, sagte ich. Er ging ins Büro und kam mit zwei Colas zurück. Wir setzten uns auf eine Bank und betrachteten den Kombi.

»Wem gehört der Buick also?«, fragte er.

Ich schwieg.

»Wenn ihr alle Waisen seid, gehört er keiner von euch, stimmt's?«, hakte er mit einem sanften Lächeln nach.

»Er gehört diesem Typen, der zusammen mit seiner Frau das Heim leitet«, erwiderte ich.

»Gordon Tooey?«

»Ja. Woher weißt du das?«

»Ich habe die Zulassung im Handschuhfach gelesen«, antwortete er und trank einen Schluck Cola. »Das ist eine ernste Sache, ein Auto zu stehlen.«

»Daran kannst du sehen, wie verzweifelt wir waren«, sagte ich.

»Tja, aber wie wird Gordon das Ganze aufnehmen?«, fragte er mit einem schiefen Lächeln.

»Nicht gut«, vermutete ich. »Crystal befürchtet, dass er hinter uns her ist.«

»Ihr seid wirklich auf der Flucht.« Er nahm einen weiteren Schluck und schaute mich an. »Dabei siehst du gar nicht wie eine Verbrecherin aus«, scherzte er.

Wir starrten uns lange an. Er schätzte mich ebenso ab wie ich ihn. Ich fragte mich, ob ich ihn an jemanden erinnerte. Keiner schien durch den langen Blick eingeschüchtert oder verlegen. Dieser Blick gab mir ein warmes, behagliches Gefühl. Ich mochte es, wie sein Blick sanft wurde und fast unmerklich mit einer Sorgfalt über mich glitt, als wollte er mich seinem Gedächtnis für immer einprägen.

Er schaute zur Tür, zum Nachthimmel.

»Eine wunderbare Nacht«, meinte er. »Jetzt ist meine Lieblingsjahreszeit. Im späten Frühling ist es hier warm, aber noch nicht so warm, dass es unangenehm oder zu feucht wäre. Ich nehme mir dann Zeit, die Sterne oder Vögel zu beobachten. Ich mag das, aber ich hasse es auch.«

»Du hasst es? Warum?«, fragte ich rasch. »Du hörst dich beinahe poetisch an, wenn du darüber redest. Crystal würde das bestimmt gerne hören.«

Er lachte.

»Poetisch, ja? Meine alte Englischlehrerin würde einen hysterischen Anfall bekommen, wenn sie das hörte.«

»Warum hast du gesagt, du hasst es?«

»Ich weiß auch nicht. Vermutlich weil ich mich dann noch einsamer fühle als zu anderen Jahreszeiten«, erwiderte er, stellte seine Flasche hin und machte sich wieder an die Arbeit.

Ich saß da und beobachtete, wie er den defekten Schlauch ersetzte, und spürte, dass mein Herz in einem Rhythmus klopfte wie noch nie zuvor. Ich erhob mich und stellte mich neben ihn, als er mit einer verrosteten Schraube kämpfte.

»Hast du keine Freundin?«, platzte ich heraus und wünschte mir dann, die Worte zurücknehmen zu können. Dies war eine jener Fragen, die man nicht stellen will, weil man die Antwort fürchtet, die man aber dennoch stellen muss.

»Ich hatte eine«, antwortete er. »Wir haben uns vor drei Monaten getrennt. Sie drängte mich zu etwas, für das ich noch nicht bereit war«, fügte er hinzu, bevor ich fragen konnte, warum.

Er besprühte die Schraube, konnte sie dann leichter lösen

und hielt sie triumphierend hoch, als hätte er ein Goldnugget gefunden.

»Tata!«, trompetete er. Ich lächelte, aber er sah plötzlich ganz ernst aus. »Du hast die süßeste kleine Nase, die ich je gesehen habe«, sagte er. Ein Kompliment aus heiterem Himmel, völlig unerwartet, das mir die Luft raubte. »Das hast du bestimmt schon oft gehört«, meinte er und wandte sich wieder dem Motor zu.

»Nein«, entgegnete ich leise. »Noch nie.«

Er schaute zu mir herüber, als glaubte er mir nicht, und machte sich dann wieder an die Arbeit. Ich sah zu, aber mein Herz klopfte so ungestüm, dass ich die Lampe bestimmt nicht ruhig halten konnte. Ihm schien jedoch nicht aufzufallen, wie sehr meine Hand zitterte. Schließlich war das Ersatzteil installiert.

»Zeit, unsere Arbeit zu testen«, verkündete er. »Starte den Motor.«

Das tat ich, und er beobachtete den Motor.

»Was macht die Anzeige?«

»Wieder im normalen Bereich«, stellte ich fest. »Aber wir müssen abwarten.«

»Warum lässt du ihn nicht eine Weile laufen?«, schlug er vor.

Nach einigen Minuten fragte er mich wieder, und ich bestätigte, dass alles in Ordnung war.

»Ihr habt Glück gehabt«, fand er. »Du kannst den Motor abstellen«, wies er mich an.

Er begann aufzuräumen.

»Was glaubst du, wo deine Reise enden wird?«, fragte er.

»Wir wollen nach Los Angeles. Wir hoffen, dass wir dort eine preiswerte Unterkunft und Arbeit finden werden. Crystal will noch weiter zur Schule gehen, und wir wollen eine Ballettschule für Butterfly suchen«, erzählte ich ihm.

»Butterfly? Die Kleine?« Ich nickte. »Sie wirkt so zerbrechlich, viel zu zerbrechlich für so eine Sache.«

»Du hast Recht, aber wir passen ja auf sie auf.«

»Reicht das denn?«, fragte er rasch. »Tut mir Leid«, entschuldigte er sich, »aber ich neige dazu, manchmal zu realistisch zu sein.«

»Ist schon gut.« Ich holte tief Luft. »Ich habe auch nicht auf alles eine Antwort, Todd«, erwiderte ich. »Ich weiß nur, dass wir es nicht mehr aushalten konnten, wo wir waren und was dort passierte. Wir fühlten uns dort wie in einer Falle. Wir fühlten uns wie Ware, die auf dem Regal stehen geblieben war, wie Ladenhüter. Vielleicht sind wir verrückt. Vielleicht sind wir nur ein Haufen dummer Mädchen, aber wir haben unser Leben selbst in die Hand genommen, sei es auch nur für kurze Zeit, und das ist ein gutes Gefühl. Als ich dort hinausfuhr ...«

»Was war da?«, fragte er, immer noch lächelnd.

»Ich weiß auch nicht. Ich fühlte mich so frei, so kraftvoll. Ich fühlte mich einfach ... lebendig. Vermutlich hört sich das dumm an.«

»Nein«, widersprach er und schüttelte den Kopf. »Für mich hörst du dich wundervoll an.«

Ich spürte, wie mein Gesicht heiß wurde. Warum musste ich nur so oft rot werden?

»Ich verstehe, wie du dich gefühlt hast.« Er ging zur Tür, und ich folgte ihm. Einen Augenblick starrte er nur auf die Straße, den Wald und die Büsche. »Dieser Ort versetzt mich manchmal in eine seltsam traurige Stimmung, als müsste ich schnell rennen, um die besten Dinge in meinem Leben noch zu erwischen, Dinge, die mir entgleiten. Ich verspüre dann dieselbe Panik, die du auch gefühlt hast. Ich fühle mich in einer Falle gefangen und allein.«

Er trat hinaus, wir gingen ein Stück, während er fortfuhr.

»Manchmal sehe ich ein Auto mit einem Nummernschild aus einem anderen Staat, und dann würde ich am liebsten in mein Auto steigen und fahren, bis der Tank leer ist. Wo immer das wäre, bliebe ich und baute mir ein neues Leben auf«, sagte er und schaute in das Dunkel hinaus.

Neben der Garage stand ein verrosteter Lastwagen ohne Aufbau. Anscheinend stammte er aus den Sechzigern, ein Hinterreifen fehlte, das Beifahrerfenster war zertrümmert.

»Warum tust du es nicht einfach?«, fragte ich leise. Unsere Stimmen waren nur wenig lauter als ein Flüstern. Er zuckte die Achseln.

»Vermutlich wegen Dad. Ich bin alles, was er noch hat, auch wenn er die halbe Zeit nicht einmal weiß, dass ich da bin. Und dann überlege ich mir wieder, was ich denn da draußen eigentlich kriege? Hier habe ich zumindest etwas. Es ist nicht viel, ich weiß, aber es gehört mir, und ich bin mein eigener Herr. Nicht viele Jungs in meinem Alter können das von sich sagen.«

Er stemmte sich auf die Ladefläche und saß dort, die Hände in den Schoß gelegt, mit gesenktem Kopf. Ich trat auf die Stoßstange und sprang mit solcher Leichtigkeit neben ihn, dass er lachte.

»Du bist ganz schön gelenkig.«

»Ich kann auch auf dem Kopf stehen«, prahlte ich, »aber bitte mich nicht, es vorzumachen.«

Wir beide schauten auf die dunkle Straße. Es war sehr still.

»Um diese Zeit kommen hier nicht viele Autos vorbei, oder?«, fragte ich.

»Nein.« Er lehnte sich zurück und stützte sich auf den Ellenbogen auf. Auf der Ladefläche fand er einen Grashalm und steckte ihn in den Mund. »Was ist mit dir, Brooke? Hast du einen Freund dort zurückgelassen?«

»Nein«, antwortete ich schnell.

»Hör mal, es muss doch bestimmt ein paar gegeben haben«, beharrte er.

»Keiner, der wichtig gewesen wäre«, gab ich schließlich zu.

»Was soll das heißen? Wie kann das denn sein?«, scherzte er. »Wie konnten die Jungen denn verhindern, dass sie sich Hals über Kopf in dich verliebten?« Etwas in seinem Blick wurde ernst. Ich merkte, er machte mir wieder ein Kompliment.

»Das habe ich mich selbst jeden Tag gefragt«, scherzte ich zurück, obwohl mir plötzlich unbehaglich war.

Er lachte lauter, hörte dann abrupt auf und starrte mich an. In der Dunkelheit glänzten seine wunderschönen Ebenholzaugen. Als er sich umdrehte, kam sein Körper meinem näher. Wir waren nur wenige Zentimeter voneinander getrennt. Als seine Lippen näher kamen, wandte ich mich nicht ab. Wir berührten einander, zunächst wie durch Zufall, zögernd, sanft, schnell. Dann verlagerte er sein Gewicht und küsste mich länger, härter, mit der Hand hielt er mich an der Schulter fest.

»Ich mag dich, Brooke«, sagte er. »Ich mag dich sehr.«

»Ich mag dich auch.«

»Ich bin froh, dass eure Wasserpumpe kaputtgegangen ist«, flüsterte er.

Wir küssten uns noch einmal und legten uns dann zurück. Mein Kopf ruhte auf seinem ausgestreckten Arm, und als ich mich umdrehte, lehnte ich mich gegen seine Brust. Über uns funkelten die Sterne wie Kerzen in der Dunkelheit. Es machte mich ganz benommen, dort zu liegen, seinen Herzschlag und auch meinen zu spüren. Seine Lippen berührten meine Stirn und tasteten sich langsam über meine Nase nach unten. An der Nasenspitze hielten sie kurz inne, küssten sie und glitten dann weiter zu meinen Lippen. Dieser Kuss war länger, sanfter, wärmer. Ich spürte, wie mir Hitze die Beine hochstieg, als setzte ich mich in ein warmes Bad.

Ich fuhr mit den Fingern durch sein Haar bis hinauf in den Nacken. Ich hörte ihn stöhnen und spürte seine Erregung. Er kam näher, seine rechte Hand glitt über meinen

Arm und suchte meine Brust. Ich wandte mich ihm zu und barg mein Gesicht an seiner Brust. Er küsste mein Haar und knabberte dann sanft an meinem Ohr. Ein köstlicher Schauder rann mir den Rücken hinunter.

Er kniete sich hin und zog mich behutsam weiter auf die Ladefläche, bis wir nicht mehr zu sehen waren. Hinten lag ein Ballen Heu, gegen den ich meinen Kopf lehnte. Er streifte die Träger seines Overalls ab und zog sein Hemd aus. Seine Brust schimmerte in der Dunkelheit und reflektierte das Sternenlicht, das sich auch in meinen Augen spiegelte.

»Du bist für mich wie ein frischer Wind, Brooke«, flüsterte er, bevor er sich wieder neben mich legte. um mich erneut zu küssen. Seine Finger fuhren unter mein Sweatshirt. Ich hob den Kopf an, damit er es leichter ausziehen konnte. Er liebkoste meinen Hals und griff dann nach hinten, um den BH zu öffnen. Als ich spürte, wie sich der Verschluss löste, blieb mein Herz stehen und vollführte dann einen Trommelwirbel. Er hob den BH jedoch nicht schnell von meiner Brust. Einige Augenblicke umkreiste er sie mit Küssen und näherte sich ihr behutsam. Noch nie hatte ich einen Jungen so weit gehen lassen. Ich bekam kaum noch Luft.

Keine innere Stimme ermahnte mich aufzuhören. Ich spürte keine Furcht, kannte kein Zögern. Ich war selbst überrascht, mit welcher Begierde ich weitermachen, meine eigenen Gefühle erkunden wollte. Todd war so anders als die anderen Jungen, mit denen ich ein Rendezvous gehabt hatte. Jedes Mal, wenn er mich berührte, war es, als hätte er erst um Erlaubnis gefragt, als wollte er sich vergewissern, was ich wollte. Er gab mir das Gefühl, dass ich ihn genauso genießen sollte, wie er mich genoss. Es war Liebe auf einer Ebene der Gleichberechtigung, von der Mädchen lesen und träumen, die sie aber selten erleben. Mir widerfuhr dies jetzt, und es erfüllte mein Herz mit einer Wärme, die ich nie für möglich gehalten hätte.

Meine Brustwarzen waren so hart, dass sie schmerzten. Ich stöhnte laut.

»Brooke«, flüsterte er. »Du bist wunderschön, schöner als jedes Mädchen, das ich je gesehen habe.«

Rasch entdeckte ich, dass Worte genauso funkeln konnten wie Juwelen. Sie drangen durch meine Ohren in mein Gehirn und noch weiter, bis sie mein tiefstes, geheimstes Inneres berührten. Sie weckten die Frau in mir, ich sehnte mich auf eine Weise nach ihm, die ich mir bisher nur in meinen kühnsten Fantasien erträumt hatte.

Ich spürte sein Bein zwischen meinen Beinen und presste mich begierig gegen ihn. Wir wanden uns, küssten uns, tranken von den Lippen des anderen. Ich war so benommen, dass ich kaum spürte, wie er meine Jeans öffnete. Bevor ich ihn aufhalten konnte, war seine Hand hineingeschlüpft und hatte meine intimste Stelle gefunden. Ich wandte mich nicht ab. Er atmete jetzt so schnell, dass ich einen ersten Anflug von Furcht empfand.

»Todd«, sagte ich, »ich habe das noch nie getan.«

»Ich weiß«, erwiderte er, »aber ich habe es noch nie so sehr gewollt wie mir dir.«

Seine Worte hypnotisierten mich. Aber eine winzige Stimme begann mich jetzt zu warnen. Sie rief meinen Namen. Ich stellte mir immer gerne vor, diese Stimme in meinem Inneren sei die Stimme meiner Mutter, die ich gehört hatte, als ich noch ein Baby war. Diese Stimme ruhte tief in mir verborgen und war nur zu hören, wenn ich sie am dringendsten brauchte.

Er hatte seine Unterhose ausgezogen, ich spürte seine Nacktheit. Er kämpfte jetzt mit meinem Höschen, aber als ich ihn nicht durch meine Bewegungen unterstützte wie bisher, hielt er inne.

»Ich fürchte, es geht zu schnell, Todd. Bitte.«

Er ließ sich gegen mich fallen.

»Du hast recht«, gab er zu, »aber du fährst ja morgen wieder weg.«

»Das stimmt, aber ich werde dich nicht vergessen, wenn du es nicht möchtest«, versprach ich.

Er atmete langsamer. Er presste seine Stirn gegen meine Schulter und wartete, als müsse er eine schreckliche Qual erdulden.

»Ist mit dir alles in Ordnung?«, erkundigte ich mich.

»Ja. Lass mir nur eine Minute Zeit«, bat er. Ich ließ ihn dort liegen, sein Körper gegen meinen gedrückt. Wir lauschten dem Herzschlag des anderen. Wer wusste, welche Botschaften sie austauschten? Schließlich wandte er mir den Rücken zu, schlüpfte wieder in seinen Overall und holte tief Luft.

Ich zog meinen BH und mein Sweatshirt an.

»Es tut mir Leid«, flüsterte ich.

»Du musst dich nicht entschuldigen, Brooke. Vom ersten Augenblick, in dem ich dich sah, ist mit mir etwas geschehen und ich war machtlos dagegen. Glaub mir. Normalerweise bin ich nicht so.«

Er setzte sich auf, zog die Beine an, schlang die Arme um die Beine und legte den Kopf auf die Knie. Es fiel ihm leichter, mir so sein Herz zu öffnen.

»Ich habe Angst, dass ich so sein könnte wie meine Mutter, wild und unmoralisch. Es könnte mir ja im Blut liegen. Ich hasste es, wie die Männer sie behandelten. Ich möchte keine Frau so behandeln.

Aber mit dir war es ganz anders«, meinte er und hob den Kopf. »Ich konnte meine Gefühle einfach nicht im Zaum halten.«

»Ich weiß. Mir ging es genauso«, gestand ich.

Ich konnte im Sternenlicht sein strahlendes Lächeln sehen. »Deine Freundinnen werden sich wohl fragen, wo du bleibst.«

»Nein, sie haben keine Ahnung, wie lange es dauert, ein

Auto zu reparieren«, erklärte ich. »Das ist schon in Ordnung.«

»Du kannst jetzt mit deinem Auto zurückfahren«, sagte er.

»Ich habe es nicht eilig.« Ich legte meinen Kopf in seinen Schoß und blickte zu ihm hoch.

»Das ist es wohl, was man Liebe auf den ersten Blick nennt. Mannomann, ich weiß nicht, ob ich mich wie ein Idiot oder wie ein Glückspilz fühlen soll.«

»Sei glücklich, Todd. Ich bin es auch.«

»Du wirst mich wirklich nicht vergessen?«, fragte er. Ich lachte.

»Du wirst mich bestimmt als Erster vergessen.«

»Die Wette gehe ich ein«, sagte er. »Sobald du irgendwo gelandet bist, schreibst du oder rufst an, und ich mache meinen ersten Urlaub.«

»Versprochen?«

»Bei jedem Stern am Himmel. Jedes Mal, wenn du nachts nach oben schaust, kannst du an mich und mein Versprechen denken. Denk daran, dass ich hier auf dich warte, und lass mich nicht ewig warten, ja?«

»Oh, Todd, ich weiß doch gar nicht, wo wir landen werden. Ich habe jetzt Angst«, gestand ich. »Und ich bin doch die Anführerin. Ich bin diejenige, die alle dazu überredet hat.«

»Du wirst das schon schaffen, Brooke. Du bist jemand, der immer auf den Füßen landet. Ich setze auf dich.«

Ich lachte.

»Jetzt hörst du dich an wie ein Verliebter, denn wenn man verliebt ist, ist man blind für die Realitäten des Lebens.«

»Von wem hast du das denn?«, fragte er.

»Von niemandem. Zu diesem Schluss bin ich selbst gekommen«, erklärte ich.

»Ich habe dir doch gesagt, dass ich zu realistisch bin. Auf mich trifft das also nicht zu.«

»Ja, klar«, bestätigte ich. »Wir sind davongelaufen, haben

ein Auto gestohlen, sind ausgeraubt worden, wissen nicht, wo unser Ziel liegt oder was wir genau machen werden, wenn wir dort angekommen sind, aber ich werde auf den Füßen landen. Nennst du das realistisch?«

»Ja«, beharrte er. »In deinem Fall schon.«

Ich griff nach oben. Er senkte den Kopf, damit ich meine Hand um seinen Hals legen konnte, und ließ sich von mir weit genug herunterziehen, dass unsere Lippen sich trafen. Es war unser köstlichster Kuss, denn mit dem besiegelten wir, dass unsere Liebe immer und ewig dauern sollte.

Mrs. Slater hatte mir nicht gesagt, dass sie die Haustür um elf Uhr abschloss. Es war peinlich zu klingeln und, als niemand öffnete, zu klopfen und zu klopfen. Schließlich kam sie. Sie trug einen dunkelbraunen Frotteebademantel, der mindestens zwei Nummern zu groß war, und Herrenpantoffeln.

»Tut mir Leid, Sie zu wecken«, entschuldigte ich mich.

»Ich wusste nicht, dass du noch aus warst, Schätzchen. Es war immer meine Gewohnheit, um elf Uhr die Tür abzuschließen, es sei denn, jemand vereinbart etwas anderes mit mir. Ich dachte, ihr wärt alle oben, in eure Betten eingekuschelt. Wo warst du denn?«, fragte sie und trat zurück, um mich einzulassen.

»Unser Auto reparieren«, sagte ich. »Danke. Gute Nacht«, wünschte ich ihr, bevor sie weitere Fragen stellen konnte. Ich eilte an ihr vorbei, die Treppe hinauf, in unser Zimmer. Raven war noch wach, hatte die Hände hinter dem Kopf verschränkt. Die kleine Lampe auf dem Nachttisch brannte.

»Du brauchst mir gar nichts zu sagen«, meinte sie, sobald ich hereingekommen war. »Ich kann es an deinem Gesicht sehen.«

»Was?«

Sie lachte und schaute auf die Uhr. »Fast vier Stunden, um eine Wasserpumpe zu reparieren?«

»Es war schwierig«, behauptete ich. »Die alte Pumpe war eingerostet und ...«

»Bitte. Ich kenne diesen Gesichtsausdruck«, scherzte sie, aber in ihren Worten lag auch eine gewisse Traurigkeit. Auch sie war in Taylor verliebt gewesen, und sein schreckliches Benehmen tat immer noch weh.

»O Raven«, rief ich mit einer Stimme, die ich gar nicht an mir kannte. Der scherzhafte Ausdruck verschwand aus ihrem Gesicht.

»Was ist?«, fragte sie rasch mit eher besorgtem als neugierigem Blick.

»Ich glaube ... ich habe mich verliebt.«

»Was? Verliebt? Du kennst ... einen Augenblick, Brooke. Das kann doch nicht dein Ernst sein«, erklärte sie und setzte sich auf, die Hände in die Hüften gestemmt.

»Warum nicht?«

»Warum nicht? Du hast ihn doch gerade erst kennen gelernt, Brooke. Du weißt, was passieren kann, wenn es zu schnell geht. Du willst doch nicht, dass dir genau dasselbe passiert wie mir mit Taylor!« Ihr Gesicht war so voller Kummer, dass ich gerne auf sie gehört hätte, aber mein Herz sagte mir, dass es mit mir und Todd anders war.

»Ich weiß, dass du es gut meinst, Raven, und es tut mir Leid, dass Taylor dir das Herz gebrochen hat, aber Todd ist anders, er ist nicht wie Taylor.«

Sie betrachtete mich genau und lehnte sich dann gegen ihr Kissen.

»Erzähl mir genau, was passiert ist, Brooke. Ich würde gerne glauben, dass du Recht hast mit Todd.«

»Also, als ich dorthin ging, habe ich nicht erwartet, dass irgendetwas Romantisches geschehen würde.« Erstaunt riss sie die Augen auf. »Wirklich, Raven, das habe ich nicht. Wir unterhielten uns ein wenig, und ich half ihm bei der Arbeit.«

Sie fing an zu kichern, und ich warf ihr einen vernichtenden Blick zu.

»Tut mir Leid, aber eine Autowerkstatt ist wahrscheinlich der letzte Ort auf Erden, an dem ich ein romantisches Beisammensein vermuten würde.« Sie presste ihre Lippen zusammen und machte eine Bewegung, als verschließe sie ihren Mund mit einem Reißverschluss.

»Er ist sehr einfühlsam. Er tat mir noch mehr Leid als ich mir selbst. Sein Vater ist ein Alkoholiker, und seine Mutter ist vor Jahren mit einem anderen Mann weggelaufen«, erzählte ich.

»Das ist dein Märchenprinz?«

»Du kannst ihn doch nicht für seine Eltern verantwortlich machen, Raven. Wie fändest du es denn, wenn man das bei uns täte?«, konterte ich. Das teuflische Funkeln in ihren Augen verlosch daraufhin schnell.

»Du hast Recht«, gab sie zu.

»Er hat sich kürzlich von seiner Freundin getrennt. Ich vermute, sie war nicht die Richtige für ihn, und sie wollte …«

»Hmhm, verstehe«, bemerkte Raven und zog die Augenbrauen hoch.

»Was meinst du damit, Raven?«

»Also, manchmal sind Jungen leidenschaftlicher oder netter, wenn sie gerade zurückgewiesen worden sind, Brooke. Sie leiden an gebrochenem Herzen, dann kommst du und flickst es wieder«, erklärte sie.

»Er litt nicht unter gebrochenem Herzen. Wenn überhaupt, dann das Mädchen«, beharrte ich. Sie nickte, blieb aber skeptisch. »Wir redeten ein bisschen darüber, und dann gingen wir zu diesem Laster.«

»Oh.« Mit dem Handrücken wischte sie ein Lächeln weg.

»Willst du mich nur auslachen, oder hörst du wirklich zu?«

»In Ordnung. Tut mir Leid. Was ist passiert?«

»Wir küssten uns und …«

»Und?«

»Küssten und küssten uns und hörten auf, kurz bevor es zu spät war«, erzählte ich. Als sie schwieg, blickte ich zu Boden. »Ich wollte eigentlich nicht, dass wir aufhörten.«

»Tatsächlich? Das ist wirklich etwas Besonderes.« Einen Moment war sie nachdenklich, dann beugte sie sich vor und berührte mich an der Schulter. »Was wirst du tun?«

»Nichts. Was kann ich denn tun? Ich habe versprochen, ihm zu schreiben, wenn wir irgendwo gelandet sind, und er hat mir versprochen, mich dann zu besuchen.«

Sie lehnte sich zurück, überlegte einen Augenblick und nickte dann lächelnd.

»Weißt du, ich glaube, er kommt wirklich zu Besuch. Es hört sich tatsächlich an, als sei er etwas Besonderes. Tut mir Leid, dass ich so misstrauisch war. Ich wollte einfach nicht, dass du genauso hereinfällst wie ich.«

Sie meinte es ehrlich, und ich war ihr dankbar. Wir umarmten uns, dann ging ich mir die Zähne putzen und machte mich fertig fürs Bett.

Als ich später im Dunkeln im Bett lag, sprach Raven mich noch einmal an.

»Was ist?«

»Es ist schön, Brooke, wenn man jemanden hat, von dem man träumen kann.«

»Und wenn es nur Träume bleiben?«

Sie dachte nach.

»Für dich wird es mehr sein, Brooke. Das weiß ich einfach.«

»Woher weißt du das?«

»Woher ich das weiß? Weil ich eifersüchtig bin«, gestand sie mit bedauernder Stimme. Ich fragte mich, wie lange es dauern würde, bis sie über Taylor hinwegkam.

»Gute Nacht, Raven. Danke.«

»Du brauchst mir nicht zu danken. Du bist meine Schwester, Brooke.«

»Für immer und ewig.«

»Die vier Waisen …«

Wir schliefen ein und schwebten beide davon in ein Traumland.

Am nächsten Morgen verriet Raven Crystal und Butterfly nichts über mich. Die beiden waren gestern Abend sehr schnell eingeschlafen und wussten nicht, wann ich zurückgekehrt war. Wie üblich weckte Crystal uns.

»Ist das Auto repariert?«, fragte sie, als ich mir den Schlaf aus den Augen rieb.

»Ja, es steht draußen.«

»Wir bekommen hier Frühstück«, verkündete sie, »ihr solltet euch also beeilen und euch anziehen.«

Ich stieß Raven an, die daraufhin stöhnte und brummte, ich solle sie in Ruhe lassen. Da knuffte auch Crystal sie, bis Raven sich schließlich erhob und noch im Halbschlaf ihr Frühstück verzehrte. Dieses Frühstück war übrigens sehr gut und Mrs. Slater eine sehr nette Gastgeberin, die über alles plauderte, vom Wetter bis zu den neuesten Zeitungsschlagzeilen. Sie interessierte sich sehr für uns, war aber nicht wirklich neugierig, und wie alle verliebte auch sie sich in Butterfly, die so gewinnend lächelte und sie treuherzig anschaute.

Nach dem Frühstück warteten Crystal und ich auf der Veranda und planten, über die Karte gebeugt, wie weit wir heute kommen könnten und wo wir Rast machen wollten.

»Wir haben nur noch gut hundert Dollar, Brooke. Ich weiß auch nicht, was wir tun sollen, selbst wenn wir es in zwei Tagen bis Los Angeles schaffen.«

»Uns nach Arbeit umsehen, als Kellnerin arbeiten. Vielleicht«, überlegte ich laut, »könnten wir auch das Auto verkaufen.«

»Das Auto verkaufen? Wie denn? Es gehört uns doch nicht.«

»Es gibt Leute, denen ist so etwas egal«, entgegnete ich.

»Wir wissen doch gar nicht, wie man solche Leute findet, Brooke, und ich werde auch nichts verkaufen, das ich mir nur geliehen habe«, betonte sie.

Solange wir uns einredeten, dass wir es nur ausgeliehen hatten, fühlten wir uns nicht schuldig und hielten uns nicht für Diebe. Sie hatte Recht.

»Es wird sich schon etwas ergeben, Crystal. Du wirst sehen«, beschwichtigte ich sie. Ich hatte versprochen, bevor wir fuhren, noch einmal bei Todd anzuhalten, aber ich zögerte und wollte schon einfach vorbeifahren. Ich wusste jedoch, dass ich ihm damit genauso wehtun würde wie mir.

»Fertig«, trällerte Raven. »Kalifornien, wir kommen!«

Butterfly kam mit einem Lunchpaket heraus, das Mrs. Slater für uns zubereitet hatte.

»Sie sagte, sie könnte uns doch nicht ohne Mittagessen gehen lassen«, erzählte Butterfly, als wir zum Auto gingen. Wieder einmal hatten wir Leute gefunden, die sich um uns kümmerten.

Wir stiegen in den Kombi, ich ließ den Motor an. Mrs. Slater kam zur Tür und winkte uns zum Abschied, als wir wegfuhren. Als die Werkstatt in Sichtweite kam, verlangsamte ich das Tempo.

»Ich halte nur kurz an, um mich zu verabschieden«, sagte ich rasch.

»So?«, sagte Crystal und schaute hoch.

Ich fuhr hinein und stieg zögernd aus. Todd lag hinten in der Garage unter einem Wagen. Ich hörte ihn grunzen, dann hielt er in der Arbeit inne und schob sich unter dem Wagen vor, um zu mir hochzuschauen.

»Wir fahren«, sagte ich ruhig.

Er stand auf und schaute zu unserem Auto. Die Mädchen starrten herüber. Er nickte in Richtung auf die entfernte Ecke, wo sie uns nicht sehen konnten, und ich ging dorthin. Als ich mich umdrehte, küsste er mich.

»Du musst mir versprechen, dass du mich anrufst, wenn du unterwegs in Schwierigkeiten kommst, hörst du?«, bat er.

»Ja.«

»Ich habe vergangenes Jahr Geschäftskarten drucken lassen. Ich habe eine ganze Schublade voll davon.« Er wühlte in seiner Overalltasche und zog eine hervor, die er schnell in meine Jeanstasche gleiten ließ. »Schau sie dir hin und wieder an, damit du mich nicht vergisst«, sagte er.

»Ich werde dich nicht vergessen, Todd. Das ist doch albern. Ich werde die ganze Zeit an dich denken.«

»Wirklich?« Er lächelte. »Ich hoffe es. Du rufst mich an, sobald du am Ziel bist, ja?«

»Ja.«

»Du bist wie ein Wunder, das in mein Leben gefegt kam und wieder verschwand.«

»Ich verschwinde nicht.« Mein Herz fühlte sich ganz leer an. »Ich gehe jetzt besser«, flüsterte ich und senkte den Blick. Er berührte mein Kinn, und ich sah ihn wieder an.

»Ich präge mir deine süße kleine Nase ein«, sagte er. »Ich präge mir alles an dir ein.«

Wir küssten uns noch einmal, dann löste ich mich aus seiner Umarmung, rannte zum Auto und versuchte verzweifelt, meine Tränen und meine Schluchzer zu unterdrücken.

»Ist alles in Ordnung?«, fragte Raven leise. Ich schüttelte abwehrend den Kopf.

»Was ist los?«, fragte Crystal.

»Nichts«, entgegnete ich und ließ den Motor an.

»Brooke mag ihn«, erkannte Butterfly. »Nicht wahr, Brooke?«

Ich warf ihr im Rückspiegel einen Blick zu und lächelte. »Ja, Butterfly, das stimmt.«

Ich fuhr los.

Todd kam zum Tor und hob grüßend die Hand. Ich nahm dieses Bild, wie er dort stand, in mich auf und verwahrte es tief in meinem Gedächtnis.

Eines Tages werde ich ihn wieder sehen, und wir werden für immer zusammen sein. Wir werden heiraten und uns ein gemeinsames Leben aufbauen, weil wir uns nicht nur lieben, sondern auch brauchen. Oder war das wieder nur ein neuer Wunschtraum?

Wie sähe meine Hochzeit wohl aus, fragte ich mich. Schließlich hatte ich keinen Vater, der mich weggab, und keine Mutter, die mir half, mein Kleid, meine Blumen und meine Hochzeitstorte auszusuchen.

Ich hatte nur mich selbst.

12

Die harte Wirklichkeit

Kurz nachdem wir die I-70 erreichten, hatten wir einen Platten im rechten Hinterreifen. Glücklicherweise besaß Gordon einen normalen Ersatzreifen, und mit Crystals und Ravens Hilfe brachte ich es fertig, den Reifen zu wechseln. Die Schrauben waren so fest angezogen, dass wir es nur zu dritt schafften, den Schraubenschlüssel zu drehen und sie zu lösen. Raven und ich zogen, während Crystal praktisch auf dem Schraubenschlüssel stand, bis sich die Schrauben drehten. Das muss ein toller Anblick gewesen sein. Viele Autos fuhren vorbei, aber niemand hielt an, um uns zu helfen. Crystal fand, das sei besser so, weil wir uns dann nicht so viele Lügen ausdenken mussten. Natürlich hatten wir panische Angst, dass ein Streifenwagen vorbeikommen würde, aber die Polizisten machten wohl gerade alle Kaffeepause. Etwa fünfzig Meilen weit sahen wir keinen Einzigen.

Direkt nach dem Mittagessen dirigierte uns Crystal auf die I-255, die nach Missouri führte. In Missouri bogen wir auf die I-44 Richtung Westen ab. Crystal erklärte uns, dass diese Straße über Texas, New Mexico und Arizona nach Kalifornien führte.

Kalifornien! Langsam hatten wir das Gefühl, das sei so weit wie zum Mond.

Jedes Mal, wenn wir tankten, befürchteten wir, dass die Benzinkreditkarte nicht mehr akzeptiert würde, aber wir hatten keinerlei Problem damit.

»Er ist hinter uns her«, vermutete Raven. »Ich spüre es bis ins Mark.«

Niemand widersprach ihr. Wir hatten alle ganz ähnliche Befürchtungen. Das ging so weit, dass ich beim Blick in den Rückspiegel befürchtete, Gordons Pick-up auftauchen zu sehen. In meiner Vorstellung hing Gordon mit gefletschten Zähnen dicht hinter der Windschutzscheibe.

Ich fuhr weiter und zwang mich, an etwas anderes zu denken.

Mrs. Slaters Lunchpaket war so üppig, dass wir erst um sieben Uhr wieder Hunger verspürten. Crystal beschloss, an einem der kleinen Supermärkte zu halten und dort fertige Salate zu kaufen. Das war billig und einfach. Bevor wir dann auf den Highway zurückfuhren, gönnten wir uns noch ein Eis.

Unser nächstes Ziel war es, eine Übernachtungsgelegenheit zu finden, die kein zu großes Loch in unsere Kasse riss. Die meisten Motels waren teuer, und selbst diejenigen, die heruntergekommen wirkten, konnten wir uns nicht leisten.

»Wir müssen wohl wieder im Auto schlafen«, meinte Crystal. »Es wird uns schon nicht umbringen.«

Diesmal fand ich eine Nebenstraße, die wirklich völlig unbefahren war. Die Straße endete abrupt in einem Feld. Es war eine dieser Straßen, die begonnen, aber nie zu Ende gebaut wurden. Für uns war das ein Glücksfall. Im hohen Gras konnte man uns von der Straße aus nicht sehen. Wir verriegelten die Türen, legten unsere Kissen bereit, öffneten die Fenster einen Spalt und versuchten einzuschlafen – vergeblich. Raven sprach als Erste aus, was uns auf dem Herzen lag.

»Wenn wir länger bei Patsy hätten arbeiten können, hätten wir mehr Geld und müssten nicht irgendwo auf einem Feld übernachten. Wir könnten wie richtige Menschen essen. Wir könnten uns sogar etwas zum Anziehen kaufen. Ich muss zur Toilette. Was soll ich jetzt tun?«

»Tu so, als wärst du mit einer Jugendgruppe zum Zelten gefahren«, schlug ich vor. »Geh in die Natur.«

»Ich konnte diese Fahrten nie ausstehen. Da draußen sind Mücken, Schlangen …«

»Werwölfe und Vampire«, stimmte Crystal ein.

»Gespenster und Zwerge«, ergänzte Butterfly und kicherte.

»Und Serienkiller. Vergesst nicht die Serienkiller, die sich auch verirrt haben«, fügte ich hinzu.

»Ihr seid wirklich sehr witzig, aber ihr müsst alle früher oder später zur Toilette gehen«, erinnerte Raven uns.

»Unsere Vorfahren haben das auch getan«, erläuterte Crystal. »Wie ihr wisst, sind sanitäre Installationen im Haus ein relativ junges Phänomen.«

»Bitte nicht, jetzt nur keinen Vortrag über die Geschichte der Toilette«, bat Raven.

Ich lachte so heftig, dass ich plötzlich auch zur Toilette musste.

»Komm«, forderte ich sie auf. »Ich stehe für dich Wache und du dann für mich.«

Als wir fertig waren, stiegen wir wieder ins Auto und versuchten zu schlafen. Nach einer Zeit, die mir wie eine Stunde vorkam, vermutlich aber nicht länger als fünfzehn Minuten gedauert hatte, seufzte ich tief und laut genug, dass alle es hörten.

»Ich kann nicht einschlafen«, verkündete Raven.

»Ich auch nicht«, bestätigte Crystal. »Dabei dachte ich, ich sei so müde, dass ich schon nach einer Minute schlafen würde.«

»Ich bin auch noch wach«, gestand Butterfly.

»Wir könnten uns doch unterhalten«, schlug Crystal vor.

»Worüber?«, fragte Raven. »Sag jetzt bloß nicht Politik oder Wissenschaft.«

»Ich hab's«, meinte Crystal. »Jede erzählt, was sie am Ende dieser Reise unbedingt finden will. Wer fängt an?«

»Du«, beschloss Raven. »Schließlich war es deine Idee.«

»In Ordnung. Ich möchte in Kalifornien eine gute Schule finden, damit ich mich fürs College bewerben kann.«

»Langweilig«, tat Raven diesen Wunsch ab.

Crystal fuhr fort, ohne sie zu beachten.

»Und dann will ich zum Strand. Surfen«, gestand sie kichernd.

»Möchtest du auch gerne Filmstars kennen lernen?«, fragte Raven sie.

»Nein, eigentlich nicht. Mir ist es egal, ob Schauspieler berühmt sind. Ich würde lieber zu einem der medizinischen Kongresse gehen, die die University of California in Los Angeles veranstaltet. Forschung ist so wichtig, und diese Ärzte sind berühmt für ihre Forschungsarbeit auf dem Gebiet …«

»Es funktioniert, Crystal«, verkündete Raven.

»Was?«

»Ich schlafe ein.«

»Sehr witzig«, fauchte Crystal. Ich unterdrückte ein Kichern. »Dann wollen wir mal hören, was du uns zu erzählen hast, Fräulein Singvogel«, forderte Crystal sie auf.

Oho, dachte ich, Crystal mit ihrer scharfen Zunge. Sie fordert sie nur heraus.

»Okay«, begann Raven. »Ich will nach Los Angeles und dort beim ersten Vorsingen einen Plattenvertrag bekommen, bevor ich auch nur einen Ton gesungen habe.«

»Das ist kein Ziel, das ist ein Traum. Diese Geschichte solltest du auf Flaschen ziehen lassen und als Schlafmittel verkaufen«, riet Crystal ihr.

»Was soll das heißen? Verstehst du das, Brooke? Außerdem, was ist denn falsch daran, einen Traum zu haben?«

»Ich bekäme gerne ein Sportlerstipendium für eine gute Schule«, fiel ich ihnen ins Wort, bevor sie sich ernsthaft stritten, »und nach ein paar Wochen würde ich Todd schreiben. Er würde zu mir kommen, und nach der Schule würden wir heiraten, und er würde mit mir und meinem Olympiateam durch die ganze Welt reisen.«

»Ihr könntet euch ja genug Kinder für eine eigene Softballmannschaft anschaffen«, schlug Raven lachend vor.

»Ich glaube nicht, dass dieses Spiel uns wirklich entspannt und beim Einschlafen hilft«, gab ich zu bedenken.

»Was ist denn mit dir, Butterfly?«, fragte Raven sie.

Es entstand eine lange Pause.

»Ich möchte nur eine neue Mutter und einen neuen Vater und vielleicht Großeltern finden«, sagte sie leise.

Keine sagte ein Wort.

»Ich bin jetzt müde«, bekannte ich nach einer Weile, schloss die Augen und rutschte tiefer in den Sitz.

»Ich auch«, sagte Raven, »also Ruhe jetzt.«

Es war dunkel und sehr still. Kaum ein Luftzug drang durch den Fensterspalt. Irgendwo weit entfernt hörte ich eine Eule. Butterflys einfacher Wunsch hallte in mir wider wie ein machtvolles Gedicht.

Sollte ich den Mädchen erzählen, was ich mir wirklich wünschte? Ich wünschte mir, dass meine Mutter am Ende meiner Reise auf mich wartete, dass sie mich um Verzeihung bitten und mir eine Geschichte erzählen würde, die erklärte, warum sie mich weggegeben hatte. Ich würde ihr vergeben, sie würde mich umarmen und küssen und mir gestehen, dass sie seit dem schrecklichen Tag, als sie mich in ein Heim gab, davon geträumt hatte, mich wieder zu sehen.

Wir würden weitermachen, als seien die vergangenen Jahre nur ein böser Traum gewesen. Binnen Minuten wären wir wie Schwestern. Es wäre ihr egal, dass ich mich für Sport mehr interessierte als für Schönheitswettbewerbe. Wir würden miteinander Tennis spielen und schwimmen gehen und lange Spaziergänge an diesen grandiosen kalifornischen Stränden machen, wo der Sand wie winzige Diamanten glitzert und die Menschen ewig jung sind.

Wie wunderbar wäre es, endlich jemanden zu haben, den ich Mommy nennen wollte.

Dunkelheit umhüllte uns, vier verlorene und verängstigte Seelen, die im Augenblick in Sicherheit waren. Wir schliefen in einem Auto, das einem Mann gehörte, den wir hassten, der Dämon unserer Albträume, der dort draußen auf der Jagd nach uns war, getrieben von seinem Zorn, gnadenlos. Ein Grund, nie zu vergessen, die Türen zu verriegeln.

Als könnte sie selbst im Schlaf Gedanken lesen, hatte Butterfly einen schrecklichen Albtraum, kaum dass sie eingeschlafen war. Sie erwachte schreiend. Crystal kümmerte sich sofort um sie, tröstete sie, versicherte ihr, dass ihr nichts passieren könnte.

»Was hast du denn geträumt?«, fragte Raven. Butterfly konnte nicht reden, wollte es nicht erzählen.

»Ist schon gut, Butterfly«, beschwichtigte Crystal sie. »Wir sind alle hier bei dir.«

»Sie hat mich zu Tode erschreckt«, stöhnte Raven. »Mein Herz trommelt wie eine kleine Faust gegen meine Rippen.«

»Schlaf weiter«, riet Crystal ihr.

»Ich soll weiterschlafen?«

»Schlaf einfach weiter«, wiederholte sie ruhig und entschieden.

Raven überlegte einen Moment, dann wurde ihr klar, dass Butterfly ruhig bleiben würde, wenn wir es auch waren, und schwieg.

Es war schwierig, wieder einzuschlafen. Butterfly tat mir Leid. Vielleicht war es falsch gewesen, sie mitzunehmen. Vielleicht hatte Todd Recht. Sie war so zerbrechlich. Selbst unsere Liebe, unsere Gesellschaft, unser Versprechen, immer füreinander da zu sein, waren nicht genug.

Für wen hielten wir uns eigentlich?

Wir waren Nobodys.

Wie war ich bloß auf diese Idee verfallen?

Das Morgenlicht weckte uns. Als ich die Augen öffnete, war das Auto so von Sonnenschein durchflutet, dass ich glaubte, der Wagen stünde in Flammen. Mit einem Schrei auf den Lippen fuhr ich hoch. Nach einem Augenblick besann ich mich, wo wir waren. Es war erst halb sechs. Raven wäre nicht besonders glücklich, wenn ich sie jetzt weckte, dachte ich, als sie stöhnte, sich herumwälzte und verzweifelt versuchte, nicht aufzuwachen.

Ich stieg aus, streckte mich und atmete die kühle Luft tief ein. Crystal gesellte sich bald zu mir. Butterfly schlief noch.

»Wir müssen uns etwas überlegen, Brooke, einen Weg finden, zu Geld zu kommen. Wir können nicht so weitermachen. Und was sollen wir tun, wenn wir tatsächlich jemals Kalifornien erreichen? Wir brauchen eine Wohnung. Vielleicht finden wir nicht gleich Arbeit, und selbst wenn, bekommen wir vielleicht nicht direkt Geld. Wovon leben wir in der Zwischenzeit? Wer gibt uns eine Wohnung, ohne Miete im Voraus zu bezahlen?

Ich bin schon eine Weile wach«, gestand sie, »und habe über all das nachgedacht.«

»Was meinst du denn, Crystal?«

»Vielleicht sollten wir aufhören, uns länger etwas vorzumachen. Es war ein Abenteuer, aber das ist auch alles. Mehr können wir realistischerweise nicht erwarten.«

»Du weißt, dass wir nicht zurück können. Du weißt, was dann passieren würde«, erinnerte ich sie.

»Nicht wenn wir der Polizei alles erzählen. Sie werden uns glauben, selbst wenn wir sie dahin führen müssten, wo wir das Kokain ausgeschüttet haben. Ich habe einen Stein auf den Beutel gelegt. Bestimmt ist er noch da, bestimmt sind darin noch genügend Spuren vorhanden, um sie zu überzeugen, dass wir die Wahrheit sagen. Gordon wird verhaftet werden.«

»Und wenn nicht?«

»Selbst wenn er nicht verhaftet wird, werden sie uns nicht

zu ihm zurückschicken. Sie wüssten dann, wie schlecht das wäre«, sagte sie.

»Tatsächlich?« Ich kickte einen Stein beiseite und seufzte. Tränen traten mir in die Augen. »Lieber würde ich verhungern.«

»Oder eines von diesen Mädchen werden, für das Normans und Nanas Sohn uns gehalten hat ... auf der Straße leben?« Sie schüttelte den Kopf. »Das willst du doch gar nicht, Brooke. Wir müssen ...«

»Was?«

»Noch eine Weile länger im Waisenhaus leben«, sagte sie. »Es ist wohl unser Schicksal. Es tut mir Leid.«

»Mir auch. Aber sag es ihnen noch nicht«, bat ich und warf einen Blick auf den Kombi. »Lass uns so weit fahren wie möglich, einfach aus ...«

»Spaß? Ich glaube, für Raven und Butterfly ist das kein Spaß mehr«, meinte Crystal.

»Nein, nicht aus Spaß, nur damit wir das Gefühl haben, es wirklich versucht zu haben. Okay?«

»Solange dir klar ist, wie das Ende aussieht«, sagte sie.

»Das ist es.« Ich schluckte ein Schluchzen herunter und holte tief Luft. Sie legte den Arm um mich und drückte mich an sich.

Crystal konnte manchmal sehr gefühlvoll sein. Sie bestand nicht nur aus Verstand. Aber sie konnte gut ihre Gefühle unter einem Panzer aus Worten und Logik und Fakten verstecken. Ich hegte keinerlei Zweifel, dass auch sie in stillen Augenblicken genauso viel weinte wie wir anderen.

»Komm, wir wollen sie wecken und weiterfahren«, schlug ich vor.

Sie nickte und schaute mich mit ihrem scharfsichtigen, intensiven Blick an.

»Fast wünschte ich, man würde uns anhalten und mitnehmen. Es wäre leichter, als aufzugeben«, sagte sie.

Ich nickte.

»Ja, wir könnten dann wohl besser mit uns weiterleben.«

Butterfly wurde gerade wach, als wir die Türen öffneten. Raven stöhnte und drehte sich so, dass sie ihr Gesicht im Kissen versteckte.

»Nun komm schon, Raven. Wir müssen die Rückbank wieder hochklappen und weiterfahren. Ich will nicht, dass jemand uns hier findet und uns wegen unbefugten Betretens verhaften lässt«, sagte ich.

Mit einem erschöpften Gesichtsausdruck setzte sie sich auf.

»Sklaventreiberin«, fauchte sie. »Du solltest als Gefängnisaufseherin arbeiten.«

»Da werden wir noch alle enden, wenn wir nicht hier wegkommen«, erwiderte ich.

Sie und Crystal richteten den Rücksitz wieder her, dann setzte Raven sich nach vorne, und ich startete den Motor. Ich setzte aus der Sackgasse zurück, und wir machten uns wieder auf den Weg. Als wir ein Reklameschild für ein Frühstück sahen, bei dem man für einen Dollar neunundneunzig so viel essen konnte, wie man wollte, bat Raven Crystal: »Das ist doch billig genug. Dann müssen wir uns doch nichts im Supermarkt kaufen, oder, Crystal?«

Crystal gab nach, und wir hielten dort an. Es war eine Art Cafeteria, die hauptsächlich von älteren Menschen besucht wurde.

»Weil sie von einem genau festgelegten kleinen Einkommen leben müssen«, erklärte Crystal.

Viele Köpfe drehten sich in unsere Richtung, als wir uns an der Schlange anstellten und uns Tablette nahmen.

»Es ist fast wie in *Lakewood*«, meinte Raven. »Ich habe gar keinen Appetit mehr.«

Trotzdem aß sie sehr viel und holte sich noch einen Nachschlag Rührei. Wir gingen zur Toilette, wuschen uns und wollten uns wieder auf den Weg machen. Auf dem Parkplatz stand neben unserem Kombi eine ältere Dame in einem Mantel, der mir für die Jahreszeit zu warm erschien. Mindestens ein Dutzend Haarnadeln hielten ihr widerspenstiges graues Haar hoch, das in Strähnen an den Seiten und hinten herunterhing. Sie trug kein Make-up, aber ihr Gesicht war sehr rosig. Ihre dunklen Augen waren klein und ihre Lippen voll, hingen aber im rechten Mundwinkel ein wenig herab. Als ich das Crystal gegenüber erwähnte, meinte sie, die Frau hätte vielleicht einen Schlaganfall erlitten. In ihren schweren Großmutterschuhen, die ihre besten Tage hinter sich hatten, stand sie jedoch völlig aufrecht.

In der Hand hielt sie eine voll gestopfte Einkaufstasche mit Kleidungsstücken. Als wir näher kamen, starrte sie uns erst misstrauisch an, lächelte dann Butterfly zu, die ihr ein strahlendes Lächeln schenkte.

»Was bist du doch für ein süßes kleines Mädchen. Meine Enkelin Donna hat Haare wie du, obwohl deines mich noch mehr an gesponnenes Gold erinnert. Wie heißt du?«, fragte sie.

»Janet«, erwiderte Butterfly.

»Janet, du wirst eines Tages eine wunderschöne Dame. Genau wie meine Marion. Mit ihrem Aussehen hätte sie ein Filmstar werden können. Seid ihr Mädchen ganz allein?«, fragte sie.

»Ja, Madam«, antwortete Crystal. Sie warf mir einen Blick zu, auf der Hut zu sein. Ich ging zur Autotür. »Ich habe meine Mitfahrgelegenheit verpasst«, sagte sie. »Ich bin zu spät gekommen, und sie haben mich hier gelassen.«

Ich hielt inne und zog die Augenbrauen hoch.

»Wer hat Sie hier gelassen?«, fragte Raven.

»Freunde meines verstorbenen Mannes«, sagte sie. »Sobald der Ehemann stirbt, meiden einen alle seine Freunde wie die Pest. Glaubt mir, als er noch lebte, waren sie ständig da. So ist es doch? Nicht wahr?«

»Sie wollten sich auf diesem Parkplatz mit ihnen treffen, und sie sind ohne Sie losgefahren?«, hakte Crystal nach wie ein Rechtsanwalt, der einen Zeugen ins Kreuzverhör nimmt.

»Es ist nicht das erste Mal, dass man nicht auf mich gewartet hat. Als Witwe muss man mehr um alles kämpfen. Aber ihr seid alle noch viel zu jung, um euch Sorgen darüber machen zu können, Witwe zu sein. Das Alter ist nicht angenehm. So ist es doch? Nicht wahr?«

Raven sah erst mich und dann wieder sie an.

»Wohin wollen Sie denn?«

»Oh, nur nach Morrisville. Ungefähr vierzig Meilen von hier. Ich muss wohl zum Busbahnhof laufen«, sagte sie.

»Wo ist der?«, fragte Crystal.

»Ich bin mir nicht sicher. Ich glaube, er ist ...« Sie drehte sich hin und her. »Ich muss mich drinnen erkundigen.«

»Einen Augenblick«, sagte Crystal. Sie zog ihre Karte heraus und breitete sie auf der Motorhaube aus. »Morrisville. Das liegt auf unserem Weg, Brooke. Wir nehmen Sie mit, Madam«, sagte sie.

»Würdet ihr das tun? Das ist ja so süß. Die meisten Leute heutzutage sind nicht mehr so freundlich zu Fremden. Danke, Schätzchen. Danke.«

»Sie können hinten bei uns sitzen«, bot Butterfly ihr an und öffnete die Tür.

»Danke schön, Janet. Siehst du? Ich habe deinen Namen behalten. Janet. Du erinnerst mich an meine Donna. Habe ich dir das schon gesagt?«

»Ja«, bestätigte Butterfly und lächelte sie herzlich an.

Die ältere Dame stieg ein, und Butterfly folgte ihr.

Raven packte Crystal am Ellenbogen und zog sie zurück.

»Sie täte gut daran, uns nicht auszurauben«, sagte sie scharf. Crystal lächelte schief.

»Ich glaube kaum, dass da eine Analogie besteht, Raven.«

»Eine was? Warum redest du nicht englisch?«, klagte Raven.

Crystal lachte.

»Das ist englisch.« Crystal stieg ein, und Raven wandte sich mit einem verzweifelten Blick an mich. »Du musst immer ein Wörterbuch dabeihaben, wenn du mit Crystal zusammen bist. Mir ist völlig egal, was sie sagt. Es ist, als müsstest du eine Fremdsprache lernen.«

Ich musste lachen, und wir stiegen ein. Dann verließen wir den Parkplatz.

»Ich heiße Theresa James«, sagte die ältere Dame. »Ich lebe seit beinahe einundvierzig Jahren in Morrisville. Mein Mann Eugene war Handelsvertreter für Schuhe.«

»Wie viele Kinder und Enkelkinder haben Sie?«, fragte Butterfly.

»Ich habe drei Kinder, meinen Sohn Thomas Kincaid James und meine zwei Töchter Marion und Jennie. Jennie gleicht mir am meisten. Sie ist eine gute Köchin. Marion kocht nicht. Sie hat Dienstboten für alles. Sie ist gut verheiratet. Ihr Mann baut Boote, Vergnügungsboote. Sie leben in einem Haus, das aussieht wie ein Schloss. Es liegt an einem See. Ich verbringe dort einen Teil des Sommers und sehe dann meine Enkelkinder. Ach, ich habe fünf Enkelkinder, drei Jungen und zwei Mädchen. Die beiden Jungen sind von Thomas. Er hat auch eine Tochter, die gerade sieben geworden ist. Sie heißt Connie, aber sie hat langes dunkles Haar, keine goldenen Locken wie du, mein Liebes. Sie kann gut schreiben. Sie schicken mir immer ihre Diktate mit einem ›Sehr gut‹, und ich hänge sie dann an den Kühlschrank. Ich habe so viele, dass ich manchmal kaum den Griff finde.« Sie lachte. »So ist es doch? Nicht wahr?«

Ich schaute in den Rückspiegel und sah, dass Crystal eine Grimasse schnitt. Ich zog die Augenbrauen hoch, und sie gab mir ein Zeichen, dass es seltsam roch. Nach einem Moment bemerkte ich es auch. Es roch wie verkohltes Holz und kam von Theresa James.

»Mein Mann war ein sehr guter Verkäufer. Er hat nie ein Verlustgeschäft gemacht. Er hätte Rockefeller den letzten Groschen abschwatzen können. Sie wollten ihn zum Vizepräsidenten seiner Firma machen, aber er sagte, nein, Sir, vielen Dank, ich bleibe lieber auf der Straße, draußen bei den Leuten. Er war so gerne mit Leuten zusammen, redete mit ihnen, schüttelte Hände, wie er es nannte.«

»Wann ist er gestorben?«, fragte Butterfly.

»Oh, er starb ... lasst mich mal überlegen. Meine Güte, es ist schon fast zehn Jahre her. Witwe zu sein ist nicht leicht. Alle alten Freunde wenden sich ab, wenn sie mich jetzt sehen.«

»Das ist schrecklich«, sagte Raven.

»Ach, ich gewöhne mich allmählich daran, Liebes. Manchmal tue ich so, als seien sie auch gar nicht da. Als wären wir Geister. Wenn man alt wird, wird man zum Geist. So ist es doch? Nicht wahr?«

»Ich würde nicht zulassen, dass Sie ein Geist werden, wenn Sie meine Großmutter wären«, meinte Butterfly.

»Also, ist das nicht süß? Ich glaube wirklich, du bist das anbetungswürdigste Kind, das ich je kennen gelernt habe, noch süßer als meine Donna, und die kann schon jeden Griesgram zum Lächeln bringen.« Butterfly lachte.

»Wann haben Sie sie das letzte Mal gesehen?«, fragte sie.

»Ach, da muss ich mal überlegen. Ich glaube, es war vor vier Monaten. Nein, eher schon vor sechs oder sieben.«

»Rufen sie denn nicht jeden Tag an?«, fragte Crystal.

»O doch. Mein Telefon steht nie still. Die Nachbarn glauben schon, ich sei ein Buchmacher. Du weißt, was ein Buchmacher ist, Liebes?«, fragte sie Butterfly, die den Kopf schüttelte. »Das ist ein Mann, den man anrufen kann, wenn man eine Wette auf ein Pferd platzieren will. Wenn du gewinnst, muss er dir etwas zahlen, aber wenn du verlierst, musst du ihn bezahlen. Ich habe einen Bruder, der Buchmacher war. Jetzt ist er im Altersheim. Ich bekomme ihn gar nicht mehr zu sehen.«

»Warum nicht?«, fragte Raven. »Fahren Ihr Sohn oder Ihre Tochter Sie nicht dahin?«

»Nein, sie mögen ihn nicht. Sie konnten ihn noch nie leiden. Sie wollen auch nicht, dass ich ihn wieder sehe. Sie finden, er sei das schwarze Schaf der Familie und er habe meine Mutter vorzeitig altern lassen. Mütter können vorzeitig altern, wenn ihre Kinder schlecht sind. So ist es doch? Nicht wahr?«

»Haben Sie letztes Jahr Weihnachten mit Ihren Enkelkindern verbracht?«, fragte Butterfly.

»Aber sicher. Wir waren alle im großen Haus meiner Tochter, und wir hatten einen riesigen Weihnachtsbaum mit Bergen von Geschenken und einen Truthahn, der für eine ganze Armee gereicht hätte. Ich habe einen Kürbiskuchen und einen Apfelkuchen gebacken, und Jennie hat ein Dattel-Nuss-Brot gebacken und Yorkshirepudding zubereitet. Es war ein tolles Fest mit Musik und einem prasselnden Feuer im Kamin wie auf diesen Weihnachtskarten, die eine Melodie spielen, wenn man sie aufklappt. Ja sicher, ich habe die Feiertage mit meinen Kindern und Enkelkindern verbracht, und die Geburtstage und … Geburtstage.« Sie hielt inne, als hätte sie vergessen, was sie sagen wollte, dann fand sie den Faden wieder.

»Aber jetzt lebe ich allein in meinem kleinen alten Häuschen, das mein Mann, der der weltbeste Handelsvertreter für Schuhe war, schon vor Jahren abgezahlt hat. Habe ich euch das schon erzählt?«

Sie redete fast den ganzen Weg nach Morrisville. Raven warf mir die ganze Zeit Blicke zu, als ob ich das ändern könnte oder die Schuld daran trüge. Schließlich drehte sie das Radio an und begann mitzusingen.

»Du hast eine wunderbare Stimme, Liebes«, lobte Theresa James sie. »Meine Jennie hat eine ganz nette Stimme, aber nicht so schön wie deine. Du könntest an einer Straßenecke singen und Geld in einem Hut sammeln.«

Raven lächelte stolz.

»Eines Tages werde ich auf einer Bühne singen und viel Geld dafür bekommen«, verkündete sie.

»O ja, ganz bestimmt. Ich werde dann kommen und zuhören, und dann werde ich den Leuten erzählen, dass ich dich schon kannte, als du ... als du ... Ich habe ganz vergessen, zu welcher Zeit ich auf dem Parkplatz sein wollte. Vielleicht bin ich zu früh gekommen und nicht zu spät«, sagte sie plötzlich. »Es wäre mir schrecklich, wenn sie auf mich gewartet hätten und ich wäre schon weg gewesen. Vielleicht hätte ich dort bleiben und nicht mit euch fahren sollen. Oje. Ich bin mir nicht sicher.«

Niemand sagte ein Wort. Ich schaute Crystal im Rückspiegel an. Sie drehte ihr Fenster herunter, um etwas frische Luft zu bekommen, und schüttelte den Kopf.

»Ihre Kinder sollten sich besser um Sie kümmern«, sagte Raven plötzlich.

»Ja, stimmt das nicht? Jeder sagt mir das. Sie sagen, wie kommt es, dass eine Mutter auf drei Kinder aufpassen kann, aber drei Kinder nicht auf eine Mutter? Vielleicht ist es schwieriger, auf Mütter aufzupassen, hm?«

»Nein«, widersprach Butterfly. »Das ist doch leicht.«

»Du bist so lieb. Du heißt Janet. Beinahe hätte ich meine Jennie Janet genannt. Wir suchten einen Namen, der mit J beginnt. Mein Mann war für Joyce oder Joan, aber ich sagte Nein, da fiel mir ein, dass wir sie Jennie nach meiner Großmutter mütterlicherseits nennen sollten. Er war einverstanden, obwohl er sie nie kennen gelernt hatte. Sonst hätte er ihr bestimmt ein paar Schuhe verkauft.« Sie lachte, und mit Butterfly im Chor sagte sie: »So ist es doch? Nicht wahr?«

Wir waren alle dankbar, als ein Schild uns darauf hinwies, dass Morrisville nur noch wenige Meilen entfernt lag.

»Wo wohnen Sie?«, fragte ich Theresa. »Wir bringen Sie dorthin.«

»Das ist sehr nett von euch. Wie nett Fremde doch manchmal sind«, sagte sie zu Butterfly. »Also, ich lebe in einer sehr exklusiven Wohngegend. Mein Mann fand, das sei eine nette Nachbarschaft, und er sagte, wir sollten dort in ein Haus investieren. Das werde uns nie Leid tun, und das stimmt auch. Es ist ein großes Haus nur für eine kleine alte Lady, aber ich bin an diese vier Wände genauso gewöhnt wie sie an mich. Ich könnte mir nicht vorstellen, bei meinen Kindern zu wohnen. Es ist schön, sie zu besuchen, aber man muss immer daran denken, was Benjamin Franklin sagte: ›Gäste und Fische stinken nach drei Tagen.‹« Sie lachte. Diesmal stimmte Crystal ein: »So ist es doch? Nicht wahr?«

Als wir nach Morrisville kamen, konnten wir es im Schlaf. Der Himmel hatte sich verdunkelt, es fiel ein leichter Nieselregen. Einer von Gordons Scheibenwischern war stark abgenutzt und hinterließ auf der rechten Seite nur Schlieren. Ich versuchte, nach Möglichkeit ohne sie auszukommen.

»Fahr die Main Street geradeaus«, wies Theresa mich an, »dann biegst du in die Fourth, und dann zeige ich es dir. Danke, Liebes.« Sie lächelte Butterfly an. »Was für ein liebes Kind. Wisst ihr, meine Mutter erzählte immer, ich sei ein hübsches kleines Mädchen gewesen. Sie sagte, alle Männer hätten mir einen Penny gegeben, und ich hätte dann getanzt. Mein Vater konnte ganze Symphonien pfeifen.

Er war ein unbekümmerter Mensch, der aber nie viel Geld verdiente. Ganz anders als mein Mann, der viele Schuhe verkaufte.« Sie hielt inne und wischte sich mit der Hand über das Gesicht. »Ich bin müde. Ich bin froh, dass ich mit euch Mädchen gefahren bin.«

Ich erreichte die Fourth Street und bog rechts ab. Die Gegend wirkte schäbig auf mich. Die Häuser waren alt und verwohnt, die kleinen Rasenflecken kahl und ungepflegt, voller Unkraut und Müll. Auf einem lagen sogar alte Reifen. Wir sahen nicht viele Menschen. Es begann stärker zu regnen.

»Ich hätte wohl besser an meinen Schirm denken sollen. Aber ich glaube, es sollte doch nicht regnen.« Bei dem bewölkten Himmel und dem Nieselregen wirkte die Gegend noch trostloser. Die Rinnsteine waren nicht besonders sauber, vor einem Haus hatten vier Hunde die Mülltonne umgeworfen und durchwühlten den Inhalt nach Fressbarem.

»Hier wohnen Sie doch nicht, oder?«, fragte Raven.

»O nein. Ich wohne hier in der Nähe«, sagte sie. »An der Ecke biegst du links ab, dann steige ich aus. Den Rest kann ich laufen. Ihr seid wirklich sehr nett, aber ich kann euch nicht hereinbitten. Mein Haus ist schrecklich unordentlich, und ich bin müde. Ich gehe direkt ins Bett. Tut mir Leid.«

»Das ist schon in Ordnung«, erwiderte Crystal. »Wir haben noch einen langen Weg vor uns und wollen so weit wie möglich kommen, bevor es dunkel wird.«

»Danke, meine Lieben. Danke, danke«, sagte sie und rutschte auf ihrem Platz hin und her.

»Hier?«, fragte ich.

»Danke, meine Lieben. Danke.«

Ich blieb stehen, und Crystal öffnete die Tür. Theresa rutschte hinaus. Dann hielt sie inne und drehte sich zu Butterfly um.

»Verkaufe nur ja niemandem eine von deinen Locken. Und sei vorsichtig bei Männern, die zwinkern, wenn sie lächeln. Auf Wiedersehen«, sagte sie mit einem flüchtigen Lächeln.

»Auf Wiedersehen«, sagte Butterfly traurig.

»Auf Wiedersehen«, sagten auch Crystal, Raven und ich. Crystal stieg wieder ein, und einen Augenblick beobachteten wir, wie Theresa James den Bürgersteig entlangzockelte.

Neben einem unbebauten Grundstück blieb sie stehen. Ich fuhr an.

»Wir fahren besser zurück zur Main Street«, schlug Crystal vor. »Von dort aus finden wir leichter den Weg zurück zum Highway.«

»In Ordnung.«

Ich bog in eine Auffahrt ein und setzte zurück. Als wir die Straße wieder hinunterfuhren, sahen wir Theresa rechts von dem unbebauten Grundstück. Sie stellte ihren Beutel neben einer großen Kiste ab. Ich blieb stehen.

»Was macht sie da?«, wunderte sich Raven – und wir anderen auch.

Einen Augenblick später kniete sie sich hin und kroch in die Kiste. Mein Herz machte einen Sprung. »Crystal?«, rief ich.

»Sie ist obdachlos«, erklärte Crystal. »Wisst ihr, das habe ich mir schon gedacht. Sie hatte irgendetwas an sich, und dann dieser Geruch nach verbranntem Holz. Alles, was sie uns erzählt hat, war entweder ein Traum oder …«

»Oder was?«

»Oder sie ist die schlimmste Art von Waise, die es gibt, Butterfly, eine Mutter, die von all ihren Kindern vergessen worden ist.«

»Wir können sie doch nicht hier zurücklassen, wo sie in einer Kiste schlafen muss?«, rief Butterfly, als ich weiterfuhr.

»Was können wir denn tun, Butterfly?«, sagte Raven. »Wir können uns doch nicht einmal selbst helfen.«

Die harte Wahrheit traf uns wie ein kalter Regenschauer. Unser Schweigen dröhnte plötzlich lauter als ein Donner.

»So ist es doch?«, murmelte Crystal.

»Nicht wahr?«, erwiderte ich.

Wir fuhren weiter.

13

Das Spiel ist aus

Nachdem wir Theresa James zurückgelassen hatten, hatte ich das Gefühl, dahinzutreiben, durch den Raum zu schweben, ziellos durch die Kraft unseres Motors vorangetrieben zu werden. Unser Ziel war so vage geworden, unsere Absichten verworren und hoffnungslos. Ich hatte das Gefühl, es würde nicht mehr lange dauern, bis Crystals Vorhersage sich bewahrheiten würde. Wir würden aufgeben, uns ausliefern, uns der Gnade der unpersönlichen staatlichen Behörde unterwerfen, die uns so lange als Ersatzeltern gedient hatte.

Die Realität machte mich benommen. Theresa hatte davon gesprochen, dass alte Menschen, Witwen und Witwer, unsichtbar würden. Auf eine seltsame Weise war es genau das, was uns passierte. Ohne Familie, die uns unterstützte, waren wir unsichtbar. Wir hätten genauso gut Nummern sein können. Es wird einem nie klar, welche große Rolle die Familie in einer normalen Unterhaltung spielt, solange man eine hat. Unsere Mitschülerinnen um uns herum sprachen von ihren Eltern, ihren Geschwistern, Onkeln, Tanten und Cousinen. Immer tat einer etwas, sah wie jemand anderer aus, sagte etwas Brillantes oder Dummes.

Meine Schulfreundinnen interessierte am meisten, was ich von meinen leiblichen Eltern wusste oder an was ich mich erinnerte. Über meinen Vater wusste ich absolut nichts, was die meisten akzeptierten oder verstanden. Es gab eine Reihe von Schülern, deren Eltern geschieden waren, und viele von denen hatten nur wenig Kontakt zu ihren Vätern. Viel faszinierender fanden sie meine vagen Hinweise auf die Frau, die ich meine Mutter nannte.

Da ich nur ein gutes Jahr bei ihr gelebt hatte, konnte ich mich an nichts Besonderes erinnern. Ich hatte meine Träume und einige Informationen von den Mitarbeitern des Waisenhauses. So hatte ich erfahren, dass sie noch keine zwanzig war, als ich zur Welt kam. Sie stammte nicht aus einer wohlhabenden Familie und war zu der Zeit, als ich geboren wurde, ganz auf sich allein gestellt. Vielleicht war sie meinetwegen verstoßen worden. Ich weiß nicht, wie ich zu diesem Schluss kam, aber irgendwelche Andeutungen hatten mich dazu gebracht zu glauben, dass sie nach Kalifornien gegangen war.

Insgeheim hoffte und betete ich, dass ich sie dort finden würde. Natürlich wusste ich, wie groß der Staat war und wie viele Menschen dort lebten. Ich wusste auch, wie gering die Chancen waren, aber trotzdem träumte ich davon. Crystal und Raven, ja nicht einmal Butterfly konnte ich davon erzählen, obwohl sie meine Schwestern waren. Es war, wie sich zu entblößen, auch den letzten Schutzschild abzunehmen. Wie konnte das tapferste Mädchen, das sie kannten, solch eine sentimentaler Närrin sein?

»Was ist los?«, fragte Raven mich plötzlich. Wir fuhren jetzt beinahe zwei Stunden, das Radio dröhnte, der Regen wechselte von Schauern zu Wolkenbrüchen und wieder zu Nieselregen. Die Wolken am Himmel sahen verkohlt aus, wie verbrannte Marshmellows. Gelegentlich peitschte der Wind den Regen in Böen über den Highway. Wir mussten deshalb langsam fahren.

»Warum?«, fragte ich und wandte mich ihr zu.

Sie rutschte ein bisschen auf ihrem Sitz hin und her und warf Crystal einen Blick zu.

»Du weinst«, sagte sie. »Dir laufen Tränen über die Wangen.«

Ich berührte mein Gesicht und spürte die warmen Tropfen. Es überraschte mich mehr als Raven. Ich wischte mir rasch über die Augen.

»Ich weiß es nicht. Mir muss etwas in die Augen gekommen sein«, erwiderte ich.

»In beide?«

»Ja, in beide«, fuhr ich sie an. Sie zuckte zurück, als hätte ich sie geschlagen, und starrte aus dem Fenster. »Wir sollten heute Abend prassen und in warmen Betten schlafen«, schlug ich vor, um wiedergutzumachen, dass ich Raven angefaucht hatte. »Mit Fernseher und heißer Dusche. Dann fühlen wir uns alle viel besser.«

»Wenn wir das machen, haben wir nur noch wenig Geld übrig fürs Essen. Es reicht dann für keinen weiteren Tag mehr«, bemerkte Crystal.

»Das ist mir egal. Übers Essen mache ich mir später Gedanken. Dann gehe ich eben betteln«, meinte Raven.

»Betteln?«, sagte Crystal. »Würdest du dich wirklich so weit erniedrigen?«

»Vielleicht, vielleicht auch nicht.« Sie lächelte verschmitzt. »Überlass das mir.«

»Das ist das Letzte, was wir tun sollten«, meinte Crystal. Sie hatte die Scherze satt.

Raven fuhr herum und wäre beinahe auf die Rückbank gesprungen.

»Was soll das heißen? Warum musst du nur immer so miesepetrig sein?«, schrie Raven sie wütend an.

»Ich bin nicht miesepetrig. Ich sage doch nur, dass es zum Weiterfahren nicht reicht, wenn wir uns unsere Mahlzeiten zusammenbetteln«, entgegnete Crystal ruhig, was Raven nur noch mehr auf die Palme brachte.

»Und was genau reicht, Crystal? Wenn du auf alles eine Antwort weißt, warum teilst du sie uns nicht mit?«, wollte Raven wissen.

»Wollt ihr beide wohl aufhören!«, rief ich. »Wir verhalten uns überhaupt nicht wie die vier Waisen.«

»Die vier Waisen. Was für ein dämlicher Name«, murrte Raven.

»Du fandest ihn früher immer gut«, erinnerte Butterfly sie.

»Das war, bevor ich erwachsen wurde.«

»Und wann ist diese geheimnisvolle Reife eingetreten?«, fragte Crystal sarkastisch.

»Oh, Mann. Hast du das gehört, Brooke?«

»Ich hatte euch beide doch gebeten aufzuhören«, sagte ich und drosselte das Tempo noch stärker. »Wenn nicht, fahr ich rechts ran und … Was ist denn das?«, fragte ich stattdessen.

Raven drehte sich wieder nach vorne und spähte durch die Windschutzscheibe.

»Das ist eine winkende Frau. Sie wirkt völlig hysterisch«, stellte Raven fest.

Rechts, kurz vor einer Ausfahrt, stand eine Frau um die Vierzig, die wild mit den Armen ruderte. Sie trug weder Jacke noch Mantel, um sich gegen den Regen zu schützen. Ihr hellbraunes Haar war bereits völlig durchnässt, die Strähnen klebten ihr auf Stirn und Ohren. Sie wirkte so verzweifelt, dass sie möglicherweise den Autos in den Weg gesprungen wäre, wenn nicht bald eines hielt. Zwei fuhren vorüber, ohne auch nur langsamer zu werden, um zu sehen, was sie wollte.

»Halt an«, rief Crystal. Ich bog ab und fuhr in ihre Richtung. Sie kam auf das Auto zugerannt.

Raven kurbelte ihr Fenster herunter.

»Oh, Gott sei Dank, dass jemand angehalten hat«, rief die Frau. Sie wischte sich den Regen vom Gesicht. »Es geht um meinen Mann. Ihm wurde schwindelig, und deshalb fuhr er an der Ausfahrt heraus. Als wir anhielten, brach er über dem Lenkrad zusammen. Meine beiden kleinen Mädchen sind bei ihm, aber auf der Straße ist überhaupt kein Verkehr. Ich dachte, wenn ich zum Highway zurücklaufe, könnte ich jemanden anhalten und Hilfe holen, aber ihr seid die Ersten, die stoppen, und ich versuche es schon seit einigen Minuten.«

»Steigen Sie schnell ein, und zeigen Sie uns, wo er ist«, sagte Crystal mit ihrer Alles-unter-Kontrolle-Stimme. Sie öffnete die Tür.

Die Frau stieg ein, und ich fuhr zur Ausfahrt. Nach der Abzweigung war es nicht mehr weit. Der Campingbus war ungeschickt am rechten Fahrbahnrand geparkt, der Blinker war noch in Betrieb. Ein kleines Mädchen saß weinend auf der Grasnarbe am Straßenrand.

»Denise, steh auf«, rief die Frau. Langsam folgte das Mädchen der Aufforderung. »Ich habe dir doch gesagt, du sollst bei Daddy bleiben.«

»Er sagt aber nichts«, jammerte sie.

Crystal war direkt hinter der Frau und stieg in den Campingbus. Wir umlagerten die Tür. Ein Mann Mitte Vierzig war über dem Steuer zusammengesunken. Seine Stirn lehnte oben auf dem Lenkrad, sein Gesicht war uns zugewandt, die Augen geschlossen, der Mund verzerrt. Ich fand, er sah blau aus, besonders um die Lippen.

Das andere kleine Mädchen, erst fünf oder sechs Jahre alt, lag zusammengerollt auf dem Sofa.

»George!«, rief die Frau. »O Gott, o mein Gott.«

Crystal fühlte am Handgelenk nach dem Puls und wandte sich dann an mich.

»Brooke, komm her und hilf mir, ihn hinzulegen«, ordnete sie an. Ich stieg hinein, und die Frau trat zurück. Sie drückte ihre Tochter Denise an sich. Es verblüffte mich immer wieder, welch kompetenten Eindruck Crystal sogar auf völlig Fremde machte.

George war ein ziemlich großer Mann, mindestens einen Meter achtzig groß und mehr als neunzig Kilo schwer. Wir mühten uns ab, und ich warf Raven einen Blick zu, die rasch einstieg und uns half. Zu dritt gelang es uns, ihn vom Sitz zu ziehen und sanft auf den Rücken zu legen.

Crystal machte sich sofort an die Arbeit. Selbst Raven, Butterfly und ich waren überrascht und beeindruckt. Ich wusste gar nicht, dass sie Wiederbelebungsmaßnahmen durchführen konnte. Sie kniete sich neben ihn, legte ihre rechte Hand auf seine Stirn und ihre linke unter sein Kinn. Ich betrachtete sein Gesicht. Er war ein gut aussehender Mann mit schon etwas grauen Schläfen. Crystal warf mir einen besorgten Blick zu und lauschte dann auf seine Atmung. Ohne Zögern hielt sie ihm die Nase zu und legte ihren Mund auf seinen. Sie blies zweimal voll hinein. Ich sah, wie seine Brust sich hob.

Butterfly rückte näher an Raven heran, die den Arm um sie legte.

»Ist er tot?«, wimmerte die Frau.

Crystal legte ihre Fingerspitzen auf seinen Adamsapfel und ließ sie in die Kuhle neben seiner Luftröhre gleiten. Sie fühlte nach seinem Puls.

»Ist er tot? O mein Gott, George!«

Crystal warf mir wieder einen Blick zu, diesmal eher traurig als nervös. Ich las es in ihren Augen, die meine und Ravens und Butterflys widerspiegelten. Wir alle hatten unsere Väter verloren. Wir wollten das hier nicht miterleben.

»Ich glaube, er hat einen Herzstillstand«, sagte Crystal.

Sie knöpfte sein Hemd auf und legte ihre Hände aufeinander mitten auf seine Brust.

»Wir müssen ihn sofort in ein Krankenhaus bringen, schnell.«

»Ich kann dieses Ding nicht fahren«, stöhnte die Frau.

»Ich möchte ihn nicht gerne bewegen«, meinte Crystal zu mir. »Brooke?«

Ich warf einen Blick auf das Armaturenbrett und nickte.

Dann setzte ich mich auf den Fahrersitz und ließ den Motor an.

In der Zwischenzeit begann Crystal die Brust des Mannes in rhythmischen Stößen zu drücken, bis fünfzehn zu zählen, erneut zwei Stöße Luft in die Lungen zu blasen und wieder zu drücken.

Das ältere Mädchen weinte jetzt noch stärker. Butterfly ging zu ihr und versuchte sie zu trösten, während die Frau zu ihrer jüngeren Tochter ging, die sich anscheinend in einem Schockzustand befand. Raven gesellte sich zu ihr. Alle beobachteten Crystal bei der Arbeit.

»Ich habe keine Ahnung, wo ich hinfahre«, murmelte ich. Ich fuhr, bis ich ein kleines Geschäft an einer Ecke entdeckte, und hielt an. »Ich erkundige mich, wo das nächste Krankenhaus ist«, rief ich ihnen zu und sprang hinaus. Im Geschäft befanden sich nur ein Kunde und ein kleiner grauhaariger Mann hinter der Theke. »Wir müssen schnell ins Krankenhaus«, rief ich.

»Ein Krankenhaus? Hier entlang zwei Meilen, dann nach links weitere fünf Meilen, und wenn du zu der Ampel kommst, bieg rechts ab. Nach etwa einer Meile siehst du dann die Hinweisschilder. Was ist denn los?«, fragte er.

»Herzinfarkt«, antwortete ich, sauste hinaus und sprang wieder ins Auto. Es war nicht schwer zu fahren, ich hatte mir nur nicht die Zeit genommen, den Sitz zu verstellen, deshalb kam ich mit den Füßen kaum an die Bremse. Ich versuchte das während der Fahrt zu beheben.

»Wie geht es ihm?«, fragte ich.

»Ich glaube, ich spüre einen Puls, aber er ist sehr schwach«, sagte Crystal. »Ist es weit?«

»Nein.«

Dieses Fahrzeug war schwieriger zu steuern als der Kombi. Beinahe hätte ich die Abbiegung verpasst, weil ich zu schnell fuhr. Die Reifen quietschten. Mein Herz klopfte. Ich hatte Angst, wir würden uns überschlagen oder ein Reifen würde platzen.

»Tut mir Leid«, entschuldigte ich mich. Ein Kleinwagen kroch direkt vor mir dahin. Ich drückte auf die Hupe in der Hoffnung, die Fahrerin würde zur Seite fahren, aber sie reagierte überhaupt nicht. Deshalb musste ich auf eine Gelegenheit zum Überholen warten. Sobald ich glaubte, es sei sicher, scherte ich links aus und setzte zum Überholen an. Ich hatte keine Ahnung, wie stark der Motor des Campingbusses war. Er beschleunigte nur sehr langsam. Ein Wagen kam mir entgegen. Keiner von uns konnte ausweichen. Ich flüsterte ein Gebet, trat das Gaspedal voll durch und bog im letzten Moment auf die rechte Spur ein. Der andere Fahrer hupte wütend.

»Entschuldigung«, murmelte ich.

Es dauerte nur wenige Minuten, bis ich in die Auffahrt des Krankenhauses einbog, aber ich war so angespannt, dass es mir viel länger vorkam. Ich folgte den Schildern zur Notaufnahme und fuhr so nahe wie möglich an die Tür heran. Dann sprang ich hinaus und rannte nach drinnen.

Die zwei Krankenschwestern an der Rezeption hielten gerade ein Schwätzchen. Dabei saß rechts neben ihnen ein Mann, der sich den Arm hielt. Er sah aus, als hätte er große Schmerzen, aber das schien niemand zu bemerken, denn keiner kümmerte sich um ihn.

»Ich habe da draußen einen Mann mit einem Herzinfarkt!«, schrie ich.

Die beiden Schwestern hörten auf zu reden. Ein Krankenpfleger kam aus einem Untersuchungszimmer, und die drei rannten auf mich zu.

»Wo?«

»Draußen in dem Campingbus«, sagte ich. »Beeilen Sie sich bitte. Meine Freundin hat versucht, ihn wiederzubeleben, aber sie weiß nicht, ob es geklappt hat.«

Ein weiterer Pfleger tauchte auf. Sie schnappten sich eine Trage und eilten hinaus zum Campingbus. Augenblicke später schoben sie die Trage wieder herein, wir alle folgten ihnen.

»Keine Sorge«, beruhigte Raven die Frau. »Jetzt kommt alles wieder in Ordnung.«

»O je«, jammerte sie. Sie hatte die Arme um ihre beiden Töchter gelegt. Die jüngere war noch völlig benommen, die ältere wischte sich über ihre blutunterlaufenen Augen.

»Wer kann den Mann identifizieren?«, fragte die ältere der beiden Krankenschwestern. Sie ging hinter die Rezeption.

»Ich«, sagte die Frau. »Er ist mein Mann, George, George Forbas. Ich bin Caroline Forbas.«

Die Krankenschwester lächelte, als sei sie eine Hotelangestellte, die ein Formular für einen Hotelaufenthalt statt für die Notaufnahme eines Krankenhauses ausfüllt.

»Sie müssen dieses Formular möglichst vollständig ausfüllen«, sagte sie.

Caroline schaute voller Panik zu dem Raum, in den ihr Mann George gebracht worden war. Ein junger Arzt kam den Flur entlanggerannt und verschwand in diesem Raum. Ihm folgten eine weitere Schwester und ein weiterer Pfleger.

»Ich kümmere mich um Sophie«, bot Raven an und sagte zu der jüngeren Tochter: »Komm mit, Sophie, wir setzen uns da drüben hin und schauen uns die Hefte an.«

Sie nahm sie bei der Hand, und das kleine Mädchen folgte Raven zu der Sitzgruppe. Butterfly ging hinterher.

»Setz dich auch zu Sophie, Denise«, forderte Caroline sie auf. Zögernd wich Denise von der Seite ihrer Mutter. »Danke«, sagte sie dankbar. »Danke, danke.«

»Schon in Ordnung«, wehrte Crystal ab. »Sie müssen sich nicht bedanken.«

Caroline sah die Krankenschwester an.

»Ich kann keinen klaren Gedanken fassen.«

»Muss sie das denn jetzt machen?«, fragte ich.

»Der Arzt muss doch ihren Mann erst einmal untersuchen, und in der Zwischenzeit kann sie das doch erledigen«, erwiderte sie ungerührt. »Sie können es mit nach da drüben nehmen«, sagte sie und deutete auf einen Stuhl mit einem Schreibtisch. »Lassen Sie sich Zeit, Mrs. Forbas.«

Caroline setzte sich an ihren Papierkram, und ich ging zu Crystal, die verängstigter wirkte, als ich sie je gesehen hatte.

»Was ist los?«, fragte ich leise, weil ich nicht die Aufmerksamkeit auf uns ziehen wollte.

»Ich erinnere mich genau, wie meine Pflegeeltern tödlich verunglückten«, erzählte sie. »Ich war gerade bei einer Freundin. Wir bereiteten uns für eine Mathearbeit vor, als jemand anrief. Ich weiß nicht mehr, wer anrief, aber die Mutter meiner Freundin kam an die Tür ihres Zimmers und sagte: ›Crystal, ein schrecklicher Unfall hat sich ereignet. Kennst du die Telefonnummer deines Onkels Stuart in Albany?‹

›Sie ist bestimmt im Telefonverzeichnis meines Vaters‹, sagte ich. ›Ich gehe rüber und schaue nach.‹ Wir wohnten direkt nebenan«, erklärte sie. »Ich rannte aus dem Haus, ohne über die Konsequenzen nachzudenken. Es kam mir überhaupt nicht in den Sinn, dass sie beide tot waren, weißt du. Ich war damals noch so jung, dass ich den Tod für etwas Fremdes hielt, das alten Menschen vorbehalten ist, das nicht auch Menschen treffen kann, die einem nahe stehen.«

Ich nickte, während ich ihr zuhörte und gleichzeitig beobachtete, wie Raven bei Sophie Wunder wirkte und Butterfly leise auf Denise einredete, um sie vom Weinen abzuhalten. Mir kam der Gedanke, dass wir genauso entsetzt waren wie sie. Crystal hatte bisher kaum über ihre Vergangenheit gesprochen, und wenn, noch nie mit solcher Eindringlichkeit. Wenn Raven hin und wieder innehielt und zu Caroline hinüberschaute, zitterten ihre Lippen. Dann seufzte sie tief.

Wir hatten genug Eltern verloren. Es war uns unmöglich, einfach dabeizusitzen und zuzuschauen, wie andere denselben Kummer erlitten.

»Ich rannte mit der Telefonnummer zum Haus meiner Freundin zurück und gab sie ihrer Mutter«, fuhr Crystal fort. »Ich sah, wie seltsam sie mich anschaute, aber ich stellte immer noch keine Fragen. Stattdessen stand ich dabei und hörte zu, wie sie mit dem Bruder meines Vaters telefonierte.

›Stuart‹, sagte sie, ›hier spricht Vera Raymond, Thelmas Freundin. Ja, ja, mir geht es gut. Stuart, es hat sich ein schrecklicher Unfall ereignet. Ein Autounfall. Karl und Thelma ... sie sind beide tot, Stuart. Es tut mir so Leid‹, flüsterte sie.

Das hat sich alles in meinem Gedächtnis unauslöschlich eingebrannt. Manchmal erlebe ich das Ganze wie in einer furchtbaren Rückblende noch einmal. Manchmal genügt das Klingeln eines Telefons und ich habe die ganze Szene wieder vor Augen«, erklärte sie.

»Auf jeden Fall hörte ich da zum ersten Mal, dass sie tot waren. Einen Augenblick lang kam es mir so vor, als hätte ich das Leben eines anderen belauscht. Ich begriff es immer noch nicht ganz, Brooke. Ich hörte sie sagen: ›Ja, sie ist bei uns. Was sollen wir tun?‹ Sie hörte zu und nickte. Dann drehte sie sich um und schaute mich an, als erzählte er ihr etwas über mich, das sie noch nicht wusste. Natürlich wusste sie, dass ich adoptiert worden war, das war es also nicht«, sagte Crystal rasch. »Ich weiß nicht, was er sagte, aber sie schaute mich an und nickte. ›Ich verstehe, Stuart, aber was soll ich in der Zwischenzeit tun? Wirklich? In Ordnung. Ich werde mich darum kümmern‹, versprach sie. ›Es tut mir so Leid, Stuart.‹

Dann legte sie auf und erklärte mir, dass meine Eltern verunglückt seien und dass mein Onkel mich nicht zu sich nehmen werde. Er hatte sie gebeten, das Jugendamt anzurufen.

Später am Nachmittag kamen sie und holten mich ab. Ich war wieder zurück im System.

Ich ging zu der Beerdigung«, erzählte sie mir, »aber danach habe ich keinen ihrer Verwandten je wieder gesehen.«

»Das tut mir so Leid, Crystal.«

Sie zuckte die Achseln.

»Auf gewisse Weise habe ich Glück gehabt. Mein Leben, so schwer man sich das auch vorstellen kann, wäre wahrscheinlich viel schlimmer, wenn ich bei Menschen leben müsste, die mich überhaupt nicht wollen.«

Caroline stand auf und brachte die Papiere zurück zur Rezeption.

»Warum dauert das so lange?«, fragte sie die Krankenschwester, die die Formulare entgegennahm und dann die Informationen in den Computer eingab.

Caroline sah uns an, und wir gingen zu ihr. Endlich kam der Arzt aus dem Untersuchungsraum. Die Schwester an der Rezeption gab ihm Carolines Formular. Er überflog es, nickte und wandte sich dann an Caroline.

»Sie sind Mrs. Forbas?«

»Ja, wie geht es ihm? Lebt er?«, fragte sie rasch.

»Er ist jetzt stabil, Mrs. Forbas. Er ist jetzt auf dem Weg zur kardiologischen Station. Wir warten jetzt ab, bis der Spezialist ihn untersucht und eine umfassende Diagnose gestellt hat. Wer hat die Wiederbelebung durchgeführt?«

»Sie«, sagte Caroline und deutete auf Crystal.

»Das haben Sie wirklich gut gemacht, Miss«, lobte er sie. »Meiner Meinung nach gibt es überhaupt keinen Zweifel, dass Sie ihm das Leben gerettet haben. Wo haben Sie das gelernt?«

»In der Schule«, antwortete Crystal.

Er lachte über ihren sachlichen, bescheidenen Ton.

»Sie sind der Beweis dafür, warum Schüler aufpassen sollten. Sagen Sie das Ihrem Lehrer.«

Wir sahen, wie sie George, der eine Sauerstoffmaske trug, aus dem Untersuchungszimmer herausrollten.

Caroline eilte zu ihm. Auf dem Weg zum Aufzug drehte sie sich um.

»Könnt ihr noch ein bisschen bei den Mädchen bleiben?«, bat sie uns.

»Aber natürlich«, beruhigte ich sie.

Wir beobachteten, wie sie mit ihrem Mann und dem Krankenpfleger im Aufzug verschwand, dann setzten wir uns zu Raven und Butterfly und spielten mit Denise und Klein Sophie.

Es begann wieder zu regnen. Es fiel uns erst auf, als der Wind den Regen gegen die Scheiben peitschte. Die Mädchen waren, erschöpft von der seelischen Belastung, eingeschlafen. Der Kopf der kleinen Sophie ruhte in Ravens Schoß. Wir alle waren etwas erschöpft. Butterfly nickte immer wieder ein, und Raven lehnte sich mit geschlossenen Augen zurück. Nur Crystal nutzte die Zeit und las die jüngsten Ausgaben der *Time.*

Keine von uns achtete auf die beiden Polizisten, die an der Rezeption standen und leise mit der Krankenschwester redeten. Als sich die Türen des Aufzuges wieder öffneten und Caroline erschien, deutete die Schwester auf sie, und die Polizeibeamten näherten sich ihr. Sie unterhielten sich einen Augenblick mit ihr, dann kamen sie zu uns herüber.

»Danke, dass ihr gewartet und auf Denise und Sophie aufgepasst habt, Mädchen. Die Schwester oben war so freundlich, die Polizei anzurufen, denn ich kann doch den Campingbus nicht fahren und wir müssen in ein Motel. Officer Donald bringt euch zurück zu eurem Auto. Ich weiß gar nicht, wie ich euch danken soll. Kannst du mir deine Adresse geben«, bat sie Crystal, »damit ich dir später etwas schicken kann?«

»Das ist doch gar nicht nötig«, wehrte Crystal ab. »Wie geht es Mr. Forbas?«

»Er ruht sich jetzt aus. Sie glauben, dass mit ihm alles in Ordnung ist. Natürlich muss sich sein Lebensstil ändern. Mit dem Rauchen muss er beispielsweise aufhören.«

»Ich habe Daddy doch gesagt, er soll aufhören zu rauchen«, sagte Denise. »Das haben wir in der Schule gelernt.«

»Ja, mein Liebes«, sagte sie und streichelte liebevoll über das Gesicht ihrer Tochter. »Jetzt wird er wohl auf dich hören.«

»Ich bringe Sie jetzt zum Motel«, sagte einer der Polizisten. »Dave?«

»Mädchen, kommt mit mir«, forderte der größere der Polizeibeamten sie auf.

Raven warf mir einen sehr nervösen Blick zu, aber Crystal zuckte nicht mit der Wimper. Wir verabschiedeten uns von den kleinen Mädchen. Raven und Butterfly umarmten Sophie, die traurig war, dass sie gingen. Dann folgten wir ohne weiteren Kommentar dem Deputy aus der Notaufnahme zu seinem Streifenwagen.

»Drei von euch können sich nach hinten setzen«, sagte er. »Lasst euch nicht davon nervös machen, dass ihr hinter einem Gitter sitzt und die Türen keine Griffe haben. Normalerweise setzen wir unsere Verdächtigen hinten rein«, erklärte er lächelnd.

Raven riss vor Schreck die Augen weit auf. Crystal nahm Butterfly bei der Hand und öffnete die Tür. Ich blieb übrig, um mich vorne neben den Polizisten zu setzen.

»Ihr habt also eine richtig gute Tat getan«, meinte er und rutschte hinter das Steuer. »Es ist schön, so etwas zu hören. Das stellt meinen Glauben an junge Menschen wieder her. Meistens habe ich sie aus viel schlimmeren Gründen in meinem Auto.« Er ließ den Motor an und verließ den Parkplatz. »Du bist die Fahrerin?«, fragte er und nickte mir zu.

»Ja, Sir«, bestätigte ich.

Er bog ab und fuhr sehr langsam.

»Ihr seid also alle aus New York?«, fuhr er fort.

Ich wandte mich um und schaute zu Crystal. Hatte jemand von uns das gesagt? Sie warf ihre Lippen auf und kniff die Augen misstrauisch zusammen.

»Ja«, erwiderte ich vorsichtig.

»Weit weg von zu Hause, was?«, fragte er.

»Wir sind auf dem Weg, um Verwandte zu besuchen«, antwortete ich.

»Hm«, machte er.

Er bog wieder ab und beschleunigte. Ich war mir nicht sicher, weil ich so nervös und aufgeregt gewesen war, aber anscheinend fuhr er in eine andere Richtung als die, aus der wir gekommen waren.

»Als wir den Anruf aus dem Krankenhaus erhielten, fuhr ich gerade dort Streife, wo ihr das Auto zurückgelassen habt. Ich habe die Nummernschilder gesehen«, fügte er hinzu, beugte sich ein wenig in meine Richtung und bog wieder ab. »Daher weiß ich, dass ihr aus New York seid.«

»Oh.« Ich lächelte und warf Crystal erneut einen Blick zu, aber sie schien nicht erleichtert zu sein. Sie starrte geradeaus, den Blick voller Vorahnung.

Nach der nächsten Abzweigung kamen wir an einem dichter besiedelten Gebiet vorbei. Bald sahen wir Geschäfte und Tankstellen. Dann fuhr er einen Hügel hinauf und ließ die Ansiedlung hinter sich.

»Ist das eine Abkürzung?«, fragte ich. »Hier sind wir nämlich nicht hergekommen.«

»Wenn wir ein verlassenes Fahrzeug vorfinden, gehört es zur Routine, das Kennzeichen durchzugeben«, erklärte er leise. Er lächelte mich erneut an.

»Oje«, stöhnte Raven. Sie lehnte sich zurück und starrte aus dem Fenster.

»Du bist nicht Gordon Tooey, nicht wahr?«, fragte er nach einer Weile.

»Nein«, bestätigte ich und schluckte den Kloß herunter, der mir im Hals steckte.

»Und ich wette, von euch da hinten ist es auch keiner, hm?«, fuhr er mit einem Blick in den Rückspiegel fort.

»Wohl kaum«, erwiderte Crystal.

Ich sah die Polizeiwache direkt vor mir. Er schaute mich an.

»Hier werden wir aussteigen, weil einige Leute ein paar Fragen an euch Mädchen haben. Ich wette, ihr wisst, welche Fragen das sind, hm?«

»Ja, Sir«, sagte ich und senkte den Blick.

Er lachte.

»Wie auch immer, Mädchen, ich stehe zu dem, was ich vorhin gesagt habe. Ich finde es schön, wenn junge Leute eine gute Tat vollbringen. Natürlich macht das die ganze Angelegenheit verflucht verwirrend, trotzdem ist es schön«, sagte er und fuhr auf den Parkplatz der Wache.

»Sind wir verhaftet?«, fragte ich, als er den Motor abstellte.

»Normalerweise ermitteln wir, stellen Fragen, sammeln Beweismaterial und verhaften dann die Leute«, sagte er. »Alles, was ich im Moment habe, sind vier sehr verdächtige junge Leute. Kommt mit«, sagte er und öffnete die Tür. »Wir wollen doch mal sehen, ob wir in diese Angelegenheit kein Licht bringen können.«

Er öffnete Crystal, Butterfly und Raven die Tür, dann gingen wir vier mit ihm zur Vorderseite des Gebäudes.

»Ist schon in Ordnung so«, sagte Crystal. »Es ist genau, wie wir es besprochen hatten.«

Raven sah sie an, als sei sie verrückt geworden, und warf mir dann einen Blick zu, als hätte ich sie betrogen, als hätte ich alle betrogen.

Sie brachten uns in ein großes Konferenzzimmer. Uns gegenüber war ein großes Glasfenster. Ich hatte schon genug Fernsehfilme gesehen, um zu wissen, dass auf der anderen Seite Leute waren, die uns beobachteten, die wir aber nicht sehen konnten. Zuerst kam eine Polizistin herein und bot uns etwas zu trinken an. Crystal bat um einen Tee, wir anderen nahmen Limonade. »Was passiert jetzt mit uns?«, fragte Butterfly mit leiser Stimme, als sie an ihrer Sprite nippte.

»Wir könnten ins Gefängnis kommen«, erwiderte Raven mit angsterfüllter Stimme.

Butterfly schaute erst Crystal und dann mich an.

»Wir wollen jetzt nichts überstürzen«, beruhigte Crystal sie. »Erst einmal abwarten, was sie fragen und sagen.«

In dem Augenblick öffnete sich die Tür, und eine Frau Ende Vierzig in der Uniform eines Deputys trat ein.

Sie trug keine Waffe, aber an ihrem Gürtel baumelten Handschellen. Sie hatte ein Klemmbrett in der Hand und ging in steifer militärischer Haltung.

»Ich bin Lieutenant Mathews«, stellte sie sich vor und wies auf das Namensschildchen an ihrer linken Brust. Sie setzte sich uns gegenüber und musterte unsere Gesichter, bevor sie auf ihre Papiere schaute. »Wer ist Brooke Okun?«

»Ich«, sagte ich. Sie starrte mich an, als wollte sie sich mein Gesicht einprägen.

»Janet Taylor?«

»Ich«, sagte Butterfly. Nachdem die Polizeibeamtin sie ebenfalls einen Augenblick eingehend gemustert hatte, las sie weiter.

»Raven Flores?«

»Erfreut, Sie kennen zu lernen«, sagte Raven.

Lieutenant Mathews' Blick wurde eindringlicher, bevor sie sich Crystal zuwandte.

»Und damit bleibt Crystal Perry?«

»Ja«, bestätigte Crystal.

»In Ordnung, Mädchen«, sagte Lieutenant Mathews und legte ihr Klemmbrett beiseite. »Ich habe gehört, wie ihr gerade dieser Familie geholfen habt und was ihr Fantastisches geleistet habt, daher weiß ich, dass ich es nicht mit Kriminellen zu tun habe. Aber solange ich von euch keinen Grund höre, warum das nicht stimmt, steht ihr unter Verdacht, ein Auto gestohlen zu haben. Erschwerend kommt hinzu, dass ihr mit dem Auto Staatsgrenzen überquert habt und dass keine von euch im Besitz einer gültigen Fahrerlaubnis ist. Entspricht einer dieser Vorwürfe nicht den Tatsachen?«

»Wir haben das Auto nicht gestohlen. Wir haben es uns nur eine Weile geliehen«, begann Raven.

Lieutenant Mathews lächelte nicht, sondern faltete nur einige Blätter zusammen.

»Ihr seid alle Waisen, die unter der Vormundschaft des Staates stehen. Deshalb habe ich einen Verantwortlichen der Jugendbehörde benachrichtigt, und er ist unterwegs.«

»Warum warten wir nicht, bis er hier ist, bevor wir unsere Lage weiter diskutieren«, meinte Crystal. Sie nahm ihre Brille ab und putzte sie. Ihre Abgebrühtheit erntete genauso wenig Mitgefühl wie Ravens selbstgefälliges Lächeln. Nicht einmal der Ausdruck nackten Entsetzens auf Butterflys Gesicht weckte Sympathie für uns. Ich senkte mit klopfendem Herzen den Blick.

»Das Beste für euch wäre, jetzt die Wahrheit zu sagen«, schlug Lieutenant Mathews vor. »Niemand will diese Sache aufbauschen. Bist du die ganze Zeit gefahren?«, fragte sie mich.

»Wir sind alle gefahren«, sagte Raven, um mich in Schutz zu nehmen. »Selbst Butterfly. Wir haben ihr ein Kissen gegeben, damit sie über das Lenkrad sehen konnte.«

»Sie werden das bald gar nicht mehr so komisch finden, Miss Flores. Das kann ich Ihnen versichern«, drohte sie.

Es klopfte an der Tür. Sie starrte uns an, statt zu antworten. Es klopfte erneut. Schließlich erhob sie sich und öffnete. Ein großer, dünner Mann, der entsetzter wirkte als wir, starrte uns an. Er trug einen dunkelbraunen Anzug und Krawatte. Sein schmales Gesicht hatte eine Nase, die aussah wie der Idiotenhügel in einem Skigebiet. Seine Mundwinkel waren nach unten verzogen. Die Knochen seines runden Unterkiefers stachen unter seiner hellen Haut hervor. Während der Blick seiner hellblauen runden Augen von einer zur anderen glitt, verzog er den Mund noch stärker.

»Okay, Mr. Glashalter. Sie gehören Ihnen. Ich würde sagen, sie brauchen richtige Führung«, sagte Lieutenant Mathews. Sie warf uns noch einen Blick zu und ging hinaus.

Er kam mit seiner Aktentasche herein und setzte sich auf Lieutenant Mathews' Platz.

»Hallo. Ich bin Clarence Glashalter und arbeite hier beim Jugendamt. Ich habe einige Informationen über euch, aber ihr müsst mir auch noch ein paar Fragen beantworten. Ich weiß, dass ihr eurem Pflegevater das Auto gestohlen habt, korrekt?« Er wartete nicht auf eine Antwort. »Und ihr seid tagelang in Richtung Westen gefahren. Wo wolltet ihr hin?«

»Nach Kalifornien«, sagte ich.

Er nickte, als sei das ein legitimes Ziel.

»Ja, und?«

»Und wir wollten für immer fort aus Heimen«, sagte Raven.

»Indem ihr das Auto eures Pflegevaters gestohlen habt?«

»Er ist nicht gerade Mr. Saubermann«, entgegnete Raven.

»Nun«, erwiderte Clarence Glashalter und schaute in seine Unterlagen, »offensichtlich ist er Mr. Vergebung. Mir wurde gerade mitgeteilt, dass er bereit ist, alle Anzeigen gegen euch fallen zu lassen, wenn ihr alle mit ihm nach Hause zurückkehrt. Er fliegt gerade hierher, um sein Auto abzuholen.«

»Zurückkehren? Lieber gehe ich ins Gefängnis«, sagte Raven.

Glashalter schaute uns alle an und sah, dass wir ähnlich darüber dachten. Er schüttelte den Kopf.

»Er behauptet, seine Frau sei euch sehr zugetan und völlig außer sich, ja krank durch diese Angelegenheit. Für mich hört sich das nicht an wie Monster. Außerdem wollt ihr doch wohl nicht wegen Autodiebstahls ins Gefängnis«, fügte er lächelnd hinzu.

»O doch. Das werden wir überleben«, beharrte Raven. »Solange wir zusammen sind, überstehen wir alles. Wir sind Schwestern.«

»Das verstehe ich«, sagte Clarence Glashalter. Dann schüttelte er bedauernd den Kopf. »Aber ihr vier kommt nicht in dieselbe Anstalt.«

Butterfly stöhnte und schaute erst mich und dann Raven verzweifelt an.

»Das ist nicht komisch. Wir spielen hier keine Spielchen.«

»Was müssen wir tun?«, fragte Crystal rasch.

»Ihr müsst euch entschuldigen, zurückkehren und euch benehmen. Dann bekommt ihr vielleicht Bewährung. Günstig für euch ist, dass ihr gerade dieser Familie geholfen habt.«

»Wir wollen nicht zurück. Wir können nicht zurück«, rief Raven. »Er ist ein Ungeheuer.«

»Wenn ihr irgendwelche berechtigten Beschwerden gegen eure Pflegeeltern habt, solltet ihr das den zuständigen Beamten in New York mitteilen und keine Autos stehlen und damit quer durchs Land fahren«, warf Mr. Glashalter uns vor. »Ihr müsst euch an die Vorschriften halten. Ihr seid doch bestimmt mit ihnen vertraut. Schließlich kennt ihr dieses System schon eine ganze Weile und …«

»O ja, das System«, stöhnte Raven. »Ich laufe einfach wieder davon«, drohte sie.

Mr. Glashalter verzog den Mund. Er kniff die Augen zusammen, als er sie anstarrte.

»Dann gerätst du in noch größere Schwierigkeiten als jetzt und erhältst keine Gelegenheit wie diese mehr, glaub mir. Ich versichere euch, wenn ihr nicht zur Zusammenarbeit bereit seid …«

»Wir sind dazu bereit«, versprach Crystal. »Danke, dass Sie uns geholfen haben.«

Mr. Glashalter setzte wieder sein künstliches Lächeln auf und wandte sich an Crystal.

»Eine sehr weise Entscheidung. Das ist klug. Auf diese Weise kann ich mein Möglichstes tun, um euch zu helfen.«

»Was geschieht jetzt?«, fragte Crystal.

»Ihr rührt euch jetzt nicht vom Fleck. Ich werde dem Sheriff alles erklären und mit dem stellvertretenden Bezirksstaatsanwalt sprechen. Das wird eine Weile dauern, aber ich glaube, ich kriege das geregelt, solange ihr zur Zusammenarbeit bereit seid«, erklärte er mit drohender Stimme. Er stand auf. »Ich bin bald wieder zurück«, sagte er und ging.

Sobald er draußen war, wirbelte Raven herum zu Crystal.

»Warum erzählst du ihm nicht, was wir im Auto gefunden haben? Warum erzählst du ihm nicht, warum wir nicht zu Gordon Tooey zurückwollen?«, fragte sie.

»Warum sollten sie uns glauben, Raven? Und außerdem – was passiert dann … Gordon ändert seine Meinung, zeigt uns an, und wir werden getrennt? Willst du, dass das passiert? Willst du das?«

»Natürlich nicht«, entgegnete Raven, »aber …«

»Dann kein Aber. Wir müssen klug und geduldig sein und auf eine andere Gelegenheit warten«, sagte Crystal ruhig.

»Aber du weißt doch, was er will. Und wenn er herausfindet, was wir getan haben …«

»Was wird er dann tun … uns anzeigen, weil wir sein Kokain weggeworfen haben?«

»Ich denke lieber nicht daran, was er tun wird«, meinte Raven. Hilfe suchend sah sie mich an.

»Im Augenblick bleibt uns keine andere Wahl, Raven«, bestätigte ich.

»Jetzt kannst du das leicht sagen«, rief Raven, »aber bald kommt Gordon Tooey durch diese Tür.«

Niemand sagte ein Wort. Der Trommelwirbel unserer Herzen dröhnte uns in den Ohren. Es war genug.

14

Was Menschen einem antun

Jedesmal, wenn die Tür aufging, hielten wir die Luft an aus Angst, Gordon werde uns gegenübertreten. Die erste Person, die jedoch den Raum betrat, nachdem Mr. Glashalter gegangen war, war der Deputy, der uns vom Krankenhaus hergebracht hatte. Er trug Tüten mit Hamburgern und Fritten und kalte Getränke unter dem Arm. Der köstliche Duft verursachte mir ein ganz flaues Gefühl im Magen.

»Ich dachte, ihr wärt sicher ein bisschen hungrig. Sieht so aus, als müsstet ihr noch eine Weile hier bleiben«, sagte er und legte die Tüten auf den Tisch. »Na los, greift zu, solange noch alles heiß ist. Geht auf Kosten des Bezirks«, fügte er mit einem breiten Lächeln hinzu.

Ich schaute Crystal an. Sie nickte, daraufhin reichten wir die Hamburger und Fritten herum. Der Deputy beobachtete uns noch einen Augenblick. Ich konnte sehen, welche Gedanken Raven in der Zwischenzeit durch den Kopf schossen. Ich wand mich auf meinem Platz und warf Crystal, die genauso besorgt wirkte, verzweifelte Blicke zu.

»Mal angenommen, man fände in einem Auto Drogen, würde es aber nicht der Polizei melden, ist das ein Verbrechen?«, platzte Raven heraus.

Ich hatte das Gefühl, der Bissen Hamburger, den ich gerade herunterschluckte, verwandelte sich in meinem Schlund zu Stein.

»Es ist immer ein Verbrechen, Beweismaterial zurückzuhalten oder ein Verbrechen nicht anzuzeigen«, erwiderte er. »Warum?«

»Ich habe mich das nur gefragt«, sagte sie.

»Sind in diesem Kombi etwa Drogen?«, hakte er nach. Er hätte dümmer als ein Stein sein müssen, um diese Frage nicht zu stellen.

»Nein«, entgegnete Raven.

»Waren denn welche dort?« Er wartete. »Wenn das der Fall war, gibt es möglicherweise noch Spuren.«

»Und wenn nicht?«, fragte Crystal. »Dann kann man nicht beweisen, dass die dort waren, oder?«

»Ohne Beweismittel oder Augenzeugen nicht«, sagte er.

Crystal starrte Raven an.

»Ich rede von einem anderen Auto«, behauptete sie. »Von einem Freund zu Hause.«

»Ach so. Also, den solltest du besser fallen lassen wie eine heiße Kartoffel«, riet der Deputy ihr. »Wenn er mit dem Zeug erwischt wird und du bist bei ihm, geht das nicht gut für dich aus.« Er schaute Butterfly an. »Ich wette, du magst gerne ein Eishörnchen. Was ist dein Lieblingsgeschmack?«

»Ich mag am liebsten Erdbeer«, gestand sie.

»Noch jemand? Ihr solltet das ausnutzen, wenn ich einmal dabei bin«, meinte er.

»Ich hätte gern ein Vanillehörnchen«, bat Raven. Crystal und ich lehnten dankend ab, und er ging das Eis holen.

»Das war wirklich dämlich, Raven. Kannst du dir vorstellen, was passiert wäre, wenn er den Kombi vor Gordons Augen auseinander genommen und nichts gefunden hätte?«, fragte Crystal. »Gordon hätte gemerkt, dass seine Drogen weg sind, und wäre wütend geworden. Bestimmt hätte er uns dann angezeigt.«

»Ich habe doch nur überlegt, ob es einen anderen Ausweg aus dieser Geschichte gibt«, jammerte Raven. »Du weißt doch, dass ich nichts tun würde, was uns auseinander bringt.«

»Ich habe Angst«, wimmerte Butterfly mit zitternden Lippen. »Ich bin noch nie verhaftet worden.«

»Jetzt bist du auch nicht verhaftet worden«, beschwichtigte Crystal sie. Sie richtete ihren Blick auf Raven. »Wir sagen oder tun jetzt nichts mehr.«

Alle schwiegen einen Augenblick.

»Also, ich habe auch Angst«, gab Raven zu. »Tut mir Leid, aber so ist es.«

»Wir kommen schon klar«, versuchte ich sie zu beruhigen. »Macht euch keine Sorgen.«

»In Ordnung. Ich mache mir keine Sorgen. Du rufst einfach Mr. Supermechaniker an, und er kommt dann in seiner Betty Lou angesaust?«

Ich starrte sie an, Tränen der Wut brannten mir in den Augen. Sie blickte zu Boden und verschränkte die Arme.

Der Deputy kam mit den Hörnchen und teilte uns mit, dass Gordon in einer Stunde bei uns sei. Dann ließ er uns wieder allein.

»Wie kommt er denn so schnell hierher?«, wunderte sich Raven. Fragend schaute sie Crystal an.

»Er ist irgendwo aus der Nähe hierher geflogen«, sagte sie, »die Kreditkarte.«

Ravens Kopf fuhr zu mir herum.

»Genau. Er hat uns anhand der Kreditkartenabrechnungen verfolgt.«

»Am Anfang war es eine gute Idee, Raven«, verteidigte ich mich. »Das fanden wir doch alle. Und welchen Unterschied macht es jetzt schon, ob er in einer oder in vier Stunden hier ist? Er kommt. Daran können wir nichts ändern.«

»Brooke hat Recht, Raven. Bitte«, bat Crystal, »hör auf zu streiten.«

»Ich will nicht mit ihm zurückgehen«, sagte Butterfly und schaute von Raven zu mir. »Ich will nicht, Crystal. Ich will nicht.« Sie begann so heftig den Kopf zu schütteln, dass ich dachte, sie würde sich das Genick brechen.

»O nein«, sagte Raven. »Wenn sie jetzt einen ihrer Anfälle bekommt …«

»Kommt, wir machen unser Ritual«, rief Crystal, als wollte sie einen Eimer Wasser auf ein schwelendes Feuer gießen.

Wir standen auf und stellten uns um Butterfly. Ihre Augen verdrehten sich bereits nach hinten. Wir legten die Arme umeinander und senkten unsere Köpfe. »Wir sind Schwestern«, sagte Crystal. »Uns geht es gut. Solange wir zusammen sind, geht es uns gut. Wir sind stark.«

»Wir sind Schwestern«, stimmten Raven und ich ein. »Uns geht es gut.«

Butterfly umklammerte unsere Hände, und wir vier hielten einander fest, als würde sich bald der Boden unter uns auftun, während wir weiter unseren Beschwörungsgesang murmelten.

»Was macht ihr denn jetzt?«, fragte Mr. Glashalter verblüfft. Wir hatten gar nicht gehört, wie er hereinkam. Wir hielten inne und trennten uns voneinander. »Was ist das denn, eine Art Hexenzauber?«

Wir setzten uns wieder auf unsere Plätze. Butterfly sah schon viel besser aus. Sie hatte wieder Farbe bekommen und atmete nicht mehr so schwer.

»Es ist nichts«, sagte Crystal. »Wir trösten einander nur. Auf unsere Weise.«

Er starrte uns einen Augenblick an und nahm Raven gegenüber Platz.

»Okay. Ich habe jetzt alle Einzelheiten geklärt. Die Behörden sind einverstanden. Ihr werdet eurem Pflegevater übergeben, der wieder die Verantwortung für euch übernimmt. Dass ihr ohne Führerschein gefahren seid und einen gestohlenen Wagen über die Staatsgrenze gebracht habt, wird nicht weiter verfolgt, aber diese Einzelheiten werden der Jugendbehörde in New York gemeldet. Ihr habt großes Glück, dass ihr so leicht davonkommt«, betonte er.

»Ja, ich habe das Gefühl, als hätte ich gerade im Lotto gewonnen«, murmelte Raven laut genug, dass jeder es hörte.

»Sie täten gut daran, es schätzen zu lernen, wenn jemand etwas für Sie tut, junge Dame«, fauchte er sie an. »Nichts auf dieser Welt geschieht einfach nur, weil Sie da sind«, belehrte er sie und verzog dabei den Mund, als sei sein Gesicht aus Gips.

Raven hob die Schultern und beugte sich ihm entgegen.

»Raven!«, warnte Crystal sie. Sie merkte, dass Raven kurz davor stand zu explodieren, und wer wusste, was sie diesmal von sich geben würde. Stattdessen warf sie Crystal einen Blick zu, zog sich zurück, verschränkte die Arme vor der Brust und biss auf ihre Unterlippe.

Mr. Glashalter beendete seine Schreibarbeiten und ging dann hinaus, um auf Gordon zu warten. Eine Weile später kam Lieutenant Mathews herein, um uns zu holen.

»Euer Pflegevater ist gekommen«, verkündete sie. »Auf geht's, Mädchen.«

Crystal nahm rasch Butterflys Hand, wir standen auf und folgten Lieutenant Mathews nach draußen. Gordon lehnte mit einem breiten Grinsen am Schreibtisch des Dienststellenleiters. Er trug eine hellbraune Lederjacke und eine Arbeitshose. Das Haar fiel ihm in die Stirn, er wirkte müde, war unrasiert, hatte Ränder unter den Augen. Ich stellte mir vor, wie er uns Tag und Nacht in einer heißen Verfolgungsjagd auf der Spur gewesen war.

»Da sind ja meine Mädchen«, rief er. »Louise macht sich solche Sorgen um euch. Ich sollte wirklich sehr böse auf euch sein.« Er wandte sich an den Dienststellenleiter und schüttelte den Kopf. »Ich wäre es auch, wenn ich nicht an all die Streiche dächte, die ich in ihrem Alter ausgeheckt habe.«

Der Dienststellenleiter lachte mit ihm. Gordon warf Lieutenant Mathews, die ihn voller Abscheu misstrauisch musterte, einen Blick zu.

»Das macht mich zu einem guten Pflegevater«, erklärte er ihr. »Ich verstehe Teenager. Ich war selbst mal einer.« Wieder lachte er, bevor er sich erneut dem Dienststellenleiter zuwandte. »Muss ich noch irgendetwas tun?«

»Nein, Sie haben alles unterschrieben. Sie gehören Ihnen, Mr. Tooey.«

»Ja«, bestätigte er und nickte uns zu, »sie gehören mir. Ich habe wirklich Glück. Kommt jetzt, Mädels. Es ist eine lange Fahrt bis nach Hause, und unterwegs gibt es viel zu erklären.«

Er ging voran, und wir folgten ihm zur Vordertür. Butterfly hatte den Kopf gesenkt und umklammerte Crystals Hand so fest, dass ihre Finger weiß wurden. Ich warf Lieutenant Mathews noch einen Blick zu. Einen Augenblick glaubte ich, sie würde noch etwas sagen oder fragen und uns aufhalten, aber sie zögerte, und er trat daraufhin zwischen uns.

»Geh weiter, Brooke«, sagte er und starrte mich mit kaltem Blick an. »Du kennst doch den Weg.«

Ich holte die anderen ein, und wir verließen das Büro des Sheriffs. Gordons Kombi stand direkt davor.

»Ihr drei geht nach hinten«, sagte er zu Raven, Crystal und Butterfly. »Du steigst vorn bei mir ein«, befahl er mir.

Wir stiegen ein, Gordon ließ rasch den Motor an und fuhr davon. Bis wir auf der Straße waren, sagte er nichts.

»Also gut«, begann er, »ich vermute, ihr habt es richtig genossen.« Er warf mir einen Blick zu. »Ich wusste, dass du gefahren sein musstest, stimmt's, Brooke?«

Statt zu antworten, wandte ich mich ab und sah aus dem Fenster.

»Ihr hättet alle im Gefängnis landen können, wisst ihr das? Ich habe euch einen großen Gefallen getan und erwarte deshalb im Gegenzug von euch auch einen großen Gefallen«, sagte er. Er bohrte mir mit seinem langen rechten Zeigefinger in die Schulter, dass ich zusammenzuckte. Dann schaute er zu den anderen nach hinten. »Ihr habt mir auch eine gefälschte Karte untergeschoben und mich so auf eine falsche Fährte gesetzt. Sehr clever. Wie ich sehe, habe ich es mit richtigen Genies zu tun.«

Eine Weile fuhr er schweigend weiter, bis er sich eine Zigarette anzündete und sich zurücklehnte.

»Okay, Mädels, wir sind jetzt ein ganzes Stück vom Büro des Sheriffs entfernt. Ich musste zum Abstellplatz für abgeschleppte Fahrzeuge, um mein Auto abzuholen. Ich quittierte es und fuhr weg. Dann hielt ich an und suchte nach etwas, das ich im Auto gelassen hatte. Und wisst ihr was?« Er wandte sich mir zu und lächelte. »Rate, Brooke.«

»Mir jagst du keine Angst ein, Gordon«, entgegnete ich und setzte die trotzigste Miene auf, die ich zu Wege brachte.

»Ich jage dir keine Angst ein? Oho. Okay«, sagte er und schlug so heftig mit der Faust auf das Armaturenbrett, dass ich dachte, es sei zersprungen. Er hämmerte mit seiner Faust drauflos, dass der ganze Wagen erbebte. Im Handschuhfach klapperte etwas. Ich rechnete schon damit, dass die Scheiben zerspringen würden. Es war ein eindrucksvolles Schauspiel physischer Gewalt. Alle schrien, nur meine Schreie waren unhörbar. Mein Herz raste, und meine Kehle fühlte sich an, als hätte ich ein Stück Kohle heruntergewürgt. Butterfly weinte, und Raven, die tapfere, trotzige Raven, hielt den Kopf gesenkt. Nur Crystal sah aus, als hätte sie in dem Augenblick, als Gordon aufhörte, ihre Fassung wiedergewonnen.

Gordon lehnte sich wieder ruhig zurück und wirkte so entspannt, dass ich schon glaubte, ich hätte mir das alles nur eingebildet. In meinen Augen war er ein Wahnsinniger, was ihn nur noch gefährlicher machte.

»Möchtest du, dass ich dir Angst einjage?«, fragte Gordon mich. »Möchtest du das, Brooke?«

»Nein, Gordon«, sagte ich.

»Gut. Denn wenn ich dir Angst einjagen muss, werde ich noch wütender, als ich es jetzt schon bin. Und ich weiß nicht, ob ich euch nicht alle in Stücke reiße, wenn ich noch wütender werde«, sagte er mit so großer Selbstbeherrschung, dass er die Zähne gar nicht voneinander bekam.

»Was willst du von uns?«, fragte Crystal in ihrer üblichen gefassten Haltung.

»Was ich will? Ich will haben, was mir gehört, Crystal. Ich will haben, was ihr unter dem Sitz gefunden habt. Wo ist es?«, fragte er.

»Wir haben nichts unter dem Sitz gefunden«, rief Raven.

Er zeigte im Rückspiegel mit dem Finger auf sie.

»Behandele mich nicht wie einen Idioten, Raven, oder ich fange mit dir an. Oder«, schlug er mit einem eiskalten Lächeln vor, »soll ich anhalten, die Kleine herausholen und sie fragen? Ich weiß, dass sie mir alles erzählen würde, nicht wahr, Kleine?«

Butterflys Gesicht wurde knallrot. Rasch legte Crystal den Arm um sie.

»Wir haben es zufällig entdeckt«, erzählte Crystal. »Wir suchten nach Kleingeld und wussten erst gar nicht, was es war.«

»Kleingeld?« Er lächelte und schüttelte den Kopf. »Okay. Das kaufe ich dir ab. Und dann?«

»Sobald uns klar wurde, was es war, bekamen wir Angst. Wir hielten an und vergruben es unterwegs«, sagte sie.

»Ihr habt es vergraben?«

»Wir wollten nicht, dass Kinder es finden, und wir wollten genauso wenig, dass man es bei uns findet.«

Er schaute einen Augenblick nachdenklich drein, dann fuhr er an den Straßenrand und hielt an. Nachdem er an seiner Zigarette gezogen hatte, fuhr er herum. »Wo hast du es vergraben?«, fragte er. »Oder willst du mir weismachen, dass du das vergessen hast?«

»Nein, ich erinnere mich, wo es war«, behauptete Crystal, ohne mit der Wimper zu zucken.

Ich schaute sie an und zog die Augenbrauen hoch. Wie konnte sie so etwas sagen? Was würde passieren, wenn wir Gordon zu dem Ort brachten und er sah, dass wir den Beutel ausgeschüttet hatten?

»Okay, okay. Du wirst es mir zeigen«, sagte er.

»Ich werde es in der Dunkelheit nicht finden können«, sagte sie. Die Nacht war hereingebrochen. Die dichte Wolkendecke verhinderte, dass ein Mondstrahl die Straße erhellte.

Gordon starrte sie an, aber Crystal zuckte nicht zusammen. Gute alte Crystal. Wenn sie ihre Spielchen mit ihm trieb, war er ihr geistig einfach nicht gewachsen. Er lehnte sich einen Augenblick zurück und überlegte.

»Okay«, sagte er. »Okay. Wir werden im erstbesten Motel die Nacht verbringen. Morgen suchen wir dann, was mir gehört, und dann, wisst ihr was, Mädels? Dann lasse ich euch wieder ausreißen, aber diesmal werde ich es nicht melden. Wie wäre das? Raven? Würde dich das glücklich machen?«

»Ja«, bestätigte Raven, deren Augen vor Schmerz und Wut glühten, »das würde es.«

»Das ist doch fair. Ich bekomme, was ich will, und ihr bekommt, was ihr wollt«, sagte er.

»Was ist denn mit Louise?«, fragte ich. »Ich dachte, ihr sei das Herz gebrochen, als wir weggelaufen sind.«

Er starrte mich an.

»Sie wird darüber hinwegkommen. Sie kommt immer darüber hinweg«, erwiderte er.

Er fuhr wieder los.

»Ich weiß, dass ihr Mädels mich nicht besonders mögt. Das ist in Ordnung. Ich habe nie darum gebeten, ein liebevoller Pflegevater zu sein. Das war sowieso alles Louises Idee. Es war nicht leicht, das Haus zu führen, als es noch eine Pension war. Ihre Eltern haben mich wie einen Dienstboten und nie wie einen Schwiegersohn behandelt. Als ich die Marine verließ, hatte ich gute handwerkliche Fähigkeiten. Ich war was wert. Es war nicht meine Schuld, dass der Laden auseinander fiel. Die Gäste blieben weg, und es war kein Geld da. Dann kam Louise mit der Idee mit den Pflegekindern. Klar, dass ich da mitgemacht habe, aber euch die ganze Zeit dort herumkriechen zu haben, war nicht gerade ein Zuckerschlecken. Ich entschuldige mich auch nicht dafür, eine gute Gelegenheit ausgenutzt zu haben. Es war immer mein Motto, eine gute Gelegenheit auszunutzen.«

Er lachte und warf erst Raven und dann mir einen Blick zu.

»Ihr Mädels habt Mumm. Das muss man euch lassen. Ich glaube, wir verstehen uns jetzt. Wir werden prima miteinander klarkommen. Da«, sagte er, als er ein Neonlicht an einer Motelreklame aufblitzen sah. »Dort übernachten wir, und morgen trennen wir uns als Freunde. Okay?«

Keine von uns sagte ein Wort. Er verließ den Highway und fuhr zum Motel. Ich warf Crystal hinter mir einen Blick zu.

Was jetzt, hätte ich am liebsten gefragt, aber das musste bis später warten.

Gordon nahm zwei Zimmer für uns, aber als wir zu den Türen kamen, drehte er sich zu uns um und sagte: »Ich kenne euch Mädels, daher mache ich euch folgendes Angebot: Eine von euch bleibt diese Nacht bei mir.«

»Was?«, rief Raven mit entsetztem Gesichtsausdruck.

»Versteht mich nicht falsch. Ich will nur eine von euch sehen können. Dann weiß ich, dass der Rest nicht wegläuft. Ihr Mädels haltet doch zusammen? Also«, fragte er und ließ seinen Blick über uns gleiten, »wer soll es sein?«

Crystal wirkte völlig entsetzt, noch mehr als Butterfly. Ich hatte Angst um uns, Angst, was er uns antun würde.

»Vielleicht sollte ich die Kleine mit zu mir nehmen«, sagte er. Ich konnte Butterflys panikerfüllten Schrei schon beinahe hören.

»Ich bleibe bei dir«, sagte ich schnell.

Er lächelte.

»Schön. Dann wollen wir gut schlafen, was, Mädels? Morgen haben wir viel zu tun.« Er stieg aus, und wir folgten ihm.

Er öffnete ein Zimmer für Raven, Crystal und Butterfly und das andere für sich selbst und mich.

»Kann ich noch ein bisschen bei ihnen bleiben?«, fragte ich ihn.

»Nein«, lehnte er ab. »Ich habe keine Lust, mir deswegen Sorgen zu machen. Rein mit dir und geh schlafen. Ihr macht dasselbe, und kein Affentheater, verstanden? Los!«, befahl er und wir gehorchten.

Raven nahm meine Hand.

»Ich könnte mit dir tauschen, Brooke. Ich werde besser mit ihm fertig«, sagte sie und starrte ihn an.

»Ist schon in Ordnung«, sagte ich. »Ich komme klar, Raven. Danke. Pass auf Butterfly auf«, bat ich sie und ging in mein Zimmer.

Gordon holte etwas aus dem Kofferraum und kam direkt hinter mir her.

»Los, du gehst zuerst ins Badezimmer«, kommandierte er, als er eintrat.

Als ich wieder aus dem Badezimmer kam, lief der Fernseher. Er lag auf seinem Bett und trank Whisky aus einer Flasche.

»Hast du kein Nachthemd dabei?«, fragte er, als ich die Decke von meinem Bett zurückschlug.

»Ich schlafe nicht im Nachthemd«, sagte ich.

Er lächelte und starrte mich auf eine Weise an, die mich nervös machte. Aber ich versuchte, es nicht zu zeigen. Bei

Gordon war es immer am besten, tapfer und unbeeindruckt zu wirken. Er war einer von denen, die sich auf jedes Anzeichen von Schwäche stürzen und Freundlichkeit und Unschuld ausnutzen.

»Von wem stammte die Idee wegzulaufen, hm? Hat Crystal diesen Plan ausgeheckt?«, fragte er schließlich.

»Nein, das war meine Idee.«

»Im Ernst? Wo zum Teufel wolltet ihr eigentlich hin? Was glaubst du, wer mit offenen Armen auf euch wartet? Wer?«, fragte er.

Ich wandte mich ihm zu und sah ihm ins Gesicht.

»Niemand wartet auf uns, Gordon. Wir wollten einfach weg von dir und Louise und dem Ganzen dort. Du hast dich beklagt, es sei kein Zuckerschlecken für dich. Für uns auch nicht. Wir wissen genau, dass du und Louise zu verhindern versucht, dass jemand uns adoptiert. Das war eine Sackgasse für uns, deshalb haben wir uns entschlossen, besser wegzulaufen.«

»Und mein Auto zu stehlen!«, brüllte er, dass sein Gesicht noch hässlicher wurde, als es ohnehin schon war. »Warum mein Auto?« Er trommelte gegen seine Brust, dass ich selbst es zu spüren glaubte. Er war eine tickende Zeitbombe. »Ich habe zu Hause Leute, die sich auf mich verlassen, Leute, die euretwegen sehr wütend auf mich sind. Warum seid ihr nicht einfach mit dem Bus gefahren? Dann hätte kein Hahn nach euch gekräht, glaub mir.«

Zitternd legte ich mich wieder hin. Wenn ich etwas Falsches sagte oder tat, konnte das unvorhersehbare Folgen haben. Auf jeden Fall hatte er Recht. Es war ein Fehler gewesen, sein Auto zu nehmen. Sonst wäre es ihm egal gewesen, dass wir ausgerissen waren. Aber es wäre auch einfacher gewesen, uns wieder zu finden, wenn wir öffentliche Verkehrsmittel benutzt hätten.

»Crystal sagt, ihr habt es vergraben. Stimmt das auch?«

»Ja«, sagte ich.

»Besser für euch, ich finde das Zeug morgen, sonst kommt euch das teuer zu stehen, Brooke. Wenn ihr mich angelogen habt, werdet ihr das stärker bedauern als alles andere in eurem Leben, selbst wenn ihr ins Gefängnis gegangen wärt. Darauf kannst du dich verlassen«, drohte er. »Hast du mich verstanden? Hast du verstanden?«

»Ja«, erwiderte ich.

Mein Herz klopfte wieder wie verrückt. Wenn ich doch nur mit Crystal reden und herausfinden könnte, ob sie für morgen einen Plan hatte. Wie weit wollte sie ihn führen, und was würde passieren, wenn wir schließlich anhalten mussten?

Ich hörte, wie er aufstand und an meinem Bett stehen blieb, deshalb öffnete ich die Augen. Er starrte mich ganz merkwürdig an. Als wollte er eine Entscheidung treffen und sei hin- und hergerissen.

»Bist du schon mal mit 'nem Jungen zusammen gewesen?«

Ich schloss die Augen.

»Das soll wohl nein heißen«, sagte er. »Du bist also noch Jungfrau. Ich wette, du fragst dich jede Nacht, wie es ist? Vielleicht tust du ja auch nur so, hm?«

»Lass mich in Ruhe, Gordon. Wir werden morgen tun, was du willst, also lass mich in Ruhe«, bat ich. Seine Stimme war jetzt leiser, aber dunkler, und das ängstigte mich noch mehr.

»Du hast deine Periode wie jedes andere Mädchen, oder? Hast du je daran gedacht, Babys zu bekommen?«

Heiß und schwer drückten Tränen unter meinen Augenlidern. Ich hielt sie fest geschlossen und bemühte mich, nicht zu schluchzen.

»Ich könnte es dir zeigen«, sagte er. »Ich könnte es dir besser zeigen als irgendein Teenager. Einfach so«, schnipste er mit den Fingern. »Mit einem richtigen Mann ist es anders. Erfahrung ist wichtig bei solchen Dingen.«

Ich rührte mich nicht. Ich öffnete die Augen nicht, spürte aber, dass er näher kam. Ich spürte, wie mein Körper sich anspannte. Wenn ich mich doch nur in einen Ball verwandeln und davonrollen könnte. Als seine Finger mein Haar berührten, fuhr ich hoch, raffte die Decke um mich und zog die Beine an.

»Hör auf!«, schrie ich.

Er stand da und starrte mich aus weit aufgerissenen Augen an.

»Wenn du mich noch einmal anrührst, schreie ich so laut, dass der Geschäftsführer oder die Leute aus den anderen Zimmern herkommen. Das schwöre ich. Dann rufen sie die Polizei, und wir werden dir morgen gar nichts zeigen.«

Er stand da, zögerte einen Moment und öffnete und schloss die Augen.

»Immer mit der Ruhe«, sagte er. »So verzweifelt nötig habe ich es nicht. Aber du hast das Beste verpasst, das dir je passieren könnte.«

»Das stimmt nicht! Ich habe einen Freund, und eines Tages werde ich ihn heiraten.«

Er lachte. Meine Furcht wurde von Wut verdrängt, Zorn überkam mich und durchströmte meinen Körper glühend heiß. Wenn er zu mir käme, würde ich ihm die Augen auskratzen. Er sah etwas in meinem Gesicht, das ihn zurückweichen ließ.

»Ah«, stöhnte er. Er schwankte hin und her, nahm einen Schluck aus seiner Flasche und schaute in Richtung Badezimmer. »Ich verschwinde mal kurz. Komm bloß nicht auf die Idee, dich aus dem Staub zu machen«, sagte er und deutete mit seinem Zeigefinger auf mich, als sei er eine Pistole.

Die Hitze in meinem Gesicht legte sich wieder, ich entspannte mich. Ich wusste, dass ich heute Nacht nicht einschlafen würde. Ich würde die ganze Nacht wach bleiben, falls er irgendetwas vorhatte. Crystal, Crystal, was sollen wir bloß tun? Wir hätten unser Glück besser bei der Polizei versuchen sollen. Wie können wir Butterfly schützen? Wir können ja nicht einmal uns selbst beschützen.

Er stolperte, als er aus dem Badezimmer kam, und fluchte. Ich sah ihn nicht direkt an. Er ging an meinem Bett vorbei, ich hatte ihm den Rücken zugekehrt, hielt aber die Luft an. Der Fernseher dröhnte weiter, die Wand über mir reflektierte das flackernde Licht, das er ausstrahlte.

Plötzlich spürte ich, dass er meinen rechten Arm packte. Ich wollte schreien, aber er legte mir die Hand auf das Gesicht und kam meinem Mund mit seinem stinkenden Mund nahe. Mir drehte sich der Magen um, und beinahe hätte ich den Hamburger, den ich im Büro des Sheriffs gegessen hatte, erbrochen.

»Ich rühre dich nicht an«, knurrte er. »Aber ich will nichts dem Zufall überlassen. Ich will heute Nacht ein bisschen Schlaf bekommen und weiß, wie schlau ihr Mädchen seid. Schrei jetzt nicht, Brooke«, warnte er mich, »oder ich schmettere dir meine Faust ins Gesicht«, drohte er und hielt seine Pranke über mich. Er lockerte den Griff auf meinem Mund, und ich hielt die Luft an. Ich spürte, wie er mein Handgelenk herumdrehte, und sah, wie er eine Schnur darumschlang.

»Du wirst dich nicht davonstehlen«, murmelte er. »Das hier«, sagte er, während er seinen Knoten knüpfte, »ist ein Seemannsknoten, ein Achter«, prahlte er.

Als er fertig war, wickelte er die Schnur ein paarmal um sein eigenes Handgelenk und ging wieder ins Bett. Ich hatte gerade genug Spielraum, um mich umzudrehen, wenn ich wollte.

»Und wenn ich zur Toilette muss?«, fragte ich ihn.

»Du warst auf der Toilette. Dann musst du eben aushalten bis morgen früh«, fertigte er mich ab. »Ich will jetzt schlafen, also halt die Klappe.«

Er nahm erneut einen tiefen Zug aus der Flasche, die er damit beinahe leerte, dann legte er sich hin und schloss die Augen. Ich betrachtete den Knoten. Er war so stramm um das Handgelenk gebunden, dass er fester saß als Handschellen. Frustriert lag ich mit weit geöffneten Augen da. Den Fernseher schaltete er gar nicht ab. Die Programme wechselten, bis eine dieser Late Night Talkshows kam. Als ich ihm wieder einen Blick zuwarf, waren seine Augen fest geschlossen, sein Arm baumelte über den Bettrand.

Er stöhnte im Schlaf und wälzte sich ein bisschen hin und her, bevor er anfing zu schnarchen. Ich fragte mich, wie es den Mädchen ging. Mussten Crystal und Raven Butterfly wieder durch unser Ritual beruhigen? Lagen sie im Nachbarzimmer auch alle wach, panisch vor Angst, was am nächsten Tag passieren würde? Welchen Plan hatte Crystal wohl ausgeheckt?

Ich schaute wieder zu Gordon und beschloss dann, etwas zu versuchen. Ganz langsam, zentimeterweise glitt ich vom Bett, bis ich auf allen vieren auf dem Boden kauerte. Dann bewegte ich mich so leise wie möglich zu Gordon hinüber. Ich untersuchte, wie er das Seil um sein Handgelenk geschlungen hatte, und machte mich dann daran, den Knoten zu lösen. Dabei ging ich so behutsam zu Werke, dass es Stunden zu dauern schien, bis ich auch nur die ersten Schlingen entfernt hatte. Er grunzte und wälzte sich auf die Seite. Ich hielt die Luft an und wartete. Er wachte nicht auf, aber jetzt musste ich mich hinstellen und über ihn beugen, um an den Arm zu kommen. Ich befürchtete, dass er jeden Augenblick die Augen aufschlagen und mir etwas Fürchterliches antun würde. Endlich hatte ich das Seil von seinem Handgelenk gelöst. Ich hob es hoch und wickelte es mir um die Taille. Es blieb keine Zeit, es auch noch von meinem Handgelenk loszuknoten. Auf Zehenspitzen schlich ich quer durch das Zimmer zu seiner Jacke und holte die Wagenschlüssel heraus. Wieder drehte er sich herum, murmelte etwas und warf dann den Arm so über die Bettkante, wie er vorher gelegen hatte. Ich wartete und lauschte mit angehaltenem Atem. Er schnarchte tief und fest.

Wie auf einem Luftpolster glitt ich dann quer durchs Zimmer zur Tür und öffnete sie behutsam. Ich befürchtete, das kleine Geräusch könnte ihn wecken, deshalb beobachtete ich seine Augen. Die Augäpfel bewegten sich unter den Lidern heftig hin und her, aber er öffnete sie nicht, sondern schnarchte weiter. Ich öffnete die Tür nur so weit, dass ich hindurchschlüpfen konnte. Dann schloss ich sie vorsichtig hinter mir. Mein Herz raste so sehr, dass ich nach Luft schnappen musste.

Es war schon sehr spät und ganz still. Nur in einem anderen Zimmer brannte Licht, und das Büro war schwach erleuchtet. Ich ging zum Zimmer der Mädchen und klopfte leise in der Hoffnung, dass sie mich hörten. Ich wartete und klopfte dann noch einmal.

»Wer ist da?«, flüsterte Raven.

»Ich bin's«, antwortete ich.

Schnell öffnete sie die Tür, ich schlüpfte hinein. Crystal und Butterfly lagen in einem Bett. Sie umklammerten die Decke und schauten mich mit weit aufgerissenen Augen überrascht an. Ich gab ihnen ein Zeichen, völlig still zu sein.

»Er hatte mich an sich gefesselt«, flüsterte ich und zeigte ihnen das Seil, »aber ich habe das Seil losbekommen, als er einschlief.«

»An ihn gefesselt? Oh, Brooke«, sagte Crystal. »Wir haben uns solche Sorgen um dich gemacht.«

»Er ist noch verrückter als früher, Crystal. Ich habe die Autoschlüssel mitgenommen«, sagte ich und hielt sie hoch. »Wir können ihm weglaufen«, sagte ich.

»Du willst ihm noch einmal das Auto stehlen?«, fragte Crystal. »Oh, Brooke, nein.«

»Was hast du denn für morgen geplant, Crystal? Wenn es nämlich keine hervorragende Idee ist, sind wir in großer Gefahr«, gab ich zu bedenken. »Das hat er mir vorhin klipp und klar gesagt. Wie sieht denn dein Plan aus?«

»Ich weiß es nicht«, gab sie zu. »Ich hoffte, dass mir diese Nacht etwas einfällt.«

»Also, dir ist nichts eingefallen, und wir haben nicht viel Zeit zu verlieren. Das ist unser Plan«, sagte ich und hielt die Autoschlüssel hoch.

»Er wird die Polizei hinter uns herjagen«, befürchtete Raven.

»Ich lasse mein Seil festgeknotet, das werde ich ihnen zeigen, und ich werde ihnen sagen, was er sonst noch mit mir vorhatte.«

»Was denn?«, fragte Raven.

»Stell jetzt keine Fragen«, sagte Crystal mit einem Blick auf Butterfly. Sie überlegte einen Augenblick. »Okay«, beschloss sie. »Komm mit, Butterfly.« Sie und Butterfly stiegen aus dem Bett und zogen die Schuhe an.

Ich öffnete die Tür und lauschte. Die drei lauerten hinter mir. Die Luft war rein. Gordon schlief wohl noch. Zumindest betete ich darum. Ich nickte den anderen zu, dass alles klar sei, dann schlichen wir uns behutsam zum Kombi. Ich schloss ihn auf und öffnete die Türen. Dabei gab ich mir große Mühe, nicht zu viel Lärm zu machen. Wir stiegen ein, und ich steckte den Zündschlüssel ins Schloss. Raven legte ihre Hand auf meine.

»Warte, Brooke. Er hört bestimmt, wie der Wagen angelassen wird.«

»Vielleicht nicht. Er hat viel getrunken. Ich glaube, er ist im Augenblick hinüber.«

»Ich möchte mir lieber nicht vorstellen, wie wütend er ist, wenn er aufwacht und feststellt, dass wir wieder sein Auto genommen haben«, sagte Crystal.

»Dann stell dir vor, in welchem Zustand er ist, wenn wir ihm offenbaren, dass seine Drogen weg sind«, sagte ich. Ich schaute Raven an. Sie holte tief Luft und nickte. Unsere Blicke waren auf Gordons Zimmertür gerichtet.

Ich drehte den Schlüssel. Der Motor sprang an. Gordons Tür blieb geschlossen. Ohne das Licht anzumachen, setzte ich zurück und fuhr langsam über den Parkplatz. Raven behielt die gefürchtete Tür im Auge.

»Er hat uns nicht gehört«, flüsterte sie laut.

Als wir die Einfahrt erreichten, blendete ich die Lichter auf und schoss aus dem Parkplatz heraus die Straße hinunter. Es war eine sehr dunkle Straße ohne Beleuchtung und mit nur wenigen Häusern. Straßenschilder sahen wir auch nicht. Im Augenblick hatte ich völlig die Orientierung verloren.

»Mein Herz schlägt so schnell, ich glaube, ich falle in Ohnmacht«, sagte Raven.

Nach etwa zehn Minuten atmeten wir auf. Dunkelheit umhüllte uns. Vor mir blitzten Szenen aus dem Motelzimmer auf: Gordons hässliches Gesicht dicht vor meinem. Ich fuhr schneller, die Reifen quietschten in den Kurven, ich geriet auch auf den Seitenstreifen, während ich mich bemühte, die Kontrolle über das Fahrzeug zu behalten.

»Was sollen wir bloß tun?«, fragte Raven. »Wir haben kein Geld, keine Kreditkarte, gar nichts.«

»Das ist mir egal«, sagte ich. »Wir müssen nur weg von ihm.«

»Aber wohin?«, hakte sie nach und drehte sich zum Motel um, als erwartete sie, dass er hinter uns hergerannt käme. Butterfly klammerte sich eng an Crystal.

»Weg«, sagte ich. »So schnell wie möglich.«

Ich konnte nur daran denken, so viel Distanz wie möglich zwischen uns und Gordon zu legen. Es konnte schließlich nur besser werden. Oder etwa nicht?

15

Eine Oase in der Wüste

Unsere Furcht hüllte uns in einen Schleier des Schweigens. Die Scheinwerfer des Kombis erhellten ein Stück der Dunkelheit, aber ohne Häuser und erleuchtete Fenster, ohne Verkehr und Betriebsamkeit fühlten wir uns allein in der Nacht, weit weg von jedem Anzeichen menschlicher Zivilisation. Ich hatte das Gefühl, durch einen Tunnel von einer Welt in eine andere zu fahren. Bald ließen wir alle Bäume hinter uns und sahen nur noch weite, öde Felder. Die wenigen Häuser waren dunkel oder nur schwach erleuchtet, ihre Bewohner lagen bestimmt gemütlich in ihren Betten. Als ich in den Rückspiegel schaute, sah ich, dass Butterfly in Crystals Armen eingeschlafen war. Raven lehnte den Kopf gegen die Scheibe und hatte die Augen geschlossen. Wir alle waren wie benommen.

Die Landschaft veränderte sich wieder, wurde felsiger. Am klaren Himmel zogen nur vereinzelt dünne Federwolken vor den Sternen her. Ich fuhr nicht mehr schnell. Die Reifen summten, bis die Straße holpriger wurde und wir öfter auf Schlaglöcher stießen.

»Wo sind wir?«, fragte Raven nach einem besonders heftigen Stoß, der das ganze Auto erschütterte.

»Ich weiß es nicht. Ich habe seit vielen Meilen kein Straßenschild mehr gesehen«, erwiderte ich. »Crystal?«

»Ich habe keine Karte mehr. Das letzte Haus habe ich vor zwanzig oder dreißig Minuten gesehen.«

»Bestimmt kommt bald irgendetwas«, machte ich uns Mut.

Wir fuhren immer weiter durch die gleiche monotone Landschaft. Sie wurde sogar noch karger. Ich entdeckte Kakteen und sah am westlichen Horizont eine lange dunkle Gebirgskette. Butterfly erwachte, als wir über ein besonders unebenes Stück Straße holperten, und das Auto zitterte und bebte.

»Ich habe Durst, Crystal«, waren ihre ersten Worte.

»Ich auch«, sagte Raven, »aber ich habe nicht mal eine Stelle gesehen, wo man um Wasser betteln könnte. Wo sind wir?«, fragte sie wieder.

Eine neue Furcht machte sich in meinem Magen breit. Bei unserer panischen Flucht vor Gordon Tooey hatte ich überhaupt nicht auf die Richtung geachtet. Jetzt, ohne Hinweisschilder, wo wir waren oder wohin wir fuhren, waren wir wirklich verloren. Anscheinend befanden wir uns in einer noch schlimmeren Situation als zuvor.

»Beim nächsten Lebenszeichen halten wir besser an und finden heraus, wo wir sind«, schlug Crystal vor. Ich nickte und fuhr weiter. Die Straße war mittlerweile nur wenig mehr als ein Fahrweg.

»Vielleicht sollten wir besser umkehren, Brooke«, meinte Raven.

»Wir sind doch jetzt schon so weit gekommen«, sagte ich. »Außerdem habe ich keinerlei Abzweigungen gesehen.«

»Es sieht aber aus, als führte dieser Weg nirgendwo hin«, sagte Crystal, die sich vorbeugte. »Raven könnte Recht haben, Brooke.«

Unsere Angst wuchs. Wir beugten uns jetzt alle vor, beobachteten die Straße und hielten nach hoffnungsvollen Zeichen Ausschau. Die Reifen knirschten jetzt über Steine und Kies.

»Ich glaube, wir haben es geschafft«, meinte Raven. »Ich glaube, wir sind auf dem Mond gelandet. So sieht es jedenfalls hier aus.«

»Hier ist flüssige Lava durch Risse in der Erdoberfläche geflossen«, erklärte Crystal. »Diese Landschaft hat in der Tat große Ähnlichkeit mit der Mondoberfläche.«

»Danke. Auf diese Erläuterung habe ich jetzt gewartet«, lästerte Raven.

»Es sieht aus wie der Mond«, sagte Butterfly, »weil niemand hier wohnt.«

Ich konnte nicht annähernd so schnell fahren wie zuvor. Die Straße rüttelte uns durch.

»Das ist doch verrückt, Brooke. Ich finde, wir sollten umkehren und …«, hob Raven an, als der Motor zu stottern begann. »O nein, was ist denn jetzt los?«

Ich warf einen prüfenden Blick auf das Armaturenbrett. Das hätte ich schon längst tun sollen, bevor es zu spät war. In unserer Eile war mir gar nicht die Idee gekommen, dass uns das Benzin ausgehen könnte.

»Die Anzeige steht auf leer«, stöhnte ich.

»Leer? Wir haben kein Benzin mehr!«, rief Raven.

»Genau das bedeutet leer«, erklärte Crystal trocken. »Brooke?«

»Tut mir Leid. Ich hab nicht daran gedacht nachzuschauen. In all der Aufregung …«

»Niemand macht dir einen Vorwurf, Brooke«, beruhigte Crystal mich.

»Na gut, und was sollen wir jetzt machen – aussteigen und per Anhalter weiterfahren?«, rief Raven.

Der Kombi rollte aus. Niemand sprach ein Wort.

»Das ist eine Straße«, sagte ich schließlich. »Sie muss doch irgendwo hinführen.«

»Und?«, fragte Raven.

»Wir steigen aus und laufen, Raven.«

»Laufen?«

»Uns bleibt ja nicht viel anderes übrig, oder?«, fauchte ich sie an.

»Ich habe Durst«, erinnerte Butterfly uns.

»Vielleicht sollten wir einfach im Auto bleiben und warten, bis jemand vorbeikommt«, schlug Raven vor.

»Niemand kommt so spät hier vorbei, Raven«, widersprach Crystal. »Und vielleicht steht gleich um die nächste Ecke ein Haus. Brooke hat Recht. Lasst uns aussteigen und laufen.«

»Toll«, sagte Raven schmollend. Sie öffnete die Tür und stieg aus. Wir folgten ihrem Beispiel.

Einen Augenblick standen wir vier in der Dunkelheit, nur die Sterne über uns, und dachten nach. Es war hell genug, dass wir die Straße als ein langes, gewundenes dunkelblaues Band erkennen konnten, das sich über den nächsten Hügel schlängelte.

»Wir sind hier in einer Art Wüste«, stellte Crystal fest.

»Toll. Vielleicht sehen wir ja dann bald eine Fata Morgana«, sagte Raven. »Außerdem ist es kalt.« Sie schlang die Arme um den Oberkörper.

»Wir können ja mal in unseren Sachen nachschauen«, schlug Crystal vor. Sie meinte damit unsere Kopfkissenbezüge mit Kleidung. »Wir können noch etwas anziehen, damit uns warm bleibt.«

Ich öffnete die Heckklappe, und wir durchforsteten unsere Sachen und zogen ein weiteres Hemd über. Butterfly hatte ihre kleine rosa Jacke dabei, ihr würde also am wärmsten sein. Crystal schlug vor, dass wir die anderen Sachen zurücklassen sollten.

»Ich glaube, wir brauchen sie nicht mitzuschleppen«, sagte sie.

»In Ordnung. Sind alle fertig?«, fragte ich.

»Die Natur – mein Lieblingsort, um mich zu verirren«, meinte Raven sarkastisch.

Ich ging voran, und die anderen folgten mir, Crystal und Butterfly direkt hinter mir, Raven am Schluss. Die Straße bestand nur noch aus Kies und Lehm. Beifuß und kleine Kakteen waren die einzige Vegetation. Das Plateau, auf dem wir uns befanden, schien sich ewig auszudehnen. In weiter Entfernung sah man die Berge. Wir erklommen einen Hügel und hatten dann den nächsten vor uns. Wir sprachen wenig. Mir wurde klar, dass es sehr spät war, vielleicht vier Uhr morgens. Nur beim Anblick des Himmels wurde mir ganz warm ums Herz. Noch nie hatte ich so viele Sterne funkeln sehen.

Crystal begann, einige der Sternbilder zu beschreiben, nur um uns zu beschäftigen. Raven jammerte, dass sie sie nicht sehen könne und Crystal das alles erfunden habe.

»Du musst dich nur ein bisschen konzentrieren, Raven. Es ist nicht schwer, sie zu unterscheiden«, erklärte sie ihr.

»Ich sehe auch die Milchstraße«, sagte Butterfly, und das erinnerte sie an ein Glas kalte Milch und daran, wie durstig sie war.

Wir bogen um eine Ecke und sahen, dass die Straße Meile um Meile schnurgerade weiterlief. Zur Rechten lagen in ein paar hundert Metern Entfernung einige Felsbrocken, aber ansonsten erstreckte sich weit und breit nur Wüste, keine Häuser, nichts.

»Wir könnten hier draußen sterben«, sagte Raven. »Was für eine idiotische Idee. Wir hätten im Auto bleiben sollen.«

»Ich will jetzt nicht den ganzen Weg wieder zurücklaufen«, sagte Butterfly. »Du, Crystal?«

»Bis wir wieder da sind, ist wahrscheinlich Morgen. Wir könnten genauso gut hier schlafen«, sagte sie und deutete auf die Felsen. Ich stimmte ihr zu.

Wahrscheinlich weil sie den ganzen Tag die heiße Sonne speicherten, fühlten sich die Felsen noch warm an. Wir fanden einen schmalen Spalt zwischen zwei Felsblöcken und setzten uns hin. Sobald wir uns niedergelassen hatten, huschte etwas über den Felsrücken zu unserer Rechten. Raven schrie auf.

»Was war das?«

»Sah aus wie eine Känguruuratte«, sagte Crystal ruhig.

»Eine Ratte? Wieso gibt es hier Ratten?«, stöhnte Raven. »Hier gibt es doch keine Slums oder Müll.«

Crystal lachte. »Das ist eine andere Sorte Nagetier, Raven. So etwas Ähnliches wie eine Feldmaus.«

»Die sollten sich besser verziehen«, meinte sie.

»Dies ist ihre natürliche Umgebung, nicht unsere. Wir sind hier die Gäste.«

»Oh, wir sind Gäste. Nein danke, Crystal, ich wäre lieber Gast bei jemandem zu Hause.«

»Ich auch«, sagte Butterfly. »Ich wünschte, wir wären wieder bei Norman und Nana. Als ich bei den Delorices lebte, hatte ich Großeltern, aber sie kamen nicht oft zu Besuch, und sie haben mich nie zu sich eingeladen. Ich glaube, sie mochten mich nicht.«

»Vermutlich gefiel ihnen die Vorstellung nicht, ein Enkelkind zu adoptieren«, sagte Crystal. »Es ging nicht um dich. Sie hätten niemanden gemocht, den deine Pflegeeltern mit nach Hause gebracht hätten.«

»Ich habe mich so bemüht, dass sie mich mochten. Ich habe für sie getanzt, aber sie haben mich nie zu sich nach Hause eingeladen«, wiederholte sie traurig.

»Das war ihr Pech, nicht deines«, tröstete ich sie.

Wir vier rückten dichter zusammen. Butterfly rollte sich zusammen, ich bot ihr an, den Kopf auf meinen Schoß zu legen, wenn sie wollte. Das tat sie. Raven hatte die Knie angezogen und den Kopf darauf gestützt. Nach einer Weile seufzte sie tief.

»Wir werden immer allein sein«, sagte sie. »Ganz gleich, was wir tun, was wir auch versuchen, wir werden immer so enden – allein.«

»So ein Gerede tut uns jetzt nicht besonders gut, Raven«, ermahnte Crystal sie.

Raven drehte sich zu ihr.

»Einmal, Crystal, nur ein einziges Mal möchte ich es erleben, dass du dich wie ein Mensch verhältst und nicht wie ein Computer in Menschengestalt. Sag bloß nicht, dass du jetzt, wo du irgendwo mitten in der Wüste sitzt, ohne Geld, ohne Plan in deinem brillanten Kopf, nicht ein bisschen Selbstmitleid empfindest und auch einen Haufen Angst hast. Erzähl mir das bloß nicht.«

»Das tue ich doch gar nicht«, erwiderte Crystal rasch. »Wahrscheinlich habe ich mehr Angst als du. Wahrscheinlich bin ich niedergeschlagener, aber es hat doch gar keinen Sinn, zu jammern und zu klagen.«

»Zumindest hast du es einmal ausgesprochen«, sagte Raven. »Zumindest hast du alle wissen lassen, dass du genauso empfindest wie sie. Das ist doch schon mal was, oder?«

Zum ersten Mal seit langem fand ich, dass Raven Recht hatte. Und Crystal sah das wohl auch so. Sie war eine ganze Weile still.

»In Ordnung«, sagte sie dann. »Ich gebe zu, dass ich Angst habe. Ich habe schon oft Angst gehabt. Direkt nachdem meine Pflegeeltern bei einem Autounfall ums Leben gekommen waren und keiner etwas mit mir zu tun haben wollte, hatte ich panische Angst. Die Leute vom Jugendamt kamen mich abholen, und ich landete schon wieder in einer anderen Einrichtung und sollte mit völlig fremden Menschen zusammenleben. Etwas in mir wäre am liebsten zusammengebrochen und hätte gerne endlos geweint, aber das tat ich nicht.«

»Vielleicht hättest du es besser tun sollen«, meinte Raven.

»Vielleicht. Möglicherweise hätte man mich dann freundlicher behandelt. Vielleicht ist es gar nicht so schlecht, Mitgefühl zu brauchen und darum zu bitten«, sagte sie. »Vielleicht habe ich nicht immer Recht.«

Sie hielt inne und lehnte sich zurück, die Hände hinter

den Kopf gelegt. Plötzlich wischte sie sich schnell eine Träne vom Gesicht.

»Jetzt brauchst du dir nicht die Augen aus dem Kopf zu heulen«, sagte Raven. »Darum habe ich dich nicht gebeten.«

Beinahe hätte ich laut losgelacht.

»Ich habe es dir nie gesagt«, fuhr Crystal fort, den Blick zum Himmel gerichtet, »aber ich wünsche mir oft, ich wäre mehr wie du, Raven.«

»Wirklich?«

»Aber sicher. Ich sehe, wie beliebt du bei den Jungen bist, wie hübsch du bist, ich weiß, dass sich eines Tages jemand so sehr in dich verlieben wird, dass er alles für dich tun wird. Das bekommst du alles auf dem Silbertablett serviert, Raven. Ich dagegen, ich muss es mir verdienen, ich muss dafür arbeiten. Das macht mir nichts aus, aber ich müsste lügen, wenn ich nicht zugäbe, dass es auf deine Weise einfacher ist.«

Raven starrte sie in der Dunkelheit an.

»Glaubst du nicht, dass ich gerne ein bisschen mehr wie du wäre, Crystal? Glaubst du nicht, dass ich möchte, dass Leute hinter die schöne Fassade schauen?«

»Vielleicht können wir zu einer Person verschmelzen und einander geben, was wir für positiv aneinander halten«, sagte Crystal.

»Das tun wir doch schon«, sagte Raven.

Crystal starrte sie an, dann setzte sie sich auf, und die beiden umarmten sich.

»Ich fange noch an zu kotzen«, sagte ich, »wenn wir uns jetzt nur noch Honig ums Maul schmieren.«

Sie lachten.

»Ich habe immer noch Durst«, beschwerte Butterfly sich. Auch darüber mussten wir lachen.

Ich streichelte ihr schönes Haar. Raven summte ein Lied, das ihre Mutter ihr immer vorgesummt hatte. Butterfly schloss die Augen. Wir kuschelten uns enger aneinander und schlossen ebenfalls die Augen.

»Wenn wir jetzt etwas schlafen«, meinte Crystal, »sieht morgen alles schon ganz anders aus.«

»Kängururatten«, murmelte Raven.

Ich lächelte. Ich kämpfte, bis ich das Seil an meinem Handgelenk endlich ab hatte. Dann machte ich endgültig die Augen zu und war binnen weniger Augenblicke eingeschlafen. Als ich zum ersten Mal die Augen öffnete, dachte ich, Raven hätte Recht. Wir würden eine Fata Morgana sehen. Ich schloss die Augen wieder und öffnete sie erneut, aber nein, er war immer noch da, ein Mann Mitte Dreißig mit einem Cowboyhut, das Haar zurückgebunden. Er saß auf einem wunderschönen schwarzweißen Pferd, trug ein dunkelblaues Hemd, Weste und Hose, aber er hatte auch eine Pistole bei sich und trug ein Abzeichen an seiner Weste. Er hatte eine dunkle Haut und smaragdgrüne Augen. Er saß ganz ruhig da, den Blick auf uns gerichtet, während sein Pferd die einzigen Grashalme in weitem Umfeld kaute. Als es schnaubte, wachten Raven und Crystal auf. Auch Butterfly rieb sich den Schlaf aus den Augen und setzte sich auf.

»Ist das euer Kombi, der da hinten liegen geblieben ist?«, fragte er.

»Wir hatten keine Panne, uns ist das Benzin ausgegangen«, sagte ich.

Er schüttelte den Kopf und lächelte. »Es sind noch etwa fünfzig Meilen, bis ihr das Reservat wieder verlassen habt und Geschäfte und Tankstellen findet«, sagte er.

»Das Reservat?«, fragte Crystal.

Er nickte.

»Habt ihr das Schild nicht gesehen?«

»Nein, Sir«, antwortete ich.

»Also, ihr befindet euch hier auf dem Gebiet eines Navajo-Reservats. Ich bin ein Beamter der Indianerpolizei.«

Butterfly drängte sich dichter an mich. Er sah, dass sie Angst hatte.

»Wer seid ihr Mädchen?«

»Das ist eine lange Geschichte«, erwiderte ich.

Er lächelte. »Dies ist das Land der langen Geschichten. Könnt ihr noch ein Stück laufen?«

»Ja, Sir«, antwortete ich.

»Gut, folgt mir«, befahl er. Er warf einen Blick auf Butterfly. »Möchtest du gerne mit mir reiten, Kleine?«, fragte er sie.

Sie wollte schon den Kopf schütteln.

Da redete Crystal ihr zu: »Nun geh schon, Butterfly. Du bist doch sehr müde.«

»Komm ruhig. Jake hier ist ein so gutmütiges Pferd, wie man es sich nur vorstellen kann. Nur ein ausgestopftes ist noch zahmer«, sagte er. Er stieg ab und brachte Butterfly das Pferd. »Streichle ihn. Na los«, forderte er sie auf. Schüchtern folgte sie seiner Aufforderung. Dann griff er in seine Tasche und holte einen Zuckerwürfel heraus. »Gib ihm das, dann ist er dein bester Freund«, sagte er. Er reichte ihn Butterfly, die ihn schon dem Pferd geben wollte. »Halt, warte«, unterbrach er sie. »Streck die Hand flach aus, und lass den Zucker auf deiner Handfläche liegen. Dann kriegt er ihn leichter.«

Butterfly tat, was er ihr erklärt hatte, und Jake nahm das Zuckerstück. Dann rieb er seine Schnauze an ihrer Hand, und sie lachte.

»Hast du gesehen? Beste Freunde. Komm jetzt«, sagte er und half ihr aufs Pferd. Mit einer Mischung aus Freude und Furcht schaute sie zu uns zurück. Er stieg hinter ihr auf und sah uns an. »Hier entlang, meine Damen«, sagte er. Er wendete das Pferd und ritt um die Felsen herum.

»Von einem Indianer verhaftet?«, sagte Raven. »Was kann uns denn jetzt noch passieren?«

»Skalpiert werden«, sagte Crystal.

»Das finde ich überhaupt nicht komisch«, rief Raven und lief hinter uns her. »Crystal. Das ist nicht komisch.«

Direkt hinter dem Hügel sahen wir eine Ranch, eine Koppel mit Pferden, einige Hühner in einem Stall, eine Garage und eine Scheune. Es war eine Oase in der Wüste, eine lang gestreckte breite Rasenfläche, einige Zitrusbäume und ein Bach, der hindurchrann. »So nahe waren wir schon und haben es nicht gemerkt«, stellte Crystal fest. Der Indianerpolizist redete mit Butterfly, die eifrig nickte. Ich sah, wie er ihr die Zügel reichte und ihr zeigte, wie man das Pferd zügelte und dirigierte. Ihr Lachen war so erfrischend wie ein Glas kaltes Wasser.

Als wir das Ranchhaus erreichten, stieg er ab und half Butterfly herunter.

»Ich heiße Tommy«, sagte er, »Tommy Edwards. Ich lebe nur mit meiner Frau hier draußen. Sie heißt Anita. Hier entlang, Mädchen«, sagte er, führte uns die Treppe hinauf und über die Veranda zur Eingangstür.

Als wir hereinkamen, kam uns ein köstliches Aroma entgegen.

Tommy Edwards lächelte uns an. »Eier und Schinken«, sagte er. »Nita«, rief er. Wir vier drängten uns aneinander. Crystal hatte einen Streifen Dreck auf der Stirn. Ravens Haar war wild zerzaust. Wir alle trugen drei Hemden übereinander. Bestimmt boten wir einen fantastischen Anblick.

Anita Edwards kam aus der Küche und wischte sich die Hände an einem Geschirrtuch ab. Sie trug Jeans und ein hellblaues Baumwollhemd. Ihr Haar war so lang wie Ravens und genauso schwarz. Sie hatte auch dieselben Augen. Ihre Züge waren fein geschnitten und so vollkommen, wie die Nase und der Mund einer Frau nur sein konnten. Sie hatte hohe Wangenknochen und eine leicht gebräunte Haut. Obwohl sie nicht älter aussah als Anfang Dreißig, lag in ihren

Augen etwas Altes, Müdes, Schmerzliches. Sie betrachtete uns voller Interesse und sah dann Tommy fragend an.

»Ich habe sie bei den Felsen gefunden. Ihr Auto war liegen geblieben, und sie sind ein Stück gelaufen. Sie haben vergangene Nacht dort geschlafen«, erklärte er. Bevor sie fragen konnte, fügte er hinzu: »Sie müssen sich wohl irgendwie verirrt haben. Ihnen war nicht klar, dass sie sich in einem Reservat befanden.« Sie trat näher. Ihre Lippen waren weich und voll. Sie zeigten die Andeutung eines warmen Lächelns, aber man hatte den Eindruck, als hielte sie alles streng unter Kontrolle: ihr Aussehen, ihre Worte, ihre Gefühle.

»Kommt mit mir«, sagte sie. »Ich zeige euch, wo ihr euch waschen könnt.«

»Prima«, meinte Tommy. Er schaute uns jetzt offizieller an. »Wir unterhalten uns dann beim Frühstück.«

»Hier entlang«, bat Anita uns und führte uns durch das Haus. Die Küche lag hinten, das Wohnzimmer links und die Schlafzimmer rechts. Wir kamen auch an einem Raum vorbei, der wie ein Büro aussah. Die Wände waren mit Western Art bedeckt, wunderschöne Felle, gewebte Decken, Ritualmasken, Gewehre, Pfeile und Bogen. Auf dem Boden standen Schalen und kleine Statuen. Selbst im Badezimmer fanden wir Beispiele von Indianerkunst.

»Geht ruhig hinein«, forderte sie uns auf und holte uns dann einige Handtücher.

»Danke«, sagte ich. Sie reichte uns die Handtücher und bat uns, ins Esszimmer zu kommen, wenn wir fertig waren.

»Ich gehe schnell unter die Dusche«, sagte Raven, die die Duschkabine sehnsüchtig betrachtete.

»Nur zu«, sagte ich. Ich wusch mir nur Hände und Gesicht, ebenso wie Crystal und Butterfly. Daher waren wir als Erste fertig. Wir trugen jetzt nur noch jede ein Hemd. Anita hatte bereits vier weitere Gedecke aufgelegt.

»Setzt euch«, forderte sie uns auf und deutete auf die Stühle neben dem Tisch. »Wo ist eure Freundin?«

»Sie duscht«, erwiderte ich. Sie zog die Augenbrauen hoch und lächelte beinahe.

Noch bevor Raven aus dem Badezimmer kam, kehrte Tommy zurück.

»Ich bin so hungrig wie ein Bär«, sagte er und zwinkerte uns zu.

Raven kam herein, frisch gewaschen, mit zurückgekämmtem Haar. Ich wies auf ihren Platz, und sie setzte sich, gerade als Anita die Platte mit Schinken und Eiern hereinbrachte.

»Seid ihr hungrig?«, fragte Tommy.

»Hungriger als ein Bär«, erwiderte Raven.

Er lachte.

»Also, wie heißt ihr denn?«, fragte er. Wir sagten es ihm eine nach der anderen. Währenddessen goss Anita uns Wasser ein.

»Wartet nicht auf mich«, sagte sie und ging zurück in die Küche.

»Ihr habt es gehört, schlagt zu«, ermunterte Tommy uns, und das taten wir auch.

»Danke«, sagte Crystal. Wir alle bedankten uns, als wir uns von der Servierschüssel bedienten. Schließlich setzte sich auch Anita zu uns und aß. Sie schien es mechanisch und ohne richtigen Appetit zu tun.

»Also«, begann Tommy, als wir alle beinahe aufgegessen hatten, »wie kam es denn, dass ihr Mädchen dort bei den Felsen geschlafen habt? Wo seid ihr her?«

Raven schaute Crystal an, und Crystal schaute mich an. Butterfly hatte Anita die ganze Zeit interessiert beobachtet, und ihr war aufgefallen, dass auch sie Butterfly mit einem kleinen Lächeln angeschaut hatte.

»Sie werden es sowieso herausfinden, Mr. Edwards«, sagte ich. »Wir sind aus einem Pflegeheim in New York davongelaufen. Wir nahmen das Auto unseres Pflegevaters und wurden vorgestern erwischt.«

Tommy lehnte sich zurück und schaute Anita an, die den Kopf schüttelte.

»Ihr wurdet erwischt, seid aber hierher gefahren? Das verstehe ich nicht«, gestand er.

»Unser Pflegevater kam uns holen. Er kam hauptsächlich, weil er unter dem Rücksitz seines Wagens ein Päckchen Kokain versteckt hatte. Wir hatten es durch Zufall gefunden und weggeworfen. Aber wir hatten natürlich Angst, ihm das zu sagen. Wir taten also so, als würden wir ihn zu dem Platz führen, wo wir es angeblich vergraben hatten. Gestern Abend, nachdem er mit uns in einem Motel abgestiegen war, schlich ich mich hinaus, während er schlief, und wir sind wieder davongelaufen. Und dann ging uns das Benzin aus«, sagte ich.

»Wir hatten Angst und sind einfach drauflosgefahren, ohne darauf zu achten, in welche Richtung.«

»Das ist ja vielleicht eine Geschichte«, meinte Tommy Edwards.

»Warum seid ihr mit ihm zurückgegangen?«, fragte Anita scharf.

»Wenn wir nicht zugestimmt hätten, mit unserem Pflegevater zurückzugehen, hätten wir alle ins Gefängnis gemusst, weil wir sein Auto gestohlen haben, und wir hatten Angst, getrennt zu werden«, erklärte Raven.

»Wir sind nämlich Schwestern«, sagte ich. »Wir müssen zusammenbleiben.«

»Wir haben überhaupt kein Geld mehr«, sagte Crystal. »Wir haben Angst, was er uns antun wird, besonders jetzt.«

»Verstehe«, sagte Tommy und überlegte einen Augenblick. »Nun, das ist eine komplizierte Situation.«

»Wird er uns finden?«, fragte Butterfly.

»Nein, hier nicht«, sagte Tommy. Er sah Anita an. »Ich werde ein paar Anrufe erledigen.«

Sie nickte.

»Kann ich Ihnen mit dem Geschirr helfen?«, fragte Butterfly Anita.

»Ja, gerne«, bedankte sich Anita, ihr Gesicht strahlte. Butterfly begann den Tisch abzuräumen. Tommy stand auf und ging.

»Ihr könnt ins Wohnzimmer gehen, wenn ihr wollt«, sagte Anita.

»Danke«, sagte Crystal.

»Vermutlich müssen wir morgen ins Gefängnis«, meinte Raven, als wir im Wohnzimmer saßen.

»Was bleibt uns sonst auch übrig?«, sagte Crystal. »Wir wollen nicht nach Lakewood zurückkehren. Ich bin müde«, sagte sie und ließ sich tiefer in den Sessel sinken. »Ich bin des Kämpfens müde.«

»Na toll«, murmelte Raven. Ihr Blick wanderte zum Kaminsims, dann stand sie auf und schaute sich die Bilder dort an. Ich hatte das Gefühl, ich könnte jeden Moment in Tränen ausbrechen. »Schaut mal«, sagte Raven, »sie haben ein kleines Mädchen.«

Sie brachte das Foto, um es Crystal und mir zu zeigen. »Lass bitte meine Bilder stehen«, sagte Anita von der Tür.

»Oh, tut mir Leid. Ich habe nur gerade Ihr Baby bewundert«, sagte sie. »Wo ist sie? Schläft sie?«

Butterfly kam herein und schaute sich das Bild an.

»Ja, sie schläft. In der Erde«, sagte Anita kalt.

Wir alle schauten sie an, aber keine von uns brachte ein Wort heraus. Sie sah, wie sehr uns diese Nachricht getroffen hatte, und wurde weicher.

»Wir verloren sie, als sie gut drei Jahre alt war. Nächsten Monat wäre sie fünf geworden. Sie hatte ein Problem mit einer Herzklappe.«

»Es tut uns sehr Leid, Mrs. Edwards«, sagte Crystal. Anita nahm Raven das Bild ab und betrachtete es einen Augenblick.

»Sie hieß Annie«, sagte sie. »Nach meiner Mutter. Jetzt sind sie zusammen.« Sie stellte das Bild auf den Kaminsims zurück und drehte sich zu uns um. Tiefe Falten durchzogen ihre Stirn, als der Schmerz des Verlustes sie wieder durchdrang.

»Eines Tages«, sagte sie, »geht das Licht in deinem Leben aus. Es ist wie eine flackernde Kerze, und plötzlich kommt ein Windstoß, und zurück bleibt nur Dunkelheit.«

Sie unterdrückte ihre Tränen und presste die Lippen fest aufeinander. Dann holte sie tief Luft.

»Mein Mann wird euch helfen. Ihr könnt hier warten oder nach draußen gehen, wenn ihr möchtet«, sagte sie und verließ das Zimmer.

»Wie traurig«, sagte Raven.

»Sie schaute mich in der Küche an und begann zu weinen«, enthüllte Butterfly. »Dann sagte sie: ›Lass das Geschirr ruhig stehen. Geh zurück zu deinen Schwestern.‹«

»Sie tut mir Leid«, sagte Raven.

Ich hatte das Gefühl, in dem Zimmer keine Luft mehr zu bekommen.

»Ich gehe raus«, verkündete ich und stand auf.

Draußen schaute ich mich um und sah einen Traktor, der neben der Scheune geparkt war. Die Motorverkleidung war hochgeschoben, auf dem Boden lag Werkzeug. Neugierig ging ich dorthin. Es sah so aus, als würde Tommy Edwards gerade die Zündkerzen auswechseln. Die Bedienungsanleitung lag neben dem Werkzeug, deshalb setzte ich mich auf den Boden und studierte sie. Dabei dachte ich an Todd und wie sehr ich ihn vermisste.

»Auf einer Ranch gibt es immer etwas zu tun«, sagte Tommy, als er aus dem Haus trat und näher kam. Ich ließ die Bedienungsanleitung fallen und stand rasch auf.

»Ich wollte dich nicht erschrecken, Brooke«, sagte er. »Ich musste das FBI benachrichtigen wegen dem Auto deines Pflegevaters und allem, was du mir erzählt hast, Brooke. Das FBI wird bei allen Verbrechen eingeschaltet, die in einem Indianerreservat begangen werden oder es betreffen. Unsere eigenen Polizeiangelegenheiten regeln wir sonst selbst, aber ich dachte, es sei so das Beste. Ich will aber nicht, dass die anderen Mädchen deshalb Angst bekommen.«

»Ich werde es ihnen erklären«, versprach ich.

»Sie werden das Fahrzeug auf den Kopf stellen und nachschauen, ob irgendwelches Beweismaterial sichergestellt werden kann. So oder so wird er einiges zu erklären haben. Ich habe auch die Jugendbehörde benachrichtigt. Sie schicken jemanden her, aber es wird eine Weile dauern. Sie müssen von Albuquerque herkommen und haben zu wenig Personal.«

»Mir ist es egal, wie lange es dauert. Ich glaube, es macht keiner von uns etwas aus«, sagte ich.

Tommy machte sich an seinem Traktor an die Arbeit, und ich ging hinein, um den anderen die Neuigkeiten mitzuteilen. Ich stieß auf Raven, die gerade zur Hintertür herauskam.

»Was ist los?«, rief sie, als sie meinen Gesichtsausdruck sah.

»Tommy hat mir gesagt, dass er das FBI benachrichtigen musste.«

»Das FBI?«

»Es muss informiert werden, wenn es um ein Verbrechen in einem Indianerreservat geht. Das hat nicht direkt etwas mit uns zu tun«, fügte ich rasch hinzu.

»Machst du dir keine Sorgen?«, fragte Raven.

»Worüber?«

»Vielleicht verhaften sie uns, weil wir das Kokain nicht der Polizei ausgehändigt haben. Möglicherweise landen wir alle in einem Bundesgefängnis!«

»Das bezweifle ich«, sagte ich. »Wo sind Crystal und Butterfly? Wir müssen es ihnen sagen.«

»Butterfly ist in die Küche zurückgegangen, um Anita zu helfen. Seltsam, dass sie in ihrer Gegenwart gar nicht schüchtern ist. Vermutlich weil sie Mitleid mit ihr hat. Crystal sagt, Butterfly wird von der Traurigkeit anderer Menschen angezogen wie Motten vom Licht.«

Ich lächelte.

»Ja«, erwiderte ich, »ich glaube, das stimmt.«

Wir hörten, wie die Scheunentür aufglitt, und als wir uns umdrehten, sahen wir, wie Tommy einen Palomino, ein cremefarbenes Pferd mit einem weißen Schweif, herausführte. Es lahmte auf der rechten Hinterhand.

»Na, wie geht's?«, rief er.

»Gut«, sagte ich. Raven und ich gingen zu ihm. »Was ist mit Ihrem Pferd passiert?«

»Sie ist in ein Rattenloch getreten. Der Tierarzt meint, sie kommt wieder in Ordnung, aber ich muss sie zweimal am Tag eine gute halbe Stunde bewegen.« Er schaute Raven an. »Meinst du, du könntest das mal eine Weile machen?«

»Was denn?«, fragte sie.

»Einfach mit Pony Tail im Kreis herumgehen«, sagte er.

»Ich?« Sie schaute erst mich und dann Tommy an.

»Klar. Sie ist eine Schmusekatze«, sagte er und reichte ihr die Zügel.

Raven nahm sie entgegen und schaute erst das Pferd und dann mich an, bevor sie losging. Ihr Gesicht war voller Furcht und Aufregung. Das Pferd folgte ihr gehorsam.

»Genau, halt dieses Tempo bei«, rief Tommy ihr zu. Sie nickte und marschierte weiter, so stolz, wie ich sie noch nie gesehen hatte.

»Ich habe Tommy gesagt, dass ich Butterfly noch das mit dem FBI erklären muss«, rief ich Raven zu und ging ins Haus zurück. Als ich an der Vorderseite des Hauses vorbeikam, trat Crystal gerade mit einem Buch vor die Tür. Sie sah mich, lächelte neugierig und schaute dann zu Raven.

»Mit Butterfly alles in Ordnung?«

»Ihr geht es gut. Anita zeigt ihr gerade, wie man auf einem Webstuhl webt.«

»Ich habe schlechte Neuigkeiten, Crystal«, begann ich. »Tommy hat das FBI benachrichtigt. Er musste es.«

Crystal nickte wissend. »Mir war klar, dass er Meldung machen musste.«

Bevor wir hineingehen und Butterfly Bescheid sagen konnten, sahen wir, wie sich in der Entfernung ein Auto näherte. Wahrscheinlich die Jugendbehörde, dachte ich. Mein Optimismus hielt nicht lange vor. Es war ein dunkelblauer Wagen. Zwei Männer in Anzügen stiegen aus, um mit Tommy zu reden. Er drehte sich um und deutete auf Crystal und mich. Raven lief immer noch mit dem Pferd im Kreis herum, und Butterfly war drinnen bei Anita.

»Brooke, Crystal, das sind Special Agent Wilkins und Special Agent Milton vom FBI«, sagte Tommy. »Sie wollen euch ein paar Fragen stellen über euren Pflegevater und das, was ihr Mädchen gefunden habt.«

»Okay«, sagte ich. »Aber Raven sollte auch dabei sein.«

Tommy nahm ihr das Pferd ab, und sie gesellte sich zu uns auf die Veranda.

Wir erzählten den FBI-Agenten alles über unsere Flucht aus *Lakewood House*, wie wir das Kokain fanden, wo wir es ausschütteten und was danach geschah. Tommy kam dazu, nachdem er Pony Tail in den Stall zurückgebracht hatte.

»Unser Kriminaltechniker hat entsprechende Spuren gefunden«, erzählte Agent Wilkins Tommy. »Sie sagen die Wahrheit. Was werden Sie mit ihnen machen?«

»Ich habe die Jugendbehörde informiert, sie kommen später her.«

»In Ordnung. Wir wollen nur wissen, wo sie sind.«

Wir sahen zu, wie sie wegfuhren.

»Das habt ihr gut gemacht, Mädchen«, sagte Tommy.

»Da ist Butterfly«, sagte Raven und schaute zum Hühnerstall hinüber.

Sie kam jetzt aufgeregt auf uns zu, Anita ging neben ihr und trug einen Korb.

»Ich habe die Eier aufgesammelt!«, rief sie. »Ganz allein. Man muss die Hennen ein wenig zur Seite stubsen, aber sie hacken nicht«, erklärte sie.

Anita hatte einen völlig anderen Gesichtsausdruck, so als sei sie aus einem Traum erwacht. Ihre Augen strahlten, ihre Lippen waren weicher, bereit zu lächeln.

»Wir wollen einen Kuchen backen«, sagte sie.

»Ich helfe ihr«, verkündete Butterfly. »Nicht wahr, Anita?«

»Ja«, bestätigte diese. »In etwa einer halben Stunde essen wir zu Mittag«, fügte sie an Tommy gewandt hinzu. »Bist du da?«

»Sicher«, sagte er. »Vielleicht mache ich hinterher mit den Mädchen einen kleinen Ausritt.«

»Wenn sie möchten«, sagte Anita.

»Ein Pferd reiten? Davon habe ich keine Ahnung«, murmelte Crystal.

»Ach komm schon, Crystal. Wenn ich es kann, kannst du es auch«, neckte Raven sie.

»Seit wann kannst du es denn?«, fragte Crystal.

»Ich kann es.« Sie sah Tommy an. »Nicht wahr?«

»Es ist nichts dabei«, meinte er.

»Kann ich auch mit?«, fragte Butterfly. Tommy warf Anita einen Blick zu.

»Aber sicher«, sagte sie. »Tommy wird dir Princess satteln.« Dann ging sie zum Haus, Butterfly folgte ihr rasch.

An Tommys Gesichtsausdruck konnte ich ablesen, dass etwas Wichtiges gesagt worden war.

»Welches Pferd ist Princess?«, fragte ich mit Blick auf die Koppel.

»Das Pony«, erklärte er. »Es war das Pferd unseres kleinen Mädchens, Annies Pferd. Niemand ist mehr auf ihm geritten, seit ... seit Annie gestorben ist.

Bis jetzt«, fügte er verwundert hinzu, »hätte Anita nicht einmal im Traum daran gedacht.«

16

Endlich zu Hause

»Wir machen ein Picknick«, verkündete Butterfly aufgeregt, als wir das Haus betraten.

»Genaugenommen ist es kein Picknick«, erklärte Anita an der Küchentür. »Wir essen einfach draußen zu Mittag. Wir haben dort Tische stehen.«

»Können wir helfen?«, fragte Raven.

»Alles, was wir brauchen, steht hier auf der Anrichte in der Küche«, sagte Anita. »Butterfly wird es euch zeigen.«

Stolz, eine Führungsrolle übernehmen zu dürfen, zeigte Butterfly uns Teller und Besteck, Platzdeckchen, Gläser, frische Limonade, selbst gebackenes Brot und Gewürze. Wir nahmen alle etwas mit, und Butterfly führte uns zum Tisch.

Die Rückseite des Hauses bot eine wundervolle Kulisse, um draußen zu essen. Von hier aus konnten wir die Berge sehen. Uns fiel auf, dass auf den Spitzen noch Schnee lag. Der Bach floss in der Nähe vorbei und gurgelte so laut, dass wir hören konnten, wie er sich um die Felsen schlängelte. Anita kam heraus, und Tommy folgte ihr auf dem Fuße. Sie trug eine große Tonschüssel, die sie auf den Tisch setzte. Wir setzten uns hin. Tommy wirkte sehr erfreut.

»Dank euch Mädchen bekomme ich heute Mittag meine Lieblingssuppe«, verkündete er.

»Ich mache sie wirklich oft genug, Tommy Edwards«, rügte Anita ihn und schöpfte jeder von uns etwas in ihre Suppenschale.

»Das riecht köstlich. Was ist das?«, fragte Raven.

»Tortillasuppe mit Hühnchen, Avocado und Limette«, erklärte Anita. Sie tat auch ihrem Mann und sich etwas auf und setzte sich.

»So gut wie immer«, sagte Tommy nach dem ersten Löffel.

»Sie ist sehr gut«, lobte ich die Suppe. Und sie war es auch.

»Ich habe dabei geholfen«, strahlte Butterfly. »Nicht wahr, Anita?«

Anita richtete den Blick auf sie und lächelte.

»Janet hat die Tortillas geschnitten und gebraten«, sagte sie.

»Tortillas sind ein Indianergericht, nicht wahr?«, fragte Raven.

»Der Südwesten, Mexiko, alle sind daran beteiligt«, erklärte Tommy.

»Sind Sie beide Vollblut-Navajos?«, fragte Crystal.

Anita warf Tommy einen Blick zu, der daraufhin lächelte.

»Das ist die Frage«, gab er zu.

»Ich habe in diesem Buch, das Sie haben, etwas über die Navajo gelesen«, fuhr Crystal fort. »Der Stamm ist in mehr als fünfzig Clans unterteilt. Ich fand besonders interessant, dass die Abstammung durch die weibliche Linie verfolgt wird.«

»Ja, wir sind die ersten wahren Feministen«, scherzte Tommy.

»Die Navajo sind außerdem der zweitgrößte Indianerstamm in den Vereinigten Staaten«, sagte Crystal.

»Crystal ist eine Schülerin, die überall nur Einsen hat«, warf Raven ein. »Lassen Sie ihr einen Tag Zeit, und sie wird Ihnen mehr über Sie selbst erzählen, als Sie je wussten.«

»Ich verschwende nicht gerne meine Zeit«, verteidigte Crystal sich, »deshalb lese ich.«

»Ich finde es schmeichelhaft, dass du mehr über uns wissen willst«, meinte Tommy. »Wahrscheinlich weißt du bald mehr als ich.«

»Das ist doch wohl sicher«, bemerkte Anita.

Tommy schaute hoch und lächelte. Als Anita klar wurde, dass sie etwas Witziges gesagt hatte, senkte sie sofort den Blick. Sie erinnerte an eine Kerze, die kurz aufflackerte. Aber jedes Mal, wenn ein kleiner Funke Hoffnung aufglomm, erstickte sie ihn mit ihren Schuldgefühlen.

»Diese Gegend ist nicht reich an Gas oder Öl, aber für mich ist sie auf andere Weise reich«, sagte Tommy.

»Ich interessiere mich schon lange für Indianer«, sagte Crystal. »Glauben Sie, der Wind ist spirituell?«

»Ich glaube, dass der ganzen Natur etwas Spirituelles innewohnt«, sagte Tommy. »Ich finde, je weiter man sich von der Natur entfernt, desto weiter entfernt man sich von allem, was spirituell ist. Deshalb leben wir hier draußen.«

»Ich finde es hier wunderbar!«, platzte Butterfly heraus. Es kam ihr von ganzem Herzen. Wir alle schwiegen einen Moment. Dann hörten wir das Telefon klingeln.

»Ich gehe hin«, sagte Tommy und lief ins Haus.

»Haben Sie auch Indianerkostüme?«, fragte Raven Anita.

»Kostüme? Ja, ihr würdet es wohl so nennen. Ich habe etwas, das du dir vielleicht gerne anschauen würdest. Nach dem Essen zeige ich es dir. Meine Mutter hat es mir vor langer Zeit genäht, und ich glaube, es könnte dir passen.«

»Wirklich?« Raven wurde ganz aufgeregt. Anita lächelte. Es war, als würde ihr Gesicht langsam auftauen.

»Das war das Jugendamt«, sagte Tommy, als er zurückkehrte.

»Sind sie unterwegs?«, fragte ich traurig.

»Nein. Sie schaffen es heute nicht. Sie bitten mich, euch zum Sheriff zu bringen, damit ihr nach Albuquerque verfrachtet werdet.«

»Verfrachtet? Was sind sie denn – Ware?«, empörte sich Anita, bevor wir reagieren konnten.

»Ich habe ihnen gesagt, dass es in Ordnung ist, wenn die

Mädchen noch über Nacht bleiben«, sagte er. Er wartete. »Das ist es doch, oder?«

»Natürlich«, antwortete Anita. »Das brauchst du doch nicht zu fragen.« Mit Tränen in den Augen stand sie auf, um die Sachen ins Haus zurückzubringen.

Butterfly sprang sofort auf und stellte unser Geschirr zusammen. Als sie die Hände voll hatte, folgte sie Anita. Tommy blieb still sitzen.

»Anita geht es seit Annies Tod nicht gut. Manchmal kann sie nicht aufhören zu weinen, und manchmal zieht sie sich so in sich zurück, dass sie gar nicht mehr richtig da ist. Lasst euch von ihr nicht irritieren.«

»O nein«, sagte ich.

»Auf keinen Fall«, meinte Raven.

»Wir wissen, was es bedeutet, jemanden zu verlieren, den man liebt«, fügte Crystal hinzu.

Tommy lächelte. »Das weiß ich, Mädchen. Kommt, wir gehen jetzt zur Koppel und satteln ein paar Pferde. Ich möchte euch noch etwas vom Reservat zeigen, bevor ihr uns verlassen müsst.«

»Können wir nicht einfach im Jeep herumfahren?«, bat Crystal.

»Das ist nicht das Gleiche. Du willst doch eine authentische Erfahrung machen. Du bist doch diejenige, die alles über uns wissen will«, neckte Tommy sie.

Crystal zog ein langes Gesicht.

»Mach dir keine Sorgen«, beruhigte Tommy sie. »Das wird ganz prima klappen. Ich gebe dir Pferd ohne Namen.«

»Pferd ohne Namen? Warum hat es keinen Namen?«, fragte Crystal.

»Es steht nie lange genug still, um sich einen Namen einzuprägen«, sagte Tommy.

»Was?«, rief sie entsetzt.

Alle lachten. Dann standen wir auf und trugen die restlichen Sachen ins Haus. Anita kam mit uns heraus, um zuzuschauen, wie Tommy die Pferde und das Pony für Butterfly sattelte. Dabei begann er mit einem kleinen Vortrag über das Reiten.

»Eure Pferde werden meinem folgen«, versicherte er uns. »Sie sind darauf trainiert, macht euch also keine Sorgen. Das Entscheidende ist, nie in Panik zu geraten, das Tier eure Angst nicht spüren zu lassen. Das spürt es und wird nervös. Ihr habt die Kontrolle darüber.«

Er half Butterfly auf das Pony. Sie sah aus, als hätte man sie auf einen Thron gesetzt. Noch nie hatte sie so strahlend und glücklich gewirkt. Als ich zu Anita schaute, sah ich, wie sie sie mit einem kleinen Lächeln betrachtete.

Tommy rief ihr in einer Sprache, die ich nicht verstand, etwas zu, und sie schüttelte den Kopf.

»Sei vorsichtig mit ihnen, Tommy Edwards«, ermahnte sie ihn. Er lachte.

»In Ordnung, Mädchen. Tut, was ich euch gesagt habe«, sagte er. Wir stießen unsere Pferde mit den Absätzen unserer Schuhe an und folgten Tommy. Wir wurden alle ein bisschen hochgeschleudert. Crystal klammerte sich verzweifelt an ihr Pferd.

»Tommy hat doch gesagt, wir sollen uns nicht am Sattel fest halten«, erinnerte Raven sie.

»Ich weiß, was er gesagt hat«, fauchte Crystal. Sie hielt die Luft an, schloss die Augen und sah völlig entsetzt drein, während wir in Richtung Gebirge ritten. In unseren kühnsten Träumen hätten wir uns nie vorgestellt, dass wir uns eines Tages zu Pferde von einem Navajo seine Welt der Naturwunder zeigen lassen würden.

Trotz ihrer Angst genoss Crystal den Ritt genauso wie wir alle. Sie und Tommy unterhielten sich über Felsen und Tiere, die Wüste und die Navajo. Raven war eine geborene Reiterin, und Butterfly sah aus, als könnte sie auf ihrem

Pony ewig weiterreiten. Wir ritten nicht besonders weit, aber uns kam es so vor. Einmal hielten wir an, um eine Pause zu machen. Tommy stellte uns Fragen nach unserem Leben in Lakewood. Crystal erklärte ihm genau, warum wir uns dort wie in der Falle gefühlt hatten. Da enthüllte Tommy, dass auch er adoptiert worden war.

»Ich blieb allerdings in der Familie, bei meinem Onkel und meiner Tante.«

»Was war denn Ihrem Vater und Ihrer Mutter passiert?«, fragte Raven.

»Meine Mutter hatte mich außerehelich bekommen. Mein Vater hat mich nie akzeptiert, und die Eltern meiner Mutter waren sehr aufgebracht darüber. Vielleicht ist euch aufgefallen, dass Anita lächelte, als du fragtest, ob ich ein Vollblut-Navajo sei. Manche hatten das Gefühl, das sei nicht der Fall. Ich finde, am wichtigsten ist, was in deinem Herzen vorgeht. Das verrät den Menschen, wer du wirklich bist. Alles andere ist oberflächlich. Ihr wisst, was ich damit meine.«

»Wenn wir es nicht wüssten, würde Crystal es uns sofort erklären«, fiel Raven ein. Tommy lachte.

»Ihr habt eine besondere Art von Reisekrankheit, Mädchen. Sie rührt daher, dass ihr so lange zusammen gereist seid«, meinte er lächelnd. »Aber ich wette, ihr würdet wie ein Berglöwe kämpfen, der in die Enge getrieben wird, wenn jemand versuchen würde, euch zu trennen.«

»Ja«, bestätigte ich. »Das würden wir.«

Er nickte, und ein Ausdruck von Traurigkeit huschte über sein Gesicht.

»Der Stand der Sonne verrät mir, dass es etwa halb vier ist. Wir sollten uns auf den Rückweg machen. Ich habe einiges zu erledigen und muss vor dem Abendessen auch noch Patrouille reiten.«

Wir stiegen auf und ritten zurück. Dabei beobachteten

wir, wie die Sonne die Berggipfel erreichte. Die Schatten wurden an einigen Stellen länger, erfüllten Täler und Schluchten mit einer weichen Dunkelheit. Über uns zog ein Falke am Himmel weite Kreise. Tommy sagte uns, dass er selbst aus dieser Höhe eine Wüstenratte sehen könne.

Was für eine seltsame und wunderbare Welt dies war. Eine Weile ließ sie uns unsere Träume vergessen. Raven sprach nicht davon, dass sie ein Gesangsstar werden wollte. Crystal redete nicht von der Schule, und ich hatte mich nicht länger Fantasien hingegeben, in denen ich meine leibliche Mutter fand.

Anita wartete auf uns, als wir zurückkehrten. Wir hatten damit gerechnet, von den Pferden abzusteigen und damit sei der Ausritt beendet. Aber Tommy erklärte uns, dass wir ein wenig mit ihnen hin und her gehen mussten und ihm dann helfen sollten, das Sattelzeug wegzuräumen.

»Auf die Dinge, die man liebt, muss man gut achten, oder man besitzt sie nicht lange«, erklärte er uns.

»Manchmal hilft nicht einmal das«, bemerkte Anita. Ihre Blicke trafen sich einen Moment, dann schaute er beiseite. Butterfly durfte mit ihr ins Haus zurückkehren, damit sie Anita bei der Zubereitung des Abendessens helfen konnte. »Ich mache euch die Betten fertig«, sagte Anita.

»Konnte für Annie denn nichts getan werden?«, fragte ich Tommy.

»Wir versuchten es, brachten sie zum größten Krankenhaus in der Gegend. Sie wurde operiert, aber ihr Herz war zu klein. Anita hat Angst davor, ein weiteres Kind zu bekommen. Sie befürchtet, es könnte mit dem gleichen oder einem ähnlichen Geburtsfehler zur Welt kommen. Sie ist abergläubischer als ich«, meinte er traurig.

»Es gibt Möglichkeiten, die Entwicklung eines Fötus im Mutterleib zu testen«, erzählte Crystal, »um festzustellen, ob er gesund ist.«

»Im Moment ist Anita nicht zu so etwas zu bewegen. Aber vielleicht ändert sich das bald.«

Wir kümmerten uns um unsere Pferde und gingen dann alle ins Haus, um uns zu waschen. Anita hatte die beiden Gästezimmer für uns vorbereitet. Auf einem der Betten lag ein wunderschönes Hirschlederkleid, das mit Türkisen verziert war. Sie forderte Raven auf, es anzuprobieren, und das tat sie. Ich muss zugeben, dass sie fantastisch darin aussah. Alle waren dieser Meinung.

»Vielleicht fließt in dir ja auch Navajo-Blut«, lachte Tommy.

Raven fragte, ob sie es zum Abendessen tragen könnte, und Anita gestattete es ihr. Vor dem Essen fragte Butterfly Anita nach den Trommeln, die im Wohnzimmer hingen. Zu Tommys Überraschung und unserer Freude sang und spielte Anita ein Navajo-Lied, das früher zum Kornmahlen gesungen wurde. Sie hatte eine volle, tiefe Stimme. Ich spürte, dass ihr Erbe immer noch stolz und lebendig in ihrem verwundeten Herzen lebte. Tommy zeigte Butterfly einige indianische Tanzschritte, die sie binnen Sekunden genauso beherrschte wie er, wenn nicht besser. Anita lachte sogar. Damit brachen die Schichten eisiger Traurigkeit auf, die sich über dieses Heim gelegt hatten.

Für unser Abendessen hatte Anita mit Butterflys Unterstützung Hühnchen-Fajitas mit Reis und Bohnen zubereitet. Es war ein mexikanisches Festmahl, wie es keiner von uns bisher genossen hatte.

»Mein Magen ist sehr dankbar, dass ihr euch im Reservat verirrt habt«, verkündete Tommy.

»Tommy Edwards, wenn du diesen Mädchen hier weismachst, dass ich sonst nicht für dich koche, werde ich dich skalpieren«, drohte Anita ihm. Er lachte und hob die Hände.

»Ich mache nur Spaß, Mädchen. Sie wäre sonst wirklich dazu im Stande.«

Der Unterschied zwischen der Atmosphäre beim Frühstück und jetzt beim Abendessen war bemerkenswert. Wir waren alle entspannter. Es war ein wundervoller Tag gewesen, eine freudige Überraschung. Das Telefon klingelte wieder, bevor wir mit dem Abwaschen fertig waren. Als Tommy wieder kam, erzählte er uns, das FBI habe Gordon Tooey aufgespürt.

»Er war schon wieder in New York«, sagte er und ließ den Blick zu Anita wandern.

»Und was weiter?«, hakte sie nach.

»Jemand war fürchterlich wütend auf ihn. Ihr braucht euch keine Sorgen zu machen, dass er euch jemals wieder verfolgt …«

Trotz unserer Furcht vor Gordon und unserer Abneigung gegen ihn war das eine schockierende Neuigkeit. Betroffen schauten wir uns an.

»Louise wird vermutlich ihr Pflegeheim verlieren«, stellte Crystal fest.

»Höchstwahrscheinlich«, bestätigte Tommy. »Sie werden ihr die Lizenz entziehen. Dabei herrscht im ganzen Land ein großer Bedarf an solchen Heimen, und er wächst ständig.«

»Wohin werden sie uns jetzt wohl schicken?«, fragte Raven sich.

Die lockere, glückliche Stimmung verflog wie Rauch. Das Lächeln verschwand, wir bewegten uns schwerfällig, wie mechanisch. Raven beschloss, das indianische Kleid auszuziehen. Hinterher gesellte sie sich zu Crystal und mir auf die Veranda. Butterfly half Anita beim Aufräumen.

»Wo immer wir hingehen, es ist nicht für lange«, stellte Crystal fest. »Sobald wir achtzehn sind, stehen wir auf eigenen Füßen. Ich gehe dann aufs College. Vielleicht kehrst du zu Todd zurück, Brooke.«

»Ich weiß nicht. Ich habe noch nicht mit ihm gesprochen. Vielleicht hat er mich schon vergessen.«

»Nicht, wenn er wirklich etwas für dich empfunden hat«, belehrte Raven mich. »Ich werde versuchen, im Showbusiness etwas zu werden. Mir ist es gleich, womit ich bis dahin mein Geld verdiene. Ich arbeite als Kellnerin, Putzfrau, was auch immer, bis ich den Durchbruch schaffe. Und wenn das nicht klappt, komme ich zu dir und Todd.«

»Hört auf, in meinem Leben etwas zu überstürzen, ihr beiden. Ich habe vorher auch noch einiges zu erledigen. Ich will immer noch nach Kalifornien«, erklärte ich.

»Wie willst du sie finden?«, fragte Crystal. Verblüfft fuhr ich herum.

»Woher weißt du, was ich vorhabe?«

»Du hast genug Hinweise fallen lassen, Brooke. Tatsächlich ist es heute leichter, jemanden zu finden, als früher. Vielleicht schaffst du es ja«, sagte sie.

Sie streckte ihre Hand aus, und ich ergriff sie. Ich fasste auch nach Ravens Hand, und so saßen wir drei dort in der Dunkelheit. Über uns am klaren Wüstenhimmel funkelten die Sterne. Manchmal hörte man in der Ferne ein seltsames Heulen. Crystal sagte, das sei ein Kojote.

»Sie hat Recht«, bestätigte Tommy, der aus dem Schatten trat. Wir wussten nicht, wie lange er schon dort gestanden hatte. »Woher kennst du diese Laute, Crystal?«

»Es gab da so ein Computersoftware-Programm, das ich für ein Projekt in Naturwissenschaften benutzt habe«, erläuterte sie.

»Die Schule ist heute ganz anders als zu meiner Zeit«, meinte er.

»Wann fahren wir morgen?«, fragte ich ihn.

»Direkt nach dem Frühstück soll ich euch ins Büro des Sheriffs nach Gallup bringen, die Leute vom Jugendamt aus Albuquerque werden euch dort übernehmen«, sagte er. »Ihr seid alle tolle Mädchen. Ich weiß, dass ihr es schaffen werdet.«

Wir schwiegen.

»Also«, sagte er, »ich bin müde. Hier in der Gegend stehen wir mit der Sonne auf. Bis morgen früh.«

»Gute Nacht, Tommy«, wünschte ich ihm.

Wir saßen noch eine Weile still da, dann entschlossen wir uns, auch ins Bett zu gehen, und zwar in den üblichen Paarungen. Die Betten waren sehr bequem, die Zimmer mit gelber Eiche vertäfelt und im Stil des Südwestens möbliert. Die Nachtluft war kühl, sodass man gut schlafen konnte, aber unsere Angst machte uns zu schaffen. Raven und ich hatten noch gar nicht versucht einzuschlafen, als Crystal hereinkam, weil Butterfly sich seltsam verhielt.

»Sie sagte kein Wort. Sie liegt zusammengerollt in ihrem Bett«, erklärte Crystal.

»Wir sind alle müde«, meinte Raven. »Du hattest Recht. Es ist anstrengend wegzulaufen, und für ein zerbrechliches Mädchen wie Butterfly ist es zu viel. Zumal wenn es für uns eigentlich schon zu viel ist.«

»Anita hat ihr eine indianische Halskette geschenkt. Sie trägt sie sogar im Bett«, erzählte Crystal.

»Das ist schön«, sagte ich. »Anita ist viel netter, als ich zuerst dachte.«

»Jeder, den wir kennen lernen, scheint auf irgendeine Weise verwundet worden zu sein«, stellte Crystal fest. Das war eine ihrer tief philosophischen Bemerkungen, die bei mir Wurzeln schlugen und weiterwuchsen.

Sie kehrte in ihr Zimmer zurück. Raven und ich schwiegen, wünschten einander nicht einmal gute Nacht. Sie drehte sich um und schlief vor mir ein. Ich lauschte noch eine Weile dem Wind, sah, wie eine kleine Wolke den Viertelmond berührte, und schloss dann meine Augen, um in den Schlaf hinüberzudriften. Geweckt wurde ich, als mein Körper heftig geschüttelt wurde. Ich schlug die Augen auf. Völlig panisch stand Crystal vor mir.

»Sie hat einen Krampfanfall, schlimmer als je zuvor, Brooke! Beeil dich.«

Ich sprang aus dem Bett, und wir weckten Raven. Das war wie jemanden von den Toten zu erwecken. Aber als sie hörte, was los war, beeilte sie sich. Wir umringten Butterfly, die zusammengekauert dalag, die Beine angezogen, die Arme nach innen verbogen, die Hände fest verschlossen, nur ein dünner Speichelfaden tropfte aus ihrem rechten Mundwinkel. Sie sah aus, als atmete sie nicht mehr. Panik durchzuckte mich wie ein elektrischer Schlag.

»O Crystal, in solch einem schrecklichen Zustand habe ich sie noch nie gesehen. Ihr Gesicht ist so blass, die Lippen werden ja schon blau.«

Crystal nickte.

»Es ist sehr schlimm«, bestätigte sie.

Wir hielten uns an den Händen und berührten mit unseren Köpfen Butterflys. Crystal begann zu rezitieren.

»Wir sind Schwestern. Wir werden immer Schwestern sein. Nichts kann uns passieren, solange wir zusammen sind.«

Raven und ich stimmten ein. Unsere Stimmen wurden immer verzweifelter, als wir am Ende des Refrains angelangt waren und keinerlei Veränderung sahen.

»Crystal!«

»Versucht es weiter«, rief sie.

Wir rezitierten lauter, die Verzweiflung in unseren Stimmen wurde immer größer.

»Was ist denn hier los?«, fragte Anita von der Tür.

Wir hörten auf. Butterfly krampfte noch immer. Anita kam hereingestürmt und betrachtete sie.

»Was ist passiert?«, wollte sie wissen.

»Sie hat manchmal diese Zustände«, erklärte Crystal. »Es ist eine psychische Sache. Bis jetzt konnten wir ihr immer helfen, indem wir uns fest hielten und unseren Gesang anstimmten. Normalerweise funktioniert das, diesmal aber nicht.«

»Oh, mein Gott!«, rief Anita. »Sie stoppt ihr Herz, ihren Atem. Tommy! TOMMY!«

Er kam in das Zimmer gerannt. Als er Butterfly sah und hörte, was los war, schob er seine Hände unter sie und hob sie leicht wie eine Feder hoch.

»Wir bringen sie ins Krankenhaus«, sagte er.

»Beeil dich, Tommy«, befahl Anita.

Wir kletterten alle in seinen Jeep. Anita hielt Butterfly auf ihrem Schoß, wir drei drängten uns hinten hinein. Tommy fuhr los und holperte über die Lehmpiste. Butterflys Augen öffneten sich immer noch nicht. Anita wiegte sie hin und her und küsste ihr die Stirn. Sie streichelte ihr das Haar und drückte sie an sich. Wir schauten uns an und dachten dasselbe. Wenn Butterfly jetzt starb, dann weil wir uns entschlossen hatten davonzulaufen. Es war unsere Schuld. Mit gesenkten Köpfen beteten wir und hielten uns an den Händen. Der Jeep schwankte, als Tommy herunterschaltete und abbog.

Und dann, wie ein Wunder, stöhnte Butterfly. Anita herzte und küsste sie noch mehr. Sie wiegte sie noch stärker und rief sie. Schließlich zuckten Butterflys Lider. In ihr Gesicht kehrte Farbe zurück.

»Es geht ihr besser, Tommy«, seufzte Anita erleichtert und lachte unter Tränen. »Es geht ihr besser.«

»Gut, toll, aber wir bringen sie besser doch ins Krankenhaus«, sagte er.

Als er anhielt, war Butterfly wieder ganz bei sich. Sie ging sogar selbst an Anitas Hand in die Notaufnahme. Wir drei warteten mit Tommy in der Eingangshalle, während Anita mit Butterfly in das Behandlungszimmer ging.

»Das war das erste Mal, dass wir es nicht geschafft haben, sie aus ihrem Zustand herauszuholen«, erinnerte Crystal uns. »Anita hat es geschafft.«

Tommy riss die Augen weit auf und nickte. Fast eine Stunde später kam Anita heraus, um uns mitzuteilen, dass es Butterfly gut ging.

»All ihre Vitalfunktionen sind gut. Der Arzt hat den Eindruck, dass ihr Zustand durch einen psychischen Schock hervorgerufen wurde, was aber nicht heißen soll, es sei nicht ernst. Sie braucht viel Fürsorge und Pflege«, sagte sie und verriet Tommy damit viel mehr Neues als uns. Er nickte. »Dort, wo sie jetzt hingeht, wird sie das nicht bekommen, Tommy.«

Er nickte einfach.

Hinterher nahm Tommy uns zum Frühstück mit in ein kleines Café in der Nähe. Keiner hatte jedoch wirklich Hunger. Wir ließen mehr auf dem Teller liegen, als wir aßen. Zurück zur Ranch fuhren wir viel langsamer und ruhiger. Dort angelangt, sammelten wir das wenige, was wir hatten, zusammen und warteten, dass Tommy uns zum Büro des Sheriffs brachte.

»Anita hat mir das Kleid geschenkt«, sagte Raven und zeigte uns das wunderschöne Hirschledergewand. »Sie sagt, es gehöre mir, weil es mir so gut steht. Tommy und Anita sind so nett zu uns gewesen. Ich bin froh, dass dir ausgerechnet hier das Benzin ausgegangen ist, Brooke.«

»Ich auch.«

Schließlich war es Zeit zu gehen. Anita entschloss sich mitzukommen und saß wieder mit Butterfly vorne. Die Sozialarbeiterin vom Jugendamt wartete im Büro des Sheriffs auf uns. Es war eine nette Dame von etwa vierzig mit lockigem braunem Haar. Während wir warteten, ging sie mit Tommy und Anita in ein Büro und erkundigte sich nach den Einzelheiten. Sie waren eine lange Zeit dort drinnen, und ich konnte durch die Fenster sehen, dass die Frau, Mrs. Wilson, telefonierte. Dann sprach sie wieder mit Tommy und Anita. Schließlich kam Tommy heraus.

»Es wird noch ein bisschen dauern«, sagte er.

»Wohin bringen sie uns?«, fragte ich rasch.

»Das ist noch nicht endgültig entschieden, aber es sieht so aus, als würdet ihr nach New York zurückkehren. Aber keine Sorge – ihr kommt nicht wieder ins *Lakewood House.*« Er machte eine Pause. »Mrs. Wilson möchte gerne mit Janet sprechen.« Butterfly, die die meiste Zeit mit hängendem Kopf dagesessen hatte, schaute überrascht auf.

»Ist das in Ordnung?«, fragte Tommy. Butterfly sah Crystal fragend an. Und als diese nickte, nickte auch sie. Tommy nahm sie bei der Hand und ging mit ihr ins Büro. Dann kam er zurück und fragte uns, ob wir gerne ein Icecream Soda hätten. »Wir haben hier nämlich noch einen guten altmodischen Sodaausschank«, sagte er. »Kommt mit.«

Wir gingen mit ihm zu einem Drugstore, in dem es hinten einen Sodaausschank mit Sitznischen gab.

»Was ist eigentlich los?«, flüsterte ich Crystal zu.

»Was ist daran so neu, dass es in den Mühlen der Bürokratie zu Verzögerungen kommt, Brooke?«, sagte sie.

Tommy besorgte uns Getränke, und wir saßen in einer roten Sitzgruppe mit Chromknöpfen.

»Jedesmal, wenn ich herkomme, habe ich das Gefühl, mit einer Zeitmaschine zurückkatapultiert worden zu sein«, sagte er.

»Es ist nett hier«, gab Raven zu, schaute sich um und nippte an ihrer Icecream Soda.

»Ihr habt eine Menge durchgemacht. Jahrelang, hm?«

»Ja. Es gab Zeiten, da hofften wir, wir würden getrennt werden, um in netten Elternhäusern untergebracht zu werden, aber im Laufe der Zeit wurde uns klar, dass das immer weniger wahrscheinlich war«, berichtete Crystal. Dann erzählte sie Tommy von der jüngsten Chance auf Adoption, die Butterfly gehabt hatte, und wie Louise sie sabotierte.

Er schüttelte den Kopf.

»Es ist traurig, wenn Menschen zu Kindern grausam sind. Ich muss euch etwas fragen. Aus der kurzen Zeit, die ich euch kenne, weiß ich, dass Butterfly nichts ohne eure Zustimmung tun würde. Wir haben Mrs. Wilson gefragt, ob wir sie zu uns nehmen, ihre Pflegeeltern werden und sie später adoptieren können.«

»Wirklich?«, fragte Raven.

»Was hat sie gesagt?«, wollte Crystal wissen.

»Sie findet gerade heraus, was getan werden muss, aber die Chancen stehen gut, dass es klappt. Wie würdet ihr darüber denken?«

Einen Augenblick lang sprach niemand.

»Wir wären sehr glücklich für sie«, sagte Crystal schließlich. »Wir werden sowieso nicht mehr lange zusammen sein, Tommy. Wir werden alle bald achtzehn. Butterfly verdient es, noch vorher ein liebevolles Zuhause zu finden.«

»Das ist sehr großzügig von euch, Mädchen. Ich wünschte, wir könnten euch alle nehmen, aber das wäre noch viel schwieriger, und außerdem habe ich das Gefühl, ihr wärt lieber irgendwo, wo mehr los ist: bessere Bildungsmöglichkeiten für Crystal, bessere Gelegenheiten für eine Karriere für Raven, und ich habe gehört, dass Brooke viel von Kalifornien geredet hat und von einem Jungen, den sie bald anrufen will. Vielleicht solltest du das jetzt erledigen«, schlug er vor, langte in seine Tasche und holte eine Hand voll Wechselgeld heraus. »Sag ihm, dass es dir gut geht, hm?«

Ich schaute erst das Geld an, als sei es Gold, und dann den Münzfernsprecher.

»Na los«, ermutigte Raven mich.

Es bedurfte keiner zweiten Aufforderung. In einem Sekundenbruchteil war ich auf den Beinen. Todd kam beim ersten Klingeln ans Telefon.

»Ich sitze zufällig gerade in meinem Büro«, sagte er. »Wo bist du?«

Ich erzählte ihm so viel, wie ich in zwei Minuten hineinquetschen konnte, und versprach ihm, mich wieder zu melden, sobald ich wusste, wo ich hinkam. »Wo immer das ist, Brooke, ich bin da«, schwor er. »Ich vermisse dich wirklich.«

»Ich dich auch«, sagte ich.

Als ich zum Tisch zurückkehrte, grinsten alle dämlich.

»Nun?«, fragte Raven.

»Betty Lou wartet auf Anweisungen«, erwiderte ich, und Raven lachte. Crystal lächelte und umarmte mich. »Danke, Tommy«, sagte ich.

»Ich danke euch, Mädchen. Ihr habt geholfen, mir meine Nita wieder zu geben. Damit da keine Missverständnisse entstehen, wir brauchen Butterfly mehr als sie uns«, sagte er mit Tränen in den Augen. Wir alle hatten Tränen in den Augen.

Als wir zurückkehrten, wartete Butterfly auf uns. Tommy ging ins Büro zu Anita und Mrs. Wilson, um dort weiterzudiskutieren. Papiere wurden per Fax geschickt. Der Prozess war bereits in Gang gesetzt.

»Anita möchte, dass ich bei ihr bleibe«, erzählte Butterfly uns.

»Das wissen wir, Butterfly«, sagte Crystal. »Das ist doch wunderbar, wenn du das auch möchtest. Möchtest du?«

»Ja«, sagte sie, »aber ich möchte euch doch nicht verlassen.«

»Es ist doch nicht so, als würden wir uns nie wieder sehen«, tröstete Raven sie.

»So bald wie möglich werden wir dich besuchen. Tommy hat uns bereits eingeladen«, fügte Crystal hinzu.

»Wirklich?«

»Ja, wirklich«, bestätigte ich.

Sie lächelte.

»Ich werde selbst mein Pony versorgen«, verkündete sie stolz.

Wir lachten alle und umarmten sie.

Endlich kamen Tommy, Anita und Mrs. Wilson aus dem Büro. Alle nötigen Vereinbarungen waren getroffen worden. Butterfly konnte bei ihnen bleiben, während die Formalitäten noch erledigt wurden.

»Was ist mit uns?«, fragte Crystal.

»Ich nehme euch mit nach Albuquerque, wo ihr untergebracht werdet, bis wir euch nach New York zurückschicken. Ich bin sicher, dass ihr dort in eine sehr nette Einrichtung kommt«, sagte sie.

Crystal lachte nicht, warf ihr aber einen ihrer Sei-doch-nicht-albern-Blicke zu, der Raven und mich zum Lächeln brachte.

Wir folgten ihr nach draußen ins Auto. Raven wollte vorne sitzen. Crystal und ich stiegen hinten ein. Aber vorher umarmten und küssten wir Butterfly noch einmal, und dann umarmten und küssten wir Tommy und Anita.

»Wir werden so bald wie möglich dafür sorgen, dass ihr uns besuchen kommt«, versprach Tommy.

»Gut. Crystal kann es gar nicht erwarten, wieder zu reiten«, sagte ich. Er lachte.

Anita hielt Butterflys Hand, Butterfly umklammerte ihre Finger. Die beiden sahen aus, als hätten sie den Grund gefunden zu leben, zu lieben und alles zu schätzen, was schön und gut auf der Welt ist.

Wir fuhren los, keiner von uns sagte etwas.

Ich dachte an meine leibliche Mutter, was für ein Gefühl es wohl wäre, ihre Hand zu halten. Ich fragte mich, was Raven und Crystal dachten. Ich hoffte, es war etwas Schönes. Wir waren jetzt zu weit gekommen, um noch länger traurige Gedanken zu haben. Der Himmel vor uns war zu blau. Dass Butterfly ein Zuhause gefunden hatte, gab uns allen neue Hoffnung.

Konnten wir, sollten wir optimistisch sein? Durften wir es wagen?

Ohne Vorwarnung griff Crystal plötzlich nach meiner Hand. Wir schauten einander an und lächelten.

»Hat sie nicht glücklich ausgesehen?«, fragte sie.

»Ja«, sagte Raven. Sie drehte sich um, Tränen strömten ihr über das Gesicht, und streckte die Hand nach uns aus.

Wir hielten uns bei den Händen.

»Wir sind Schwestern«, begann Crystal.

»Wir werden immer Schwestern sein«, sagten Raven und ich. »Die vier Waisen!«, riefen wir.

Unser Gelächter begleitete uns neuen Zielen entgegen.

Epilog

Todd und ich flogen von unserem neuen Heim in Illinois nach Albuquerque. Raven kam aus Los Angeles, wo sie gerade ihren ersten Plattenvertrag unterschrieben und eine kleine Rolle in einem Film bekommen hatte. Crystal hatte ein Harvard-Stipendium bekommen. Sie arbeitete in einer Bibliothek und verdiente sich so noch etwas nebenher. Wir hatten es so arrangiert, dass wir uns auf dem Flughafen treffen und gemeinsam ein Auto mieten würden. Wir waren immer in Kontakt geblieben. Crystal schrieb gerne lange Briefe. Ich hob jeden davon auf, denn eines Tages würden sie bestimmt wertvoll sein. Es waren wundervoll geschriebene, ausführliche Briefe, die mir das Gefühl vermittelten, auf dem College an ihrer Seite zu sein. Raven kritzelte nur ein paar Zeilen auf eine Postkarte, meistens rief sie jedoch an, und ich machte es ebenso. Wir alle riefen Butterfly an, sogar Crystal, weil der Klang ihrer Stimme für uns so wichtig war wie der Klang unserer Stimmen für sie.

Butterfly machte jetzt ihr College-Examen. In einem Monat würde sie Sozialarbeiterin werden. Sie wollte die Erfahrungen, die sie im Leben gesammelt hatte, dazu nutzen, anderen jungen Menschen zu helfen.

Wir hatten einander zuvor zweimal gesehen, aber der letzte Besuch lag beinahe anderthalb Jahre zurück. Ein gutes Jahr, nachdem Butterfly zu Tommy und Anita gekommen war, wurde Anita schwanger und brachte einen Jungen zur Welt, den sie Steven nannten. Bald bekam er jedoch den Spitznamen Popeye, weil er so gerne Spinat mochte und für ein Kleinkind sehr starke kleine Arme hatte. Er war völlig gesund, was Annie leider versagt geblieben war. Der Bann war gebrochen, und wir wussten, dass Anita dies auf Butterflys Einfluss auf ihr Leben zurückführte.

Todd und ich kamen als Erste an. Wir warteten bereits, als Raven landete und durch die Tür schlenderte. Ihr Auftritt war theatralischer denn je, so auffallend wie nur möglich in einem sexy butterblumengelben Strandkleid, ihr wunderschönes Haar offen, stöckelte sie auf ihren hohen Absätzen daher. Offensichtlich hatte sie bei einem Flugingenieur voll eingeschlagen. Er lief hinter ihr her und bettelte sie an, ihr Ticket einzutauschen, damit sie in seiner Maschine flog, wenn sie nach Los Angeles zurückkehrte.

»Brooke!«, rief sie, als sie mich sah. Wir umarmten uns und wirbelten herum wie Teenager. »Hallo, Todd«, sagte sie dann und begrüßte ihn mit einem ziemlich vertraulichen Kuss, der ihn genauso wie mich überraschte. »Ihr seht fantastisch aus, Leute«, meinte sie und hielt meine Arme auseinander. »Ich dachte, du wärst mittlerweile fett und schwanger.«

»Nein, Raven. So weit sind wir noch nicht. Das habe ich dir doch das letzte Mal am Telefon erzählt. Wir erweitern den Werkstattbetrieb und wuchten jetzt auch Reifen aus.«

»Ach ja, richtig, Reifen auswuchten.« Sie hängte sich bei uns ein und drehte uns um. »Es ist so wichtig, dass man so gut wie möglich aussieht. Da können sie sagen, was sie wollen, sie suchen immer die hübschesten Gesichter und die besten Figuren. Talent ist zweitrangig. Was nicht heißen soll, dass ich daran nicht auch arbeite.«

»Glückwunsch zum Schallplattenvertrag«, sagte ich. »Ich arbeite Tag und Nacht daran. Ich hatte einen Auftritt in einem kleinen Nachtclub in Hollywood. Und so habe ich diese Filmrolle bekommen«, erzählte sie uns. »Wie lange dauert es noch, bis Crystal kommt? Ich hasse es zu warten. Das tue ich nämlich ständig.«

Todd warf einen Blick auf seine Uhr.

»Noch dreißig Minuten«, sagte er, und wir gingen einen Kaffee trinken.

»Könnt ihr euch vorstellen, dass unsere kleine Butterfly jetzt ihren Abschluss auf dem College gemacht hat?«, fragte Raven, als wir am Tisch saßen.

»Warum nicht?«

»Ach, Brooke, du warst immer zu … zu realistisch«, sagte sie lachend. Sie hielt inne und schaute uns einen Augenblick an. »Ich freue mich, dass du glücklich bist, Brooke. Ich hoffe, ich finde jemanden, der mich auch so glücklich macht.«

»Das wirst du, wenn du es wirklich willst, Raven«, sagte ich. Sie lächelte, dann lachte sie.

»Ja, wenn ich es wirklich will. Im Augenblick kann ich gar nicht daran denken. Ich bin im Showbusiness.« Sie rasselte weiter ihre Hollywoodgeschichten herunter und sprach dabei so schnell und so ernsthaft, dass ich das Gefühl hatte, sie versuchte verzweifelt, mich davon zu überzeugen, dass sie mit ihren Entscheidungen glücklich war. Schließlich war es Zeit, Crystal zu begrüßen. Sie kam als eine der ersten zehn heraus und trug eine Aktentasche mit den Arbeiten, die sie zu erledigen hatte. Sie sah wirklich völlig unverändert aus, kümmerte sich überhaupt nicht um ihr Haar, trug kein Make-up, nicht einmal Lippenstift, aber immer noch ihre dicke Brille.

Wir umarmten und küssten uns alle und Todd besorgte uns dann ein Auto. Nach kurzer Zeit waren wir auf dem uns bekannten Weg zur Ranch.

»Möglicherweise spezialisiere ich mich auf Psychiatrie«, erzählte Crystal uns.

»Wieso überrascht mich das überhaupt nicht«, spottete Raven. »Du hast doch schon immer jeden analysiert. Dann kannst du auch genauso gut Geld damit verdienen.«

Todd lachte, und als Raven merkte, dass sie ein dankbares

Publikum hatte, machte sie weiter mit ihren Scherzen. Crystal und ich warfen uns viel sagende Blicke zu und lächelten. Trotz unseres Alters und allem, was passiert war, benahmen wir uns noch immer wie die vier Waisen und hielten zusammen, wann immer wir konnten.

Butterfly stürmte zur Tür heraus, als wir vorfuhren. Sie war nur sechs bis acht Zentimeter gewachsen, aber ihr Gesicht war ebenso wie ihr Körper gereift. Wir hielten uns fest, als wollten wir noch einmal unsere Beschwörungsgesänge anstimmen und alles Böse vertreiben. Tommy und Anita mit dem Baby auf dem Arm kamen heraus, um uns zu begrüßen. Dann gingen wir alle hinein, Todd und Tommy trugen unsere Taschen.

Wir hatten uns endlos viel zu erzählen. Uns trieb das Bedürfnis, die anderen an allen wichtigen Dingen in unserem Leben teilhaben zu lassen, wie geringfügig sie einem Außenstehenden auch erscheinen mochten. Wir redeten auch während des Mittagessens immer weiter, bis es für Butterfly Zeit wurde, sich für die Feier fertig zu machen. Wir zogen uns alle um. Raven überraschte alle, weil sie das Indianerkleid trug, das Anitas Mutter einst angefertigt hatte.

»Willst du das wirklich tragen?«, fragte ich sie. Raven schaute Anita an.

»Ich wäre sehr stolz darauf, es zu tragen, wenn Anita nichts dagegen hat«, erwiderte sie.

»Natürlich nicht. Du bist darin sogar noch schöner, Raven«, sagte sie. Das reichte Raven völlig. Jetzt hätte man ihr das Kleid schon herunterreißen und verbrennen müssen, um sie daran zu hindern, es zu tragen. Wir quetschten uns in unser Auto und folgten Tommy, Anita, Butterfly und dem kleinen Steven zur Schule, wo die Abschlussfeier unter freiem Himmel vorbereitet worden war. Ich erzählte Crystal, dass ich wegen Butterfly ein Kribbeln im Bauch verspürte, und sie gestand, dass es ihr genauso ging.

»Ihr seid nervös?«, sagte Raven. »Ich sage euch mal, wann man nervös ist – wenn man sich auf ein Vorsingen vorbereitet.«

»Das hier ist dasselbe wie ein Vorsingen«, sagte Crystal, ihren eindringlichen Blick auf Raven gerichtet. »Ja, da hast du wohl Recht«, stimmte Raven ihr zu. Sie wurde leise, als die Musik einsetzte und die Abschlussschüler zum Marsch »Pomp and Circumstance« durch den Mittelgang zur Bühne schritten. Butterflys goldene Locken blitzten unter ihrem Hut hervor. Ich schaute zu Anita und Tommy und sah, dass sie sich bei der Hand hielten und ihre Gesichter stolzerfüllt waren.

Als Butterflys Name aufgerufen wurde, jubelten wir alle. Klein Steven war ganz begeistert und winkte zur Bühne. Butterfly schaute zu uns, ihr Lächeln strahlte voller Leben.

Seit sie bei Tommy und Anita lebte, hatte sie keinen einzigen Anfall mehr gehabt. Sie war wie eine Blume, die in fruchtbaren Boden verpflanzt worden war und jetzt gesund und stark aufblühte.

Ich glaube, so ging es uns allen, selbst Raven, die auch noch ihr Glück finden würde. Jeder im Publikum jubelte seinen Angehörigen zu. Ich schaute mich um und sah all die glücklichen Väter und Mütter, Brüder und Schwestern, Verwandte und Freunde.

Vor langer Zeit hatten unsere Väter und Mütter uns aus den verschiedensten Gründen einem unpersönlichen System überlassen und uns zu einer endlosen Suche nach einer Familie verdammt. Wir versuchten es. Wir hofften und beteten. Lange Zeit vergeblich, wie in Butterflys Fall. Raven, Crystal und ich hatten bis heute keine neuen Eltern gefunden. Auf der Suche entdeckten wir allerdings, dass wir bereits eine Familie hatten, wir hatten einander gefunden.

Einen kostbaren Moment lang schlossen wir uns in diesem College im Südwesten noch einmal zusammen. Wir pressten unsere Körper aneinander, umklammerten uns und vertrieben so die Dunkelheit.

Einmal, als ich mit Crystal abends allein in *Lakewood House* war, schaute sie zum Fenster hinaus und sagte: »Ich habe immer von meiner Mutter geträumt, die ich nie gekannt habe. Sie hatte natürlich kein Gesicht, aber in dem Traum hielt ich ihre Hand immer ganz fest, und sie versuchte sich loszureißen. Ich klammerte mich mit aller Kraft an sie, musste sie aber schließlich doch loslassen. Dann hatte ich das Gefühl zu fallen und wachte auf.« Sie drehte sich zu mir um und lächelte.

»Selbst bei meinen Pflegeeltern hatte ich dieses Gefühl. Dann wurde ich hierher gebracht, plötzlich waren wir vier zusammen, und plötzlich ... plötzlich hörte ich auf zu fallen, Brooke.«

Ich auch, dachte ich.

Ich wusste, dass sie Recht hatte, selbst damals schon. Wir hatten aufgehört zu fallen.